Strandgut

Strandgut

Jürgen Reitemeier
Wolfram Tewes

Verlag topp+möller
Detmold 2007

Weißt du nicht, du Unseliger, dass du durch alles Besprengen mit Weihwasser deine Sünden ebenso wenig loswerden kannst wie deine Grammatikfehler? (wird Diogenes zugeschrieben)

Was mit unseren Sünden wird, wissen wir nicht. Gegen unsere Grammatikfehler haben aufopferungsvoll
Christiane Fischer, Katharina Saake, Rita Lücking, Petra Wirtz-Kaltenberg, Andreas Naumann und Karlheinz Seiler gekämpft. Einfach war das bestimmt nicht. Dafür möchten wir ihnen ganz herzlich danken!

Ein ganz besonderer Dank gilt Waltraut Rass für wertvolle Informationen und Tipps.

Das Titelbild hat auch diesmal wieder gewohnt gekonnt Alfons Holtgreve geschaffen.

Bibliografische Information Der Deutschen Bibliothek
Die Deutsche Bibliothek verzeichnet diese Publikation in der Deutschen Nationalbibliografie; detaillierte bibliografische Daten sind im Internet über http://dnb.ddb.de abrufbar.

ISBN-10: 3-936867-18-6
ISBN-13: 978-3-936867-18-3

Zweite Auflage 2007

Verlag und Gesamtherstellung: topp+möller, Detmold

Übrigens…

wir freuen uns natürlich, wenn Sie diese Geschichte glaubwürdig finden. Aber man kann es gar nicht oft genug sagen: Die Handlung ist frei erfunden, alle Ähnlichkeiten mit realen Personen sind rein zufällig und nicht beabsichtigt.

Prolog

Die Hinrichtung fand am 2. Juni 1666, dem Samstag vor Pfingsten, in aller Frühe zwischen vier und fünf Uhr unter dem Regenstor statt.

Der ungewöhnliche Ort und die ungewöhnliche Zeit, wodurch die Öffentlichkeit weitgehend ausgeschlossen war, sollte vermutlich Aufsehen vermeiden.

Dichter Frühnebel ließ das zaghaft aufkommende Tageslicht kaum durchdringen. Alles war feucht, selbst auf dem Schwert des Henkers glänzten Wassertropfen. David Claus war zu dieser Zeit Scharfrichter in Lemgo und verstand etwas von seinem Handwerk. Er stammte aus einer alten Scharfrichterdynastie, sowohl väterlicherseits als auch mütterlicherseits. David Claus war der Henker der Hexenprozesse in der finstersten Zeit der alten Hansestadt Lemgo, damals die mit Abstand größte, reichste und bedeutendste Stadt der Grafschaft Lippe. Und die für mehr als ein Vierteljahrhundert gefährlichste Stadt des Landes. Jede Frau musste befürchten, die nächste zu sein, die dem „Directore des Peinlichen Processus contra die Unholden und Hexen" verdächtig vorkam. Für David Claus gab es viel zu tun.

Sorgfältig wischte er das lange Schwert mit seinem Mantel trocken. Dabei blickte er den Anwesenden der Reihe nach in die Augen. Er mochte sie nicht, die fetten und selbstgefälligen Ratsherren. Am wenigsten mochte er den Bürgermeister, den blutrünstigsten Menschen, den er jemals kennen gelernt hatte. Und das wollte in seinem Beruf etwas heißen. Hermann Cothmann verbreitete Angst und Schrecken. Jahrelang hatten Bürgermeister und Scharfrichter eng zusammengearbeitet, hatten, bei allen Standesunterschieden, voneinander profitiert. David Claus hatte ein gutes Einkommen, Hermann Cothmann konnte darauf zählen, dass die Hinrichtungen professionell abliefen. Da der Scharfrichter auch für die „Tortur", die Folterung verdächtiger Personen zur Wahrheitsfindung, zuständig war, erfuhr er so manches über die Begleitumstände eines Verfahrens. Er wusste, wie die Aussagen zustande gekommen waren. Er wusste auch, welche Summen die Verwandten der Frauen bezahlt hatten, um sich für die Zukunft von der Verfolgung freizukaufen. Cothmann konnte auch hier auf die Diskretion seines Scharfrichters zählen.

Vor drei Monaten hatte sich alles verändert. David Claus hatte schon vor langer Zeit erste Zweifel daran verspürt, seine Tätigkeit im Rahmen einer göttlichen Order zu verrichten. Als vor drei Monaten der Mann, dessen Kopf abzuschlagen er jetzt angetreten war, festgenommen und unter Folter befragt worden war, hatten seine Zweifel zugenommen. Dieser Mann hieß Andreas Koch und war ein Priester! Ein richtiger, mit Priesterweihe und allem, was dazu gehörte. Nicht einer dieser verwahrlosten Wanderprediger, die im Zuge des großen Krieges durch das verwüstete Land zogen und den Leuten die letzte Kupfermünze abschwatzten. Grässliches Volk, fand Claus und zog verächtlich die Nase hoch. Dieser Andreas Koch war anders. Der hatte sich mit ihm unterhalten wie mit seinesgleichen. Seit diesen Gesprächen war für den Scharfrichter nichts mehr so, wie es vorher war. Seine Wertewelt war tief erschüttert worden. Nie zuvor hatte er auch nur eine Sekunde daran gezweifelt, dass die Hexenprozesse etwas anderes waren als der gerechte und notwendige Kampf des Guten gegen das ewige Böse. Keinen Gedanken hatte er daran verloren, dass Bürgermeister Cothmann etwas anderes sein könnte als der von Gott persönlich in die Welt geschickte Vollstrecker seines Willens. Daran konnte David Claus nun nicht mehr glauben. Die Gespräche mit dem Priester hatten in ihm erste Zweifel an der Rechtmäßigkeit des Verfahrens gesät. Bis zu der Erkenntnis, dass die armen Frauen unter der schweren Folter alles gestehen, was von ihnen verlangt wird, war es nur ein kleiner Schritt. Und ein weiterer kleiner Schritt war es, Cothmann als das zu erkennen, was er war: Ein gewalttätiger Eiferer, bei dem religiöser Fundamentalismus in Verbindung mit übersteigertem Ehrgeiz, bizarrer Geltungssucht und einer schier grenzenlosen Geldgier eine hochgefährliche Mischung ergab. Er war eine Gefahr für alle in der Stadt Lemgo. Nicht nur für die Frauen. Nein, jeden konnte sein Terrorregime erreichen. Wenn schon Priester hingerichtet werden sollten, dann war niemand mehr sicher. Auch kein Ratsherr. Und auch kein Scharfrichter. Vor allem, wenn dieser bereits durch unkluge Äußerungen das Vertrauen des Bürgermeisters verloren hatte. Das wusste Claus und hatte schon vor einigen Tagen beschlossen, Lemgo zu verlassen. Nur noch diese Hinrichtung, dann würde er in aller Stille verschwinden. Sein Plan stand fest.

Nun stand Hermann Cothmann, durch einen prächtigen Mantel vor der feuchten Kälte geschützt, die üppige Bürgermeisterkette um den Hals, im Kreis der Ratsherren und wartete ungeduldig darauf, dass der Scharfrichter endlich sein Werk vollzog. Claus hob das Schwert und spannte die Muskeln an. Ändern konnte er an dem Todesurteil nichts mehr. Wenn er es nicht machte, würde ein anderer freudig seine Rolle übernehmen. Es schnell und schmerzlos durchzuführen war das Einzige, was er für den armen Priester noch tun konnte.

Als zwei seiner kräftigen Knechte den Verurteilten in die richtige Position gebracht hatten, ging alles sehr schnell. Nachdem einer der Schergen den Kopf des Verurteilten aufgehoben und ihn den Ratsherren präsentiert hatte, löste sich die Runde auf. Cothmann unterschrieb dem Scharfrichter das Hinrichtungsprotokoll und wandte sich dann wortlos von ihm ab. Kein Schulterklopfen mehr, wie sonst. Kein anerkennendes Wort. Es würde höchste Zeit für David Claus, die Mauern der Stadt Lemgo weit hinter sich zu lassen.

Er ließ seine Helfer mit dem Toten und den Reinigungsarbeiten allein und strebte hastig seinem Haus in der Neuen Straße zu. Seine Frau Agnesa hatte bereits alles vorbereitet.

Viel Besitz hatten sie nicht mitzunehmen. Es passte alles auf den Leiterwagen, der bereits fertig gepackt im Stall stand. Das Haus gehörte dem Bürgermeister und war ihm nur als Dienstwohnung zur Verfügung gestellt worden. Es musste nicht veräußert werden. Eine nicht unerhebliche Geldsumme hatte David Claus bereits vor Tagen aus der Stadt bringen lassen. Eine weitere, kleinere Summe und einige wertvolle Gegenstände hatte er gut versteckt. Geld, von dem selbst seine Frau nichts ahnte. Von dem nur der Bürgermeister und einige wenige Auserwählte Kenntnis darüber hatten, woher es kam. Claus wusste, dass da, wo dieses Geld herkam, noch sehr viel mehr war. Enorm viel mehr! Aber nur der Bürgermeister hätte sagen können, wo es versteckt war. Nur er allein verwaltete das Lösegeld, welches reiche Lemgoer Familien entrichtet hatten, um ihre unter Verdacht geratenen Familienangehörigen frei zu kaufen. Ein Geschäft mit der Angst, betrieben von einer Handvoll schweigsamer Männer unter der Leitung des obersten Anklägers, des Bürgermeisters. Eine runde Sache! Der Scharfrichter war zu einem kleinen Teil in das Geschäft einbezogen, denn ohne sein Mitwirken hätte das System nicht funktionieren können. Selbstverständlich bekam er nur Krümel vom großen Kuchen, auch ließ man ihn nicht hinter die Kulissen der Vereinigung schauen. Aber er hatte so einiges mitbekommen, hatte dem Bürgermeister so manchen Dienst geleistet, hatte dabei immer die Augen aufgehalten und erkannt, dass Cothmann seine Mitverschworenen hinterging und den größten Teil des erpressten Geldes für sich abgezweigt hatte.

Dieses Wissen machte ihn für den Bürgermeister noch gefährlicher. Es war aber auch ein Mittel, um Cothmann erheblich zu schaden. Er musste sein Wissen nur den anderen Männern mitteilen. Schriftlich, nach seiner Flucht. Von dem Priester hatte er sich ein entsprechendes Schriftstück in lateinischer Sprache heimlich abschreiben lassen. Dieses Schriftstück wollte David Claus gerade aus seinem Versteck holen, als er hörte, wie die Haustür aufgerissen wurde. Einer seiner Knechte stand atemlos in der Tür. Der Scharfrichter erfuhr, dass der Bürgermeister Männer entsandt hatte, um ihn festzunehmen und er sofort, ohne jede weitere Verzögerung, fliehen müsse. Seine Frau hatte das Pferd bereits vor den Wagen gespannt, David Claus fasste seinen Reisesack und wollte sich auf den Bock schwingen, als ihm das brisante Schriftstück einfiel. Doch es blieb keine Zeit mehr, er musste los! Mochte das Schriftstück bleiben, wo es war. Er gab dem Pferd die Peitsche und blickte sich erst wieder um, als er außerhalb der Stadtmauern war.

1

Die dicken Schneeflocken segelten langsam zu Boden. Durch die graue Wolkendecke wirkte die Umgebung Heidentals noch düsterer als es real war. Es gibt so etwas wie eine gefühlte Dunkelheit, dachte Schulte, der verschlafen und missmutig aus dem Fenster sah. An solch einem Morgen wie heute spürte er eine mächtige Kraft in sich, die ihn dazu veranlasste, sich so schnell wie möglich wieder ins Bett zu legen.

Flott unter die warme Decke und bis zum Kinn zudecken, suggerierte ihm seine innere Stimme. Die Welt ist Feindesland! Was du auch tust, alle sind gegen dich. Es gibt nur einen sicheren Ort auf dieser Erde. Dein Bett!

Schulte war geneigt, seinem Inneren zu glauben, da wimmerte erneut sein elektronischer Wecker.

In der Küche klapperte Geschirr. Der nächste grausige Moment kündigte sich an: Seine unglaublich gut gelaunte Tochter würde vor Energie strotzen, noch schnell eine Waschmaschine mit schmutziger Wäsche füllen und dabei munter plappernd die neuesten Ereignisse aus ihrer Schule berichten.

Schulte hasste ihre morgendliche Agilität. Bis heute konnte er ihr meist entgehen, da er erst aufstand, wenn seine Tochter Lena das Haus verlassen hatte. Doch diese Möglichkeit würde sich in Zukunft nicht mehr oft einstellen, denn heute trat er einen neuen Arbeitsplatz in Bielefeld an. Er war zum Leiter des versuchsweise eingerichteten Zentralen Dezernats Gewaltverbrechen, kurz ZDG genannt, eingesetzt worden.

Einer der ersten Schritte der neuen Landesregierung war das Projekt: „Experimentelle Polizeibehörde NRW“. Jeder Bezirksregierung des Landes war ein neu strukturiertes Dezernat zugeordnet worden, welches sich innerhalb der nächsten drei Jahre bewähren sollte. Die Schwerpunkte waren jedoch unterschiedlich. Münster hatte das Zentrale Dezernat

Raub, Arnsberg das Zentrale Dezernat Rauschgift. Die neu geschaffenen Schwerpunktdezernate von Köln und Düsseldorf fielen ihm gerade nicht ein.

Alter Wein in neuen Schläuchen, dachte Schulte, und dann solche schwachsinnigen Schwerpunktzuordnungen! Arnsberg und Drogenbekämpfung! Als wenn die Sauerländer alle kiffen würden. Die saufen doch eher. Ostwestfalen war demnach die Hochburg der Tötungsdelikte, sozusagen die Bronx des Landes NRW. Solche Zuteilungen konnten sich auch nur Leute ausdenken, die von Polizeiarbeit keine Ahnung hatten, zum Beispiel Politiker. Doch über eines war sich Schulte im Klaren: Die Landräte als Chefs der Kreispolizeibehörden würden sich so schnell nicht in die Suppe spucken lassen. Die Kreisfürsten würden den Landespolitikern schon einheizen, dessen war er sich sicher.

Der Polizist ließ seinen Blick durch das Schlafzimmer streifen. Auf dem Ziffernblatt des Weckers verweilte er kurz. Er fluchte. Viertel vor sieben. Scheibenkleister! Er hatte die Zeit vertrödelt. Hastig warf Schulte die Decke zur Seite und schwang sich aus dem Bett. Eine beißende Kälte griff nach ihm. Zitternd langte er nach einem alten Frotteebademantel, schlüpfte hinein und stürmte zum Bad. Die Tür war verschlossen. Besetzt! Er würde schon am ersten Tag zu spät kommen. Verärgert über sich selbst stürmte er zurück in sein Schlafzimmer und zog sich an. Na gut, dann eben ungewaschen zum Dienst fahren. Das brachte ihm wieder einen Zeitvorsprung von zehn Minuten. Er stürmte in die Küche. Schenkte sich eine Tasse Kaffee ein, verbrannte sich die Zunge und rief dann über die Schulter:

„Ich muss los!“, und stürmte aus dem Haus.

Auf der Treppe hatte sich Eis gebildet. Schulte kam ins Rutschen. Seine Tasse mit heißem Kaffee flog durch die Luft. Im Schnee erschien augenblicklich eine braune Spur des heißen Getränks. Die weiße Pracht dämpfte den Aufprall des Kaffeebechers. Er blieb heil. Gleichzeitig mit dem Eintauchen der Tasse in den frischen Schnee krachte Schultes Steißbein mit einem widerlich knirschenden Geräusch auf die Kante der Treppenstufe. Vor Schmerz schrie er auf und blieb fast zehn Sekunden liegen. Tränen schossen ihm in die Augen. Er tastete nach dem Treppengeländer und zog sich daran hoch. Humpelnd schleppte sich Schulte zu seinem Auto. Sein neuer Job in Bielefeld stand anscheinend unter einem schlechten Stern. Mit schmerzverzerrtem Gesicht wuchtete er sich in seinen VOLVO, einen ehemaligen Leichenwagen. Der Anlasser drehte sich nur langsam. Es war wohl in absehbarer Zeit eine neue Autobatterie fällig. Schulte betete:

„Lieber Gott! Bitte! Lass die Kiste anspringen!"

Ein Vibrieren durchzog das gesamte Auto. Schwarzer Rauch wurde durch den Auspuff ausgestoßen. Dann drehte der Motor. Schulte atmete erleichtert durch. Er legte den Gang ein und der schwere Wagen pflügte sich durch den Schnee, der auf der Einfahrt lag, Richtung Straße.

Schulte kam wieder ins Grübeln. Wieso sollte unbedingt er der neue Dezernatsleiter werden? Ausgerechnet er, der nie ein Mann des Schreibtisches und der Verwaltungsvorgänge gewesen war. Seine Aktenführung hatte schon so manchen Kollegen in den Wahnsinn getrieben. Er konnte sich des Verdachts nicht erwehren, dass das Projekt „Experimentelle Polizeibehörde NRW" zum Scheitern gebracht werden sollte. Mit Sicherheit hatte Erpentrup ihn ausgewählt, um ihn loszuwerden.

Er dachte über die Anfangsbesetzung des Dezernates nach. Er selbst, der Verwaltungschaot, Margarete Bülow, mit Sicherheit hoch kompetent, aber seit mehr als sechs Jahren blind. Zu Muffen und Walburga Stolle konnte er nicht viel sagen. Die beiden waren nach seiner Einschätzung solide Arbeiter und Muffen auf seine Weise sicherlich auch ein Freak.

Schulte fluchte über die anscheinend kaltblütige Berechnung, mit der ein paar Politiker und Verwaltungsleute ein vielleicht sinnvolles Projekt durch geschicktes Strippenziehen von Anfang an zu einem „tot geborenen Kind“ machen wollten.

In Schulte erwachte der Kämpfer. Der König der Dezernatsverwaltung würde er nie werden, aber leicht wollte er es den Gegnern der Reform auf keinen Fall machen. Im Grunde war sie ihm egal, doch wenn man ihn für Spielchen missbrauchte, konnte er ekelig werden.

Während die Gedanken kreisten, hatte Schulte die Zeit vergessen. Denn plötzlich stand er vor dem Polizeigebäude an der Kurt-Schumacher-Straße in Bielefeld und wusste nicht, wie er dort hingekommen war. Er parkte sein Auto und ging zum Eingang. Hier stellte er sich vor und bekam umgehend das Gefühl, eine unerwünschte Person zu sein. Unfreundlich nannte ihm der uniformierte Kollege in der Zentrale die Zimmernummer seines neuen Büros. Der Hauptkommissar machte sich auf den Weg. Als er in das genannte Arbeitszimmer eintrat, saß Margarete Bülow schon an ihrem Platz. Ihr Hund Kalle begrüßte Schulte herzlich. Das war aber auch das einzige Freundliche in diesem Raum. Er war voll gestellt mit Schreibtischen und Regalen. Es gab keine Blume, keinen Aktenordner, kein Bild. Alle Zeichen standen auf Neuanfang. Schulte würde ab heute in einem Gemeinschaftsbüro arbeiten müssen. Schon jetzt war ihm klar, dass sein Ordnungssinn für Dynamik sorgen würde.

„Wie sieht es aus mit Kaffee?“, fragte er und setzte sich mit aller Vorsicht auf einen der freien Stühle. Der Sturz vor seinem Haus machte ihm erheblich zu schaffen.

Margarete Bülow zuckte mit den Schultern.

„Uns fehlen noch die Utensilien, die man braucht um ein solches Gebräu ansetzen zu können. Wo hier im Haus ein Automat ist, kann ich dir auch nicht sagen. Aber die Bielefelder Kollegen werden ja gleich kommen.“

In diesem Moment öffnete sich die Tür und ein kleiner rundlicher Mann mit einer auffälligen Hakennase betrat den Raum. Bekleidet war er mit einer Trachtenjacke. Unter dem Arm hatte er sich eine Ministereoanlage geklemmt. Er grüßte freundlich und sah sich mit einer auffälligen Geste im Raum um.

Musik würde er hier wahrscheinlich nicht so oft hören, dachte er und stellte die Anlage auf einen der herrenlosen Schreibtische.

„Gemütlich wie in der Bahnhofshalle", bemerkte er. Dann gab er Margarete Bülow und Schulte die Hand.

„Ich glaube, ich kümmere mich erst mal um Kaffee", grinste Muffen und verließ mit hektischen kleinen Schritten wieder das Zimmer.

Da saßen sie nun, Schulte und Margarete Bülow, wie bestellt und nicht abgeholt.

Der Hauptkommissar ergriff zuerst das Wort.

„Sag mal Margarete, hast du dir schon einmal Gedanken darüber gemacht, warum ausgerechnet wir in diesem Experimentellen Dezernat sitzen?"

„Warum ich hier sitze, ist mir schon klar! Heiner Schmitz, der Paderborner Polizeichef, hat endlich eine Möglichkeit gefunden, um mich los zu werden. Er war nie unfreundlich zu mir. Hat mich auch immer höflich und zuvorkommend behandelt. Aber es war ihm nie so ganz geheuer, eine Polizeidirektorin als Untergebene zu haben, noch dazu blind. Auch die Tatsache, dass ich mit Potthast, der so etwas wie ein Freund für ihn ist, so einträglich zusammengearbeitet habe, rückte mich für ihn in den Bereich der Unberechenbarkeit. Da kam ihm diese Möglichkeit, mich wegzuloben, gerade recht. Ich nehme ihm das nicht übel, aber ein bisschen weh tut es doch. Auch wenn ich es anfangs nicht geglaubt hätte, mir hat es in Paderborn sehr gefallen.

Und was glaubst du, warum du hier bist, Jupp?"

Schulte kratzte sich am Kopf.

„Ich denke auch, Erpentrup wollte mich ebenfalls los werden", sagte er mit verbittertem Gesichtsausdruck.

„Und Leiter dieses Dezernats bin ich geworden, weil alle wissen, dass ich verwaltungstechnisch eine Null bin. Da sitzen die Gegner dieser Reform schon wie die Geier auf den Bäumen und warten darauf, dass wir scheitern."

Margarete von Bülow hatte so offene Worte von Schulte nicht erwartet. Sie schwiegen wieder und warteten auf Muffen und den Kaffee.

2

„Es ist jetzt schon viertel nach drei und mich hat immer noch keine geküsst!"

Oliver Hartel war fassungslos. Als er an diesem Donnerstag zur Arbeit gegangen war, hatte er mit einem aufregenden Tag gerechnet. Er hatte sich herausfordernd eine besonders grelle Krawatte umgebunden. Eine Krawatte, die nun wirklich nicht zu übersehen war. Und was war passiert? Nichts! Die Krawatte hing noch immer an derselben Stelle, völlig unversehrt. Seine Frisur war nicht zerzauselt worden, er hatte keine Lippenstiftflecken auf der Backe. Nichts war so, wie es sein sollte. Weiberfastnacht in Lippe! Oliver Hartel zerbiss einen Fluch. Wo war er nur gelandet? In seiner Heimatstadt Düsseldorf tobte jetzt der Mob der wilden Weiber, die unschuldige Männer umzingelten, ihnen Alkohol aufzwangen, ihnen Krawatten abschnitten, ihnen ungefragt brennende Küsse auf die Wangen drückten. Das alles war schaurig, war schrecklich, war schön! Und für einen echten Kerl wie ihn war es einer der Höhepunkte des Jahres.

Und dann Detmold!

Wie konnten all diese Menschen so unaufgeregt, so nüchtern, so stur ihrer Arbeit nachgehen? Einfach so tun, als gäbe es Karneval gar nicht! Hartel schüttelte den Kopf. Lag es daran, dass es hier im Lippischen so viel regnete? Lag es daran, dass diese Region erst Jahrhunderte später zivilisiert worden war als das Rheinland? Würde man hier in achthundert Jahren auch endlich Karneval feiern?

Er hatte sich wahrhaftig nicht danach gedrängt, von der Metropole am Rhein ins beschauliche Detmold versetzt zu werden. Aber manchmal muss man eben Opfer bringen, um den nächsten Karrieresprung nicht zu gefährden. Vor allem, wenn man gerade mal einunddreißig Jahre alt ist und frisch gebackener Kommissar. Er hatte noch Großes mit sich vor! Kommissar würde er nicht bleiben. Es würde nur ein Jahr dauern, höchstens zwei, hatte sein Düsseldorfer Chef ihn getröstet. „Da müssen Sie durch, Hartel! Seien Sie tapfer!" Der hat gut reden, dachte Hartel. Dem hat heute am frühen Morgen ein ganzes Rudel geschminkter und völlig enthemmter Weiber das Präsidium gestürmt und ihn selbst sexuell belästigt, bis er der wüsten Meute zermürbt die Schlüssel des Polizeipräsidiums ausgehändigt hat. So gehörte sich das! So und nicht anders!

Oliver Hartel beugte sich zerknirscht über die Akte, die ihm sein neuer Chef, Polizeirat Klaus Erpentrup, wärmstens ans Herz gelegt hatte. Der Extertalbahn waren Oberleitungen gestohlen worden. Wer klaut denn so was? Ah ja, die Dinger bestanden aus Kupfer und waren rund 150.000 Euro wert. Trotzdem, das war doch alles nichts Richtiges. Die Ermittlung der wirklich spannenden Fälle, Mord und Totschlag, wurde neuerdings von Bielefeld aus koordiniert. Für ihn und seine Kollegen in Detmold blieben nur die staubigen Akten, die deprimierenden Routinearbeiten. Apropos Kollegen. Totale Landeier! Wie die schon gekleidet waren. Allertiefste Provinz! Da war zum Beispiel Bernhard Lohmann: Glatze und Bierbauch, redet nur über Fußball und Enkelkinder, steinalt, steht kurz vor der Pensionierung. Trägt im Büro Hausschuhe! Dann Axel Braunert: Okay, der kleidete sich wenigstens anständig. Aber dafür war er bekennender Schwuler. Der sollte ihm bloß von der Pelle bleiben! Auf so was stand Oliver Hartel gar nicht. Und Maren Köster? Zugegeben, die mochte vor zehn Jahren mal ein scharfer Feger gewesen sein, aber jetzt, mit ihren 39 Jahren, war doch längst der Lack ab. Eine ganz normale alte Schachtel! Nur sein Chef, der Polizeirat Klaus Erpentrup, passte in sein Weltbild. Der war immer wie aus dem Ei gepellt, der ließ sich nie gehen, war kompetent, pünktlich und strebte ebenfalls nach höheren Weihen. Mit seinem Chef war Oliver Hartel zufrieden, die Kollegen waren ein kompletter Ausfall! Dabei hatte er den Schlimmsten noch gar nicht kennen gelernt. Dauernd redeten die anderen von einem gewissen Jupp Schulte, der aber seit kurzem nach Bielefeld versetzt worden war. Dieser Schulte musste ja ein totaler Chaot sein. Was über den so erzählt wurde. Gut, dass der nicht mehr hier war. Ein Landei weniger!

3

„Gerade erst bezogene Büros haben etwas Trostloses“, dachte die Kommissarin Walburga Stolle, als sie die Räume der neu gegründeten Abteilung *Zentrales Dezernat Gewaltverbrechen* betrat.

Sie kam gegen neun Uhr. Die allein erziehende Mutter hatte mittlerweile ihre zwei Kinder in Schule und Tagesstätte gebracht. Jetzt saß sie in der Runde des neu zusammengewürfelten Kollegenteams. Doch sie war abwesend. Ihre Tochter hatte bitterlich geweint, als sie in der Tagesstätte zurückgelassen wurde. Der Eindruck, den das verzweifelte Kind auf sie als Mutter gemacht hatte, hing ihr noch in den Kleidern. Die Gespräche rauschten an ihr vorüber. Nur Wortfetzen drangen in ihr Bewusstsein.

„Um elf Uhr, also in einer Stunde, kommen die Vertreter des Ministeriums“, hörte sie gerade Margarete Bülow sagen.

Walburga Stolle schrak auf! Ministerium? Sie zwang sich zur Aufmerksamkeit.

„Kennst du jemanden aus der Delegation, die aus Düsseldorf zu Besuch kommt?", fragte Schulte.

„Ja, mit dem Staatssekretär hatte ich früher öfter zu tun. Es wundert mich sowieso, dass die ausgerechnet heute kommen. Schließlich ist ja Weiberfastnacht, da ist der Kollege an sich immer in der ersten Reihe dabei gewesen, wenn es darum ging, ein paar jungen Frauen an den Hintern zu fassen. Entweder ist er mittlerweile in einem Alter, wo ihn solche Möglichkeiten nicht mehr reizen, oder es gibt einen anderen Grund dafür, dass er heute nach Ostwestfalen muss. Könnte es etwa sein, dass er bei den neuen Herren in Ungnade gefallen ist? Oder gibt es andere, einflussreiche Leute im Innenministerium, denen Düsseldorfer Brauchtumspflege nicht wichtig ist?", sinnierte Margarete Bülow.

„Wie auch immer, glücklich werden die Kollegen über den Besuch hier nicht sein. Wahrscheinlich sind die schneller wieder weg, als sie gekommen sind. Sollten unsere Besucher also wirklich in Eile sein, um möglichst rasch wieder ins närrische Treiben der Landeshauptstadt eintauchen zu können, sollten wir die Gunst der Stunde nutzen."

Alle Augen richteten sich auf Margarete Bülow.

„Ich bin der Meinung, dass unsere Raumausstattung großzügiger bemessen sein sollte. Wir brauchen noch einige Büroräume, eine Sachbearbeiterin oder einen Sachbearbeiter und zwei Laptops. Fällt euch noch etwas ein?"

Fast jeder hatte ein bis zwei Wünsche und so hatten sie schnell eine ansehnliche Liste fehlender Notwendigkeiten und Annehmlichkeiten zusammengetragen.

„Mal sehen, was wir noch nachverhandeln können", sagte Margarete Bülow mehr zu sich selbst.

Die Zeit waberte dahin. Jeder war mit sich selbst beschäftigt. Als plötzlich jemand an die Tür klopfte, drehten sich alle Köpfe wie auf Befehl in die Richtung, aus der das Geräusch kam.

Schulte fand zuerst das richtige Wort:

„Herein!“, donnerte er das Wort geradezu in den Raum.

Drei korrekt gekleidete Herren betraten den Raum. Sie vermittelten den Eindruck, als hätten sie alle ihre Anzüge beim gleichen Herrenausstatter gekauft. Die Männer aus Düsseldorf umgab eine Aura von Arroganz. Ein unangenehmes Gefühl breitete sich im Büro aus.

Der zuerst eingetretene, große, grauhaarige Mann musterte die Anwesenden unverhohlen. Dann erkannte er Margarete Bülow. Er räusperte sich und ging auf sie zu.

„Frau Doktor“, sagte er. „Ich habe Sie lange nicht gesehen, wie geht es Ihnen?“

„Gut, ich komme zurecht.“

Die blinde Polizistin bewegte sich in Richtung eines Besprechungstisches. Für alle anderen eine Aufforderung, es ihr gleich zu tun.

Anschließend hielt Hohof einen langweiligen Vortrag über das Projekt: „Experimentelle Polizeibehörde NRW“. Viel diskutiert wurde im Anschluss daran nicht. Dies schien den Gästen aus Düsseldorf nicht unangenehm zu sein. Anscheinend bestand eine Chance schnell wieder die Heimreise anzutreten. Nur weg aus der Provinz, schienen sie zu denken. Sie rutschten unruhig auf ihren Stühlen und begannen die Schreibutensilien, die sie vor sich auf den Tischen liegen hatten, zu ordnen. Als nächstes würden sie diese in ihren Lederkoffern verschwinden lassen. Da ergriff Schulte das Wort. Er wedelte dabei mit einem beschriebenen Blatt Papier.

„Ich hätte da noch ein paar Kleinigkeiten zu besprechen, die nötig sind, damit unser modernes, neu gegründetes Dezernat, auf das alle Welt blickt, auch arbeitsfähig wird.“

Der Polizist trug die zusammengefassten Wünsche vor.

Hohof unterbrach ihn und meinte:

„Das muss doch nicht heute besprochen werden.“

Seine beiden Düsseldorfer Kollegen nickten zustimmend und scharrten mit den Füßen. Sie wollten zurück zur Weiberfastnacht, die in der Landeshauptstadt tobte.

„Oh doch!“, pflichtete Frau Dr. Bülow bei. „Es muss nicht nur besprochen werden, sondern ich bin fest entschlossen, auch Nägel mit Köpfen zu machen! Ich will Zusagen!“

Die Düsseldorfer wirkten von Minute zu Minute genervter. Einer blickte demonstrativ auf die Uhr. Hohof griff nach der Liste, mit der Schulte wedelte. Er überflog sie.

„Also, in Gottes Namen! Sie sollen Ihre Nachbesserungen haben.“

Er erhob sich um zu gehen.

„Dann hätte ich gern Ihren Friederich Wilhelm darunter, Herr Staatssekretär!“, entgegnete Frau Bülow.

„Was soll denn das Misstrauen? Haben ich Ihnen dazu jemals Grund gegeben, Frau Doktor?“

„Wollen Sie darauf wirklich eine Antwort, Hohof?“

Der Grauhaarige wedelte mit der Hand in der Luft herum, als wollte er eine Fliege verscheuchen. Dann griff er in die Innentasche seiner Jacke, zog einen silbernen Kugelschreiber hervor, setzte unter die Liste das Wort: „Genehmigt“ und seine Unterschrift. In Richtung Frau Bülow fragte er verärgert:

„Zufrieden?“

Sie nickte schmunzelnd, was nicht zur Aufhellung seiner Laune beitrug. Er steckte den Stift zurück in die Jackentasche. Nur wenige Minuten später verließen drei mit dunklen Mänteln bekleidete Herren das Polizeipräsidium an der Kurt-Schumacher-Straße. Mit hochgeklappten Kragen stürmten sie durch einen gerade einsetzenden Schneeschauer in Richtung eines wartenden Taxis.

4

Schrecklich! Nirgendwo in diesem Haus gab es einen rechten Winkel, alles war schief und krumm. Der Blick auf die Wasserwaage trieb ihm Tränen in die Augen. Wenn er mit dem Fingerknöchel prüfend gegen eine Wand klopfte, dann bröselte der mürbe Lehmputz. Auf was hatte er sich da eingelassen? Ausgerechnet er, der niemals Hausbesitzer werden wollte. Leben mit kleinem Gepäck, dass war Michael Grafenbergs Maxime. Mit nichts wollte er sich belasten, weder Familie noch Haus, weder Auto noch Hund. Er wollte sich die Freiheit bewahren, jederzeit alles hinwerfen zu können, um völlig unbelastet neue Horizonte anzusteuern. Für die Zeitgenossen, deren Lebensinhalt die Maximierung ihres Besitzes zu sein scheint, hatte er nur ein verächtlich geschnaubtes „Spießer!" übrig.

Das hatte auch wunderbar funktioniert. Zumindest bis vor kurzem. Aufgewachsen war Grafenberg in Detmold, hatte dort 1981 das Abitur mehr schlecht als recht geschafft. Für ein Studium seiner Wahl reichte der Notendurchschnitt nicht aus, Kompromisse waren nicht seine Sache, also ließ er es ganz bleiben. Als Berufsausbildung kam für ihn allenfalls der Zimmermann in Frage, aber das wollten damals fast alle und so nahm sich Michael Grafenberg selbst aus dem Wettbewerb und verzichtete zugunsten anderer generös auf eine Berufsausbildung. Als seine frustrierten Eltern ihn danach aus dem Haus warfen, blieb ihm aber nichts anderes übrig, als irgendwas zu arbeiten. Seine damalige Freundin riet ihm: „Du siehst gut aus, du redest gerne, du schläfst morgens gerne lange – du bist der geborene Schauspieler!" Grafenberg zweifelte keine Sekunde an der Qualität dieses Rates und bewarb sich beim Landestheater um eine Komparsenrolle. Die bekam er auch, machte seine Sache gut und beschloss danach, Schauspieler zu werden und zu bleiben. Da er aber auch hier nicht den Ehrgeiz aufbrachte, eine solide Ausbildung zu machen, reichte es immer nur zu Nebenrollen. Doch seine Ansprüche waren äußerst bescheiden. Die Schauspielerei machte ihm Spaß und er konnte sich ernähren. Zumindest, solange er bei einer seiner vielen Freundinnen übernachten durfte. Miete hätte er sich nicht leisten können. Zum Glück gab es immer mindestens eine Frau in seinem Leben. Erstaunlicherweise waren das fast immer gut aussehende, sehr gepflegte und beruflich erfolgreiche Frauen, die eigentlich gar nicht zu ihm passten, sich aber vom ihm angezogen fühlten. Dabei tat er gar nichts dafür. Seine blonden Haare standen struppig in alle Richtungen, er war immer schlecht rasiert, trug einen Ohrring, kleidete sich schlampig und war auch sonst in keiner Weise schwiegermutterkompatibel. Aber er sah gut aus, trotz der etwas zu langen Nase, und war mit seinen 1,85 m und seiner kräftigen, sportlichen Statur nicht unauffällig. Was die Mädels aber besonders schätzten, war seine unbefangene, fröhliche Lebensart. In Zeiten, in denen selbst Altersgenossen, die bereits seit fünfundzwanzig Jahren gut verdient haben, sich Sorgen um ihre Altersversorgung machten, hätte jemand mit seinen Rentenperspektiven eigentlich nur der Depression verfallen können. Nicht so Michael Grafenberg. Das würde sich schon irgendwie regeln! Bisher hatte sich alles immer irgendwie geregelt. Bisher! Bisher hatte er auch immer von sich selbst als dem „einsamen Wolf“ gesprochen. Aber als er Ende Oktober seinen 44. Geburtstag feierte, formte seine damalige Lebensgefährtin diese Metapher für ihn unvorteilhaft um: „Mach dir nichts vor! Mit Mitte Dreißig wirkst du vielleicht wie ein einsamer Wolf, wenn du allein durch die Straßen läufst – mit Mitte Vierzig eher wie ein begossener Pudel!“

Vieles hatte sich verändert seit diesem Geburtstag. Es kam Schlag auf Schlag! Um Weihnachten herum hatte er vorübergehend keine Unterkunft und musste sich selbst notgedrungen bei seiner Cousine mit ihren drei Kindern und ihrem reaktionären Ehemann als Festtagsbesuch einladen.

Furchtbar! Silvester hatte er zum ersten Mal in seinem Leben einen Hexenschuss und fühlte sich zwei Wochen lang völlig hilflos, während er bei einem alten Kumpel in einer Dachkammer wohnte. Mitte Januar kam der Brief vom Amtsgericht Detmold. Seine Tante Magda aus Lemgo war gestorben! Die Tante väterlicherseits hatte er kaum gekannt, hatte sie auch nicht gemocht, und sie ihn vermutlich auch nicht. Aber er war, nachdem sein Vater schon vor einigen Jahren gestorben war, ihr nächster Verwandter. Da die Tante kein Testament hinterlassen hatte, ging ihr Erbe an ihn. Die Erbschaft bestand aus einem Haus in der Lemgoer Altstadt. Es musste eines der ersten Häuser dort gewesen sein, es war einige hundert Jahre alt – und das sah man dem Haus auch an. Die Tante hatte es schon vor dreißig Jahren vorgezogen, das Haus nicht mehr selbst zu bewohnen. Sie bezog eine Mietwohnung in feiner Adresse und vermietete ihr Haus an, wie es damals hieß, Gastarbeiter. Fünfzehn Jahre später zog sie in ein Altersheim um und finanzierte dies unter anderem mit den Mieteinnahmen aus dem Haus. Bei den Einnahmen blieb es aber – sie steckte keinen Pfennig in die Erhaltung des Gebäudes. Vor zwei Jahren fand sich auch kein Neubürger aus Anatolien mehr bereit, hier zu hausen und dafür auch noch Geld zu bezahlen. Seitdem stand das Haus leer.

Noch vor einem Jahr hätte Michael Grafenberg ein solches Erbe als viel zu belastend abgelehnt. Ein Klotz am Bein! Aber die jüngsten Erfahrungen hatten ihn nachdenklich gemacht, hatten ihn auch verunsichert. War es jetzt, nachdem er die statistische Lebensmitte schon um einige Jahre überschritten hatte, vielleicht wirklich an der Zeit, sein Leben anders zu gestalten? Im Theater lief es in letzter Zeit nicht mehr so gut, an allen Ecken und Enden musste gespart werden. So hatte er angefangen, sich ein zweites Standbein aufzubauen. Er war ein so genannter Comedian geworden. Jemand, der auf Veranstaltungen auftrat, ein paar Witze und Anekdoten erzählte, mit Vorliebe über das schwierige Verhältnis von Mann und

Frau. Die Frauen mochten ihn und klatschten, die Männer fanden ihn langweilig und plapperten rücksichtslos miteinander, während er auf der Bühne die alleinige Aufmerksamkeit gebraucht hätte. Erst als er sein Programm umgestellt und endlich zu seinem künstlerischen Alter Ego gefunden hatte, zu *Leo, der letzte Lipper,* lief es besser. Er gab nun skurrile Geschichten, teils wahr, teils frei erfunden, aus der Region zum Besten, stellte diese Geschichten teilweise auch szenisch dar, hatte etwas Gesangsunterricht genommen und würzte seine Darbietungen seit neuestem auch mit Liedern, von denen er einige sogar selbst geschrieben hatte. Leo kam gut an, Grafenbergs Einkommen stieg langsam und hätte im letzten Monat beinahe Hartz IV-Niveau erreicht. Alles in allem aber noch lange nicht ausreichend, um anders als von der Hand in den Mund leben zu müssen.

An diesem Sonntag hatte er sich bereits früh an die Arbeit gemacht. Früh, das hieß bei ihm um 9 Uhr aufstehen, in Ruhe frühstücken, und dann langsam zu überlegen, wo er anfangen sollte. Es war locker halb zwölf, als er zum ersten Mal den Vorschlaghammer hob, um eine überflüssige Wand in Schutt und Asche zu legen. An dieser Stelle wollte Grafenberg einen Durchbruch machen. Er drosch drauflos, was Muskeln und Material hergaben. Nach einer Stunde stand er in einer dichten Staubwolke, aber die Wand war weg. Er sprühte etwas Wasser in die unerträgliche Luft, damit sich der Staub absetzte, hustete ausgiebig und ging danach in einen anderen Raum, um sich eine Zigarette zu drehen. Als er zurückkam, hatte sich die Luft wieder etwas geklärt und er freute sich über die Ausmaße seines künftigen Wohnzimmers. Jetzt erst fiel ihm auf, dass der hintere Raum nicht die gleiche Breite hatte wie der Raum, von dem aus er sich vorgearbeitet hatte. Obwohl doch die Wand, die beide Räume auf der linken Seite begrenzte, laut Architekt eine tragende Wand war. Seit wann beschreibt eine tragende Wand einen Winkel? Oder hatte jemand in früheren Zeiten noch eine zusätzliche Wand eingezogen? Wenn ja, was mochte dann zwischen der tragenden Wand und der zusätzlichen sein? Das konnte er nur herausfinden, wenn er diese zusätzliche Wand auch einschlug. Wieder hob er den schweren Hammer und legte los. Die Wand war dünn und gab sofort nach. Aber nicht auf voller Breite. Rechts blieb eine Art Erker stehen. Hier war massiv gebaut worden. Ein alter Kamin? Grafenberg begann damit, den Lehmputz von der Ecke abzulösen, indem er mit einem kleinen Hammer daraufschlug. Plötzlich, etwa auf Augenhöhe, drang die Hammerspitze tiefer in den Putz ein und blieb stecken. Grafenberg drehte den Hammer und konnte leicht ein faustgroßes Loch erzeugen, als er ihn wieder herauszog. Es roch muffig, aber es fehlte die für alte und versottete Kamine typische herbe Duftnote und die Zugluft. Außerdem stieß der Hammer auf keinen Widerstand mehr. Also war hier ein Hohlraum in der Wand und nicht der Durchbruch zu einem Kamin. Neugierig begann er, das Loch zu vergrößern, bis sein Hammer ein hohles Geräusch erzeugte, das nicht vom Mauerwerk stammen konnte. Er zog sich einen Arbeitshandschuh über und fuhr, nicht ohne Widerwillen, mit der rechten Hand in das dunkle Loch. Als er etwas Eckiges spürte, griff er zu und zog ein kästchenförmiges Etwas heraus, überzogen mit Staub, Spinnweben und wer weiß was sonst noch alles. Grafenberg wischte den gröbsten Dreck vorsichtig mit dem Handschuh weg und konnte nun erkennen, dass es sich um ein etwa backsteingroßes Holzkästchen handelte. Er nahm es mit in den einzigen warmen Raum des Hauses, die Küche. Dort stellte er das Kästchen auf den Tisch, drehte und wendete es, ohne so recht zu wissen, wie er nun vorgehen sollte. Mit so was hatte er nie gerechnet. Keine Ahnung, wie man so ein Ding öffnet, ohne es zu zerstören. Also tat er erst einmal das Naheliegende – er drehte sich eine weitere Zigarette und starrte rauchend auf sein merkwürdiges Fundstück. Das Kästchen hatte kein Schloss, wurde nur durch einen breiten Ledergurt gesichert.

Selbst für Grafenberg keine unlösbare Aufgabe. Sekunden später konnte er den Deckel hochklappen und entdeckte ein mehrfach gefaltetes Stück Papier. Nein, kein Papier. Es war sehr feines Leinen. Grafenberg konzentrierte sich und entnahm mit aller ihm zur Verfügung stehenden Vorsicht das Leinen. Er entfaltete es und strich es auf dem Küchentisch etwas glatter. Es handelte sich um ein Schriftstück! Auf dem noch sehr gut erhaltenen Leinen war mit schwarzer und roter Tusche ein Text in, soweit Grafenberg dies beurteilen konnte, lateinischer Schrift aufgetragen worden.

5

Schon wieder dieser Nebel! Keine zehn Meter konnte man sehen. Die ganze Welt war zusammengeschrumpft auf die Größe eines Wohnzimmers. Seit vier Tagen war er jetzt auf der Insel. Seit drei Tagen war sie in Watte gepackt. „Lüttje Welt“, wie die Insulaner dies nannten. Die feuchte Kälte kroch in seine Kleidung und biss sich in seinem wehrlosen, verweichlichten Körper fest.

Hans-Hermann Blumenkamp war nicht besonders robust, auch wenn sein Äußeres dies vermuten ließ. Er war ein kleiner, aber recht stämmiger Mann um die Sechzig, mit einem mächtigen, bärtigen Kinn, mit lebhaftem und manchmal herausforderndem Blick, mit großen und kräftigen Händen, die unentwegt fuchtelten, wenn er mit der ihm innewohnenden Leidenschaft sprach. Nun fror er. Schon auf der Mole in Norddeich hatte ein feuchtkalter Wind ihm die Laune verdorben. Auf Norderney selbst war es am ersten Tag dann sogar ein sonniger, wenn auch kühler Märztag geworden. Dann kam der Nebel.

Wäre er gefragt worden, was er nun frühmorgens um 6 Uhr auf einer kleinen, heftig schwankenden Motoryacht im Busetief, der Meerenge zwischen Juist und Norderney zu suchen habe, hätte er Mühe gehabt, eine zufrieden stellende Antwort zu finden. Er hatte sich überreden lassen.

Am Abend zuvor war er in der schicken Kneipe *Cinema* mit zwei jungen Männern ins Gespräch gekommen. Die beiden hatten sich zu ihm an die Theke gesetzt und entpuppten sich als lippische „Landsleute". Sie waren wohl Söhne wohlhabender Eltern, denn im Norderneyer Hafen lag eine kleine Motoryacht, mit der sie vor zwei Tagen von Greetsiel gekommen waren. Klar, kein normaler Mensch würde zu dieser kalten Jahreszeit mit einem kleinen Schiff unterwegs sein. Aber normal seien sie eben nicht, lachten sie. Außerdem war der Wind in den letzten Tagen kein Problem, es war immer genug Wasser unterm Kiel und das bisschen Nebel… kein Hindernis für die beiden. Blumenkamp war leidenschaftlicher Hobbysegler, den Schiffe aller Art geradezu hypnotisierten. Einer Einladung zu einer Fahrt mit der Motoryacht konnte er keinen Widerstand entgegensetzen. Es sollte hinausgehen durch das Busetief auf die offene See. Unterwegs wollte man versuchen, etwas zu angeln. Blumenkamp war begeistert. Und so hatte er sich an diesem kalten Freitagmorgen früh um halb fünf aus dem Bett gequält und war ohne Frühstück zum Hafen gelaufen. Die beiden jungen Männer waren bereits dabei, die Yacht klarzumachen, und kurz darauf steuerten sie das kleine, aber feine Schiff aus dem Hafen heraus und ließen es Richtung Steuerbord gegen den Druck der auflaufenden Flut ankämpfen. Blumenkamp war seefest und hatte mit den heftigen Auf- und Abwärtsbewegungen des Schiffes keine Probleme. Im Gegenteil. Abgesehen davon, dass er nicht warm genug gekleidet war und vor Kälte bibbernd neben dem Steuer stand, fühlte er sich prächtig. Die Kälte war auch der Grund, warum er seinen Ostfriesennerz auszog und sich eine der Schwimmwesten anlegte. Es hatte weniger mit Vorsicht zu tun, aber als er das gelbe Ölzeug über die Schwimmweste gezogen und geschlossen hatte, war ihm erheblich wärmer.

Die Motoryacht kam trotz des gegenläufigen Flutstromes gut voran und nach einer Viertelstunde hatten sie den Westkopf der Insel umschifft. Sie befanden sich nun ziemlich genau zwischen den beiden Inseln Norderney und Juist. Von der nahe liegenden Stadt Norderney zu ihrer Rechten konnten sie nichts erkennen, sie war vom dichten Nebel verschluckt worden. Links von ihnen lag das Kalfamer, die einsame, flache Ostspitze von Juist. Auch in dieser Richtung betrug die Sicht maximal zehn Meter. Das Wasser hatte seinen Höchststand erreicht. In wenigen Minuten würde der Ebbstrom einsetzen. Die Yacht würde bei der Rückfahrt also wiederum gegen den Strom ankämpfen müssen.

Da die Gezeiten nun kippten, wurde die See zunehmend kabbeliger. Wäre der junge Mann, der das Schiff steuerte, weiter volle Fahrt geradeaus gefahren, hätte dies nicht viel ausgemacht. Doch zu Blumenkamps Erstaunen reduzierte er die Motorleistung und schaltete schließlich auf Leerlauf. Das Fahrzeug begann, hilflos auf den Wellen zu tanzen. Als Blumenkamp den Steuermann fragte, warum er nicht weiterfuhr, grinste der nur und sagte, man wolle noch etwas warten.

„Warten? Worauf wollt ihr denn warten?"

Der zweite Mann, der am Abend zuvor stets der Wortführer gewesen war, und der sich ihm als Martin vorgestellt hatte, kam aus der Kajüte empor und stellte sich direkt vor Blumenkamp. Er war fast einen Kopf größer als der ältere Herr und hatte urplötzlich sein joviales Lächeln verloren. Blumenkamp war irritiert. Was ging hier vor? Der Mann am Steuer schaute interessiert zu den beiden herüber.

„Hat es dir eigentlich gut gefallen auf Norderney?", fragte Martin ohne den Anflug eines Lächelns.

Blumenkamp schluckte. Das in Anbetracht des Altersunterschiedes etwas respektlose „Du" war in Ordnung, schließlich hatten sie am Abend zuvor zusammen gezecht. Aber es war der Tonfall, der ihm nicht gefiel. Hier war ganz plötzlich Aggression im Spiel.

„Was ist denn mit euch los?“, fragte Blumenkamp streng zurück. Er war ein altgedienter Politiker und noch nie einem Streit aus dem Wege gegangen. „Wenn ihr diesen Seegang nicht vertragt, dann legt euch in die Kajüte. Ich mache das bisschen hier oben schon!“

Martin grinste nun wieder, aber freundlich wirkte das nicht.

„Meine Frage war ernst gemeint. Eigentlich war sie der Grund, warum wir dich mitgenommen haben. Wir wollten mal mit dir in Ruhe plaudern.“

„Das hättet ihr gestern Abend einfacher haben können!“

„Gestern Abend? Nein, da waren wir ja nicht unter uns. Hier plaudert es sich doch viel freier!“

Blumenkamp, dem nun doch etwas mulmig zumute wurde, wollte einen Schritt zurückweichen, trat aber dabei gegen den Eimer mit den Fischködern. Scheppernd fiel dieser um und Blumenkamp kam ins Straucheln. Er wäre gestürzt, wenn der Mann namens Martin ihn nicht am Arm gefasst und wieder in die Senkrechte gezogen hätte.

„Na, wer ist denn hier seekrank?“, kommentierte er seine Hilfeleistung.

Und dann, in plötzlich weitaus aggressiverem Tonfall:

„Hast viel rumgeschnüffelt hier auf der Insel, stimmt’s? Hast die Leute aufgehetzt, was? Bist uns in die Quere gekommen, mein Lieber. Hättest beinahe alles verpfuscht. Warum hast du denn das Geld nicht genommen und bist einfach verschwunden? War es nicht genug?“

Blumenkamp stand der Mund vor Staunen offen.

„Welches Geld?“ Dann, nach ein paar Sekunden, fiel der Groschen. „Ach, das war von euch? Ihr beiden wart das? Ihr habt versucht, mich zu bestechen? Über diesen lächerlichen Herrn Hauenbrock? Jetzt weiß ich auch, was ihr nun von mir wollt. Ihr seid also…!“

Er brach ab und lachte, doch das Lachen klang nicht eben entspannt. Dann fuhr er fort:

„Wollt ihr wissen, was ich mit dem Geld gemacht habe? Ich habe es gespendet! Es ist genau dahin geflossen, wo es euch schadet. Glaubt bloß nicht, dass ihr mich kaufen könnt!“

Nun war es der junge Mann, der lachte.

„Wir haben dir ein Angebot gemacht, dass man eigentlich nicht abschlagen konnte. Du hast es abgeschlagen. Aber jetzt reicht es! Du störst unsere Geschäfte nicht mehr!“

Plötzlich verstand Blumenkamp die Konsequenz aus diesem Satz. Der Erkenntnis folgte blitzartig ein eisiger Schauer.

„Ihr werdet doch nicht…“, er konnte den Satz nicht mehr zu Ende bringen, denn hinter ihm tauchte nun der Steuermann auf. In der hoch erhobenen rechten Faust hielt er einen zylinderförmigen Gegenstand, der nun herabsauste und laut krachend auf Blumenkamps Hinterkopf traf.

Die beiden jungen Männer griffen schnell nach dem zusammensackenden Mann, hoben ihn empor und warfen ihn mit Schwung über Bord. Sekunden später, Blumenkamp war noch nicht wieder aufgetaucht, startete die kleine Motoryacht mit voller Maschinenleistung, drehte bei und fuhr zurück zum Norderneyer Hafen. Der an dieser Stelle enorm starke Ebbstrom hatte bereits eingesetzt. Er würde den leblosen Körper schnell auf das offene Meer hinausziehen. Auf Nimmerwiedersehen!

6

Die Straße war schmal und kurvenreich. Sie schlängelte sich durch die bergige Landschaft Lippes. Die Fahrbahnbegrenzungen waren durch den starken Schneefall nur schwer auszumachen.

Doch selbst solch ein Wetter konnte über die Schönheit der Region nicht hinweg täuschen. Die Dörfer Donop und Altendonop passten sich der Landschaft an, als wären sie schon immer ein Bestandteil von ihr gewesen, nichts Künstliches, von Menschenhand Geschaffenes. Lediglich die Ostwestfalenstraße fräste sich wie eine hässliche Narbe durch die schneebedeckten Hügel.

„Wo zum Teufel liegt die Gaststätte *‚Zum alten Jäger'*", fragte sich Grafenberg. Er kramte eine handgeschriebene Skizze aus dem Handschuhfach seines alten *Ford Transit,* um sich zu orientieren. Doch das funzelige Licht der Fahrzeugbeleuchtung reichte nicht aus, um die Zeichnung während der Fahrt erkennen zu können. Weitsichtigkeit, eine erste Alterserscheinung, dachte der Fahrer und brachte das Fahrzeug fluchend auf dem Gelände einer Tankstelle zum Stehen.

Einige Augenblicke später hatte er herausgefunden, dass er sein Ziel in wenigen Minuten erreicht haben würde. Grafenberg drehte den Zündschlüssel seines Autos. Es gab Geräusche von sich, als würde ein Asthmakranker seine letzten Schnaufer von sich geben. Schwarze Abgase wurden vom Auspuff des Autos in die kalte Abendluft gerotzt. Der Motor sprang an. Greifenberg überquerte die Ostwestfalenstraße, fuhr noch einige hundert Meter, dann hatte er die Ortsgrenze von Dalborn erreicht. Das Gasthaus entpuppte sich als Dorfgaststätte, wie es nur noch wenige gab. Keine Schnörkel, keine modernen Möbel, nicht irgendwelcher moderner Schnickschnack, der vom Wesentlichen, dem Essen und Trinken, hätte ablenken können.

Lediglich eine Reihe Jagdtrophäen zierte die Wände des Schankraumes. Sie wiesen darauf hin, dass der Name der Kneipe gerechtfertigt war. Der Wirt hinter der Theke spülte Gläser. Er hob kurz den Kopf und begrüßte Grafenberg mit einem Nicken, ohne seine Arbeit zu unterbrechen. Der Schauspieler und Geschichtenerzähler ging zur Theke und stellte sich vor.

„So, so, der alte Ehlert hat zu seinem siebzigsten Geburtstag sogar einen Schauspieler zur Belustigung eingeladen. Der lässt sich seine Feier ja richtig was kosten. Na, dann kommen Sie mal mit in den Saal. Sie sind der Erste von der Gesellschaft. Oder wollen Sie erst mal ein Bier?"

Keine schlechte Idee, dachte Grafenberg und so servierte der Wirt ihm etwas später, ohne viele Worte, ein sauber gezapftes Pils. Grafenberg fragte ihn nach so etwas wie einer Garderobe, in der er sich umziehen könne.

„Nee, so was haben wir nicht. Am Besten, Sie gehen jetzt in den Saal und ziehen sich Ihr Kostüm an. In einer viertel Stunde kommen die ersten Gäste, dann ist es mit der Ruhe vorbei."

Als Grafenberg wieder in den Schankraum trat, traute der Wirt seinen Augen kaum. Aus dem Mann, der eben noch schwarze Jeans und ein Sakko in gleicher Farbe getragen hatte, war jetzt ein Knecht oder Bauer geworden, wie er vor fünfzig Jahren hier wohl abends sein Feierabendbier nach dem Melken getrunken hatte.

„Na, ob das wohl der richtige Aufzug für einen siebzigsten Geburtstag ist?", stellte der Wirt die Frage eher an sich selbst.

Die Tür öffnete sich und festlich gekleidete Gäste traten ein. Sie schienen sich auszukennen. Nach kurzem Gruß gingen sie unaufgefordert weiter in den Saal.

Grafenberg saß an der Theke, trank Bier und beobachtete das Geschehen. Immer mehr Leute kamen. Ein Mann, den Grafenberg als seinen Auftraggeber Ehlert erkannte, kam zu dem Wirt, der eifrig Bier zapfte. Er betrachtete den Geschichtenerzähler von oben bis unten und fragte:

„Sag mal, Karl, ich war davon ausgegangen, dass wir hier heute eine geschlossene Gesellschaft haben?"

Der Wirt nickte. Wieder sah Ehlert zu dem biertrinkenden Schauspieler. Der Mann hinter der Theke folgte seinen Blicken. Da wurde ihm klar, wieso der Gastgeber die Frage gestellt hatte.

„Der sagt, er wäre ein Schauspieler und sollte heute Abend auf deinem Geburtstag was vortragen."

Jetzt erkannte Ehlert Grafenberg.

„Kerl, Sie sind ja schon verkleidet. Jetzt kommen Sie erst mal zum Essen mit in den Saal. Es gibt Wildschweinbraten. Einen besseren finden Sie weit und breit nicht. Ihren Vortrag können Sie halten, wenn Sie was gegessen haben."

Ehlert begleitete den Schauspieler zur schon eingedeckten Tafel. Er bot ihm einen Platz neben einem alten Mann an, der mit seinem Gegenüber schwadronierte.

Als Grafenberg sich setzte, zog er die Aufmerksamkeit der beiden auf sich.

„Anton Fritzmeier aus Heidental und Heinrich Bekemeier", wurden die Gäste vorgestellt.

Die Männer beachteten das Höflichkeitsritual in keiner Weise und der Heidentaler kam gleich zur Sache.

„Sach mal, wie siehs du denn aus? So wie du angezogen bis, cheh ich nich mal innen Stall!"

Ehlert klärte ihn auf:

„Das ist *Leo, der letzte Lipper,* im richtigen Leben Michael Grafenberg. Der soll uns nach dem Essen ein paar Geschichten erzählen."

„Na, dann sitzt er bei uns ja chenau richtich. Von uns kricht der heute Abend noch en paar Sachen zu hören, die vergisst der sein Lebtach nich", feixte der alte Bauer.

Grafenberg hatte in der Tat nie besseren Wildschweinbraten zu essen bekommen. Dazu gab es Klöße, Kartoffeln,

Rotkohl und andere Gemüse. Er war satt und zufrieden. An sich hätte er jetzt auch auf seinen Auftritt verzichten können. Doch schon klopfte das Geburtstagskind an sein Glas.

„Liebe Gäste! Ihr wisst, reden ist nicht meine Sache, daher habe ich dazu jemanden engagiert, einen Geschichtenerzähler, *Leo, der letzte Lipper.*"

Grafenberg stand auf und ging nach vorne. Er begrüßte die Leute und legte los. Nach einigen einleitenden Worten sagte er:

„Beginnen möchte ich mit ein paar Mossenberger Geschichten. Ihr müsst wissen, die Mossenberger, das waren nämlich früher die Schildbürger Lippes."

„Jou!", wurde er von Anton Fritzmeier gleich unterbrochen.

„Die standen doch immer in unseren Lesebüchern, *Jugendborn.* Da kenne ich auch noch welche! Setz dich mal hin, du Quasselkopp!", wandte er sich an Grafenberg, dem gerade der Kinnladen herunterfiel.

Der Saal tobte. Man kannte Fritzmeier, der nicht mehr zu stoppen war, wenn er ein paar Bier getrunken hatte.

Der Bauer erhob sich und ging mit gebeugtem Gang, der auf ein Leben voller schwerer Arbeit hindeutete, ebenfalls nach vorne.

„Na, nun setz dich schon wieder hin, Junge! Du kanns ja immer noch einen zum Besten cheben. Jetz bin ich ers mal dran.

Also, ihr müsst wissen, die aus Mossenberch, die mussten immer nach Wöhren in ne Kirche. Dat stank den Mossenbergern natürlich. Wenn einer starb dann musste immer in Wöhren cheleutet werden und wenn der Wind nich chut stand, dann konnten die Mossenberger nich mal was von den Gebimmel hören.

Irgendwann waren se et leid in Mossenberch. Se ham dann ne Versammelung abchehalten und haben beschlossen, sich ne Kirche in ihr Dorf zu holen. Doch dat war garnich so einfach wie sich rausstellte. Die Kapelle von Wöhren war nämlich chanz schön chroß. Tragen konnte man die nich. Aber irgend wie musste man se doch verschieben können, vielleicht rollen. Also ham die Mossenberger in ganzen Lipperland Erbsen zusammengesammelt. Viele Säcke voll und se dann zwischen Wöhren und Mossenberg ausgestreut. In der kommenden Nacht sollte et dann passieren. Schlau wie die waren, haben se dann einen Bindfaden von einen Ort zun anderen gespannt, um den Erbsenpfad inne Dunkelheit nich zu verfehlen. Doch die aus Wöhren haben dat irgenwie spitz chekricht und haben den Bindfaden einfach umgehängt. Se haben ne direkt über einen Teich chezogen. Als dann an Abend die Mossenberger an den Faden entlang zu der Kapelle nach Wöhren chechangen sind, sind se alle innet Wasser chefallen. Ertrunken is keiner, aber alle waren nass wie ne Katze. Also haben se et chelassen und sind wieder nach Hause gegangen.

Et wird erzählt, dat die einen sagen, die Mossenberger hätten dat mit den Kapellen klauen dann chelassen, aber andere behaupten, se hätten et noch mal versucht. Hätten nachts auch den Weg chefunden und sich hinter der Kapelle aufchestellt und dann nach Leibeskräften cheschoben. Se haben nich nur chegen die Kirchenmauern gedrückt sondern auch den einen oder anderen zerquetscht. An nächsten Morgen hätten se da noch chelegen. Ob dat chez wahr is, weiß ich nich, wird ja viel erzählt. Sicher is aber, dat die Kapelle heute immer noch in Wöhren steht. So ähnlich hab ich es aus den *Jugendborn.*"

Der Saal tobte. Grafenberg musste zugeben, dass Fritzmeier nicht viel schlechter war als er.

„So, du Schauspieler!", rief Fritzmeier zu ihm herüber. „Chetz bis du dran. Danach komme ich wieder. Ich erzähle euch dann wat über die Mossenberger Störche. Aber dat Chelt, wasse für deinen Auftritt hier krichs, dat wird cheteilt."

Die Leute brüllten vor Lachen. So ging es hin und her, nach jeder Geschichte von Grafenberg kam eine von Fritzmeier. Als die Feier sich dem Ende zuneigte, überlegte der Profi ernsthaft, Fritzmeier zu fragen, ob sie in Zukunft nicht zusammen auftreten sollten.

7

Tjark Visser hatte gerade den Binnendeich am Parkplatz Ostheller, der den ‚zivilisierten' Westen der Insel Norderney vom ‚wilden' Ostland trennt, auf der Höhe des kleinen Informationszentrums Nationalpark Wattenmeer überquert und ratterte nun mit seiner niegelnagelneuen Yamaha XT660R, einem geländegängigen Motorrad, weiter nach Osten. Wie immer benutzte er dabei die Route durch die Dünen, an der Postbake entlang. Die südlichere Route war in dieser Jahreszeit nicht einmal mit einer Geländemaschine zu befahren. Tjark Visser war 43 Jahre alt, von Beruf Schlosser auf einer renommierten Norderneyer Werft und wohnte noch immer bei seinen Eltern in der Rheinstraße. Er besaß nicht viel, und er brauchte noch weniger. Zwei Leidenschaften machten sein Leben aus: Sein Motorrad und der Alkohol. Für das Motorrad hatte er lange gespart, den Alkohol gönnte er sich täglich. Besonders samstags. Er hätte sich an keinen Samstagabend in den letzten zwanzig Jahren erinnern können, an dem er nicht spätestens um Mitternacht ‚duun' gewesen wäre. Früher kam der Sonntagvormittag in seinem Leben überhaupt nicht vor, den verschlief er grundsätzlich. Seit einigen Jahren jedoch war das anders. Er mochte soviel trinken wie nur reinpasste, auch wenn sein Alkoholspiegel bei einem weniger geübten Trinker zum sofortigen Hirntod geführt hätte, aber am nächsten Morgen wurde er zu einer Zeit wach, zu der selbst biedere Familienväter sich noch einmal wohlig grunzend im Bett umdrehten. Das lag sicher an der übervollen Blase, aber auch an einem mörderischen Nachdurst. Nicht, dass er dann schon völlig klar gewesen wäre. Aber abgesehen davon, dass er um diese Zeit alles noch doppelt sah, eine Kehle hatte, die so trocken wie die Sahel-Zone war und Kopfschmerzen, die eigentlich eine Vollnarkose notwendig gemacht hätten..., er war irgendwie wach und hätte auch nicht wieder einschlafen können. Seitdem er seine Geländemaschine hatte, fuhr er damit am frühen Sonntagmorgen hinaus. In die Stadt traute er sich natürlich nicht, also ging es raus in den wilden, völlig unbewohnten Ostteil der Insel. Dort erschreckte er allenfalls Fasanen oder Kaninchen. Aber nie sah er dort einen Polizisten. Die Tatsache, dass die Fahrt mit dem Motorrad quer durch einen Bereich führte, der zum Nationalpark Niedersächsisches Wattenmeer gehörte und streng geschützt war, interessierte ihn nicht. Vor den meist noch jugendlichen Leuten, die dort mit viel Idealismus als ‚Vogelzivis' oder im Rahmen eines ‚freiwilligen ökologischen Jahres' als eine Art unbezahlte ‚Ranger' fungierten, hatte er keinen Funken Respekt. Stoppen konnten ihn keines von diesen ‚Weicheiern'. Schlimmstenfalls würden die sich sein Nummernschild merken und dies der Polizei melden. Aber sein Nummernschild war derart verdreckt, dass hier keine ernsthafte Gefahr bestand. Sicher, der Weg konnte in dieser Jahreszeit verdammt tückisch sein.

Einen Weg, der diesen Namen verdient hätte, gab es sowieso nicht. Dicke, farbige Holzpfähle markierten alle fünfzig Meter die Route, die mitten durch die inneren Dünen führte. Da kam es schon mal vor, dass einige Tonnen feinster Nordseesand den gewohnten Weg versperrten. Oder über Nacht große Wasserflächen dort glitzerten, wo sonst der Strandhafer wuchs. In ganz besonderen Härtefällen waren auch schon mal ganze Bereiche des Ostlandes so überschwemmt, dass dadurch für mehrere Stunden aus einer Insel zwei geworden waren. Na und? Was ging ihn das an? Wozu hat man denn eine Geländemaschine? Irgendein Weg findet sich immer.

Seine Ausflüge endeten allerdings nicht immer glimpflich. Der Alkohol forderte seinen Tribut.

Im letzten Sommer hatte er einmal eine verwirrende Erscheinung gehabt, die beinahe dazu geführt hätte, für immer und ewig dem Alkohol zu entsagen. Wieder war er mit seinem Motorrad in der einsamen Dünenlandschaft, die ja letztlich nichts anderes war als eine Sandwüste, unterwegs. Er befand sich in etwa auf Höhe der sogenannten *Oase*, der Strandgastronomie am FKK-Strand. Wieder mit stierem Blick, die Alkoholreste gluckerten noch in der Blutbahn, wieder mal heilfroh, die letzte Kurve erfolgreich bestanden zu haben. Bis urplötzlich hinter einer Biegung des unbefestigten Wanderweges ein Kamel vor ihm auftauchte. Es dauerte etwas zu lange bis der alkoholgetränkte Schwamm, der in besseren Zeiten einmal sein Gehirn gewesen war, den Befehl „Bremsen" an die Hände weitergab. Visser raste einige Meter die nächste Düne hinauf, überschlug sich dort und rollte wieder bergab bis auf den Wanderweg. Er war noch lange genug bei Bewusstsein, um zu sehen, wie das Kamel erschrocken davonlief. Dann schwanden ihm für zwei Minuten die Sinne. Als er wieder aufwachte, war er restlos fertig. Diese Halluzination konnte nur das schon lange befürchtete Delirium Tremens sein! Jetzt hatte er sein bisschen Hirn endgültig versoffen! Nie wieder würde er einen Schluck Alkohol anrühren! Am nächsten Tag las er in der Zeitung, dass ein Zirkus auf die Insel gekommen war und am Sonntag Nachmittag wären viele Familien rausgewandert, um sich die Tiere anzuschauen, die der Zirkus in den Dünen grasen ließ.

Ein Jahr zuvor war er wieder mal mit seinem alten Motorrad am östlichen Inselende gewesen. Hier lag das Wrack, ein Weihnachten 1967 gestrandeter Heringslogger, der nach all den Jahren noch immer nicht komplett im Sand versunken war. Dieses Wrack hatte sich zu einem beliebten Ausflugsziel für Touristen entwickelt. Jeder kannte es, aber keiner wäre auf die Idee gekommen, dass Tjark Visser im Bauch dieses Schiffswracks immer mehrere Flaschen *Doornkaat* deponiert hatte. Nach der langen Fahrt kam nämlich meist das große Zittern und dann musste nachgetankt werden. An diesem Sonntag hatte er besondern sorgfältig nachgetankt. Als er die Flasche wieder in das Versteck zurückgeschoben hatte, saß er eine Weile im Sand und schaute mit stierem Blick Richtung Osten auf die kleine Nachbarinsel Baltrum. Die Meerenge zwischen den beiden Inseln war ja nie sehr breit, aber an diesem Sonntag erschien sie ihm ganz besonders schmal. Außerdem war Niedrigwasser, das müsste doch zu schaffen sein! Mühsam bestieg er sein Motorrad, auch damals hatte er schon eine Geländemaschine, und düste ohne weiteres Nachdenken los. Über den Sand, durch den Flutsaum rein ins kalte Wasser. Nach fünf Metern gab die Maschine ihre Bemühungen auf, kippte um und Tjark Visser hatte das Glück des Trinkers gehabt, als er klatschnass, aber kaum verletzt, wieder zurück zum Wrack kam. Natürlich ohne sein Motorrad. Er konnte sich später nicht mehr erinnern, wie er es geschafft hatte, zu Fuss nach Hause zu kommen. Das Motorrad blieb liegen, wo es war, wurde von der nächsten Flut mit einer Menge Sand überzogen und dient wahrscheinlich noch heute irgendwelchen Wattwürmern als Behausung.

An diesem Sonntagvormittag jedoch verspürte er keinerlei Abenteuerdrang. Es war immer noch viel zu kalt für die Jahreszeit. Nach wie vor lag dichter Nebel über der Insel. Er hätte besser im Bett bleiben sollen. Ihm war schlecht und schwindelig. Nicht einmal die Flasche *Doornkaat* lockte ihn, als er sein Motorrad beim Wrack abgestellt hatte. Er nahm ein am Motorrad festgeschnalltes kleines Lederkissen mit und setzte sich damit an die Stelle, an der früher einmal das Vordeck des Heringsloggers gewesen war. Jetzt waren nur noch die beiden eisernen Seitenwände zu sehen, das Deck selbst lag komplett unter den Sandverwehungen. Vom nahe gelegenen Baltrum war wegen des Nebels nichts zu sehen.

Nach zwei Minuten Sitzen wurde es ihm dann zu kalt. Weiterfahren konnte er noch nicht, dafür war die Übelkeit zu stark. Also blieb ihm nur eines: Sich bewegen! Als er sich ächzend aufrichtete, nahm das Schwindelgefühl noch zu. Vorsichtig stieg er von dem Schiffswrack herunter und machte einige Schritte aufs Wasser zu. Die selbst bei Flut beeindruckende sandige Ebene war jetzt, da das Wasser seit über einer Stunde zurücklief, noch trostloser. Visser wandte sich nach links und schritt langsam direkt an der Wasserkante entlang. Seine schweren Motorradstiefel sackten bei jedem Schritt bis zur Knöchelhöhe in dem weichen, wassergetränkten Sand ein. Der Schwindel ließ langsam nach, auch die Übelkeit spürte er kaum noch. Der scharfe Nordwestwind blies ihm den Alkohol aus dem Schädel und der würzige Geruch des Flutsaumes weckte zumindest einige seiner Sinne wieder auf. Nach zweihundert Metern war er wieder soweit mit sich und seinem Körper im Reinen, dass er großen Appetit auf den *Doornkaat* verspürte. Er beschloss, wieder umzukehren und zurück zum Wrack, zu seinem Motorrad und zu seiner Flasche zu gehen. Bevor er sich umdrehte, warf er aber noch einen letzten Blick auf die Sandfläche vor ihm. Hier, am Nordostende der Insel, landete die Strömung das wieder an, was am stark bevölkerten und touristisch erschlossenen Westkopf ins Wasser geworfen oder vom Wasser mitgerissen worden war. Visser fand es schon immer spannend, sich die Ausscheidungen der letzten Flut anzusehen. Erstaunlich, was da alles angespült wurde. So kehrte er noch nicht sofort um, sondern suchte sich einen Weg durch halbvermoderte Holzbohlen, Plastikflaschen, Fetzen von Fischernetzen, aber auch Unmengen von Muschelschalen und kleinen Krebsen. Etliche Möwen schlugen sich hier, laut kreischend, den Bauch voll. Das war völlig normal bei ablaufendem Wasser. Ungewöhnlicher war schon, dass kurz vor ihm ein ganzer Schwarm dieser großen Vögel über einer Stelle kreiste. Die Tiere wirkten noch aufgeregter als sonst. Da war vermutlich ein größerer Fisch angelandet worden. Neugierig schritt Visser schneller aus und hielt auf die Stelle zu. Die Möwen machten keine Anstalten, seinetwegen zu verschwinden. Sie schrien noch lauter und flogen erste Angriffe auf die vermeintliche Fresskonkurrenz. Aber Tjark Visser ließ sich nicht beirren, und als er nur noch zwei Meter von der Stelle entfernt war, gaben die Möwen auf und warteten in respektvoller Entfernung den weiteren Verlauf der Ereignisse ab.

Es dauerte einige Sekunden, bis Visser erkennen konnte, was da vor ihm lag. Bis er herausfand, dass der große, gelbe Haufen ein Ostfriesennerz war, aus dem auf der einen Seite eine menschliche Hand heraushing. Mit wachsendem Entsetzen umrundete Visser das, was nun immer deutlicher als ein menschlicher Körper zu erkennen war.

Dann nahm er den Rest seiner Energie zusammen und rannte durch den feuchten Sand zurück zu seinem Motorrad.

8

Sonntagmittag! Der Hauptwachtmeister Dieter Möllmann erlebte gerade einen Tagtraum. Eine adrette Hausfrau rief ihre Lieben zum Mittagessen. Zwei Kinder kamen freudig strahlend in die blitzsaubere, behagliche Wohnküche, der Ehemann räkelte sich vom Sofa hoch, gab seiner Frau einen Kuss, setzte sich an den Küchentisch und rieb sich voller Vorfreude die Hände, während seine Frau das deftige Essen auftrug. Der Traum war so realistisch, dass Möllmann den Bratenduft fast riechen konnte. Er wusste zwar ganz genau, dass dieser Traum in der Wirklichkeit des Jahres 2006 eher die Ausnahme sein dürfte, aber für ihn zählten die alten Werte noch. Hauptwachtmeister Dieter Möllmann hielt verbissen an dem Weltbild fest, das er sich vor langer Zeit zurechtgezimmert hatte. Und er hatte nicht die geringste Absicht, daran etwas zu ändern. Was früher recht war, konnte jetzt nicht unrecht sein! Nun stand er in seinem Dienstzimmer in der Norderneyer Polizeistation an der Knyphausenstraße. Bereitschaftsdienst. Am Sonntag! Er hatte dafür kein Verständnis, schließlich hatte er Familie. Okay, eigentlich nur eine Ehefrau, denn das einzige Kind war schon seit acht Jahren außer Haus, aber immerhin. Sein Kollege Janssen jedenfalls hatte weder Weib noch Kind. Der Kerl war Junggeselle. Auf den wartete niemand an einem Sonntagmittag. Wieso konnte der nicht grundsätzlich alle Wochenenddienste übernehmen? Aber mit dem war das nicht zu machen. Janssen hatte ihn nur ausgelacht, als Möllmann mit diesem Vorschlag gekommen war. Der Hauptwachtmeister kramte schlechtgelaunt eine Zigarettenschachtel aus seiner Schreibtischschublade. Als er eine Zigarette zwischen seinen wurstigen Fingern hielt, fiel ihm ein, dass eigentlich das Rauchen in den Diensträumen nicht gestattet war. Aber es war Sonntagmittag, er war mutterseelenallein auf der Wache. Es war fast ausgeschlossen, dass in den nächsten Stunden jemand zu ihm kam. Er steckte sich die Zigarette an, stand auf und ging rauchend auf und ab. Möllmann war die Personifizierung eines gestandenen Mannsbildes. Etwas über mittelgroß, mit einem großen, kahlen Kopf und einem Bauch wie eine Räuchertonne. Dazu kam ein dröhnender Bass. Eine barocke Erscheinung, die jeden Raum füllte.

Die Zigarette war noch nicht zur Hälfte geraucht, als er draußen ein Motorrad vorfahren hörte und Sekunden darauf die Türklingel ging. Wütend über die Störung machte Möllmann zwei schnelle Schritte zum Schreibtisch, drückte die Zigarette im Aschenbecher aus und betätigte den Türöffner. Seine Laune sank noch um einige Grade bis kurz vor den Gefrierpunkt, als er sah, wer da hereinstolperte. Tjark Visser war der Norderneyer Polizei aufs Beste bekannt. Mehr als einmal waren sie frühmorgens gerufen worden, wenn eine Kneipe endlich dichtmachen wollte und der letzte Gast sich an der Theke festgekrallt hatte und keine Bereitschaft zeigte, das Lokal freiwillig zu verlassen. Dieser Gast war in den meisten Fällen ein gewisser Tjark Visser. Er war zwar kein Randalierer, aber für die Polizisten lästig wie eine Schmeißfliege und der letzte, mit dem sich ein übelgelaunter Hauptwachtmeister am Sonntagmittag abgeben mochte. Dass Visser auch jetzt nicht nüchtern war, konnte Möllmann dem ungebetenen Besucher auf dem ersten Blick ansehen. Und er konnte es riechen! Visser stank schlimmer als der ganze Norderneyer „Schietleeg“, die ehemalige Mülldeponie am Südstrandpolder, jemals gestunken hatte. Das Aroma von Alkoholatem und frisch Erbrochenem durchzog die kleine Amtstube und ließ den Adrenalinpegel des Polizisten durch Ekel und Wut bis zum Anschlag steigen.

„Tot!“, stammelte Visser. „Ich habe einen Toten gesehen! Hinten, am Wrack!“

Möllmann stemmte die massigen Arme in die Hüfte.

„So, so. Der Herr hat was gesehen. Hast wohl wieder `ne Erscheinung gehabt, was? Wieder ein Kamel? Oder war es diesmal ein Elefant?“ Auch Möllmann kannte die Geschichte vom Kamel, denn Visser hatte im Suff gern und oft davon erzählt.

„Nein! Ganz im Ernst! Ein Mann liegt da. Tot!“ Visser wurde noch aufgeregter und kam Möllmann im Bemühen, den Polizisten zu überzeugen, immer näher. Dieser wich einen Schritt zurück und verwies Visser mit strengen Worten hinter den Empfangstresen. Dann bückte er sich und holte etwas aus einer Schublade des Tresens.

„So! Jetzt machen wir beiden Hübschen erst einmal einen kleinen Alkoholtest. Du weißt ja mittlerweile, wie man mit diesem Gerät umgeht, oder? Hast doch genug Übung darin.“

Mit diesen Worten drückte er Visser das Alkoholtestgerät in die Hand.

„So, dann blas mal schön. Und kotz mir bloß nicht vor Anstrengung in die Bude!“

Während Visser völlig überrascht das Gerät entgegennahm, brummte Möllmann weiter:

„Hat was gesehen, der Kerl! Am Wrack. Kein Wort glaube ich davon. Aber ich habe selbst gehört, dass er mit dem Motorrad gekommen ist. Wenn der Apparat jetzt noch ausreichend Restalkohol meldet, dann ist er reif. Den Suffkopp mache ich alle!“

9

„Was wollen diese Klugscheißer denn hier?"

Polizeiobermeister Dieter Möllmann warf wütend das Fax auf den Schreibtisch. Der dicke Polizist mochte es nicht, wenn unnötige Verwicklungen auftraten. Noch weniger mochte er es, wenn Außenstehende meinten, die Probleme in seinem Amtsbereich besser lösen zu können als er selbst.

Nun lag ihm dieses verfluchte Fax der Polizeiinspektion des Landkreises Aurich vor. Und das versprach nicht nur viel Arbeit, sondern auch Ärger. Normalerweise war die Dienststelle der Norderneyer Polizei in der Knyphausenstraße zu dieser Jahreszeit eine Oase der Ruhe. Der März ist einer der wenigen fast touristenfreien Monate. Das ändert sich, dann aber überfallartig, mit Beginn der Osterfeiertage. Innerhalb weniger Stunden erwacht am Gründonnerstag die Insel aus dem Winterschlaf und wird zum Rummelplatz. Die Bevölkerung wächst innerhalb eines Tages um das vier- bis fünffache. Der Hype hält bis zum Wochenende nach Ostern an, dann bricht der Trubel so abrupt zusammen, wie er entstanden ist. Aber soweit war es ja noch nicht. Noch hätten im Normalfall viele ruhige Tage vor dem Mann mit der Glatze und dem mächtig vorgewölbten Bauch gelegen. Tage, an denen er es nicht so genau nahm mit der Dienstzeit. Da vermischten sich schon mal dienstliche und private Belange. Wenn er zum Beispiel während der Dienstzeit mal ins Ostland fuhr, sein Jagdgewehr mitnahm und ein paar Kaninchen schoss. Er war schon stolz darauf, der Ordnungsfaktor auf dieser recht lebhaften Insel zu sein. Mit dem gleichen Stolz trug er seine Uniform. Nicht nur im Dienst, auch große Teile seiner dienstfreien Zeit verbrachte Dieter Möllmann in Uniform. Das hatte nicht nur den Vorteil, die Privatkleidung zu schonen, die Leute hatten dadurch auch den Eindruck, er sei ständig im Dienst und ginge bis zur Selbstaufopferung in seinen vielfältigen Pflichten auf. An Polizeiobermeister

Dieter Möllmann schieden sich die Geister. Weiten Teilen der Inselbevölkerung galt er als Inbegriff des korrekten Beamten, als Leuchtturm in einem Meer von Bedrohungen. Es gab aber auch einige wenige Unverbesserliche, denen er mit seiner etwas rigorosen Vorstellung von Recht und Ordnung auf die Nerven ging. Dazu gehörte auch sein wesentlich jüngerer Kollege Peter Janssen. Die beiden Polizisten mochten sich nicht.

Polizeimeister Janssen war 39 Jahre alt, etwas mehr als mittelgroß, von dürrer Gestalt, mit wuscheligem, dunkelblondem Haar. Seine roten Backen waren nicht die Folge von Bluthochdruck. Nein, Janssen fuhr Fahrradstreife. Etliche Stunden seines Arbeitstages verbrachte er damit, auf einem Mountainbike kreuz und quer über die Insel zu fahren, nach dem Rechten zu sehen und sich hier und da bei einem kleinen Schwätzchen die Sorgen und Nöte der Insulaner, aber auch der Gäste anzuhören. Die Fahrradstreife war vor einigen Jahren ein vielbelächelter Versuch gewesen, hatte sich aber mehr als bewährt. Mit dem Rad war Janssen nicht nur beweglicher als mit dem Polizeiauto, denn nun konnte er auch schmale Wanderwege in den Dünen kontrollieren. Es war vor allem ein Gewinn für die Bürgernähe. Auf dem Rad wurde er wesentlich häufiger angesprochen als im Auto. Die Norderneyer und ihre Gäste waren zufrieden damit und Janssen ebenfalls. Er war überhaupt meistens zufrieden mit sich und der Welt. Auch das unterschied ihn von dem älteren und dienstgradhöheren Möllmann, der nun zum dritten Mal das Fax in die Hand nahm und kopfschüttelnd las.

Nachdem er am Sonntag Tjark Visser dazu gezwungen hatte, einen Alkoholtest zu machen, der natürlich einiges an Restalkohol auswies, war Möllmann erst rundum zufrieden gewesen. Er hatte den völlig verdutzten und verunsicherten Visser nach Hause geschickt, selbstverständlich zu Fuß, und eine Meldung über den Alkoholtest in Verbindung mit der Motorradfahrt Vissers geschrieben. Danach war er guter

Dinge gewesen. Der Sonntag hatte doch noch was gebracht! Draußen hatte es zu regnen begonnen. Auf die Idee, dem Hinweis Vissers nachzugehen, war er nicht gekommen. Als um vier Uhr sein Kollege Peter Janssen zur Wachablösung kam, hatte Möllmann fröhlich von Vissers misslungenem Auftritt erzählt. Janssen war aber, im Gegensatz zu Möllmann, durchaus der Ansicht gewesen, dass dieser Hinweis, auch wenn er von einem stadtbekannten Säufer kam, überprüft werden sollte. Man konnte ja nie wissen! Möllmann hatte aber nicht die geringste Lust gehabt, bei diesem „Schietweer" quer über die Insel zu fahren und sich am Ostende für nichts und wieder nichts einen nassen Hintern zu holen. Es wäre bei den Regenfällen der letzten Tage nicht einmal klar, ob er mit dem Auto durchkommen würde. Vermutlich eher nicht. Er hatte seinem Kollegen angeboten, noch so lange die Dienststelle zu besetzen, bis Janssen wieder zurück sei. Er dürfe auch den Dienstwagen benutzen, hatte er generös zugestanden. Eine Stunde später hätte Hauptwachtmeister Möllmann allen Grund gehabt, an seiner Qualifikation als Ordnungshüter zu zweifeln, wenn seine Selbstwahrnehmung so etwas zugelassen hätte. Sein junger Kollege Janssen war nämlich mit dem Geländewagen durchgekommen und hatte tatsächlich eine männliche Leiche gefunden. Alles entsprach genau der Schilderung Vissers. Möllmann bekam für einige Minuten einen roten Kopf, aber als Janssen darauf verzichtet hatte, ihm sein Versagen vorzuhalten und sich darauf beschränkte, nüchtern und unaufgeregt alle Maßnahmen einzuleiten, die zur Bergung des Toten erforderlich waren, hatte er schon bald keinen Grund mehr gesehen, sich Gedanken zu machen und verließ die Dienststelle.

Nachdem die Leiche geborgen worden war, dauerte es aber noch einen Tag, bis sie identifiziert war. Es handelte sich um einen gewissen Hans-Hermann Blumenkamp aus Detmold, der als Tourist auf der Insel gewesen war. Ganz offensichtlich war der Mann ertrunken und er hatte eine erhebliche Kopfverletzung. Aber etwas war merkwürdig! Ganz offensichtlich war Blumenkamp von der Flut angespült worden. Das war wohl nur dadurch möglich gewesen, weil er unter seinem Ölzeug eine Rettungsweste getragen hatte, die ihm den nötigen Auftrieb verschafft hatte. Aber wo war er dann ertrunken? Und warum? Sicher, es kam vor, dass ein Tourist im Watt verschollen ging, aber dann hätte er nie und nimmer an dieser Stelle angespült werden können. So liefen die Strömungen nun mal nicht. Er musste irgendwo draußen auf offener See ertrunken sein. Da Blumenkamp aber anscheinend selbst kein Boot hatte und auch niemand einen Unfall auf See gemeldet hatte, passte da etwas nicht. Folgerichtig wurde Blumenkamps Leiche nach Aurich verschickt und obduziert. Heraus kam zwar als Todesursache Ertrinken, aber höchstwahrscheinlich war der Mann schon bewusstlos ins Meer gestützt. Man hatte nämlich am Hinterkopf des Toten eine Verletzung gefunden, die von einem stumpfen Gegenstand hervorgerufen sein musste. Das konnte natürlich der „Baum“ eines Segelbootes gewesen sein, aber auch irgendwas anderes. Grund genug jedenfalls, eine ordnungsgemäße Untersuchung einzuleiten. Und so was machte nun mal kein Dorfpolizist, für solche Untersuchungen war das 1. Fachkommissariat der Polizeiinspektion des Landkreises Aurich zuständig. Das war der Grund für das Fax aus Aurich und für die schlechte Laune des Hauptwachtmeisters. Es war jetzt kurz nach Mittag. Mit der nächsten Fähre würden zwei Beamte aus Aurich am Norderneyer Hafen darauf warten, von den Kollegen vor Ort abgeholt zu werden. Er selbst würde den Chauffeur für die „Großkotze aus Aurich“ auf gar keinen Fall spielen, nahm sich Möllmann vor. Das sollte Janssen machen. Der schnappte sich den Dienstwagen und fuhr los. Möllmann nahm sich vor, die Auricher soweit wie möglich zu ignorieren. Wahrscheinlich waren das zwei junge Streber, die gerade die Ausbildung beendet hatten und nun meinten, sie hätten die Weisheit mit Löffeln gefressen und könnten einem alten, gestandenen Kollegen was vormachen. Mit denen würde er schon Schlitten fahren!

10

Als die hübsche, blonde Frau zur Tür der Norderneyer Polizeistation hereinkam, zog Polizeihauptwachtmeister Dieter Möllmann reflexhaft den Bauch ein und straffte sich.

„Lecker!", dachte er bei sich. „Die erste Touristin in dieser Saison und dann gleich so ein heißer Feger. Wollen doch mal sehen, wo bei der Süßen der Schuh drückt."

Die Frau blieb vor der Besuchertheke stehen.

„Moin!"

Möllmann musste innerlich grinsen. Auch so eine Macke von Touristen, die immer meinten, sie müssten hier auf Norderney jeden mit „Moin" begrüßen. Weil man das in Ostfriesland so macht.

Aber der Norderneyer sieht sich nicht in erster Linie als Ostfriese, sondern als Norderneyer. Und auf Norderney sagt man zur Begrüßung eben nicht „Moin", sondern „Hee!". Dieses „Hee!" kann ganz kurz und knapp gesprochen werden, laut und erfreut klingen, leise und matt sein, man kann es auch singend in die Länge ziehen. Alles in Ordnung, alles geht. Aber eben nicht „Moin", und erst recht nicht „Moin, moin!".

Die Schickse kommt bestimmt aus dem Kohlenpott, dachte Möllmann. Aus *Nordrhein-Vandalen*, und meint, hier die Sitten und Gebräuche der Eingeborenen imitieren zu müssen! Na, der würde er schon zeigen, wo der Hammer hängt!

Die Blonde zog aus der Innentasche ihrer schwarzen, eng anliegenden Lederjacke einen Ausweis hervor und legte ihn auf den Tresen.

„Kommissarin Gunda Luitjens vom 1. Fachkommissariat der Polizeiinspektion Aurich!"

Möllmann zuckte zusammen. Das hätte er nicht gedacht. Keine Touristin aus dem Kohlenpott, sondern eine Kollegin aus Ostfriesland! Ihm zog sich der Magen zusammen. Dass es Frauen im Polizeidienst gab, war ihm bekannt, auch wenn er bislang noch mit keiner zu tun hatte. Das fand er nicht schlimm, solange die ordentlichen Kaffee kochten, die Büros mit frischen Blumen versorgten und nicht auf die Idee kamen, sie könnten richtige Polizeiarbeit machen. Aber diese hier hatte es immerhin bis zur Kommissarin gebracht. Wenn sie wenigstens ein hässliches Mannweib wäre – das hätte ja viel erklärt. Aber diese knackige Schnalle? Unglaublich! Die war doch höchstens als Lockvogel einzusetzen!

„Mein Kollege Freese kommt gleich nach!"

Sie streckte ihm die Hand entgegen und lächelte freundlich.

Möllmann wischte sich unsicher die Hände an der Uniformhose ab, bevor er die Geste erwiderte, aber ohne zu lächeln.

„Bloß nicht einwickeln lassen!", nahm er sich vor und brachte seine massige Gestalt in Position. Immerhin war er noch einen halben Kopf größer als dieses „Mädchen" und mindestens dreimal so schwer. Der Polizeihauptwachtmeister Dieter Möllmann war eine beeindruckende Erscheinung, vor allem in Uniform, fand zumindest der Polizeihauptwachtmeister Möllmann selbst.

Wieder ging die Tür und sein Kollege Janssen kam herein, gefolgt von einer langen dürren Gestalt mit feuerroten Haaren. Dieser Mann stellte sich mit keinem Wort mehr als nötig als Hauptkommissar Menno Freese aus Aurich vor. Auch Freese konnte vor dem kritischen Blick Möllmanns nicht bestehen. Diese traurige Figur wollte Polizist sein? So ein Weichei!

„Ich habe keine Hilfe angefordert", brummte Möllmann trotzig. „Wir sind durchaus in der Lage, diesen Fall selbst zu lösen!"

Freese verdrehte etwas die Augen. Offenbar hörte er solche Einwände häufiger.

„Glaube ich wohl, Herr Kollege!", gestand er zu. „Aber wir haben nun in unserer Behörde etwas mehr Erfahrung in diesen Dingen und auch bessere technische Möglichkeiten. Warum sollten wir das nicht nutzen?"

„Vollkommen klar, Herr Kommissar!", mischte sich Janssen ein. „Wir werden Ihnen helfen, wo wir können!"

Möllmann blickte ihn drohend an. Dann, zu Freese gewandt: „Leider haben wir hier nur wenig Platz! Einen Schreibtisch haben wir nicht übrig. Was machen wir denn da?"

„Machen Sie sich darum mal keine Sorgen!", grinste Luitjens. „Viel Zeit werden wir in der Wache wohl kaum verbringen. Wir werden hauptsächlich Feldarbeit leisten. Spuren suchen, mit Leuten sprechen und so weiter. Sie können es sich hier weiterhin ganz gemütlich machen."

„Moment!" Freese legte nun alles Joviale ab und ließ deutlich den Dienstranghöheren raushängen. „Polizeihauptwachtmeister Möllmann, wir sind hier nicht, um Sie zu ärgern, sondern um einem ungeklärten Todesfall nachzugehen. Es geht nicht um persönliche Befindlichkeiten, sondern um die berechtigten Interessen der Allgemeinheit. Von Ihnen wird erwartet, dass Sie uns mit aller Kraft unterstützen. Ich bin sicher, das werden Sie auch tun!"

Gunda Luitjens staunte. Selten hatte sie von ihrem Kollegen Freese so viele zusammenhängende Worte gehört. Freese galt in seiner Behörde als kompetenter Polizist, aber auch als Kommunikationsmuffel. Er war mehr als wortkarg, er war regelrecht mundfaul.

Möllmann brummelte Unverständliches, gab sich aber fürs erste geschlagen. Er überließ alles Weitere seinem Kollegen Janssen.

Janssen buchte zwei Einzelzimmer in einer Pension in der nahe gelegenen Benekestraße. Von dort aus sollten auch ihre Ermittlungen geführt werden.

Die Einrichtungen der Norderneyer Polizeistation würden sie nur in Ausnahmefällen benutzen.

„Wir haben alles dabei“, lachte Luitjens. „Notebooks, Handys und Handschellen! Das sollte reichen!“

11

Der Bielefelder Bahnhof spuckte die Menschenmassen geradezu auf seinen Vorplatz. Hier verteilten sie sich auf Straßenbahnen und verschiedene Busse. Einer der ausgespieenen war Schulte. Heute hatte er sich das erste Mal dazu durchgerungen, mit der Bahn nach Bielefeld zu fahren. Schon in Detmold am Bahnhof war er genervt. Als er mit seinem Auto weit vor der Zeit dort ankam, fand er keinen Parkplatz. Also suchte er im angrenzenden Wohngebiet nach einem geeigneten Stellplatz.

Mit absoluter Sicherheit hatte er heute Abend ein Knöllchen hinter dem Scheibenwischer.

Anschließend musste er rennen, um seinen Zug noch zu erreichen. Sein Hemd war immer noch schweißnass. Der Gedanke, sich bei den umweltfreundlichen Pendlern einzureihen, war eine Schnapsidee. Morgen würde er wieder mit seinem Privatwagen fahren. Nur gut, dass er sich noch keine Monatskarte gekauft hatte.

Schulte dachte nach. Es muss doch eine Möglichkeit geben mit dem Auto zum Bahnhof zu fahren, um dann in den Zug umzusteigen, ohne für den Parkplatz ein Vermögen zu zahlen. Heute Abend würde er seine Tochter danach fragen.

Ein Passant rempelte den Polizisten an. Er nuschelte ein „Schuldigung“ in die Welt und wurde im nächsten Moment von der Menge verschluckt. Dieser Zusammenstoß riss Schulte aus seinen Gedanken. Er hob den Kopf und orientierte sich. Welche Nummer hatte die Buslinie noch, mit der er zur Kurt-Schumacher-Straße kam? Er sah sich um. Sein

Blick wurde sogleich von einem Plakat eingefangen. Die Rockgruppe *BAP*! Sie war wohl auf Tournee. Für Schulte war sie eine Legende. Er sah genauer hin. Gerade liefen Jubiläumskonzerte *'Die ersten dreißig Jahre'*, in verschiedenen Städten. Er blieb nachdenklich vor einer Riesenkarikatur der Band stehen, mit der für das Bielefelder Konzert der Kölner Gruppe geworben wurde.

Erinnerungen wurden in ihm wach. Ihm fiel das Jahr 1980 ein. Er hatte sich gerade in Eva, eine blonde Studentin aus Münster, verliebt. Als er sie das erste Mal in ihrer Wohngemeinschaft besuchte, lief bei ihrer Mitbewohnerin Elli den ganzen Abend die erste Langspielplatte der Band. *„BAP rockt andere kölsche Leeder"*. Die Melodien von: *Stell dir vüür* und *Wahnsinn*, fielen ihm ebenso wieder ein, wie die Kölsche Version des Rock'n Roll-Klassikers *„Wild Thing"*. Gleich am nächsten Tag kaufte er sich auch die Platte. Sie avancierte bei ihm in den nächsten Monaten zum Dauerbrenner seines Musikkonsums. Es tat ihm gut, sich an die schöne Zeit mit Eva zu erinnern.

„Da gehe ich hin!", dachte er. Er musste Axel Braunert und Maren Köster sowieso noch zum Ausstand aus dem Detmolder Team einen ausgeben. Warum also nicht einen Konzertbesuch? Er notierte sich die Internetadresse und nahm sich vor, noch heute die Karten zu bestellen.

In seinem Büro angekommen, rief er gleich in Detmold an, um mit seinen beiden Kollegen über den Konzertbesuch zu sprechen. Nach dem zweiten Amtszeichen war Maren Köster am Hörer.

„Ah, der Chef des ZDG! Welche Ehre! Oder willst du uns in dein Team holen, um mit den Spitzenkräften aus Detmold den Tod von Blumenkamp auf Norderney aufzuklären?"

Schulte war verwirrt.

„Wieso Tod auf Norderney? Wer ist Blumenkamp? Was gehen mich die Ostfriesischen Inseln an? Nee, lass mal, ich wollte dich und Axel eigentlich nur zu einem BAP-Konzert, nächste Woche Donnerstag im Ringlokschuppen in Bielefeld, einladen."

Jetzt war Maren Köster, begeisterte WDR3-Hörerin, die Unwissende.

„Was ist *BAP* und was der Ringlokschuppen?"

Schulte verdrehte die Augen. Ließ denn der Einfluss einer ‚Höheren Töchterschule' nie nach? Zu ihr sagte er:

„Habe ich mir doch gedacht, dass so ein Küken wie du diese Rocklegende nicht kennt. Na ja, aber Schulte, der alte Sack, zeigt dir die Welt. Kopf hoch, Baby!"

Sie überlegte, ob sie das Gesagte als Beleidigung verstehen und deshalb den Hörer auf die Gabel knallen sollte, oder ob Schultes Aussage unter einem der gnadenlos ungeschickten Flirtversuche abzubuchen wäre. Sie entschied sich für Letzteres.

„Okay, alter Mann, zeig mir, wo sich das Leben abspielt. Mit Axel musst du allerdings selber reden. Der ist gerade bei Erpentrup und bespricht den Fall."

Jetzt wurde Schulte hellhörig. Ging da irgendetwas an ihm vorbei? Nicht, dass er sich um Arbeit reißen würde, aber wenn der Detmolder Polizeioberrat ihn schon weggelobt hatte, dann sollte er auch die Konsequenzen tragen.

Schulte war jetzt seit über fünfundzwanzig Jahren Polizist. In dieser Zeit hatte er einen gewissen Spürsinn für Ereignisse entwickelt, die für ihn eigentlich im Verborgenen bleiben sollten und für den geschickten Einsatz von Verhörmethoden in allen Lebenslagen.

„Du meinst, Axel und Erpentrup besprechen gerade den Norderney-Fall?"

„Ja, der Blumenkamp ist doch ein lippischer Kreispolitiker. Da hat der Landrat natürlich auch ein Interesse, dass da nichts anbrennt. Ich glaube, Blumenkamp war sogar in seiner Eigenschaft als Kreistagsmitglied auf der Insel. Aber das wirst du ja alles schon wissen. Na, ne komische Sache ist das schon. Vielleicht machen wir ja noch einen gemeinsamen Ausflug in den Norden. Was meinst du, Jupp?"

„Ja, könnte gut möglich sein", spielte Schulte den Wissenden. „Mal sehen, welche Sachlage sich herauskristallisiert. Wir müssen uns im Team gleich auch noch mal besprechen, wie wir mit dem Todesfall umgehen. Axel rufe ich später an. Die Karten für *BAP* besorge ich schon mal. Ich freue mich schon drauf, endlich mal wieder mit 'ner schönen Frau zum Konzert zu gehen. Wir hören voneinander!", beendete Schulte das Telefongespräch, bevor Maren Köster merken konnte, dass er von dem Toten auf Norderney noch gar nichts wusste.

„Abruptes Ende", dachte die Kommissarin und legte den Hörer auf die Gabel.

Da betrat Braunert nachdenklich das gemeinsame Büro. Er rieb sich die Nase. Maren sah ihn an und wusste sofort, dass ihr Kollege sich in einer schwierigen Situation befand.

„Was ist los mit dir, Axel? Wo drückt der Schuh?"

„Der Chef will versuchen, die Norderneyer Kiste an Schulte vorbei zu schieben. Die Kollegen von der Insel sind natürlich von der Umstrukturierung der NRW-Polizei noch nicht informiert worden. Also haben sie sich direkt an Detmold gewandt, um mit uns zu kooperieren. Die ganze Angelegenheit fällt jedoch in Schultes Zuständigkeitsbereich. Der Landrat ist eh gegen die landesweite Polizeireform, weil er befürchtet, Einfluss zu verlieren. Der will, dass wir die Füße ruhig halten und nichts nach Bielefeld weitergeben. Besonders jetzt, wo es um einen seiner Kreispolitiker geht. Und Erpentrup hält Schulte eh für einen anarchistischen Chaoten, der die Region mit seinen Manieren sowieso nicht nach außen repräsentieren kann. Dazu bedarf es eines Oberrates, meint der Chef."

Maren biss sich einen Fingernagel ab und ärgerte sich. Ob über den jetzt kurzen, ausgefransten Nagel, die unverschämte Sichtweise Erpentrups oder darüber, dass sie Schulte auf den Leim gegangen war, wusste sie nicht. Sie bemerkte nur die immer stärker werdende Wut.

„Mach dir keine Hoffnungen, Schulte weiß schon Bescheid, jedenfalls halbwegs. Mal was anderes, kennst du eine Rockband, die *BAP* heißt?

12

Nur wenig Licht drang durch die kleinen Butzenfenster in die niedrigen Zimmer. Der wolkenbedeckte Himmel sorgte zusätzlich für Dunkelheit. Grafenberg fröstelte es. Er versuchte sich aufzurichten. Doch schon beim geringsten Versuch, seine Position zu wechseln, knallte ihm der Schmerz, wie von einem Messerstich ausgelöst, in Hüfte und Rücken. Mühsam, begleitet durch stöhnende Geräusche, zog er sich an dem Fensterbrett in die Senkrechte. Körperliche Arbeit war nie sein Ding gewesen. Darüber hinaus hatte er über Jahre keinen Sport mehr getrieben. Dies alles forderte jetzt, beim Renovieren der Wohnung, den entsprechenden Tribut. Sämtliche Glieder taten ihm weh. Er hatte seit Tagen Muskelkater und an den Händen mittlerweile mehrere Blasen.

Ihn fröstelte. Warum war es nur so kalt im Zimmer? Grafenberg ging zum Ofen, der heruntergebrannt war. Nur noch kleine Glutherde waren zu erkennen, wenn man in die Brennkammer blies. Er fluchte. Das Fichtenholz von zusammengeschnorrten Einwegpaletten brannte schneller als Papier. Er musste sich unbedingt anderes Brennholz besorgen. Doch zur Zeit musste er sich mit dem behelfen, was er ohne großen Aufwand und Kosten bekommen konnte. Also stopfte er Zeitungspapier und dünne, zerbrochene Bretter von Apfelsinenkisten in den Ofen. Sicherheitshalber entzündete er das Brennmaterial mit einem Streichholz. Auf die wenige Glut wollte er sich nicht verlassen. Sofort loderte das Feuer auf und sorgte augenblicklich für eine gewisse Behaglichkeit und Wärme. Was für ein Zauber! Grafenberg ließ die Atmosphäre auf sich wirken. Sie wurde nach wenigen Augenblicken durch das Läuten seines Handys zerstört.

Der Mann war gut konditioniert, denn er verfiel nach dem ersten Klingelton sofort in hektisches Suchen nach dem Telefon. Vielleicht wollte ihm ja jemand einen Auftrag erteilen. Er könnte etwas Geld in seiner Kasse gut gebrauchen.

„Grafenberg!“, meldete er sich.

„Ja, hallo, hier Achim!“

„Wer?“

„Achim Lehmann, aus Bielefeld! Sag bloß, du erkennst deinen alten Schulfreund nicht mehr?“

Jetzt fielen bei Grafenberg die Groschen pfennigweise.

„Achim, ja Mensch, von dir hab ich ja Jahre nichts mehr gehört. Was machst du?“

„Das ist eine lange Geschichte. Ich habe studiert, geheiratet, bin Lehrer, habe drei kleine Kinder.“

„Und wie kommst du darauf, dich nach so langer Zeit wieder bei mir zu melden? Da willst du doch sicher etwas von mir?“

„Ich wäre jetzt nicht so mit der Tür ins Haus gefallen, aber du hast natürlich Recht. Ich war letzte Woche bei meinen Eltern in Detmold. Da ist mir ein Flyer von dir in die Hand gefallen. Du bietest deine Dienste als Kabarettist und Geschichtenerzähler an. Vielleicht können wir beide da ins Geschäft kommen. Na, ich erzähle erst mal:

In Bielefeld gibt es den Tierpark Olderdissen. Ich bin davon überzeugt, den kennen fast alle Familien der Gegend, weil er sich hervorragend eignet, ihn mit Kindern zu besuchen.

Wenn nichts mehr geht, geht es zu den Bären nach Olderdissen.

Ich bin mir sicher, die haben schon bei so mancher Ehekrise hergehalten, die durch quengelnde Kinder ins Rollen gebracht wurde.

Doch dieser Rettungsanker aller Eltern mit kleinen Kindern soll jetzt im Meer der Profitgier versenkt werden. Der Tierpark soll verkauft werden und zwar an einen Investor, der ihn in einen „Disney-Park“ umwandeln will. Das traf viele Besucher wie ein Schlag ins Gesicht. Na, jedenfalls hat sich spontan eine Bürgerinitiative zur Rettung des Tierparks gegründet. Ich mache natürlich auch mit. Am Samstag in zwei Wochen haben wir den ersten Infostand auf dem Klosterplatz. Wir haben uns überlegt, nicht nur Unterschriften zu sammeln und zu informieren, sondern, um die Leute zum Stehenbleiben zu bewegen, könnte man eine Kleinkunstdarbietung initiieren. Als ich den Flyer von dir bei meinen Eltern sah, habe ich gedacht: Na, das wäre doch was und fragen kostet nichts.“

Grafenberg dachte nach. Warum nicht auch im feindlichen Ausland auftreten? So groß war die Nachfrage in Lippe nun auch nicht. Dennoch zögerte er. Das hieße, er müsste ein neues Programm konzipieren. Zu Lehmann sagte er:

„Würde ich ja machen, aber dann müsste ich ein ganz neues Konzept entwickeln. Das ist natürlich Stress neben dem Renovieren. Ich könnte es auch nicht umsonst machen, so gerne ich dir auch einen Gefallen tue.“

„Ein bisschen Geld haben wir. Ich würde mal sagen, wenn du dreimal bei uns auftrittst, könnten wir dir sechshundert Euro zahlen. Ist zwar nicht das Meiste, aber dein Auftritt wäre auch nicht für Gotteslohn.“

Grafenberg zögerte immer noch. „Vielleicht könnten sich ja auch ein paar Folgeaufträge entwickeln“, dachte er. Dann stimmte er zu:

„Okay Achim, weil du es bist. Aber Fahrtkosten müssten noch dazu kommen.“

Lehmann war einverstanden.

„Na, dann warte mal kurz, ich hole mal gerade einen Stift und schreibe mir deine Telefonnummer auf. Dann können wir in den nächsten Tagen alles Weitere besprechen. Ich muss mir, wie gesagt, erst einmal über das Konzeptionelle Gedanken machen."

„Was hältst du davon, wenn du zur nächsten Sitzung der Initiative kämest. Ich lade dich vorher zum Essen ein. Dann können wir noch ein bisschen schwatzen. Wir haben uns ja Ewigkeiten nicht mehr gesehen."

Grafenberg willigte ein. Eine warme Mahlzeit auf Kosten anderer konnte er sich bei seiner jetzigen finanziellen Situation nicht entgehen lassen.

Anscheinend kehrte sein Glück, das er in der Vergangenheit oft hatte, wenn es darum ging, sein Leben zu meistern, wieder zu ihm zurück, dachte Grafenberg. Er hatte ein kleines Häuschen geerbt. Es war zwar baufällig, aber immerhin. Er hatte beim Umbau desselben eine geheimnisvolle Schriftrolle gefunden. Wer wusste, was es damit noch auf sich hatte. Er hatte ein paar Auftritte in Aussicht und dadurch auch etwas Geld. So gefiel ihm sein Leben.

13

Die Tür krachte ins Schloss. Margarete Bülow hob ihren Kopf ruckartig in die Höhe. Die Wut, die Schulte mit in ihr Büro brachte, vermittelte ihr den Eindruck, die Luft im Raum augenblicklich schneiden zu können.

„Was ist los mit dir? Sollst du ab morgen Knöllchen in der Altstadt von Bielefeld verteilen?"

„So falsch liegt sie mit ihrer Annahme gar nicht", dachte Schulte und ließ sich in einen Besprechungsstuhl fallen.

„Wenn es nach Erpentrup ginge, würde ich wahrscheinlich genau das tun. Ich bin hier völlig fehl am Platz. Dezernatsleiter des ZDG, dass ich nicht lache! Die Verwaltungsärsche schieben sich die Bälle zu und machen aus unserer Abteilung 'ne Klümpchenbude, noch ehe wir unsere leeren Aktenordner ins Regal geräumt haben."

„Mein Gott, Jupp, was ist denn passiert? Lass dir bloß nicht alles aus der Nase ziehen, sondern versuch mich einfach auf den Wissensstand zu bringen. Dann können wir uns gemeinsam ärgern oder uns überlegen, wie wir denen, die du so schön als Verwaltungsärsche bezeichnet hast, den Stuhl unter den selbigen wegziehen."

Kalle, der schwarze Labrador seiner Kollegin, war inzwischen zu Schulte getrottet. Er legte seinen Kopf auf das Knie des Polizisten und sah ihn eindringlich an. Schulte begann ihn geistesabwesend zu kraulen. Die Nähe des Tieres, das weiche Fell und die Körperwärme zogen ihm seinen Ärger aus dem Körper.

Nach wenigen Augenblicken bemerkte er, wie sein Geist Oberhand über das in seine Blutbahn ausgestoßene Adrenalin bekam.

Er lehnte sich in seinen Stuhl zurück und konzentrierte sich.

„Auf Norderney ist wohl ein lippischer Kreispolitiker auf mysteriöse Weise ums Leben gekommen. Genaues weiß ich auch nicht. Jedenfalls versucht Erpentrup, den Fall an uns vorbei zu schieben."

Schulte erzählte seiner Kollegin alles, was er von Maren Köster erfahren hatte. Diese hörte geduldig zu, bis der Hauptkommissar seinen Bericht beendet hatte. Dann dachte sie eine Zeit lang nach.

„Stimmt, das können wir deinem ehemaligen Chef nicht durchgehen lassen. Wenn wir dem jetzt nicht kräftig auf die Finger hauen, dann fischt der morgen wieder in fremden, womöglich sogar unseren Gewässern. Dem müssen wir unmittelbar beibringen, dass er die Kleiderordnung einhält. Ruf du die Polizeistation auf Norderney an und versuche rauszukriegen, was da passiert ist. Ich werde mal meine alten Kontakte im Innenministerium aktivieren. Es müsste doch mit dem Teufel zugehen, wenn es Erpentrup gelingen würde, dies Ding an uns vorbei zu ziehen. Wenn alle Stricke reißen, muss ich eben Dr. Ingo Wolf, den Innenminister höchstpersönlich anrufen. Schließlich haben wir beiden 1980 gemeinsam für unser erstes Staatsexamen gebüffelt. Darüber hinaus hatten wir auch noch den selben Doktorvater. Manchmal hat so eine Promotion doch was für sich. Wenn dem guten Ingo die Polizeireform auch nur halb so wichtig ist wie uns, dann wird der Erpentrup so einnorden, dass er nicht mehr weiß, wo die Glocken hängen.“

Auf Schultes Gesicht machte sich ein schadenfrohes Grinsen breit. Er stellte sich gerade vor, wie Erpentrup vom Minister selber langgemacht wurde. Traumhafte Fantasie, dachte er.

„Hört sich gut an!“, sagte er heiter. „Ich gehe dann mal telefonieren.“

Schulte ging in sein Büro, setzte sich an seinen Schreibtisch und zog die unterste Schublade heraus. Er legte seine Füße hinein, griff zum Telefon, rief die Auskunft an und dann die Polizeistation auf Norderney.

„Hauptwachtmeister Möllmann“, meldete sich ein anscheinend schlechtgelaunter Kollege.

Schulte stellte sich vor und schilderte ihm sein Anliegen.

„Da kann ja jeder kommen und mal eben so fragen, wie es mit der Polizeiarbeit so steht und morgen kann ich alles in der Norderneyer Inselzeitung nachlesen. Nee, nee, das vergessen Sie mal. Eben so ’ne Auskunft am Telefon? Nee!“

„Na, dann rufen Sie mich eben zurück, Kollege“, schlug Schulte vor.

„Ich mach gar nix, damit das mal klar ist! Außerdem ist der Fall eh eine Angelegenheit der Kripo aus Aurich. Uns von der Insel traut man so ’n bisschen Polizeiarbeit ja nicht zu. Freese heißt der Kommissar übrigens, der den Fall bearbeitet. Ich bin nur der dumme Inselbulle. Schönen Tag noch!“

Schulte starrte auf den Hörer. Die Verbindung war unterbrochen.

„Von den Streifenhörnchen, die auf der Insel ihren Dienst taten, war also nicht viel zu holen“, dachte Schulte. Anscheinend fühlte sich der Kollege, den er gerade am Telefon hatte, genau so ausgegrenzt, wie Schulte selbst es durch Erpentrups Vorgehen empfand. Dennoch ärgerte sich der Hauptkommissar über die unkollegiale Verhaltensweise des Inselpolizisten. Resigniert ging er zurück in Bülows Büro.

„Sicher, Ingo, ich werde dich auf dem Laufenden halten. Wenn es gar nicht anders geht, musst du uns eben Schützenhilfe geben. Wo kommen wir denn da hin, wenn jeder Provinzbulle mit den Reformen des Ministeriums nach Gutdünken umgeht? Es gibt ja schließlich auch noch so etwas wie ein übergeordnetes Interesse“, säuselte die Polizeidirektorin ins Telefon.

Sie grinste diabolisch in Schultes Richtung.

„Jupp, du kannst mit ministerieller Duldung bei Erpentrup so richtig die Möbel gerade rücken. Wir haben volle Rückendeckung aus Düsseldorf. Und, was hat dein Telefonat mit Norderney ergeben?“

„Da war nur so ein frustrierter Streifenpolizist am Telefon. Dem haben die Kollegen vom Dezernat für Gewaltverbrechen und Tötungsdelikte, oder wie das in Niedersachsen auch immer heißen mag, wohl gesagt, dass er nicht mitspielen darf. Jetzt hat er seine Förmchen eingesammelt und schmollt. Jedenfalls hat er nicht eine Information rausgerückt.“

„Okay, Jupp, wie gehen wir jetzt vor?“

„Ganz einfach. Ich rufe Erpentrup an und teile ihm mit, dass er in der Norderney-Angelegenheit nicht zuständig ist. Er soll uns die ganze Akte sofort zusenden. Dann sehen wir weiter.“

Als die Polizeidirektorin durch ein Nicken bestätigte, dass sie das ähnlich sah, griff Schulte zum Telefon. Wenige Sekunden später hatte er seinen alten Chef am Hörer.

„Hallo, Herr Erpentrup, hier Hauptkommissar Schulte. Was Sie für mich tun können? Ich habe heute Morgen einen Anruf aus Norderney bekommen. Von einem gewissen Hauptwachtmeister Möllmann", log Schulte. „Kennen Sie nicht? Ist ja auch nicht so wichtig. Na, jedenfalls hatte der eine Nachfrage zu einem gewissen Herrn Blumenkamp aus Lippe. Der ist wohl auf der Insel umgekommen. Wir vom ZDG konnten mit dem Vorfall gar nichts anfangen. War mir wirklich peinlich. Jetzt bin ich dabei, herauszufinden, ob es hierzu irgendwo eine Akte gibt. Ist die vielleicht irrtümlich in Detmold gelandet?"

Erpentrup schwieg lange, dann räusperte er sich.

„Mit dem Namen Blumenkamp kann ich was anfangen. Das ist ein Kreispolitiker. Was ist mit dem?"

Schulte kochte vor Wut. Am liebsten hätte er Erpentrup angeschrieen.

Doch die Blöße wollte er sich nicht geben. Mit einer Stimme, die einer schwächeren Natur als Erpentrup das Blut in den Adern hätte gefrieren lassen können, sagte er zu Erpentrup:

„Morgen um neun Uhr will ich die Akte auf meinem Schreibtisch haben. Sollte das nicht der Fall sein, werden Sie feststellen, wie wichtig einigen einflussreichen Leuten im Land das reibungslose Anlaufen der Arbeit des ZDG ist."

Schulte hörte sich die Antwort seines Gegenübers an. Dann erwiderte er:

„Ob ich Ihnen drohen will? Keinesfalls. Ich möchte nur meine Arbeit vernünftig machen. Dazu brauche ich nun mal alle Unterlagen. Also tue ich das Mögliche, um sie zu bekommen. Na dann, Herr Oberrat, morgen früh um neun Uhr. Schönen Tag!"

Schulte legte auf.

Am anderen Ende der Leitung starrte Erpentrup den Hörer an. Er biss auf die Zähne bis sie knirschten.

„Dieses unverschämte kleine Arschloch!", zischte Erpentrup in den leeren Raum hinein. Weiße Flecken hatten sich in seinem Gesicht gebildet.

„Einen Dreck wird der Kerl bekommen", setzte er sein Selbstgespräch fort. Dann führte er seinerseits ein Telefonat mit dem Kreishaus.

Schulte hingegen war hoch zufrieden mit sich. Gerne hätte er jetzt in Erpentrups Büro Mäuschen gespielt.

14

Die alte Leibzucht war in der Dunkelheit des frühen Abends kaum zu erkennen. Obwohl es mittlerweile März war, schienen die Tage nicht unbedingt länger zu werden. So empfand es jedenfalls Schulte. Dabei übersah er jedoch, dass er, seit er seinen Job in Bielefeld verrichten musste, ständig mindestens eine Stunde später nach Hause kam als früher. Sein Vermieter und Nachbar Anton Fritzmeier hatte sich schon darüber beschwert.

„Früher konnte man ja wenichstens abends noch mal ne Flasche Detmolder mir dir trinken", hatte er gemault. „Aber seit du Karriere gemacht hast, willse wohl von den einfachen Leuten nix mehr wissen?"

Schulte hatte genervt abgewinkt. Von Karriere konnte nun wirklich nicht die Rede sein.

„Viel Nerverei und wenig Brot", hatte er Fritzmeier geantwortet. Von beruflichem Aufstieg könne wohl kaum die Rede sein.

Heute jedoch kam er mit einer gewissen Zufriedenheit heim. Er war sich absolut sicher, dass sein alter Chef Erpentrup an diesem Abend das Büro mit schlechter Laune verlassen hatte. Die neue Dienststelle und die damit verbundenen Aufgaben mochten noch so unbefriedigend sein, doch zwei Dinge waren ihm heute klar geworden.

Erstens, Erpentrup musste ihm jetzt auf Augenhöhe begegnen. Darauf hatte sich sein früherer Vorgesetzter noch längst nicht eingestellt. Und zweitens, seine Kollegin Margarete Bülow, die eigentlich die Chefin des Ladens hätte sein müssen, war ihm gegenüber loyal bis auf die Knochen und mit erheblich mehr Einfluss ausgestattet, als er sich hätte träumen lassen. Sein alter Kumpel Willi Potthast aus Paderborn hatte ihm erst neulich ob des Weggangs der blinden Ex-Polizeidirektorin sein Leid geklagt. Mittlerweile konnte Schulte ihn verstehen. Dr. Margarete Bülow war wirklich eine ausgesprochen kompetente und liebenswerte Kollegin.

Gutgelaunt schloss er die Haustür auf und begrüßte seinen vor Freude winselnden Hund. Aus der Küche drang ihm der Duft eines warmen Abendessens entgegen und im nächsten Augenblick rief seine Tochter erfreut seinen Namen. So musste es sein!

Man kam nach Hause und alle Welt war glücklich, dass man endlich zurück war. Der Polizist fühlte sich in diesem Moment sauwohl. Das Leben war schön. Schnell hängte er seine speckige, alte Lederjacke an die Garderobe und betrat gut gelaunt die Küche. Seine Tochter brütete über einigen Blättern Papier.

„Na, bereitest du noch den Unterricht für morgen vor?"

„Nein, ich plane meinen Umzug. Übernächsten Samstag ist es soweit. Du hilfst doch auch, oder?"

Schultes gute Laune war mit einem Schlag vorbei. Der Auszug seiner Tochter gefiel ihm gar nicht. Als sie vorübergehend bei ihm eingezogen war, hatte er erhebliche Probleme mit ihrer Anwesenheit gehabt. Doch mittlerweile war ihm diese lieb und unbedingt erwünscht. Am liebsten hätte er ihr das auch zu verstehen gegeben. Doch dazu war er, aus welchen Gründen auch immer, nicht in der Lage. Er grummelte irgendetwas wie:

„Klar helfe ich", und ging zum Ofen um zu nachzusehen, was es zu essen gab. Kaum hatte er sich einen Teller Nudeln in einer Sahnesauce mit Weißkohl und gebratenem Gehacktem aufgefüllt, da steckte auch schon Anton Fritzmeier den Kopf durch den Türspalt in die Küche.

„Riecht ja gut hier bei euch! Habt ihr auch noch wat für 'nen alten Bauern?“

Lena lachte, rückte ihm einen freien Stuhl zurecht und sagte:

„Dich plane ich mittlerweile doch schon ein. Inzwischen habe ich begriffen, dass es einem echten Lipper beim Nachbarn immer noch am besten schmeckt.“

Fritzmeier überhörte die Anspielung und flezte sich an den Küchentisch. Er aß ein paar Nudeln, dann fing er an zu lamentieren:

„Kerl, Mädchen, et is doch 'n echten Jammer, dasse wieder ausziehs. Seit dem du hier wohns, isset bei uns so richtich chemüdlich cheworden und chetz ziesse einfach so wieder wech. Ich jammere bestimmt hinter dich her. Ich verstehe aber auch deinen Alten nich, dat der dat einfach so zulässt, dat du wieder ausziehs. Ich würde dich dat chlatt verbieten.“

Schulte starrte den alten Bauern an als käme er von einem fremden Stern.

„Lass mal, Anton“, entgegnete Lena Wiesental, „das Haus ist einfach zu klein für zwei Erwachsene, die beide ihr eigenes Leben führen. Es war schon anstrengend genug für Vater, dass ich ihm so lange zur Last gefallen bin.“

Jetzt platzte es aus Schulte heraus:

„Eins wollen wir hier mal klarstellen: Zur Last bist du keinem gefallen. Okay, ich musste mich an dich gewöhnen. Ist das ein Wunder? Schließlich habe ich ja seit mehr als zwanzig Jahren alleine gewohnt. Wenn es nach mir ginge, könntest du hier wohnen bis zum Sankt Nimmerleinstag. Aber mich fragt ja keiner.“

„Hättes ja auch mal wat sagen können, du Döskopp“, maulte Fritzmeier sofort zurück.

Lena Wiesental hob beschwichtigend die Hände.

„Jetzt bleibt mal beide auf dem Teppich. Ich wollte hier vorübergehend wohnen. Das hast du mir ermöglicht, Vater.

Dafür bin ich dir dankbar. Doch für mich war immer klar: Ich suche mir eine eigene Wohnung! Das habe ich getan und zwar, weil ich es wollte!"

Alle beugten sich nun schweigend über ihre Teller und aßen, bis Fritzmeier wieder die Initiative ergriff.

„Mann, wat sind diese Nudel doch ein trockenes Zeuch. Die krisse doch nur runter, wenne ein Detmolder dabei trinks."

Lena grinste. Zehn Sekunden später hatte Schulte drei Flaschen Bier auf den Tisch gestellt.

„Ihr werdet mir fehlen", gab seine Tochter bekannt, „aber Heidental ist ja nicht aus der Welt!"

15

Trotz der Tatsache, dass seine Tochter auszog, hielt Schultes gute Laune bis zum nächsten Morgen. Er war gespannt wie ein Flitzebogen, als er mit seinem Volvo Richtung Bielefeld zockelte. Würde Erpentrup die Akte herausgeben oder ließ er es auf eine Kraftprobe ankommen?

Schulte saß an seinem Schreibtisch und sah immer wieder auf die Uhr. Wann würde es endlich neun sein? Er konnte es nicht erwarten. Dann, nach einer endlos langen Zeit nahmen die Zeiger seiner Armbanduhr endlich die Positionen ein, die dem Hauptkommissar signalisierten: Das gesetzte Ultimatum war abgelaufen. Die Welt änderte sich nicht. Schulte saß auf seinem Stuhl und wartete auf die Akte. Es wurde fünf nach neun! Die Unterlagen zu dem Fall wurden ihm nicht gebracht. Weitere zehn Minuten zogen ins Land, nichts geschah! Die Tür seines Büros blieb geschlossen. Keine Nachricht von Erpentrup. Aus Schultes guter Laune wurde Wut. Er griff zum Hörer und tippte die Nummer seines ehemaligen Chefs in die Tastatur. Doch nach der zweiten Ziffer brach er den Wahlvorgang ab. Was wollte er dem Polizeioberrat überhaupt sagen? Anschreien? Danach stand ihm der Sinn. Doch was wäre das Ergebnis? Schulte knallte den Hörer auf den Schreibtisch.

„Verdammt!“, brach es aus ihm heraus.

Er stand so abrupt auf, dass sein Stuhl scheppernd nach hinten kippte. Achtlos ließ er ihn liegen und stürmte in Margarete Bülows Büro. Sie erschrak ähnlich wie gestern.

Diesmal reagierte sie jedoch etwas ungehalten.

„Jupp, merk dir eins! Ich bin blind. Diese Tatsache hindert mich daran, bestimmte Dinge genau so schnell zu realisieren wie Menschen, die noch über ihre Sehfähigkeit verfügen. Wenn du so in mein Büro stürmst, denke ich zuerst an einen Überfall. Irgendwann kannst du mich mit einem Herzinfarkt ins Städtische Krankenhaus einliefern. Wenn du das nicht erleben möchtest, gewöhn dir an, mein Büro wie jeder andere gemeine Mitteleuropäer zu betreten. Mehr als einer deiner Wutausbrüche pro Woche überfordert mich.“

„Entschuldige, Margarete, aber Erpentrup, dieser Sack, schert sich einen Dreck darum, dass es uns gibt. Die Akte ist nicht gekommen, kein Anruf der Entschuldigung, nichts! Der behandelt uns, als gäbe es uns nicht.“

„Darum regst du dich auf? Ich glaube, du bist reif für die Insel. Hättest du dich an seiner Stelle etwa anders verhalten? Dass der Herr Oberrat die Akte bis zu dem von dir gesetzten Ultimatum nicht rausrücken würde, wusste ich schon gestern, als du ihm die Deadline genannt hast. Diese Verweigerung ist doch seine einzige Chance, um dich auch auf die Palme zu bringen. Was ihm im Übrigen auch hervorragend gelungen ist. Leider auf Kosten meiner Nerven. Und genau das nehme ich ihm übel.“

Sie griff zum Telefon und wählte.

„Margarete!“, flötete sie in den Hörer. „Ingo, sei bitte nicht genervt von mir. Leider habe ich es mit einem äußerst renitenten Polizeioberrat in Detmold zu tun. Dieser Mensch unterminiert unsere ZDG wo er nur kann. Entweder wir machen den Laden hier wieder dicht, noch bevor wir angefangen haben richtig zu arbeiten, oder diesem Bürokraten in Lippe wird jetzt gleich zu Anfang einmal ordentlich auf die Füße getreten, damit er merkt, dass Düsseldorf Polizeireformen ernst nimmt."

Die Polizistin hörte ihrem Gegenüber zu. Dann sagte sie: „Ich bin dir überaus dankbar, Ingo, dass du dich der Angelegenheit annimmst. Das vereinfacht unsere weitere Zusammenarbeit mit dem Detmolder Chef. Und auf die werden wir ja in Zukunft immer wieder angewiesen sein. Ingo, ich hoffe, wir sehen uns in nächster Zeit einmal wieder".

Die Polizeidirektorin lächelte zufrieden, als sie das Telefon zurück auf den Schreibtisch legte. „So, das wäre erledigt. Wie wäre es mit einer schönen Tasse Kaffee, Jupp?"

Ihr Kollege hatte nichts dagegen einzuwenden, und wenige Minuten später saßen die beiden an einem Besprechungstisch und redeten bei einem kleinen Frühstück weiter.

„Wie meintest du das vorhin eigentlich, als du sagtest, ich sei reif für die Insel?"

„Na ja, ich finde schon, du gehst in letzter Zeit bei jeder Kleinigkeit gleich in die Luft, wie so ein HB-Männchen. Wann hattest du eigentlich das letzte Mal Urlaub?"

„Anderthalb Jahre ist das schon her. Ich hatte immer irgendwas zu tun. Außerdem hatte ich keine Lust alleine irgendwo hinzufahren. Diese Urlaubseinsamkeit macht mich immer so melancholisch."

Frau Bülow blickte sinnierend in die vermeintliche Weite des Raumes.

„Norderney soll um diese Zeit sehr schön sein, habe ich mir sagen lassen."

Schulte starrte sie an. Er begriff sofort. Meinst du, ich könnte jetzt, in der Aufbauphase des ZDG, einfach so in Urlaub fahren? Das genehmigt mir doch keiner. Andererseits, euch weiter so ausgebrannt auf die Nerven zu gehen, das ist auch nicht in Ordnung."

„Die Genehmigung deiner verdienten und nötigen Erholung durchzusetzen wird mir schon gelingen. Das überlass einfach mir. Wenn wir den Fall später an uns gezogen haben, besorge ich dir die nötige Dienstreisegenehmigung. Leider könnte es sein, dass du deinen privaten Kuraufenthalt auf Norderney dann abbrechen musst."

„Wäre zwar tragisch, aber ich bin nun mal ein Vollblutpolizist", grinste Schulte. Er stand auf und ging zu seinem Schreibtisch, um nach einem Urlaubsantrag zu suchen. Dabei fiel sein Blick auf seinen Tischkalender. Oh je, heute war das *BAP*- Konzert.

16

Schulte hatte mehr als pünktlich Feierabend gemacht. Er verspürte in doppelter Hinsicht Vorfreude. Er würde nach Norderney fahren. Das war beschlossene Sache. Doch zunächst stand das BAP-Konzert an. Er schob die CD *Wahnsinn* – die Hits von 79 bis 95 –, in den CD-Player seines Autos und machte sich auf den Weg nach Lemgo, um Maren Köster und Axel Braunert, die dort in einer Hausgemeinschaft lebten, abzuholen.

Kurz nachdem er auf den Knopf der Haustürklingel gedrückt hatte, öffnete ihm Maren Köster.

„Jupp, so pünktlich habe ich dich ja in den letzten zehn Jahren nicht mehr erlebt. Ist das auf deine Vorbildfunktion als Chef des ZDG zurückzuführen oder ist dir das Konzert so wichtig?"

„Eher Letzteres", erwiderte Schulte und begrüßte sie erfreut.

Auf Axel Braunert brauchten sie ebenfalls nicht zu warten. So saßen sie wenige Minuten später in Schultes Volvo und fuhren Richtung Bielefeld. Am Ringlokschuppen angekommen, strömten schon die Massen Richtung Konzerthalle.

Die nächste Viertelstunde verbrachte Schulte damit, einen geeigneten Parkplatz zu finden. Er vertrat die Theorie, dass direkt vor dem Eingang seines Ziels immer ein Parkplatz frei sei, weil alle anderen davon ausgingen, dass man dort erst gar nicht nach einer Parkgelegenheit zu suchen brauchte. Diesmal ging diese These nicht auf, und so lernten die Detmolder Polizisten in der nächsten Zeit die Nebenstraßen in der Umgebung des Ringlokschuppens kennen.

Als sie endlich den Konzertsaal betraten, war dieser schon gut gefüllt. Sie sicherten sich einen Platz mit gutem Blick zur Bühne. Danach schickte sich Maren Köster an, Bier zu holen. Axel Braunert bevorzugte jedoch ein Mineralwasser. Schulte fand das hervorragend. Er beschloss, ein paar Bier mehr zu trinken und überredete seinen Kollegen, sie mit seinem Auto zurückzufahren. Schließlich hatte er Urlaub und konnte morgen ausschlafen.

Mit dem Lied *Wild Thing*, dem die Gruppe *BAP* den Titel *Wahnsinn* und einen eigenen Text verpasst hatte, begann das Konzert. Gleich war eine Riesenstimmung im Saal. Maren Köster betrachtete das Publikum. Sie gehörte mit ihren noch neununddreißig Jahren zu den Jüngeren im Raum. Neben ihr rockte ein Pärchen. Die Beiden hatten ihren fünfzigsten Geburtstag mit Sicherheit schon hinter sich gebracht. Doch sie tanzten, als seien sie Teenies. Dieses Verhalten war anscheinend heute Abend hier nichts Ungewöhnliches. Die Generation um die Fünfzig hatte sich versammelt und erinnerte sich an ihre Jugend. Frauen und Männer schmiegten sich aneinander und tauschten Zärtlichkeiten aus. Als der Sänger Wolfgang Niedecken das Lied *Nix wie Beesher* anstimmte, begann Maren Köster zur Musik mit dem Fuß zu wippen, die sie bis vor einer Stunde noch gar nicht kannte. Bei *Time is Cash, Time is Money,* fing sie an, vorsichtig mitzutanzen und bei *Verdammt lang her* rockte sie gemeinsam mit den vielen hundert anderen Konzertbesuchern, als sei sie schon immer *BAP*-Fan gewesen. Dann bei dem Lied *Wellenreiter* kuschelte sich Maren Köster bei Schulte in den Arm, der aus vollem Halse den Text, wie die meisten, laut und falsch mitsang. Nach dem Konzert waren alle in euphorischer Stimmung. Maren hatte sich bei Schulte untergehakt, als sie gemeinsam zum Auto gingen. Sie summte noch einmal eine der *BAP*-Melodien.

„Ich lade euch alle noch zu einem Schlürschluck zu mir ein“, verkündete Schulte ausgelassen, als Braunert den Volvo vor dessen Haus zum Stehen brachte. An sich hatte Axel Braunert keine Lust mehr. Er war müde. Aber er wollte kein Spielverderber sein. Und so saßen die drei Polizisten kurze Zeit später in Schultes Wohnzimmer und ließen es sich gut gehen. Sie tranken Bier und Schulte briet Spiegeleier. Nachdem sie gegessen hatten, kamen sie auf ihre gemeinsamen Zeiten zu sprechen. Sie lachten viel. Schulte stellte neue Getränke auf den Tisch, die er sich zusammen mit der Kollegin umgehend zu Gemüte führte. Braunert wollte nach Hause. Doch Maren Köster machte keinerlei Anstalten, jetzt schon mitzukommen.

„Fahr ruhig“, sagte sie schon leicht beschwippst. „Ich komme mit dem Taxi nach.“

Erleichtert griff sich Braunert den Autoschlüssel und war im nächsten Moment verschwunden. Schulte legte wieder eine seiner *BAP*-CDs ein. Und Maren Köster verlangte nach einer weiteren Flasche Bier, trank einen Schluck, grinste schelmisch und kam dann zu Schulte aufs Sofa. Sie schmiegte sich an ihn und lauschte der Musik.

17

Die Kellnerin war froh, die Getränke einfach in dem kleinen Vorzimmer abstellen zu dürfen. Sie brauchte dann nur noch den Klingelzug zu betätigen, dann konnte sie wieder gehen. In exakt fünfzehn Minuten würde sie wieder in das Vorzimmer kommen. Dann würde auf dem selben Tisch ein Zettel mit den neuen Bestellungen liegen. Mit der Abrechnung hatte sie auch nichts zu tun. Das machten die Herren mit dem Chef direkt klar. Sicher, das alles war ein reichlich seltsames Arrangement, aber ihr sollte es nur recht sein. So musste sie nicht die zigarrenrauchgeschwängerte Luft einatmen, nicht die lüsternen Blicke der überwiegend alten Männer ertragen. Die wollten offenbar bei ihrer Sitzung völlig unter sich bleiben. Sollten sie doch! Sie hatte kein Interesse an dieser Firma. Es musste eine Firma sein, denn an der Tür des Vorzimmers war ein Schild angebracht, das auf eine Tagung der *C2 Development AG* hinwies. Sie fand so was schrecklich langweilig.

Als sie gerade wieder in den normalen Schankraum zurückgegangen war, öffnete sich die Tür des eigentlichen Besprechungszimmers. Ein junger Mann trat heraus und nahm das Tablett mit den Getränken an sich. Hinter ihm quoll eine dichte Smogwolke, die nur von Zigarren stammen konnte, aus der Türöffnung. In der Mitte des Besprechungsraumes stand ein langer, dunkler Tisch. Die Wände waren mit dunklem Eichenholz vertäfelt, der ganze Raum strahlte Gediegenheit und Behaglichkeit aus. Aber behaglich fühlten sich die zwölf Männer offensichtlich nicht, jeder einzelne von ihnen wirkte angespannt. Die Luft war nicht nur wegen der Zigarren zum Schneiden, hier herrschte auch sonst dicke Luft. Die Gruppe bestand aus drei Männern, welche die Sechzig schon überschritten hatten, aus vier noch jungen Männern, die restlichen waren zwischen vierzig und sechzig Jahren einzuordnen.

„Ich sage es noch mal!“, sprach einer der drei über Sechzigjährigen, ein untersetzter Mann mit Glatze und schlug dabei heftig auf den Tisch. „Ein solches Verhalten können wir nicht akzeptieren! Und wenn unsere jungen Leute das nicht einsehen, dann sind sie raus aus dem Geschäft! Dieses Projekt ist schwierig genug. Es hat Gegner. Darunter sind Leute mit Insiderwissen und Tatkraft. Wir müssen auch in Zukunft höllisch aufpassen. Wenn wir in einer solchen Situation unseren Widersachern auch noch die Munition liefern, dann können wir gleich einpacken. Ich beantrage den sofortigen Ausschluss von…“

„Nun mal langsam“, mahnte einer der anderen Alten. „Ich bin ja im Prinzip deiner Meinung, aber mal ehrlich, was ist denn passiert? Sicher, was die Jungs gemacht haben, ist nicht unser Stil und ich verurteile das auch. Aber es gibt nichts, weshalb das mit uns in Verbindung gebracht werden sollte. Auf unserer Weste ist nach wie vor nicht der kleinste Fleck!“

Die jungen Männer applaudierten.

Der Mann mit der Glatze zog an seiner Zigarre und presste den Rauch durch die geschlossenen Zähne wieder heraus. Dann schaute er mit finsterem Blick in die Runde.

„Kapitän, was meinst du dazu?“, sprach er den dritten über Sechzigjährigen an.

Der elegante, mittelgroße Mann mit den etwas schütteren grauen Haaren nahm einen kleinen Schluck Weißwein und rückte sich in Positur. „Ich schließe mich voll und ganz der Meinung unseres Admirals an! Ein solch eigenmächtiges Handeln kann nicht geduldet werden. Es gibt dafür keine Entschuldigung! Ich unterstütze seinen Antrag auf Ausschluss der beiden jungen Gesellschafter und verlange eine sofortige Abstimmung darüber.“

Sofort wurden die jungen Männer laut, einer von ihnen sprang auf. Hochrot im Gesicht schrie er mit sich beinahe überschlagender Stimme:

„Was hätten wir denn tun sollen, verdammt? Abwarten, bis die anderen stark genug sind, um uns fertigzumachen? Ich sage euch, mit euren verstaubten Methoden ziehen die anderen uns die Hosen aus und wir merken es nicht mal. Wir…!“

Wieder schlug der Mann, der mit Admiral angesprochen wurde, mit der flachen Hand auf den Tisch.

„Ruhe! Sofort Ruhe!“

Er wartete einige Sekunden, schaute einem nach dem anderen ins Gesicht. Als er sich der ungeteilten Aufmerksamkeit aller sicher sein konnte, fuhr er mit leiser Stimme fort:

„Hier ist eine Abstimmung beantragt worden. Wenn wir nicht zulassen wollen, dass alles aus den Fugen gerät, dann müssen wir erst einmal unsere eigenen Regeln einhalten. Darauf bestehe ich! Und unsere Regeln sehen vor, dass mindestens ein Drittel von uns dem Antrag auf Ausschluss zustimmen muss. Ich stelle jetzt also die Frage in die Runde: Wer ist für eine Abstimmung über den Ausschluss der beiden Gesellschafter? Und ich will nur Antworten hören, die Ja oder Nein lauten. Ist das klar? Protokollführer, alles weitere ist dein Part.“

Der Protokollführer, einer der Männer aus der mittleren Altersgruppe, fragte nun jeden Einzelnen nach seiner Meinung. Am Ende gab es drei Ja-Stimmen und neun Nein-Stimmen.

„Damit ist der Antrag auf Ausschluss abgelehnt!“, schloss der Protokollführer die Befragung ab. Die jungen Männer johlten und klatschten sich gegenseitig in die Hände. Die Männer, die als Admiral und Kapitän bezeichnet worden waren, blickten sauer in die Runde.

Als sich die Runde eine Viertelstunde später aufgelöst hatte, winkte der Admiral seinen Kapitän zur Seite. Nachdem alle anderen den Raum verlassen hatten, sprach er langsam und leise:

„Die können soviel abstimmen, wie sie wollen. Noch sind wir beiden die Nummer eins und die Nummer zwei an Bord. Und ich denke, wir sollten nicht zulassen, dass uns diese jungen Spatzenhirne auf dem Kopf herumtanzen. Was meinst du?“

Der Kapitän nickte lächelnd.

„Wenn nichts anderes mehr hilft, dann werden wir einfach Tatsachen schaffen, an denen keiner mehr vorbei kann. Wie früher!“

18

Was war das für ein Dröhnen in seinem Kopf? Schulte blinzelte in die Morgensonne. Ein wahnsinniger Kopfschmerz marterte ihn im nächsten Augenblick. Die Schmerzen waren fürchterlich, doch gleichzeitig stieg ihm ein äußerst angenehmer Geruch in die Nase. Eine Mischung aus Parfüm und dem Körpergeruch einer Frau. Wo kam dieser Duft her? Er kämpfte gegen den Kopfschmerz an und zwang sich seine Augen zu öffnen. Sein Blick ruhte auf der alabasterfarbenen Schulter einer schlanken, durchtrainierten Frau. Rotes wallendes Haar war das Nächste, was er sah. War das Maren Köster? Wie um alles in der Welt kam sie in sein Bett und warum wusste er nichts davon? Langsam drang der gestrige Abend wieder in sein Bewusstsein. Plötzlich eine vage Erinnerung! Er sah, wie sich Marens Lippen den seinen näherten. Sie hatten sich geküsst. Das atemberaubende Gefühl war sofort wieder präsent. Er genoss es noch einmal. Sie küssten sich öfter. Anschließend hatte sie ihn um ein weiteres Bier gebeten. Und er, der Trottel, hatte es geholt und auch noch auf seinen Schnapsvorrat hingewiesen. Sie hatten getrunken und sich wieder geküsst. Dann, was war dann? Verdammt, er hatte einen Filmriss. Jahrelang hatte er versucht, mit Maren Köster ein amouröses Erlebnis zu haben. Sie waren öfter kurz davor gewesen, doch immer war etwas dazwischen gekommen. Er hatte plötzlich etwas Falsches gesagt, und sie war wütend davon gerannt.

Oder jemand Drittes war dabei gewesen und hatte sich nicht bemüßigt gefühlt zu gehen, oder einer von beiden war rechtzeitig zur Vernunft gekommen.

Mit Sicherheit war das dann nicht ich, dachte Schulte.

Jetzt lag Maren Köster neben ihm, und er wusste nicht, wie sie dort hingekommen war. Schulte ließ seinen Blick durchs Zimmer kreisen. Sein Blick ruhte auf ihrer Unterwäsche. Sie war nackt. Was sollte er tun? Sich an sie kuscheln? Sich heimlich aus dem Zimmer stehlen und so tun, als sei nichts gewesen? Noch während er über den nächsten Schritt nachdachte, bewegte sich die Frau neben ihm. Sie nuschelte irgendetwas Unverständliches wie: Kopfschmerzen und nie wieder Alkohol. Dann drehte sie sich um. Sie schlug die Augen auf und blickte aus nächster Nähe in Schultes verkatertes, vom Kissen zerknautschtes Gesicht. Mit einem Schreckensschrei setzte sie sich auf. Die Bettdecke gab für den Bruchteil einer Sekunde ihre schönen Brüste frei. Doch im nächsten Moment hatte sie das Federbett wieder bis zu ihrem Hals gezogen.

„Jupp, was machst du hier?“, fragte sie ärgerlich.

„Wieso, ich wohne hier“, entgegnete er. Die Tatsache, dass er einige Minuten früher wach geworden war, gab ihm die Möglichkeit, vor Maren Köster Herr der Lage zu werden.

„Hör auf so unverschämt zu grinsen!“, blaffte sie ihn wütend an. „Wie konntest du die Lage nur so schamlos ausnutzen?“

„Wieso? Was ausnutzen?“, fragte Schulte, der genau so wenig wusste wie Maren Köster.

„Wie komme ich in dein Bett?“

Schulte zuckte mit den Schultern.

„Soll das heißen, du weißt es nicht?“

Als Schulte nickte, machte sich Scham und Wut in Marens Gesicht bemerkbar. Wie hatte sie nur so viel trinken können? Was würde sich ihr Kollege einbilden? Und vor allen Dingen, was würde er rumerzählen, dachte sie. Dann, an ihn gewandt, giftete sie:

„Hör endlich auf so blöd zu gaffen und gib mir was zum Anziehen!"

Langsam wurde auch Schulte ärgerlich. Er griff neben sein Bett und reichte ihr einen alten Bademantel. Maren Köster drehte ihm den Rücken zu, zog den Mantel an und sammelte ihre Kleider ein. Dann verschwand sie im Badezimmer.

Mit einem seltsamen Gefühl im Bauch zog Schulte sich Hose und Hemd an, um Kaffee zu kochen. Als er in die Küche kam, stellte er fest, dass dies seine Tochter schon für ihn erledigt hatte, bevor sie zur Schule gefahren war. Er setzte sich an den Tisch. Er nahm sich eine Tasse, füllte sie mit Kaffee und hielt sie mit beiden Händen fest. Wieder verfiel er ins Grübeln. Was war in der letzten Nacht noch passiert? Er hatte einen Filmriss. Bis zu den Küssen auf dem Wohnzimmersofa konnte er sich zurück erinnern. Dann war nur Nebel. Da hörte er Maren Köster im Flur. Sie wollte das Haus verlassen. Schulte stand auf und ging ihr nach. An der Haustür hatte er sie eingeholt. Er griff nach ihrem Arm. Sie drehte sich zu ihm um. Er sah in ein unglückliches Gesicht.

„Es gibt Kaffee", sagte er und zog sie sanft in die Küche. Sie ließ es geschehen. Nachdem sie Minuten schweigend zusammengesessen und immer wieder kleine Schlucke Kaffee getrunken hatten, ergriff Schulte das Wort.

„Maren, ich habe dich geküsst. Auf dem Sofa. Das weiß ich noch. Es war schön. Doch dann ist grauer Nebel. Ich habe einen totalen Filmriss."

Maren Köster nickte.

„Es geht mir ähnlich. Nie im Leben wollte ich wieder in eine Situation kommen, in der ich später nicht mehr weiß, was passiert ist. Und nun diese Nacht. Ich ärgere mich über mich, Jupp, nicht über dich. Und ich bin total verunsichert. Wir sind Kollegen. Sicher sind wir auch Freunde, aber eben auch Kollegen. Ich brauche einfach Abstand und einen klaren Kopf. Im Moment geht es mir einfach auch körperlich nicht gut. Ich habe Kopfschmerzen und mir ist übel. Ich brauche Zeit."

Schulte nickte. Er schwieg lange. Aber dann ergriff er noch einmal das Wort.

„An sich wollte ich es ja keinem erzählen. Aber jetzt sage ich es dir doch. Ich muss dich allerdings um Vertraulichkeit bitten. Ich fahre übermorgen für längere Zeit nach Norderney."

Maren Köster wollte etwas sagen.

Schulte kam ihr zuvor.

„Ja, Urlaub machen und ein bisschen schnüffeln. Wenn du in den nächsten Wochen versuchen würdest, mich zu erreichen, dann würden mich die Kollegen und Kolleginnen verleugnen. Ich möchte nicht, dass du mich für feige hältst oder es als gegen dich gerichtet empfindest. Darum sage ich es dir jetzt."

Maren Köster nickte und schwieg. Minuten später legte sie die Hand auf seinen Arm.

„Bitte bestell mir ein Taxi."

Als sie später auf dem Rücksitz des Wagens saß, versuchte Maren Köster, sich an den vergangenen Abend zu erinnern. Sie zwang ihre Gedanken, den Verlauf der Nacht zu durchforsten. Mit dieser Methode hatte sie bald Erfolg. Mehr und mehr Erinnerungsfragmente drangen wieder in ihr Bewusstsein. Sie hatte ein Bild vor sich. Schulte ließ seinen Kopf an ihre Schulter sinken und begann in einen ersten Schlaf zu sinken. Sie hörte sich wieder kichern, als sie ihren Kollegen aufweckte, um ihn in sein Bett zu bugsieren. Er hatte, wie sie, dem Alkohol ordentlich zugesprochen und war zudem schlaftrunken, sodass er fast nicht mehr gehen konnte. Maren Köster mühte sich redlich, ihn heil ins Schlafzimmer zu bekommen. Das nächste Erinnerungsbild wurde greifbar. Sie versuchte, ihm die Kleider auszuziehen. Warum auch immer. Schulte war schon wieder eingeschlafen und schnarchte leise vor sich hin. Langsam kam die Gewissheit bei Maren Köster. Sie hatten zwar die Nacht gemeinsam verbracht, aber mit Sicherheit schlafend. Dies war eine beruhigende Erkenntnis für sie.

19

Wütend ließ Jupp Schulte seine Reisetasche zu Boden fallen. Er war nur wenige Minuten zu spät gekommen, aber nun stand er an der verlassenen Mole und sah nur noch das Heck der zehn Uhr dreißig-Fähre, mit der er eigentlich nach Norderney hatte übersetzen wollen. Auf der elektronischen Anzeigetafel konnte Schulte ablesen, dass die nächste Fähre erst um zwölf Uhr abgehen würde. Anderthalb Stunden Wartezeit! Und das auf Norddeich-Mole! Im Sommer noch einigermaßen zu ertragen, im November die Hölle und jetzt, im März, immerhin noch das Fegefeuer. Dabei war er gefahren wie der Teufel. Bis Emden hatte er auf der Autobahn seinen alten Volvo in Geschwindigkeitsdimensionen hochgejagt, von deren Existenz das arme Auto in seinem ersten Leben als hochanständiger Leichenwagen nicht mal eine Ahnung gehabt hatte. Dann, auf der Landstraße zwischen Emden und Norden, war er in der Nähe von Georgsheil geblitzt worden. Sollten sie doch blitzen wie sie wollten, die Kollegen. Er hatte sich vorgenommen, die Fähre um halb elf zu erreichen und dadurch sank alles andere zur Nebensache ab. Und er hätte es auch fast geschafft. Aber bis er das Auto in der Großgarage der Reederei untergebracht und die schwere Reisetasche zur Mole hochgeschleppt hatte, waren eben doch fünf Minuten zu viel verstrichen. Jetzt hatte er plötzlich mehr Zeit als ihm lieb war.

Ein scharfer Wind jagte den feinen Sprühregen über die große Asphaltfläche der Mole und ließ Schulte nach einem geschützten Fleckchen suchen. Das fand er zwar in dem wenig behaglichen Warteraum, aber nun verspürte er Hunger. Seinen ersten Impuls, in den Ort Norddeich zurückzugehen, um dort etwas zu essen, wies er schnell wieder zurück. Zum einen hatte er keine Lust, durch dieses unerfreuliche Wetter zu laufen, zum anderen hätte er riskiert, dadurch auch noch die nächste Fähre zu verpassen. Sein Dilemma löste sich in Luft auf, als die Imbissbude im Reedereigebäude um elf Uhr öffnete. Nachdem Schulte zwei Fischbrötchen verputzt hatte, verloren auch Wind und Sprühregen ihren Schrecken. Er ließ die Reisetasche im Warteraum stehen und bummelte über den Deich zum kleinen Norddeicher Strand hinunter, der in dieser Jahreszeit so viel Flair verströmte wie die Uferzone eines Baggersees. Viel Wasser gab es auch nicht zu sehen. Schulte fragte sich etwas besorgt, wie bei diesem niedrigen Wasserstand die Fähre bis zur Insel kommen wollte. Ein Blick zur Mole zeigte ihm, dass das weiße Schiff mittlerweile angelegt hatte. Schulte lief gemächlich zurück, nahm seine Reisetasche auf und betrat das Schiff. Von Wind und Wetter hatte er erst einmal genug und so blieb er lieber im beheizten Salon, bezahlte die Überfahrt und bestellte sich einen Kaffee. Die Überfahrt war ruhig. Unterwegs sah er mehrere Seehunde, die faul auf einer Sandbank lagen. Schulte verspürte plötzlich eine große Dankbarkeit seinem Schicksal gegenüber, dass aus ihm einen Kriminalhauptkommissar und keinen Seehund gemacht hatte. Er hätte ums Verrecken keine Lust gehabt, bei dieser Witterung nackt auf einer Sandbank herumzuliegen und nur von rohem Fisch leben zu müssen.

Dann, die Fähre war scharf nach rechts abgebogen, sah er durch das Salonfenster die Silhouette der Stadt Norderney auftauchen. Er konnte den Weststrand erkennen. Auf einer Düne thronte das historische *Café Marienhöhe*, dahinter ragten zwei Hochhäuser, Norderneys schlimmste Bausünde, in den regenverhangenen Himmel. Schulte spürte eine gewisse Erregung aufkommen. Mit einem Schiff in einen Hafen einzulaufen, hatte auf ihn immer einen starken Eindruck gemacht. Er konnte es nicht erklären, aber das hatte etwas von Entdecker, von Eroberer in sich. Dann drehte das große Schiff sich fast einmal um die eigene Achse und kurz darauf war Schultes Blick versperrt durch die gewaltige Stahlwand des Anlegers. Wieder pfiff ihm der scharfe und feuchte Wind um die Ohren, nachdem seine *Norderney-Card*, die Fahrkarte und Kurkarte in einem war, abgestempelt worden war und er auf das weiträumige Norderneyer Hafengelände hinaustrat. Dort standen mehrere Busse abfahrbereit. Schulte hatte nicht die geringste Ahnung, wohin er fahren sollte. Eigentlich brauchte er erst einmal eine Unterkunft. Er fragte nach der Zimmervermittlung und wurde, nicht wirklich unfreundlich, aber sehr kurz angebunden, zu einem der Busse verwiesen. Am Kurplatz stieg Schulte aus, schaute sich kurz um und erblickte recht schnell die Zimmervermittlung. Dort war die Betreuung erheblich freundlicher. Eine junge Frau vermittelte ihm eine Pension in der Moltkestraße und erklärte ihm auch gleich anhand eines kleinen Stadtplanes den Weg dorthin. Schulte wollte weder mit dem Bus noch mit einem Taxi fahren. Er warf sich den Trageriemen seiner Reisetasche über die Schulter und marschierte locker und entspannt durch Norderneys wichtigste Einkaufsmeile, die Poststraße. Der Neuankömmling staunte, dass trotz des wenig verlockenden Wetters so viele Menschen auf der Straße waren. Überhaupt machte hier alles einen sehr geschäftigen und belebten Eindruck. Links und rechts sah er kleine Boutiquen, lockten Kneipen und Restaurants. „Wer zum Teufel machte denn in dieser Jahreszeit Urlaub an der Nordsee?“, fragte er sich. Andererseits spürte er bereits jetzt, wie erfrischend die Luft hier war. Vielleicht kamen ja viele ganz bewusst in dieser Jahreszeit, um Seeluft pur zu genießen, bevor der ganz große Sommertrubel wie ein Tsunami über die Insel hinwegfegte und alles an authentischem Inselgefühl in kirmesartigem Trubel unterging. Echte Kenner eben!

Es dauerte eine ganze Weile, bis Schulte vor der gesuchten Pension stand. Nicht weil der Weg dahin so lang oder so schwer zu finden gewesen wäre. Nein, Schulte hatte sich einfach die Zeit genommen, rechts und links ausgiebig alles zu betrachten. Er war durchnässt, müde und fror, als er von der Pensionswirtin, einer schlanken, blonden Frau um die Vierzig, sein Zimmer gezeigt bekam. Das Zimmer war überraschend behaglich mit schönen antiken Möbeln eingerichtet. Kopf- und Fußende seines Einzelbettes aus Kirschholz bestanden aus je zwei Schwänen, die aufeinander zustrebten, als wollten sie sich küssen. Schulte, der in Sachen Kunst eher von schlichtem Gemüt war, war hoch zufrieden. Hier ließ es sich schon ein paar Tage aushalten.

20

Jede Veränderung, und sei sie noch so sinnvoll, verursacht bei den Beteiligten erst einmal Unsicherheit und erzeugt oft Widerstand. Dieses Phänomen war Margarete Bülow durchaus bewusst.

Doch was da aus Detmold an Widerstand gegen das neue Dezernat und gegen die Landespolizeireform entwickelt wurde, konnte sie nicht hinnehmen. Würde sich Erpentrup, der mit Sicherheit den Landrat hinter sich hatte, durchsetzen, hätte das neu gebildete ZDG in drei Wochen nur noch die Bedeutung einer Würstchenbude. Darüber hinaus war der Polizeidirektorin klar, dass es bei dem Detmolder Unterfangen nicht etwa um die Angst vor Veränderung ging, sondern um die vor schwindendem Einfluss und Machtverlust. Hier galt es aus ihrer Sicht, schnellstens eine gerade Furche zu ziehen. Ganz egal, was an dem Fall Blumenkamp dran war, nach Erpentrups Vorgehen war es unabdingbar, dass die

ZDG den Fall an sich ziehen würde und zwar sofort. Sie griff zum Telefon.

Erpentrup war gleich am Apparat.

„Ich grüße Sie, Herr Erpentrup! Hier Margarete Bülow. Wie geht es Ihnen?"

„Gut, das freut mich. Sie können sich sicher denken, warum ich anrufe?"

„Nicht? Es geht um die leidigen Kompetenzstreitigkeiten zwischen unserem Dezernat und Ihrer Behörde.

Wieder ergriff Erpentrup das Wort:

„Sie sagen es, Frau Kollegin. Das ist wirklich eine leidige Angelegenheit. Ich finde, wir sollten die Sache nicht so hoch hängen. In der Angelegenheit Blumenkamp wird eh das meiste von den Kollegen aus Ostfriesland erledigt. Alles Weitere werden einige Formalitäten sein, da braucht man sich nicht zu streiten."

Der Detmolder Polizeichef wollte noch weiter reden, doch an dieser Stelle unterbrach ihn Frau Bülow.

„Das ist schön, dass Sie das so sehen. Dann wird es ja ein Leichtes für sie sein, alle Unterlagen in eine Kiste zu packen und nach Bielefeld zu schaffen. Ich will auch gar nicht weiter um den heißen Brei herum reden, sondern Ihnen reinen Wein einschenken. In der Angelegenheit Blumenkamp geht es aus meiner Sicht nicht darum, wer die Formalien erledigt, sondern wer die Hosen an hat. Darum werden mein Dezernatsleiter Herr Schulte und ich auch keine Abweichungen von unserem Vorgehen dulden. Ich will Ihnen da nicht drohen, Herr Kollege, sondern Ihnen lediglich klar machen, wie unser Vorgehen sein wird. Ich habe überhaupt keine Lust auf irgendwelche Tricksereien oder Taktierereien."

„Das sehe ich genau so wie sie, Frau Kollegin. Auch ich will weder tricksen noch taktieren. Darüber hinaus will ich selbstverständlich eine gute Zusammenarbeit. Aber leider sind die Kompetenzen ja noch nicht geklärt. Und Sie wissen genau wie ich, dass ich gewissen Zwängen ausgesetzt bin."

„Eben, Herr Erpentrup! Darum habe ich auch für eine Klärung gesorgt. Ich habe alles mit dem Innenminister besprochen. Das neue Dezernat hat die Aufgabe, alle Gewaltverbrechen, die im Bereich der Bezirksregierung Detmold anfallen, an sich zu ziehen und gegebenenfalls entsprechend zu koordinieren. Mit anderen Worten, Sie lassen mir jetzt alle Unterlagen zukommen. Ich sehe mir den Fall an und dann entscheide ich, wer die Formalitäten, wie Sie es nennen, weiter bearbeitet. Und so wird auch künftig der Weg sein!"

Nachdem die Kommissarin ihrem Gesprächspartner ihre Aktivitäten und Sichtweisen geschildert hatte, herrschte ein unerträgliches Schweigen. Erpentrup dachte angestrengt nach und Frau Bülow wartete auf eine Reaktion. Für sie fühlten sich die Sekunden wie Minuten an. Doch sie schwieg beharrlich. Dann vernahm sie ein Räuspern in der Leitung.

„Sie haben mit dem Innenminister gesprochen?"

„Ja, Sie müssen wissen, Ingo und ich, äh, ich meine Herr Minister Wolf und ich sind Kommilitonen gewesen. Wir hatten sogar den gleichen Doktorvater."

Erpentrup spürte Morgenluft. Jetzt trägst du zu dick auf, meine Liebe, dachte er. Ganz so blöde, wie du denkst, bin ich auch nicht.

Im nächsten Moment lief er mit wehenden Fahnen ins offene Messer.

„Ja, wissen Sie, Frau Kollegin", säuselte der Polizeioberrat geradezu ins Telefon.

„Jetzt befinde ich mich in einer verdammten Zwickmühle. Der Landrat reißt mir den Kopf ab, wenn ich die Kompetenzen nach Bielefeld gebe. Folge ich ihm, dann wird mich, nach Ihren Aussagen, der Innenminister einen Kopf kürzer machen. Ich bin, wenn ich das richtig sehe, sozusagen schon tot."

Erpentrup fand sich genial. Wenn die Polizeidirektorin sein selbstgefälliges Grinsen gesehen hätte, sie wäre geneigt gewesen, ihm an die Gurgel zu gehen.

„Es ist Ihnen doch klar, Herr Kollege, dass ich von diesem Telefonat eine Gesprächsnotiz für meine Akte mache. Um es noch einmal sinngemäß zusammenzufassen: Sie haben die Anweisung vom Landrat, unsere Arbeit zu boykottieren?"

Dem Polizeioberrat knallte das Adrenalin in die Blutbahn.

„Ähm, also, so habe ich das nun auch wieder nicht gesagt. Ich meine, ähm …"

„Um es abzukürzen, Herr Erpentrup. Sie dürfen sich jetzt aussuchen, wer Sie köpft oder zumindest an der Hecke langzieht. Dazu haben Sie Zeit bis morgen Mittag, zwölf Uhr. Dann habe ich alle Akten hier in Bielefeld, und Sie müssen sich mit Ihrem Landrat herumschlagen. Sollte das nicht der Fall sein, ist es unser aller Innenminister, der mit Ihnen in den Ring steigt. Ich sehe ein, beide Gegner sind keine Sparringspartner. Offen gesagt, Sie haben da eine verdammte Scheißrolle. Ich möchte nicht in Ihrer Haut stecken."

Wieder herrschte Schweigen. Jetzt wurden für Erpentrup die Sekunden zu Stunden. Da ergriff Frau Bülow noch einmal das Wort:

„Übrigens, für die Zukunft gibt es auch die Möglichkeit zu kooperieren. Dann besteht die Chance, dass es in solchen Situationen zwei Gewinner gibt. Ich lade Sie dazu ein, diesen Weg mit mir und dem Dezernatsleiter Schulte zu gehen. Das hohe Ross bleibt dann aber im Stall. Ich höre von Ihnen, Kollege Erpentrup! So oder so. Einen entscheidungsfreudigen Tag noch!"

Die Polizeidirektorin legte auf und Erpentrup lief der Schweiß in Strömen. „Was für eine Scheißwelt", dachte er.

21

Josef Schulte hatte sich erst mal auf dem Schwanenbett lang gemacht und ein Stündchen geschlafen. Schließlich war er ja im Urlaub. Oder? So ganz klar war ihm das nicht. Er war in keiner Weise autorisiert worden, hier auf Norderney irgendwelche Ermittlungen durchzuführen. Aber Schulte war schon immer nach der Maxime verfahren „Kompetenzen bekommt man nicht, Kompetenzen schafft man sich selber“. Erst hatte man ihn genötigt, eine Führungsposition zu übernehmen, die er nie gewollt hatte, und gleich bei seiner ersten wirklich relevanten Aufgabe hatten die Detmolder versucht, ihn zum Papiertiger zu machen. Das konnte er sich nicht bieten lassen. Und er reagierte, wie Jupp Schulte eben reagiert, wenn die bürokratischen Fesseln allzu eng zu werden drohten. Er brach aus! Er machte sein eigenes Ding. Wenn es sein musste, auch gegen alle Regeln und manchmal auch gegen alle Vernunft.

Er schaute aus dem Fenster der Pension und blickte auf einen hübschen kleinen Garten mit einem Blockhaus. Es hatte etwas aufgeklart, und ein wenig kam sogar die Sonne durch. Schulte duschte, kleidete sich an und verließ sein Zimmer. Auf dem Flur traf er auf seine freundliche Wirtin, die ihm erklärte, dass im Aufenthaltsraum jederzeit kostenlos Kaffee zu haben sei. Das ließ er sich nicht zweimal sagen. Er ließ sich in einen Ohrensessel im Aufenthaltsraum fallen und schenkte zwei Tassen Kaffee ein. Die Wirtin setzte sich dazu und beide plauderten ein wenig über die Insel, über das Wetter und die allgemeine Lage. Die Frau war nicht Schultes Typ, aber sie war ihm sympathisch. Vorsichtig brachte er das Thema auf den Mordfall. Er stellte es so dar, als habe ihm auf dem Schiff jemand von der Leiche am östlichen Inselende erzählt.

„Ja, eine schlimme Geschichte“, sagte die Wirtin leise. „So was haben wir hier gar nicht gerne. Aber es war bestimmt ein Unfall. Wahrscheinlich ist der Mann betrunken von einem Schiff gestürzt und ertrunken. Die Leute sind ja so unvorsichtig!"

„Kannte jemand den Mann oder war er ein normaler Tourist?"

„Keine Ahnung! Ich weiß von keinem, der mit ihm zu tun hatte. Und glauben Sie mir, hier spricht sich alles sehr schnell rum."

Schulte zögerte eine Weile.

„Eigentlich geht es mich ja nichts an, aber ich habe auf dem Schiff auch gehört, dass dieser Mann aus der gleichen Stadt kommt wie ich. Aus Detmold. Vielleicht kannte ich ihn ja. Von wem kann ich denn da wohl etwas mehr erfahren?"

Die Frau dachte nach.

„Sie können natürlich bei der Polizei fragen. Die ist hier gleich um die Ecke. Aber ich kann mir nicht vorstellen, dass die Ihnen was erzählen. Vielleicht weiß ja unsere Inselzeitung was. Fragen Sie da doch mal nach."

Schulte horchte auf.

„Ah, es gibt hier eine Zeitung? Eine richtige Tageszeitung aber doch nicht, oder?"

„Doch!" Die Wirtin lachte. „Das kann sich kaum ein Tourist vorstellen, aber es gibt hier wirklich eine richtige Tageszeitung. Es gibt nur einen Redakteur. Ich kenne ihn zwar nicht sehr gut, aber ich glaube, das ist ein ganz netter Kerl. Fragen Sie da ruhig mal nach!"

Schulte ließ sich den Weg zur Inselzeitung beschreiben und beschloss, diesem Rat spätestens am kommenden Tag zu folgen. Er bedankte sich für den Kaffee und verließ die Pension. Erstmal wollte er bei diesem schönen Frühlingswetter zum Strand. Schließlich hatte er ja Urlaub. Er ging die Moltkestraße hoch bis zum *Sporthotel Georgshöhe,* dort überquerte er die Kaiserstraße. Schulte staunte über die aufwändige Pflasterung dieser Straße ebenso wie über die architektonisch hochwertig gestalteten Flutmauern aus rotem Klinker. Weiter zum Strand hin sah er, dass die Flutbewehrung aus Granit gestaltet war. Hier war vermutlich in die Strandbefestigung mehr Geld investiert und in die Gestaltung der Promenade mehr Geld gesteckt worden als in sämtliche lippischen Landstraßen seit dem Zweiten Weltkrieg. „Edel!“, dachte Schulte und schritt munter die untere Promenade entlang, die immer noch einige Meter höher lag als der Strand. Er fühlte sich wieder pudelwohl. Weit weg vom ungeliebten Schreibtisch, keine überflüssigen Besprechungen, keine nervenden Vorgesetzten. Hier konnte er sich eine frische Brise um die Ohren fegen lassen, tief die würzige, salzhaltige Luft atmen und alles Belastende vergessen. Er war frei und allein! Wunderbar!

Er lief fast komplett um den westlichen Inselkopf herum. An der *Milchbar* und auch an dem berühmten *Café Marienhöhe* vorbei, in dem schon Heinrich Heine seinen Tee geschlürft und spöttische Lieder über die Inselbewohner geschrieben hatte. Beim ebenfalls historischen *Haus Belvedere* verließ er die Strandpromenade. Dieses *Haus Belvedere* war vor rund hundert Jahren die Sommerresidenz des Reichskanzlers von Bülow. Einmal, im Jahre 1906, hat ihm hier Kaiser Wilhelm einen Überraschungsbesuch abgestattet. Heute ist es ein kleines, aber stilvolles Hotel.

Schulte schritt gemächlich durch die enge, basarähnliche Strandstraße, schaute rechts und links in Schaufenster, von denen aber die meisten Güter in einer Preisklasse anboten, die mit dem Einkommen eines Kriminalhauptkommissars nicht kompatibel waren. Irgendwann kam er auf den Kurplatz, den er ja schon kannte, zog seinen Stadtplan hervor und ging dann am Haus der Insel vorbei, durch den Herrenpfad, die Jann-Berghaus-Straße und die Winterstraße in die Knyphausenstraße, an deren östlichem Ende der Onnen-Visser-Platz lag. Und an diesem Onnen-Visser-Platz stand ein eher langweiliges Haus aus hellem Klinker, an dessen Eingangsseite ein Schriftzug aus Stuck darauf hinwies, dass es sich hier um die *Polizeiverwaltung* handelte. Schulte stellte sich vor die große Glastür und versuchte, in das Innere hineinzuschauen.

Sehen konnte er aber nichts, da die Sonne von der Glastür reflektiert wurde. Sollte er hineingehen? Einfach bluffen und so tun, als sei er im offiziellen Auftrag hier? Einen Versuch war es allemal wert. Schlimmstenfalls würde es ein Disziplinarverfahren geben, aber das wäre dann nicht das erste Mal.

Er durchschritt die Glastür, zwei Meter weiter die zweite Tür und stand dann vor dem Besuchertresen. Dahinter saß ein dicker, älterer Polizist, der ihm unfreundlich entgegenblickte.

Schulte grüßte, zückte seinen Dienstausweis und legte ihn auf den Tresen. Der Polizist schaute mit wenig Interesse auf das Dokument und gab es Schulte wieder zurück.

„Und?“, war seine einzige Frage.

„Wie und?“ Schulte war irritiert und zog die Hand, die er bereits zum Gruß ausgestreckt hatte, wieder zurück. Irgendwie hatte er erwartet, hier als Kollege mit offenen Armen empfangen zu werden. Davon konnte jedoch bei Hauptwachtmeister Dieter Möllmann keine Rede sein.

„Ich habe jetzt gesehen, dass Sie Polizist sind. Aus Nordrhein-Westfalen auch noch. Das habe ich zur Kenntnis genommen. Und weiter?“

Schulte staunte. So eine kalte Abfuhr hatte er nicht erwartet. Galt denn plötzlich gar nichts mehr? Wo blieb der so vielbeschworene Corpsgeist der Polizisten? Saßen sie nicht alle in einem Boot? Brüder im Geiste? Klar wusste Schulte, dass Polizisten keine homogene Masse sind, sondern ein bunter Haufen unterschiedlichster Typen. Und ihm war klar, dass er mit einem großen Teil dieses Haufens auf gar keinen Fall in einen Topf geworfen werden wollte. Trotzdem war ein gewisses Mindestlevel an Kollegialität doch wohl zu erwarten.

„Also, Herr Kollege! Wenn bei uns in Nordrhein-Westfalen ein Kollege aus Niedersachsen kommt, dann geben wir ihm nicht nur die Hand. Er bekommt auch eine Tasse Kaffee. Dass hier alles anders ist, wusste ich nicht. Den Kaffee können Sie sich schenken. Aber zwei Minuten zuhören könnten Sie mir schon."

Möllmann schnaufte empört.

„Na, dann reden Sie doch nicht lange drumherum. Sagen Sie mir einfach, was Sie wollen!"

Schultes Gefühlswelt reichte von ‚offizielle Beschwerde' bis zu ‚voll eins auf die Fresse'. Er entschied sich für einen sachlichen Mittelweg.

„Es geht um den Mordfall Blumenkamp. Das Opfer wohnte im Kreis Lippe. Ich leite die Dienststelle, die für alle Gewaltverbrechen in Ostwestfalen zuständig ist. Und ich möchte mir hier am Ort des Geschehens ein Bild machen. Ist das soweit in Ordnung?"

Möllmann lachte, wobei das ganze fettige Gesicht schwabbelte. „Wer will sich denn noch alles ein Bild machen? Mit den ganzen Bildern kann man ja bald ein Museum aufmachen. Bin ja mal gespannt!"

Plötzlich wurde Möllmann wieder ernst.

„Jetzt hören Sie mal zu! Erstens ist noch überhaupt nicht erwiesen, dass dieser Mord auf unserer Insel stattgefunden hat. Die Leiche wurde angeschwemmt, woher, das weiß zur Zeit noch niemand. Zweitens könnten wir hier vor Ort sehr gut selber unsere Angelegenheiten regeln, wenn man uns ließe. Drittens laufen hier schon seit Tagen zwei Superschlauberger aus Aurich herum, die sich auch ein Bild machen wollen. Soweit ich das beurteilen kann, haben sie aber bisher noch nicht einen Pinselstrich gemacht. Und jetzt kommen Sie daher! Na, jetzt kann ja nichts mehr schief gehen, bei soviel geballter Kompetenz! Ich lach mich tot!"

Das schien er tatsächlich sofort in die Tat umsetzen zu wollen, denn er konnte sich kaum noch einkriegen vor Heiterkeit. Alles an diesem massigen Körper war in Bewegung und erinnerte an einen Wackelpudding.

Schulte war klar, dass er hier nichts durchsetzen konnte. Er befand sich nicht in offizieller Mission, er hatte keinen Auftrag. Vielmehr war er streng genommen privat hier. Dies war keine Ermittlung, aber auch kein richtiger Urlaub. Sondern von allem etwas und nichts richtig. Und eben nicht von oben abgesichert. Forderungen stellen war in dieser Situation, die wahrscheinlich zum Schluss sowieso mit einem Disziplinarverfahren enden würde, nicht angebracht. Die Variante Faust aufs Auge war ebenfalls nicht ratsam. Ihm blieb nichts anderes übrig als der geordnete Rückzug.

Aber Möllmann stand ab sofort auf seiner persönlichen Racheliste weit oben.

„Herr Kollege, ich danke für das Gespräch. Meine vorgesetzte Dienststelle wird sich zu gegebener Zeit mit der Ihren in Verbindung setzen und sich für die gute Zusammenarbeit bedanken. Ich bin sicher, dass unsere Segenswünsche an Sie weitergeleitet werden. Schönen Tag noch!"

22

Es war Dienstagmorgen, 8.30 Uhr. Normalerweise hätte Schulte jetzt in der Dienstbesprechung gesessen. Stattdessen löffelte er gerade genüsslich sein Frühstücksei aus der Schale und freute sich, dass der Blick nach draußen einen wunderbaren Frühlingstag versprach. Den brauchte er auch, denn für heute hatte er sich vorgenommen, bis ans äußerste Ende der Insel zu wandern, um sich den Fundort der Leiche anzuschauen. Er hatte sich schon soweit schlau gemacht, dass er selbst mit einem Fahrrad nur bis zu einem bestimmten Punkt fahren durfte. Danach ging es nur noch zu Fuß weiter, denn selbst wenn man bereit war, alle Verbote zu ignorieren, war die Bodenbeschaffenheit in dieser Jahreszeit nicht für ein

Fahrrad geeignet. Irgendwann würde das Rad im feuchten Boden stecken bleiben. Schulte beschloss, sich vorher ein Paar von diesen gelben Gummistiefeln zu kaufen, die er bei den Touristen immer sah. Auf jeden Fall wollte er körperlich für einen Fußmarsch von hin und zurück immerhin über zehn Kilometern in sehr anspruchsvollem Gelände gerüstet sein. Deshalb nahm er sich kurz darauf ein zweites Ei und orderte noch etwas Kaffee bei der freundlichen Wirtin. Eine Stunde später hatte er seine kleine Expedition bestens vorbereitet. Er hatte ein Fahrrad ausgeliehen. Dann hatte er nicht nur die Gummistiefel gekauft, sondern auch einen kleinen Rucksack, in den er eine warme Fleecejacke und, um in einer eventuellen Notsituation gerüstet zu sein, zwei Tafeln Schokolade und ein kleines Fläschchen Rum gestopft hatte.

Um kurz vor zehn Uhr bestieg er guten Mutes sein Rad und strampelte durch die Benekestraße. Wann hatte er eigentlich zuletzt auf einem Rad gesessen? Das musste Jahre her sein. Aber Radfahren verlernt man nicht so einfach. Das würde er schon schaffen, wo hier doch alles so schön flach war. Nirgendwo standen hier lästige Berge im Weg herum wie im heimischen Lippe. Schulte war bester Laune, als er am Kap vorbeiradelte. Dieses markante, offene Backsteingebäude, auf dem ein großes, weithin sichtbares Dreieck thronte, hatte früher als Seezeichen gedient, bevor es diese Funktion an den Leuchtturm abgegeben hatte. Als Schulte die Nordhelmstraße hinter sich gelassen hatte und bei der Meierei auf die einzige Straße nach Osten einbog, wurde ihm klar, dass Berge auch ihre Vorteile haben. Denn bei einem Berg geht es irgendwann wieder bergab. Aber hier hatte er Gegenwind! Und der hörte nicht plötzlich auf, sondern wurde mit jedem Meter lästiger. Schultes gute Laune sackte ab wie ein Barometer bei aufziehendem Unwetter. Beim Golf-Hotel war die erste Rast fällig. Schließlich war er ja im Urlaub. Als er nach einer Viertelstunde weiterfuhr, stellte er fest, dass ein Bier am frühen Vormittag weder die Beine gelenkiger machte, noch den Gegenwind abschwächte. Also quälte er sich auf dem Radweg weiter Richtung Osten. Links von ihm breitete sich eine beeindruckende Dünenkette aus, rechts von ihm riesige flache Wiesen, auf denen eine Menge Pferde standen. Schulte kämpfte und strampelte, bis der imponierende Leuchtturm hoch vor ihm aufragte. Eine Besichtigung dieses Monumentes aus Backstein verschob Schulte auf später. Abgesehen davon, dass er an diesem Tag ein anderes Ziel hatte, ersparte er sich damit auch einen strapaziösen Aufstieg über eine enge und extrem steile Treppe, die kein Ende zu nehmen schien, im Inneren des Leuchtturmes.

Schulte gönnte sich keine weitere Pause mehr, umklammerte den Fahrradlenker noch fester und ließ die Beinmuskeln spielen. Aber die wollten heute nicht spielen. Hätte er nur häufiger beim Polizeisport mitgemacht! Alles rächt sich irgendwann. Doch nach einer weiteren Viertelstunde war es soweit. Die Straße und der Radweg endeten auf einer großen runden Fläche, dem Parkplatz am Ostheller. Dahinter versperrte ein Deich die Sicht nach Osten. Schulte wusste, dass er hier sein Rad zurücklassen und zu Fuß weitergehen musste. Auf dem Deich pfiff ihm der Wind um die Ohren, aber er staunte über die unendlich scheinende Weite des Norderneyer Ostlandes. Links sah er eine lange Kette von nicht sehr hohen Dünen, rechts extrem flache Salzwiesen, die fast übergangslos in weiter Ferne zum Wattenmeer wurden.

Schulte zog seine Gummistiefel und die Fleecejacke an, dann trabte er frohen Mutes los. Die ersten Schritte erschienen ihm nach der anstrengenden Fahrt mit den Rad als reine Erlösung. Aber bereits die ersten zweihundert Meter auf feuchtem, sandigem Boden verpassten seiner wieder gewonnenen Euphorie einen Dämpfer. Aber jetzt gab es kein Zurück mehr! Schulte kämpfte sich gegen den Wind, der von den Dünen herab wie ein Sandstrahlgebläse auf sein Gesicht traf, Meter für Meter voran. Immer den Holzpfählen mit den farbigen Markierungen folgend. In den folgenden zwei Stunden durchlebte Jupp Schulte alle Schattierungen seiner Persönlichkeitsstruktur. Die immer mehr erlahmende Willenskraft fand in ihrem Kampf gegen Phlegma und Übergewicht, gegen Muskelschwäche und schwere Beine zuletzt einen Waffenbruder in Schultes ostwestfälischer Sturheit. Die Dünen wurden immer flacher und die Landschaft eintöniger. Zum Schluss wähnte sich Schulte in der Sahara. Sand, soweit das Auge blickte. Der Wind war hier noch unangenehmer, da Schulte nun in völlig ungeschütztem Gelände lief. Dann endlich – das Inselende! Als Schulte an der Wasserkante stand und erschöpft innehielt, wurde der Wind zwar nicht schwächer, aber er enthielt keine Sandkörner mehr und war durchaus angenehm. Die Nachbarinsel Baltrum wirkte zum Greifen nah.

Kurz darauf sah Schulte auch das vom Sand fast zugewehte Wrack. Er setzte sich windgeschützt hinter den Rest des verrosteten Schiffskörpers und verputzte eine Tafel Schokolade. Dann goss er einen Schluck aus der kleinen Rumflasche hinterher und schüttelte sich angewidert. Das war nichts für seinen verwöhnten Gaumen! Nach einer angemessenen Ruhezeit stand er wieder auf, ging zurück zur Wasserkante und dann nach links Richtung Nordwest. Hier irgendwo musste die Stelle sein, an der die Leiche Blumenkamps gefunden worden war. Tja, aber zu sehen gab es nichts mehr. Nichts deutete darauf hin, dass hier vor fünfzehn Tagen eine männliche Leiche angeschwemmt worden war. Außerdem hatte Tjark Visser den toten Blumenkamp bei Niedrigwasser gefunden. Jetzt war Flut, kurz vor dem Höchststand. Der eigentliche Fundort lag vermutlich viele Meter weiter draußen, jetzt von gnädigem Salzwasser überspült. Was hatte Schulte hier eigentlich zu finden erhofft? So richtig wusste er das auch nicht. Er wollte sich nur einen Eindruck verschaffen. Wer konnte schon sagen, wie alles abgelaufen war. Vielleicht war Blumenkamp ja gar nicht angeschwemmt, sondern war hier ermordet worden. Von weit her hatte der schwere Männerkörper jedenfalls nicht kommen können. Also war der Mord entweder direkt hier oder auf einem Schiff, welches bei auflaufendem Wasser an dieser Stelle vorbeigefahren war, verübt worden. Anders konnte Schulte sich diesen abgelegenen Fundort nicht erklären. Die Leiche war mit Sicherheit nicht mit einem Auto hierher transportiert worden. Selbst ein Geländewagen hätte vermutlich bei den Bodenverhältnissen Schwierigkeiten bekommen. Das wäre zu auffällig gewesen.

Schulte starrte noch eine ganze Weile auf das immer näher rückende Wasser und ging zurück zum Wrack. Er hatte noch einen weiten Rückweg vor sich.

23

Langsam aber sicher wurde es warm in seiner Küche. Der Holzofen leistete ganze Arbeit. Grafenberg hatte sich für seine Verhältnisse früh aus dem Bett gequält, holte sich zwei frische Brötchen vom Bäcker und saß nun an seinem Küchentisch beim Frühstück. Gestern hatte er sich schon einen würzigen Bergkäse gekauft, den er jetzt auf einem noch warmen Brötchen, das dick mit Butter bestrichen war, aß. Etwas Besseres gab es für ihn fast nicht.

Dazu trank er einen ordentlichen Kaffee. Grafenberg wusste zwar oft vor Hunger nicht in den Schlaf zu kommen. Doch das was er aß, konnte sich sehen lassen. Das Leben ist viel zu kurz, um schlecht zu essen und mäßigen Wein zu trinken, war einer seiner Wahlsprüche.

Nachdem er sich seine zweite Tasse eingeschenkt hatte, fiel sein Blick auf die Schriftrolle, die er vor einigen Tagen gefunden hatte. Erst hatte Grafenberg sie beiseite gelegt und schon fast vergessen. Doch dann fiel sie ihm wieder in die Hände. Er studierte die Schrift, sie vermittelte einen Eindruck von formaler Ästhetik. Dennoch war es mühsam, die

Zeichen zu entziffern. Die Leinenrolle musste über hundert Jahre alt sein. Der Text war in lateinischer Sprache verfasst. Soviel hatte er herausgefunden. Doch das kleine Latinum, das sich Grafenberg vor über zwanzig Jahren einmal erworben, oder besser erkämpft hatte, reichte längst nicht aus, den Inhalt zu erfassen.

Er hatte lange überlegt, wen er fragen könnte. Immer wieder kam er zu dem Schluss sein alter Lateinlehrer wäre mit Sicherheit der richtige Mann. Noch dazu wohnte er in Lemgo. Das hatte er bereits herausgefunden. Sollte er ihn anrufen? Dr. Bussmann war zwar nie ein Mensch gewesen, mit dem Grafenberg jemals warm werden würde. Schon vor über fünfundzwanzig Jahren, als junger Lateinlehrer, war er seinen weitaus älteren Kollegen um Jahre voraus, wenn es um die Verbreitung von Lebensweisheiten ging, über die sonst nur Pensionäre und Rentner verfügten. Jede gesellschaftliche Veränderung war für ihn ein Graus. Aber das musste man ihm lassen, er war ein absoluter Fachmann, wenn es um die lateinische Sprache und um Geschichte, Kunstgeschichte im Besonderen ging. Dieses Wissen gab ihm schon damals, bei aller Schrulligkeit, eine Autorität, die auch seine Schüler nicht in Frage stellten. Irgendwie gab er ihnen das Gefühl, alles was er von den jungen Leuten verlangte, beherrsche er selbst aus dem „Eff eff".

Sollte Grafenberg diesen Mann bitten, das Geheimnis, das sich eventuell hinter der Schriftenrolle verbarg, zu lüften? Sollte er ihn ins Vertrauen ziehen? Es gab etwas in ihm, dass sich gegen dieses Ansinnen wehrte. Doch was sollte er machen? Im Moment fiel ihm niemand anderes ein, den er hätte fragen können.

Also! Entschlossen wählte er die Nummer des ehemaligen Lehrers.

„Dr. Bussmann!", meldete sich eine heisere Stimme. Grafenberg war sich nicht sicher, ob die Ursache für diese Tonlage die Tatsache war, dass deren Besitzer zu viele Worte in die

Welt hinausposaunt hatte, oder ob er nur viel Schnaps über seinen Knorpel und die Stimmbänder hatte fließen lassen. Der Sound der Stimme hatte sich seit seiner Schulzeit jedenfalls gewaltig verändert.

Der ehemalige Schüler stellte sich vor und berichtete von seinem Ansinnen. Irgendwie hatte Grafenberg den Eindruck, dass sein alter Lehrer ziemlich aufgeregt reagierte, als er sich die Geschichte angehört hatte. Der Altphilologe war sofort bereit, sich mit ihm zu treffen. Lieber heute als morgen schien er dieses Treffen zu wollen. Sie verabredeten sich zum Mittagessen in der Lemgoer Ratswaage.

Anschließend ärgerte sich Grafenberg schwarz. Dieses Treffen könnte ihn durchaus zwanzig Euro kosten. Das war seine halbe finanzielle Wochenration. Jetzt hatte er zugesagt, es war nicht mehr zu ändern.

Die Reaktion von Bussmann löste in Grafenberg Wachsamkeit und Nachdenklichkeit aus. Erst saß er lange am Tisch, sah sich die Leinenschriftrolle an, dann ging er zu dem Fundort und untersuchte ihn noch einmal aufmerksam. Es musste sich um einen alten, stillgelegten Schornstein oder eine ehemalige Feuerstelle handeln. Die Steine, die den Hohlraum bildeten, waren innen mit einer dicken, schwarzen Rußschicht bedeckt. Interessiert klopfte er die Wand und den Mauervorsprung ab. Es gab mehrere hohl klingende Stellen. Am liebsten hätte er gleich einen Hammer genommen und sie genauer untersucht. Doch er hatte die Wand schon frisch gestrichen. Diese Tatsache dämmte seinen Tatendrang erheblich ein.

Nach einer weiteren Tasse Kaffee zog sich Grafenberg eine saubere Jeans und einen Pullover an. Er griff nach seiner Winterjacke und machte sich auf zur Alten Ratswaage. Da er es nicht eilig hatte, bummelte er durch die Lemgoer Fußgängerzone. Er sah sich die Schaufenster an und genoss die Atmosphäre, die die vielen gut renovierten Häuser aus den vergangenen Jahrhunderten der Stadt einhauchten. Auch wenn er aus Detmold kam und daher über eine mit der Muttermilch eingeflößte Antipathie gegenüber der alten Hansestadt verfügte, schaffte es der Charme der Stadt schnell, die in Detmold gezeugten Vorurteile zu schmälern. Der Hausbesitzerstolz Grafenbergs tat das Übrige und so hatte sich, als er die *Alte Ratswaage* erreichte, seine Einstellung zu Lemgo grundlegend geändert. Als stolzer Neubürger dieser Stadt betrat er mit festem Schritt die Lokalität.

An einem einzelnen, etwas abseits stehenden Tisch saß ein schwergewichtiger älterer Herr und las die Heimatzeitung.

Nach genauerer Betrachtung kam Grafenberg zu dem Schluss, dass es sich bei diesem Mann in der Tat um seinen alten Lateinlehrer handelte. Er ging auf ihn zu und sprach ihn an. Bussmann sah ihn über den Rand seiner kleinen Lesebrille an und musterte ihn eingehend. Danach schob er ihm einen Stuhl hin.

„Ich kann mich beim besten Willen nicht an Sie erinnern, Herr Grafenberg. Ich habe jedoch meine alten Lehrerkalender durchgesehen. Da gab es in der Tat einen Schüler, der Ihren Namen trug. Als Lateiner war er eine Null."

Grafenberg schlang verlegen die Hände ineinander.

„Na ja, in der Jugend erkennt man die Notwendigkeit von so Vielem nicht. Um ehrlich zu sein, war Lernen früher die unangenehmste Nebensache der Welt für mich. So habe ich denn auch gehandelt und entsprechend waren meine Noten."

„Na, das Abitur haben Sie ja geschafft! Stellt sich für mich die Frage, was ist aus Ihnen geworden."

„Schauspieler und Kabarettist."

„Das gönne ich Ihnen!", sagte Bussmann heiter. „Dann sind Sie ja seit ihrer Schulzeit zum ewigen Auswendiglernen verdammt. Hätten Sie sich dieser Mühe schon damals unterzogen, hätten Sie sicher das große Latinum geschafft und brauchten mich jetzt nicht wegen eines lächerlichen Lateintextes um Hilfe zu bitten. Na, dann lassen Sie mal sehen, was Sie da gefunden haben!“

Grafenberg kramte die Rolle aus der Innentasche seiner Jacke und schob sie zu dem Lehrer hinüber. Dieser faltete sie auseinander und studierte sie eingehend.

Nach einiger Zeit sagte er: „Bei der Abfassung handelt es sich wahrscheinlich um einen Text, der einige Ereignisse in Lemgo beschreibt. Aufgeschrieben, wie es scheint von einem gewissen Kapitän Cothmann. Erstellt wurde die Schriftrolle, wenn man dem Datum glauben darf, im Jahre 1665.“

Er wies auf einen Schriftzug.

„Anno Domini 1665, das haben Sie sicher schon bemerkt.“

Grafenberg musste gestehen, dass dies nicht so war. Doch er schwieg. Warum unnötig Schwächen zugeben.

„Allein das Alter gibt dieser Schrift einen gewissen Wert“, fuhr der Lehrer fort. „Hinzu kommt, dass es sich bei dem Verfasser wahrscheinlich um den so genannten Hexenbürgermeister Cothmann handelt. Der Stadtarchivar wird sich die Lippen lecken, wenn er die Rolle zu sehen bekommt. Wenn sie mir das Schriftstück ein paar Tage überlassen, kann ich Ihnen sicher mehr zu Ihrem Fund sagen. Dann kann ich auch den Text in aller Ruhe übersetzen.“

Grafenberg bemerkte, dass seine Gefühlswelt ihm eindeutig signalisierte, dass er die Rolle nicht abgeben sollte. Er druckste herum und suchte nach einem Ausweg.

„Vielleicht in ein paar Tagen. Heute Abend kommt ein Onkel von mir zu Besuch. Dem habe ich von der Schriftrolle erzählt. Er ist Hobby-Historiker. Sie können sich vorstellen, dass er gleich hoch interessiert war. Also habe ich ihm versprochen, ihm die Schrift zu zeigen. Er wäre sicher sehr enttäuscht, wenn er jetzt die versprochene Leinenrolle nicht zur Sicht bekäme.“

Bussmanns Gesicht zeigte keine Regung. „Na, wenn das so ist, dann zeigen Sie die Rolle ihrem Onkel. Aber bedenken Sie, dass die Schrift für die Stadt Lemgo unter Umständen von erheblichem Wert ist. Im Interesse unserer hiesigen Geschichtsschreibung geben Sie die Rolle nicht aus der Hand, bis der Stadtarchivar sie begutachtet hat. Das müssen Sie mir versprechen. Im Übrigen muss ich erwähnen, dass sich im Besitz von Hobby-Historikern und so genannten Heimatforschern Funde von immensem Wert befinden, die aus purer Eitelkeit und Konkurrenzdenken denen vorenthalten werden, für die diese von enormer Wichtigkeit wären. Verstehen Sie mich nicht falsch! Ich will Ihrem Onkel nicht zu nahe treten. Ich berichte hier nur von einem hinlänglich bekannten Phänomen."

Grafenberg signalisierte seinem ehemaligen Lehrer, dass er durchaus Verständnis für seine Sichtweise hatte. Die Schriftrolle, so beteuerte er, würde er so schnell wie möglich an Bussmann weitergeben.

Er nahm den Fund wieder an sich, trank noch einen Höflichkeitskaffee und verabschiedete sich dann schnell. Womöglich hatte der Lateinlehrer damit gerechnet, dass Grafenberg ihm als Gegenleistung für seine Gefälligkeit das Mittagessen bezahlte. Doch sein Brotkorb hing selber an vielen Tagen höher als ihm lieb war. Da konnte er sich solche Großzügigkeiten nicht leisten. Zufrieden darüber, dass der Termin trotz seines Informationsgehaltes so schnell und reibungslos über die Bühne gegangen war, trat Grafenberg den Heimweg an.

Eins wurde ihm jedoch mit jedem Schritt klarer. Dieser Bussmann hatte eine Haltung an den Tag gelegt, die in ihm Misstrauen erzeugte. Den Grund konnte er nicht erfassen. Grafenberg hatte das Gefühl, dass sein alter Lateinlehrer enormen Druck auf ihn ausübte. Er hatte keinen Zweifel daran gelassen. Er wollte das Dokument, das sich in Grafenbergs Besitz befand.

Genau, dachte er und fasste einen Entschluss. Bussmann bekam seinen Fund nicht, das war so sicher wie das Amen in der Kirche! Doch wen sollte er dann zu Rate ziehen? Er kannte niemanden, den er hätte um Rat fragen können.

Grübelnd war er durch Lemgo gelaufen und stand plötzlich vor dem Gebäude in der Mittelstraße, in dem die *Heimatzeitung* untergebracht war. Wie war er nur hierhingekommen? Das war doch die völlig verkehrte Richtung. Noch während er darüber nachdachte warum er ausgerechnet diesen Weg genommen hatte, hörte er in seinem Unterbewusstsein wieder die Stimme seines Lateinlehrers:

„Muss ich erwähnen, dass sich im Besitz von Hobby-Historikern und so genannten Heimatforschern Funde von immensem Wert befinden, die aus purer Eitelkeit und Konkurrenzdenken denen vorenthalten werden, für die diese von enormer Wichtigkeit wären.“

Warum kamen ihm diese Worte wieder in den Sinn? Dann konnte Grafenberg die Verbindung herstellen. Heimatforscher und Heimatzeitung! Der Nachbar seiner Eltern, Onkel Hermann, wie er ihn als kleiner Junge genannt hatte, war immer an Geschichten aus der Region interessiert gewesen. Schon damals hatte er sein Arbeitszimmer mit vielen Heftchen und Broschüren über Lippe vollgestopft. Das war vielleicht nicht die richtige Formulierung, denn jedes Blatt, jedes Foto, das damals auf den Schreibtisch von Onkel Hermann kam, wurde penibel erfasst und eingeordnet.

Diese Leidenschaft hatte der Nachbar anscheinend nie aufgegeben. Erst neulich bei einem Besuch hatte seine Mutter kopfschüttelnd gesagt:

„Rodehutskors Hermann wird auch immer verrückter. Mit seiner Sammelleidenschaft treibt der noch alle in den Wahnsinn. Wenn ich seine Frau wäre, ich hätte den ganzen alten Krempel schon längst aufs Osterfeuer geschmissen und ein Streichholz drunter gehalten. Seine Else verreist ja so gerne, aber Hermann sitzt nur hinter seinem Schreibtisch, raucht und studiert irgendwelche alten Berichte über das Hermannsdenkmal. Stell dir mal vor, Junge, alle sagen, die Schlacht am Teutoburger Wald hätte in Osnabrück stattgefunden, aber Rodehutskors, der Verrückte, will das als Einziger nicht akzeptieren."

Grafenbergs Mutter hätte sich noch stundenlang weiter über den Nachbarn ereifern können. Doch er hatte ihr zu verstehen gegeben, dass es ihn herzlich wenig interessierte, wie der alte Journalist seinen Ruhestand gestaltete.

„Ich sollte dem Nachbarn meiner Mutter einen Besuch abstatten", sagte Grafenberg zu sich selber. Onkel Hermann war ein absolut vertrauenswürdiger Zeitgenosse. Der würde ihn mit Sicherheit nicht übers Ohr hauen. Der Beschluss war gefasst, gleich morgen würde er den Journalisten besuchen und sich bei seiner Mutter zum Essen einladen.

24

In der *Heimatzeitung* stand auch nichts Neues. Gelangweilt faltete Braunert sie zusammen und legte sie akkurat auf einen Stapel Altpapier. Dann leerte er seine Tasse Kaffee und ging ins Bad, um sich die Zähne zu putzen. Eine halbe Stunde später betrat er sein Büro. Seine Kollegin Maren Köster würde etwas später kommen. Sie hatte noch einen Termin beim Finanzamt.

Kaum hatte er die Tür ins Schloss gezogen, da bemerkte er, dass sich jemand an seinem Schreibtisch zu schaffen gemacht hatte.

Die Akte, die er zum Fall Blumenkamp zusammengestellt hatte, fehlte. Wer hatte sich die Dreistigkeit erlaubt und seine Aufzeichnungen ungefragt entwendet? Lohmann würde so etwas nie tun, der hatte seine eigenen und die waren mit Sicherheit umfangreicher und akribischer zusammengestellt als die von Braunert. Maren Köster konnte es auch nicht gewesen sein. Sie hatte gestern Abend gemeinsam mit ihm das Büro verlassen. Blieb nur noch der Neue, dieser Oliver Hartel. Langsam ging ihm das Bürschchen auf den Geist. Der junge Kollege hielt sich an keine der vorgefundenen Regeln. Beschwerte sich bei jeder Gelegenheit, begann sich bei Erpentrup einzuschleimen und bemitleidete sich vor allem täglich, weil er aus der Landeshauptstadt Düsseldorf in dieses Kaff Detmold versetzt worden war. Hartel träumte von einer Karriere im Polizeiapparat des Landes Nordrhein-Westfalen. Da erschien ihm der Job in Detmold nicht unbedingt förderlich.

Braunert zog sich seine Winterjacke aus und hängte sie sorgfältig auf einen Bügel. Dann machte er sich auf den Weg in das Büro seines neuen Kollegen. Er war in den Raum eingezogen, den Schulte vorher belegt hatte. Doch Hartel war nicht im Raum und auch Braunerts Akte war nirgends zu sehen. Der Polizist wurde nervös. In einer Viertelstunde kam ein gewisser Herr Peters, ein Versicherungsvertreter, der mit ihm über den Todesfall Blumenkamp reden wollte. Ohne seine Unterlagen würde Braunert ihm keine hinreichenden Auskünfte geben können. Die Auricher Kollegen hatten ihm gestern noch ein paar Berichte per Fax zukommen lassen. Die hatte der Kommissar jedoch nicht mehr gelesen sondern nur noch in seine Akte geheftet. Er hatte sie nicht einmal für Lohmann kopiert.

Solche Situationen hasste der Kommissar wie die Pest. In seinem Verständnis war die Polizei in vielen Bereichen ein Dienstleistungsunternehmen, das auch eine gewisse Verantwortung gegenüber dem Bürger hatte. Diesem Anspruch bemühte er sich so weit wie möglich gerecht zu werden. Um diesem Peters überhaupt ein paar Fragen beantworten zu können, benötigte er Unterlagen. Also machte er sich wieder auf den Weg, jetzt zu Lohmann. Dieser saß an seinem Schreibtisch und las den Kicker. Ebenfalls auf dem Tisch stand eine dampfende Tasse Kaffee. Als Braunert eintrat, ließ sein Kollege die Zeitung sinken, raufte sich die wenigen Haare und sagte:

„Junge, Junge, Junge, mit unserer Fußballnationalmannschaft, das wird auch nichts mehr. Wir können froh sein, wenn wir über die Vorrunde hinauskommen."

Braunert interessierte sich nicht für Fußball und überging das Thema. Das nahm ihm Lohmann nicht übel, er hatte den Satz eh mehr zu sich selbst gesagt. Doch jetzt wandte er sich direkt an seinen Kollegen.

„Trinkst du einen Kaffee mit?"

Ohne die Antwort abzuwarten, stellte er eine zweite Tasse Kaffee auf den Schreibtisch und schenkte ihm aus einer Thermoskanne ein.

Braunert setzte sich auf einen freien Stuhl und nahm einen Schluck. Anschließend berichtete er vom Verlust seiner Akte und fragte Lohmann, ob er sich seine ausleihen könne. Ohne große Worte griff dieser in eine Ablage und legte einen rosafarbenen Pappdeckel, um den ein Gummiband gespannt war, auf den Tisch.

„Ich kann mir gar nicht erklären, wo die Akte sein kann. Maren kommt später. Die hat sie mit Sicherheit nicht genommen und unser Neuer scheint auch noch nicht da zu sein. Sein Büro ist jedenfalls leer."

„Der Bengel ist aber schon da. Den habe ich schon beim Chef auf dem Flur rumschlawinern sehen."

Braunert trank die Tasse leer, nahm sich die Akte von Lohmann, und sagte:

„Wie auch immer, mein Besuch kommt gleich. Ich muss zurück in mein Büro."

Er winkte mit dem Pappendeckel.

„Bring ich dir gleich wieder zurück: Vielen Dank!"

Als der Kommissar auf den Flur trat, kam ihm ein Mann um die Sechzig entgegen. Er hatte nur noch einen spärlichen Haarkranz und trug einen billigen, grauen Anzug und eine schwarze, abgegriffene Aktenmappe. Auch sein Gesicht und seine Hände wirkten grau. Einzig die Augen versprühten Leben.

Braunert ging auf ihn zu und sprach ihn mit seinem Namen an. Der Mann erwiderte die Ansprache mit leiser, für einen Mann etwas zu hoher Stimme. Er sei der Vertreter einer Versicherungsagentur und müsse sich ein Bild über den Tod eines gewissen Herrn Blumenkamp machen.

Braunert nickte und bat ihn, eine Minute auf dem Flur Platz zu nehmen. Er habe noch eine Kleinigkeit zu erledigen. Der Mann nickte und setzte sich auf einen freien Stuhl. Der Polizist verschwand derweil hinter einer Tür. An seinem Schreibtisch angekommen blätterte er hastig die von Lohmann geliehene Akte durch.

Dann bat er Peters herein. Dieser setzte sich, stellte noch einmal sein Anliegen vor und bat um Auskunft im Fall Blumenkamp.

Braunert empfand das Vorgehen des Versicherungsvertreters als ungewöhnlich. Während seiner gesamten Laufbahn als Polizist hatte er noch nie erlebt, dass schon zu einem Zeitpunkt, wo die Ermittlungen erst gerade angelaufen waren, gleich jemand von der Versicherung auf der Matte stand und Auskunft erbat. Normalerweise hatten gerade diese Branche Zeit, wenn es um die Abwicklung der Fälle ging. Bei denen war Zeit auf jeden Fall Geld.

Da Braunert sowieso noch nicht viel über den Fall wusste, beschloss er, sich bedeckt zu halten. Dies zog er denn auch in den nächsten Minuten konsequent durch. Dabei blieb er höflich und tat hilfsbereit. So musste Peters, seinerseits ebenfalls höflich und zurückhaltend, nach wenigen Minuten unverrichteter Dinge wieder abziehen.

Kaum hatte der grau gekleidete, unscheinbare Mann den Raum verlassen, da kam Maren Köster ins Zimmer.

„Na, alles erledigt?“, fragte Braunert.

Seine Kollegin nickte und setzte sich an ihren Schreibtisch. Sie bekam einen kurzen Bericht über den bisherigen unspektakulären Tagesverlauf. Dann arbeiteten beide an ihren Fällen, bis die Tür sich öffnete, ohne dass vorher angeklopft wurde. Im Rahmen stand der dynamische Kollege Oliver Hartel.

„Ah, das Mittelalter bei der Arbeit“, posaunte er in den Raum. In der Hand hielt er Braunerts Akte.

„Habe ich mir mal ausgeliehen, Kollege“, schwadronierte er weiter. Doch da fiel ihm Maren Köster mit hochrotem Kopf ins Wort.

„Hör mal zu, du Jungbulle! Wenn du noch einmal das Büro des Mittelalters betrittst, ohne vorher anzuklopfen, gibt es was auf die Augen. Und wenn du noch einmal einen Gegenstand aus diesem Büro benutzt oder gar herausnimmst, ohne vorher höflich um Erlaubnis zu fragen, dann zieht dir eine mittelalte Frau die Eier über den Beton, dass du die Engel singen hörst und jetzt her mit der Akte und dann raus.“

Während dieser deutlichen Worte war sie aufgestanden, riss dem völlig perplexen Hartel die Akte aus der Hand und knallte ihm ohne Vorwarnung die Tür vor der Nase zu. Hätte der Mann nicht noch reflexartig den Kopf nach hinten gerissen, wäre Schlimmeres passiert.

25

Fluchend stemmte sich Hermann Rodehutskors aus seinem Schreibtischstuhl auf. Er hatte mal wieder über seinen Aufzeichnungen zur Hermannsschlacht gebrütet. Seine Hand wanderte automatisch in den Lendenbereich, um die schmerzende Stelle zu stützen.

Dann räkelte und streckte er sich, um die Gelenk- und Knochenverbindungen wieder so zurechtzuschieben, dass er einigermaßen schmerzfrei gehen konnte. Das Alter hatte begonnen, gewaltig an ihm zu nagen. Im Moment merkte er es wieder sehr deutlich.

Der alte Journalist hatte den Eindruck, dass er nicht gleichmäßig alterte, sondern sich der körperliche Verfall in

Schüben einstellte. Er wurde wach und es tat ihm ein Körperteil weh, das gestern noch völlig intakt war. Der Schmerz wurde dann von Tag zu Tag schlimmer. Es trat auch mit der Zeit keine Besserung ein. Also fing Rodehutskors an, sich an das hinzugekommene Zipperlein zu gewöhnen. War dies einigermaßen geschafft, fiel ihm der Zahn, der schon seit Jahren wackelte, aus. Eines Morgens hatte er ihn nicht mehr im Munde, wahrscheinlich verschluckt, dachte er und besah sich die hässliche Lücke im Spiegel. Der Zahnarzt hatte es schon mehrfach angekündigt. Jetzt würde er es richten.

„Alt werden ist ja ganz schön", dachte Rodehutskors, „aber alt sein ist Mist!" Er schleppte sich zu seinem Humidor und prüfte seinen Zigarrenbestand. Wenigstens konnte er sich noch einige Freuden des Lebens leisten. Rodehutskors schloss die Augen und sog den Duft der Zigarre in die Nase. Anschließend schnitt er sie liebevoll an und setzte sie in Brand. Während er sich zurück zu seinem Schreibtisch bewegte, sah er auf seine Uhr. Für den dazugehörigen Schnaps war es noch zu früh, entschied er. In diesem Moment öffnete seine Frau die Tür zu seinem Arbeitszimmer. Verärgert sah sie ihn an.

„Musst du denn ständig rauchen? Du schnaubst schon wie eine alte Dampflok. Wenn du so weiterlebst, nimmt das kein gutes Ende mit dir."

Sie hielt ihm das tragbare Telefon hin.

„Der kleine Grafenberg", flüstert sie und drückte ihrem Mann den Hörer in die Hand. Der sah sie fragend an.

„Weiß auch nicht, was der will", sagte sie mürrisch und verließ das Zimmer.

Der Journalist meldete sich mit seinem Namen. Sein Gesprächspartner stellte sich ihm vor. Es war der jüngste Sohn seines Nachbarn. Das Nesthäkchen sozusagen. Verwöhnt und erfolglos!

„Michael, darf ich doch noch zu dir sagen, oder nicht?"

Grafenberg hatte nichts dagegen.

„Früher bist du ja immer unserer Adelheid nachgestiegen. War mir damals gar nicht recht. Na, das scheint ja vorbei zu sein. Sie wohnt auch schon jahrelang nicht mehr hier bei uns in Detmold. Sie hat in Münster studiert und arbeitet jetzt in Erfurt an der Uni. Aber das willst du sicher alles gar nicht wissen."

Das wollte Grafenberg in der Tat nicht. Also war er erleichtert, dass Rodehutskors ihn zu Wort kommen ließ und er erzählte dem alten Journalisten die ganze Geschichte seiner Schriftenrolle. Von ihrem Fund in seinem Haus bis hin zu den Begehrlichkeiten, die ihm sein alter Lateinlehrer offerierte, als er die Rolle gesehen hatte.

Auch Rodehutskors zeigte sich durchaus interessiert.

„Mein Spezialgebiet ist zwar die Varusschlacht, aber deine Geschichte hört sich auch ganz spannend an. Was mich weiter an der Sache reizt, ist die Tatsache, dass dein alter Lateinlehrer so interessiert an der Schriftenrolle ist. Ich hatte während meiner journalistischen Laufbahn öfter mit diesem Dr. Bussmann zu tun. Du musst wissen, wir beide sind nicht gerade die besten Freunde."

Rodehutskors sah auf seine goldene Armbanduhr. Sie zeigte fünfzehn Uhr fünf.

„Was hältst du davon, wenn du dich heute Abend bei deiner Mutter zum Abendessen einlädst. Dann kannst du ja anschließend mal rüberkommen zu uns. Wenn du willst, bring die Schriftrolle mit, dann sehen wir sie uns mal an".

26

Alles tat ihm weh! Schulte hatte nach seinem langen Ausflug ans Ostende der Insel das Rad wieder zum Verleiher zurückgebracht und war schnurstracks in seine nahe gelegene Pension gehumpelt. Nun hatte er geduscht und lag reglos auf seinem Bett. Das war zurzeit die einzige Position, in der es sich aushalten ließ. Gehen und stehen konnte er nicht wegen des Muskelkaters seiner völlig überlasteten Beine und der Blasen an den Füßen. Sitzen konnte er auch nicht wegen der Blasen etwas weiter oben. Warum gibt es eigentlich keine wirklich bequemen Fahrradsättel für den untrainierten Hintern? Schulte stöhnte. Zwischen zwei Seufzern tauchte plötzlich das Bild der schlafenden Maren vor seinem geistigen Auge auf. Aber nur für Sekunden, denn er setzte sofort seine ganze Konzentrationsfähigkeit dafür ein, dieses Bild wieder zu löschen. Bloß nicht zu nahe an sich heranlassen, diese Erinnerungen. Die könnten sich verselbständigen. Er zwang sich, an etwas anderes zu denken und so überlegte er, wie er den Rest dieses Tages nutzen konnte. So richtig fiel ihm nichts ein und er beschloss, für heute genug getan zu haben und es von nun an locker angehen zu lassen. Er würde, sobald seine Beine und Füße dies wieder zuließen, in die Stadt gehen und sich irgendwo ein Spätnachmittagsbier gönnen. Schließlich war er ja im Urlaub!

Eine Stunde später stand er vor dem sogenannten *Kaiser-Wilhelm-Denkmal,* im Volksmund respektlos *Klamottendenkmal* genannt. Das Denkmal war eine Art Obelisk, zu dem viele Städte des damaligen Kaiserreiches mit großen Steinen aus ihrer Region beigetragen hatten. Schulte schlenderte, so gut seine kranken Füße dies zuließen, durch die Friedrichstraße. Hier kannte er sich nun schon etwas aus. Nachdem er in die immer sehr belebte Poststraße eingebogen war, fiel sein Blick auf ein Lokal mit Namen *Börse*. Schulte trat ein und machte seinen Vorsatz wahr. Beim zweiten Bier seufzte er wohlig. Urlaub ist doch was Herrliches! Danach bummelte er weiter am imposanten Postgebäude vorbei. Bei einem begehbaren Denkmal, welches eine Gruppe Seehunde aus Bronze auf einer stilisierten Sandbank darstellte, blieb er kurz stehen und betrachtete gerührt die Kinder, die auf den Seehunden wilde Ritte vollführten. Was war das? Kleine Kinder hatten ihn nie interessiert. Nun stand er hier gefühlsduselig herum wie ein alter Mann, der seinen Enkeln beim Spielen zuschaut. Waren es die beiden Biere? Bereitete sich seine Seele klammheimlich auf die Opa-Rolle vor? Ohne ihn zu fragen? Schulte vergegenwärtigte sich kurz das Alter seiner beiden Töchter und erschrak. Beide waren im richtigen Alter! Jeden Tag konnte es soweit sein. Er schüttelte sich und versuchte, diesen Gedanken zu verscheuchen. Weiter, das hier war kein Platz für ihn. Links weckte ein schönes altes Haus mit einem Ecktürmchen seine Neugier. Als er davorstand, konnte er die Buchstaben über der Tür erkennen. *Norderneyer Inselzeitung* stand dort. Hier war also das Inselblatt, von dem seine Wirtin gesprochen hatte. Rechts von der Eingangstür war ein älterer blauer Opel Astra in einem Gitterkäfig geparkt. Da Schulte selbst im Urlaub neugierig war, trat er durch die in höchstem Maße renovierungsbedürftige Tür und kam in einen Laden- oder Büroraum, wie er ihn noch nie, nicht mal bei der lippischen Polizei, gesehen hatte. Hätte nicht in der hinteren Ecke ein PC gestanden, man hätte sich in die fünfziger Jahre versetzt gefühlt. Allerdings sah es auch so aus, als sei hier seit den fünfziger Jahren nicht mehr renoviert worden. Alles schien hier kurz vor dem Zusammenbruch zu stehen. Unwillkürlich blickte Schulte zur Decke, auf alles gefasst. Aber vorerst schien die zu halten. Links ein überbordendes Regal, vollgestopft mit Zeitungen, an der Stirnseite ein uralter Tresor, an jeder freien Wandfläche hing ein altes Foto und direkt vor ihm eine Kundentheke, auf die Schulte sich nur ungern gestützt hätte. Das einzige halbwegs frische in diesem Raum war ein junger Mann mit roten Haaren und Ohrringen, der Schulte nach seinem Begehr fragte. Schulte, der eigentlich gar nicht recht wusste, was er hier wollte, riss sich aus seiner staunenden Betrachtung dieser morbiden Umgebung und kaufte dem aufgeweckten Angestellten eine der auf der Theke ausliegenden Inselzeitungen ab. Er war schon fast wieder zur Tür hinaus, als er sich umdrehte und den jungen Mann fragte:

„Ich bin erst einen Tag auf der Insel und habe von diesem Leichenfund gehört. Das interessiert mich. Haben Sie noch eine Ausgabe, in der ich alles nachlesen kann?"

Der Rothaarige war gerade dabei, den Tresor abzuschließen. Der PC war schon abgeschaltet. Er schnappte sich einen Autoschlüssel und meinte: „Haben wir bestimmt noch! Aber ich muss jetzt sofort zum Hafen fahren und wichtige Post abholen. Sprechen Sie doch einfach mit unserem Redakteur, der sitzt im Büro hinter mir!"

Sprach's und verschwand. Nur Sekunden später hörte Schulte den Motor des Firmenwagens aufheulen. Dieser Jüngling schien mit seinem Elan der totale Gegenentwurf zu seinem mausoleumsähnlichen Arbeitsplatz zu sein.

Schulte ging durch eine kleine Schwingtür in das Innere des Raumes. Hinter der Wand mit dem Tresor fand er einen Mann seines Alters in einem kleinen Raum sitzen, den Schulte, dem Chaos nun wirklich nicht fremd war, nie und nimmer als Büro bezeichnet hätte. Zu Hause hatte er auch so einen Raum, aber der hieß bei ihm nur „die Muckelbude". Da warf er alles hinein, was irgendwie im Weg herumlag. Zwischen ähnlichen Bergen von Papier hockte der Redakteur und schaute ihn freundlich und interessiert an. Schulte wiederholte seinen Wunsch. Der Mann mit der Statur und den Händen eines Hufschmiedes stellte sich ihm als Jann Harms vor, ignorierte aber Schultes zum Gruß ausgestreckte Hand.

„Was interessiert Sie so an der Geschichte?", fragte Harms.

Schulte überlegte kurz.

„Weil ich fast glaube, diesen Mann gekannt zu haben“, log Schulte.

„Aha!“ So richtig überzeugt war der Zeitungsmann davon nicht, aber er ging aus seinem Büro, zog aus dem für Außenstehende unüberschaubaren Regal im vorderen Raum eine Zeitung heraus und reichte sie Schulte.

„Da steht alles drin, was Sie brauchen!“

Schulte hätte den Mann gern noch etwas befragt, fand jedoch keinen Anknüpfungspunkt. Harms war zwar nicht unfreundlich, aber kurz angebunden. Offensichtlich hatte er wenig Zeit. Also bedankte sich Schulte nur bei ihm und wollte dann gehen.

„Moment!“, rief Harms ihm hinterher. „Das macht 60 Cent!“

„Oh!“ Schulte war peinlich berührt. Er suchte mit hochrotem Kopf nach passenden Münzen, denn der rothaarige junge Mann hatte vorher die Bargeldkasse abgeschlossen. Als Schulte nun endgültig gehen wollte, lachte Harms und sagte:

„Sind Sie aus Lippe?“

Schulte wunderte sich. Wie kam der Mann darauf? Er nickte aber. Harms erklärte lachend:

„Das ist nicht schwer zu erraten. Der Tote wohnte in Detmold und Sie versuchen, unsere Zeitung zu schnorren. Passt doch zusammen, oder?“

Schulte wusste nicht, ob er dies lustig oder beleidigend finden sollte. Er grüßte nur noch kurz und verschwand.

27

Auf dem Tisch lag eine weiße Tischdecke. Er war reich gedeckt mit den verschiedensten Delikatessen. Rodehutskors taxierte mit einem genussvollen Blick die dargebotenen Köstlichkeiten. Er mochte es, wenn nicht nur die aufgetragenen Speisen von bester Qualität waren. Abgerundet wurde ein solches Mahl, wenn das Umfeld stimmte. So war er seiner Frau dankbar, dass sie, bevor sie den Tisch deckte, immer eine weiße Tischdecke auflegte. Ein so hergerichteter Tisch ließ gute Speisen noch einmal besonders zur Geltung kommen.

Noch eine Schnitte Brot mit Lippischer Leberwurst, dachte Rodehutskors, dann muss es für heute Abend reichen. Dazu gönnte er sich einen trockenen Riesling aus der Pfalz. Rodehutskors war in den letzten Jahren zu der erstaunlichen Erkenntnis gelangt, dass ein trockener Weißwein mindestens genauso gut zu deftigem Essen passte wie eine Flasche Detmolder Bier.

Gerade hatte er den letzten Bissen seines Brotes verzehrt, da läutete jemand an der Haustür.

„Das wird der kleine Grafenberg sein", dachte Rodehutskors. Er stand auf und öffnete ihm.

Der von der Außenleuchte angestrahlte Mann hatte mit dem jungen Burschen, der seiner Tochter nachgestellt hatte, wenig gemein. Er erinnerte mehr an Grafenberg senior vor vielen Jahren.

„An uns allen nagt die Zeit doch gewaltig", dachte Rodehutskors und bat den Mann hinein.

„Ich bin gerade mit dem Abendbrot fertig. Ich habe mir in den letzten Jahren das Ritual angewöhnt, nach dem Abendessen einen Verdauungsschnaps zu trinken und eine Zigarre zu rauchen. Darf ich Sie dazu einladen?"

„Zu dem Schnaps sage ich ja. Rauchen müssen Sie jedoch ohne mich", entgegnete Grafenberg. „Im Übrigen dürfen Sie mich ruhig weiter duzen, wie ich es Ihnen am Telefon schon eingeräumt hatte".

„Gut, ich heiße Hermann. Lass dir nicht einfallen, ein Onkel davor zu setzen!"

Rodehutskors führte den Sohn seines Nachbarn in sein geliebtes Arbeitszimmer. Er wählte aus seinen Schnäpsen eine Elsässer Pflaume aus, einen Vieille Prune. Grafenberg, der gutes Essen und Trinken ebenso liebte wie sein Gastgeber, es sich jedoch nur in den seltensten Fällen leisten konnte, war angetan von dem, was ihm da angeboten wurde. Hoffentlich bot die Schriftrolle noch öfter Anlass zu einem Besuch. Auch Rodehutskors trank ungern allein. So herrschte allgemeine Zufriedenheit, als Grafenberg die Schriftrolle auf dem Tisch ausbreitete. Rodehutskors sah sich das Werk lange an, dann sagte er:

„Wenn ich ehrlich sein soll, bin ich an dieser Stelle mit meinem Latein am Ende. Ich glaube, wir hatten beide keine besondere Neigung zu dieser Sprache. Im Alter rächt sich anscheinend einiges. Wenn ich nur wüsste, wen ich fragen könnte, so auf die Schnelle".

Rodehutskors dachte nach. Dann griff er zu seinem Handy. Er tippte eine Nummer ein und hatte nach dem dritten Signalton jemanden erreicht.

„Hallo, Herr Schulte, wo erwische ich Sie denn gerade? Sie sind auf Norderney? Schade, ich brauche gerade jemanden, der der lateinischen Sprache mächtig ist. Da fiel mir ein, dass Sie sich einmal damit gebrüstet haben, dass Sie Latein und Griechisch als Leistungskurse hatten."

Rodehutskors lauschte der Antwort.

„Sicher, auch ich hatte Latein, ist lange her, endlos lange, und ich war nie jemand, der in dieser Sprache über eine Vier hinausgekommen ist."

Wieder Schweigen.

„Was, Sie kennen jemanden, der sich in Latein auskennt und den Sie sogar als Genie bezeichnen? Wie heißt der? Dr.

Dierkes? Wohnt der in Lippe? Aha! Tierarzt in Brüntrup? Könnten Sie mir bitte die Telefonnummer geben?“

Rodehutskors griff nach einem Füller und schrieb.

„Vielen Dank, Herr Kommissar! Ich wünsche Ihnen noch einen schönen Urlaub. Bis bald!“

Der Journalist sah auf die Uhr. Sie zeigte zwanzig nach acht an.

„Da kann man noch anrufen“, sagte er mehr zu sich selbst und wählte erneut.

Auch hier hatte der Journalist nach kurzer Zeit eine Verbindung. Er grüßte von Schulte, trug sein Anliegen vor und machte für den nächsten Tag einen Termin aus. Dann verabschiedete er sich und wandte sich wieder an Grafenberg.

„Morgen Abend um achtzehn Uhr habe ich die Möglichkeit, mit jemandem zu sprechen, der angeblich auf jeden Fall gut in Latein ist, oder besser gesagt, einmal war. Ich finde, wir sollten es versuchen! Hast du Zeit, dabei zu sein?“

Grafenberg hatte keine Termine und so verabredeten sich die beiden Männer für den nächsten Tag. Rodehutskors bot Grafenberg an, ihn abzuholen, doch dieser wollte selber fahren. Dann griff er erneut zur Schnapsflasche. Eine Handbewegung ersetzte die Frage. Grafenberg nickte und Rodehutskors schenkte ein. Sie prosteten sich zu und genossen den Schnaps. Plötzlich erhob sich der Gastgeber.

„Gib mir doch mal die Schriftrolle. Ich mache einfach eine paar Kopien von ihr. Dann brauchst du sie nicht ständig mit dir rumschleppen. Schließlich ist die Antiquität für sich schon von gewissem Wert. Ich rate dir im Übrigen, die Rolle morgen in ein Bankschließfach zu packen. Weiter empfehle ich dir, deinen alten Lateinlehrer Bussmann zu vergessen. Lass dir eine Ausrede einfallen, aber gib ihm auf keinen Fall das Original oder eine Kopie.“

Rodehutskors ging zu einem altertümlichen Kopierer und stellte ihn an. Einige Minute später hatte er die Kopie in den Händen. Er gab Grafenberg die Leinenrolle mit der

Aufschrift zurück. Die beiden Männer schenkten sich den nächsten Schnaps ein und ließen den Abend auf sich zukommen.

28

Für das Landei Schulte war so ein Hafen schon etwas Exotisches. Neugierig wie ein Schuljunge strich er durch das Norderneyer Hafengelände, betrachtete aufmerksam die an der Hafenmauer festgemachten Lastschiffe, Schlickbagger, Tonnenleger und Ausflugsschiffe und genoss die würzige Hafenluft. Es mag ja Menschen geben, die beim Duft von Hafenwasser verächtlich die Nase rümpfen. Jupp Schulte gehörte nicht dazu. Er verband mit diesen Gerüchen kindliche Träume von abenteuerlichen Reisen. Und Hafenwasserduft vermischt mit dem von Dieselmotoren war für ihn das allergrößte. Er fragte sich, warum die sonst so geschäftstüchtigen Insulaner dieses Bukett nicht in Flaschen abfüllen und verkaufen.

Er stand nun am Hafenrestaurant neben dem Fähranleger. Hier war das Büro des Hafenmeisters, des Mannes, der für alle ein- und auslaufenden Schiffe zuständig ist. Der Hafenmeister weist Liegeplätze zu, rechnet den Stromverbrauch ab, kassiert die Liegegebühren und steht allen Skippern, Profis wie Amateuren, mit Rat und Tat zur Seite. Schulte spekulierte darauf, vom Hafenmeister ein paar Informationen über das Boot oder das Schiff zu bekommen, von dem aus vermutlich Blumenkamp ins Meer geworfen wurde. Vielleicht hatte der Hafenmeister ja irgendetwas Auffälliges beobachtet, war auf irgendetwas aufmerksam geworden. Da ihm nicht die geringsten Informationen über das Fahrzeug, und erst recht nicht über dessen Skipper, zur Verfügung standen, wäre Schulte für jeden, auch den kleinsten Hinweis dankbar gewesen.

Der Hafenmeister war freundlich, konnte aber mit seinen Fragen nichts anfangen. Außerdem kam ihm dieser Mann, der ihn da mit starkem westfälischem Akzent eine Frage nach der anderen auftischte, etwas seltsam vor. Da Schulte sich nach wie vor als ganz normaler, etwas neugieriger Tourist ausgab, war es kein Wunder, dass der Hafenmeister sich eher bedeckt hielt.

„Ich glaube, da fragen Sie doch besser meinen Kollegen. Es gibt hier nämlich noch einen Hafenmeister. Jetzt sind Sie beim Hafenmeister vom *Niedersächsischen Hafenamt,* heißt jetzt übrigens *Niedersachsen Ports.* Wir haben ja hauptsächlich mit den größeren Pötten zu tun. Und Sie suchen ja wohl eher nach 'nem kleineren Boot. Hinten, am Ende des Hafenbeckens, ist der Sportboothafen. Da, wo Sie die vielen Masten sehen können. Da ist der andere Hafenmeister zuständig, der vom Seglerverein. Vielleicht weiß der was. Viel Glück!"

Schulte, in seiner Euphorie nun schon etwas gebremst, verließ den Fähranleger, ging einige Stufen hinunter zum eigentlichen Hafen. Eben war eine Fähre angekommen, auf dem Platz vor dem Anleger standen nun mehrere Busse und warteten auf Fahrgäste in die Stadt. Es war ein kühler Nachmittag und die Leute beeilten sich, in die warmen Busse zu kommen. Auch Schulte zog den Kragen seiner Lederjacke hoch und schaute sorgenvoll nach oben. In wenigen Minuten würde es regnen. Nicht sehr viel, nicht sehr heftig. Einer dieser typischen kurzen Schauer an der Küste. Kaum hat man sein Regenzeug aus dem Rucksack gefriemelt, da hört es auch schon wieder auf. Schulte beschloss, die Regenandrohung zu ignorieren und ging weiter an der Kaimauer entlang. Vorbei an einigen großen Pötten, Frachtschiffen und einem Schwimmbagger. Dann sah er ein Schiff mit einem ungewöhnlichen Zuschnitt. Es wirkte sehr sportlich, wenn auch sehr bullig, war rot-weiß-grün gestrichen und zeigte an der Stirnseite ein Wappen, welches Schulte schon häufiger auf Norderney gesehen hatte. Ein rotes Kreuz in einem weißen

Kreis. In vielen Geschäften standen kleine Sammelschiffchen der *DGzRS*, der *Deutschen Gesellschaft zur Rettung Schiffbrüchiger,* an der Kasse, bereit, kleine und größere Spenden aufzunehmen. Diese sehr lobenswerte Organisation ist eine der ältesten Bürgerinitiativen der Welt, 1865 in Kiel gegründet, und hat die selbst gestellte Aufgabe, Menschen aus Seenot zu retten. Dabei finanziert sie sich ausschließlich aus Spenden. Bei ihren Rettungsaktionen riskieren die Männer der DGzRS häufig Kopf und Kragen. Schulte hatte bereits erfahren, dass das etwas kleinere Rettungsboot in Norddeich, die *Cassen Knigge*, nach einem jungen Norderneyer Rettungsmann benannt war, der bei einer Aktion ums Leben gekommen war. Vor Schulte lag aber nun die *Bernhard Gruben,* der Seenotrettungskreuzer mit Heimathafen Norderney. Der Kreuzer hat eine Länge von 23,10 m. Schulte wunderte sich, als er entdeckte, dass der Kreuzer auf dem Heck ein anderes, wesentlich kleineres Rettungsboot mit Namen *Johann Fidi II* huckepack mit sich trug. Auch dieses Boot war nach einem ehemaligen Vormann benannt.

Schulte schritt weiter munter aus und kam endlich zum Sportboothafen, der ein eigenes Becken hatte. An der hinteren Seite des Hafenbeckens, dem Hansen-Damm, lag das neue Bootshaus des Seglervereins Norderney. Hier residierte nicht nur der Hafenmeister, hier waren auch die Toiletten und Duschen für die Skipper des Yachthafens untergebracht. Schulte zögerte nicht lange und trat ein. Er stieg eine Treppe hoch und fand im ersten Obergeschoss linker Hand eine Glastür, auf der *Hafenmeister* stand.

Wieder versuchte er durch vorsichtiges Fragen dem Hafenmeister irgendwelche Informationen zu entlocken. Informationen, von denen Schulte selbst nicht so recht wusste, wie die eigentlich aussehen sollten.

„Sicher habe ich eine Liste von allen Booten, die in der fraglichen Zeit hier festgemacht haben!“, teilte ihm der Mann durchaus freundlich mit. „Aber Sie werden verstehen, dass ich diese Liste nicht einfach so öffentlich machen kann. Wenn Sie von der Polizei wären, dann wäre das was anderes. Aber so?"

Da Schulte hier keinerlei amtliche Funktionen hatte, hütete er sich, seinen beruflichen Hintergrund zu nutzen, um an die Liste heranzukommen. Das hätte zu unnötigem Ärger mit der hiesigen Polizei führen können. Viel mehr konnte ihm auch dieser Hafenmeister nicht bieten und so verabschiedete Schulte sich und stieg etwas frustriert die Treppe hinunter.

Als er wieder auf den Hansen-Damm trat, schlug ihm ein kalter Regenguss entgegen. Er zog den Reißverschluss seiner Lederjacke hoch, fluchte kurz und schritt tapfer drauflos. Aus einem Augenwinkel sah er, dass ein Mann mit klatschnassen Haaren ihm entgegenkam und auf die Tür zum Bootshaus zusteuerte. Irgendwie kam ihm der bekannt vor, aber Schulte konnte ihn so schnell nicht einordnen.

29

Am Abend saß Hauptkommissar Josef Schulte an der Theke der kleinen Norderneyer Kneipe *Windjammer* vor seinem zweiten Bier. Nachdem er gestern die Inselzeitung verlassen hatte, war er noch eine Weile durch die Gegend geschlendert und hatte dabei zufällig diese friesisch-irische Kneipe entdeckt und beschlossen, sie am kommenden Abend zu testen. Es gefiel ihm hier gut. Der Laden wurde hauptsächlich von Insulanern besucht und wirkte irgendwie authentisch. Der Wirt, ein blonder Mann Mitte Vierzig, machte um Schulte nicht viel Aufhebens, sondern behandelte ihn einfach wie einen, der an der Theke sitzen und ein Bier trinken will. Nicht mehr und auch nicht weniger. Schulte gefiel es so. Er hatte nichts übrig für dieses „Sehr wohl, der Herr!" – Getue. Leider konnte er wenig von dem verstehen, was um ihn herum gesprochen wurde, denn die meisten Gäste sprachen untereinander Platt. Schulte, der gehofft hatte, hier etwas Hilfreiches zum Mordfall Blumenkamp aufschnappen zu können, wurde in dieser Richtung enttäuscht. Gerade als er anfing, sich etwas zu langweilen, setzte sich ein neuer Gast an die andere Ecke der Theke und wurde vom Wirt mit einem lässig genuschelten „Hey, Jann!“ begrüßt. Dessen Blick und Schultes trafen sich gleichzeitig und beide nickten sich zu, als Nachweis dafür, den anderen erkannt zu haben. Der andere Mann war niemand anderes als Jann Harms, der Redakteur der Inselzeitung.

„Lange nicht mehr gesehen!“, rief er grinsend über die Theke. Schulte nutzte diese Geste, stand auf und setzte sich neben Harms, den das anscheinend wenig störte. Nachdem der Journalist sein Bier bekommen hatte, prosteten sich die beiden gleichaltrigen Männer zu.

„Ich hoffe, Sie haben mir das gestern nicht übel genommen, als ich Sie des Schnorrens bezichtigte. Manchmal leide ich etwas an verbaler Diarrhöe. Dann scheide ich einfach alles aus, was mir gerade durch den Kopf geht. Also noch mal sorry, und Prost!“

Schulte wischte sich den Bierschaum vom Mund.

„Keine Ursache! War ja selbst schuld. Ich hätte natürlich fragen müssen, was die Zeitung kostet. Aber wissen Sie, wir Lipper haben nicht nur einen schlechten Ruf, wir haben auch Humor. Schließlich sind die Lipper die Ostfriesen Nordrhein-Westfalens und viel gewohnt. Solche Sprüche stecken wir doch locker weg!“

Harms lachte und bestellte zwei Biere. Dann, wieder ernst:

„Und haben Sie in unserer Zeitung das gefunden, was Sie gesucht haben? Kannten Sie den Toten?“

Schulte überlegte kurz.

„Wie man’s nimmt. Kennen ist zuviel gesagt. Aber dieser Mann war in unserer Stadt kein Nobody. Er spielte in der Lokalpolitik schon eine gewisse Rolle. Persönlich habe ich ihn allerdings nie kennen gelernt. Schlimme Geschichte! Macht der arme Mann hier Ferien, will sich erholen und dann wird er umgebracht. Warum?“

Harms zuckte mit den Schultern.

„Keine Ahnung! Wir wissen nur, dass er kein ganz normaler Tourist war. Er…, aber was rede ich hier! Das ist ja alles gar nicht amtlich!“

Schulte wurde neugierig.

„Was ist nicht amtlich?“

Jann Harms schaute ihn lange prüfend an.

„Mir fällt gerade auf, dass Sie von mir schon eine ganze Menge wissen. Sie kennen meinen Namen, meinen Beruf, meinen Arbeitsplatz und nun auch meine Stammkneipe. Ich weiß von Ihnen nur, dass Sie aus der Gegend von Detmold kommen und großes Interesse an einem Mordfall haben. Was sind Sie? Ein Kollege? Polizei? Oder nur ein neugieriger Tourist?“

Schulte wusste nicht recht, wie er sich verhalten sollte. Eigentlich wollte er völlig unerkannt bleiben, den ganz normalen Touristen spielen, hier etwas horchen und da etwas. Und sollte er gerade einem Zeitungsmenschen seine Rolle offenbaren? Damit morgen in der Inselzeitung steht: Detmolder Kommissar ermittelt undercover den Inselmord! Und vorher ruft er noch Erpentrup an, um die Geschichte zu verifizieren. Nee, danke! Dann lieber bluffen.

„Ich heiße Josef Schulte, komme aus Detmold und bin nur ein ganz normaler Tourist, der zufällig mitbekommen hat, dass jemand aus seiner Heimatstadt hier tot aufgefunden wurde. Und dass vieles für ein Gewaltverbrechen spricht. So was interessiert einen doch schließlich, oder? Und wenn dieser Tote dann auch noch eine lokale Prominenz war, ganz besonders. Aber eigentlich will ich auf eurer schönen Insel nur entspannen, mir den Wind um die Nase wehen lassen und mir ein paar schöne Tage machen. Ist das eine ausreichende Erklärung?“

Harms blieb weiter sehr ernst. Schulte wurde unruhig. Es dauerte eine Weile, bis Harms sagte:

„Ich mag es nicht, wenn man mich für dumm verkauft!"

Schulte schluckte. Harms fuhr fort:

„Wie war denn das Gespräch mit dem Hafenkapitän? Ergiebig? Ist ja nicht gerade eine Plaudertasche, oder?"

Nun geriet Schulte ein wenig aus der Fassung.

„Woher wissen Sie, dass…?"

„Zufall!", warf Harms dazwischen. „Reiner Zufall. Ich war heute Nachmittag auch beim Hafenmeister, wegen einer völlig anderen Geschichte. Ich kam, als Sie gingen. Sie haben mich nur nicht gesehen. Da der Hafenmeister ein guter Bekannter von mir ist, hat er mir natürlich erzählt, was Sie alles von ihm wissen wollten. Eine Menge, wenn Sie mich fragen. Und warum waren Sie gestern am Inselende? Haben Sie den Fundort der Leiche untersucht? Das alles macht kein normaler Tourist. Also?"

Schulte kratzte sich den Hinterkopf. Zögerte aber eine Antwort hinaus.

„Schade! Eigentlich fand ich Sie ganz sympathisch. Und jetzt treiben Sie es so weit, dass ich aus staatsbürgerlicher Verantwortung heraus vielleicht gezwungen bin, der Sonderkommission aus Aurich einen Hinweis zu geben, dass es jemanden aus der Heimat des Toten gibt, der ein ganz ungewöhnliches Interesse an dem Mordfall zeigt. Wissen Sie, ich arbeite als Lokalredakteur eng mit der Polizei zusammen. Ich erwarte von denen auch, dass sie mir ab und zu ein paar kleine Hinweise geben. Eine Hand wäscht die andere!"

Die beiden Männer blickten sich lange abschätzend an. Dann brummte Schulte:

„Okay! Sie haben gewonnen. Ich kann doch davon ausgehen, dass Sie alles für sich behalten, oder?"

Harms nickte.

„Solange alles im legalen Bereich bleibt!"

Schulte winkte ab.

„Mehr oder weniger! Aber erst brauche ich noch ein Bier. Sie auch?"

Er bestellte und wartete mit seinem Bericht, bis er und Harms das neue Glas in den Händen hatten. Dann berichtete er dem Journalisten nicht mehr, als er für notwendig hielt, aber doch soviel, dass dieser die Zusammenhänge verstand. Nun war es an Harms, etwas mehr zu erzählen.

„Blumenkamp war genauso wenig ein normaler Tourist wie Sie. Er war aus politischen Gründen hier. Ich glaube, ich muss dafür etwas weiter ausholen. Ihmo, mach noch zwei Bier klar!"

Jann Harms pulte eine dünne Zigarre aus einer Folie und zündete sie an.

„Sie wissen sicher, dass der Kreis Lippe hier bei uns ein Freizeitheim betreibt. Wahrscheinlich ist jeder Lipper als Schüler einmal für ein paar Tage hier auf Klassenfahrt gewesen. Zurzeit wird wohl bei Ihnen in Detmold heftig darüber diskutiert, wie es mit dem Freizeitheim weitergehen soll. So was kostet viel Geld und wer hat das schon übrig? Gleichzeitig ist unzweifelhaft, dass dieser große Gebäudekomplex ein echtes Sahnestück ist. Direkt am Strand gelegen, mit eigenem Strandabschnitt. Dahinter kilometerweite wunderbare Dünenlandschaft. Fast zu schade für Schulkinder. Das findet jedenfalls ein Investor, der Ihrem Kreis Lippe das ganze Gelände mit allem Drum und Dran abkaufen möchte, um daraus ein riesiges Wellness-Areal zu machen. In unmittelbarer Nähe gibt es auch einen Reitstall und eine Klinik. Das wollen sie alles integrieren. Klingt durchaus einleuchtend, oder? Und hier auf Norderney gibt es nicht wenige, die das befürworten. Das könnte der ganzen Insel Vorteile bringen, finden sie. Und die…"

„Aber die Lipper müssten doch völlig vernagelt sein, wenn sie das aus der Hand geben!", warf Schulte verwirrt dazwischen.

Harms lächelte.

„Das sagen Sie! Es scheint aber in Ihrem Kreis eine große Bereitschaft zu geben, das Heim als Klotz am Bein zu sehen und lieber heute als morgen zu verkaufen. Es kommt wohl nur noch auf den Preis an.“

„Und was hatte Blumenkamp damit zu tun?“

„So richtig weiß ich das auch nicht. Er war ja Kreistagsabgeordneter. Anscheinend war er ohne Wenn und Aber gegen den Verkauf. Und ich bin sicher, dass er hier war, um vor Ort die Norderneyer davon zu überzeugen, dass dieses Projekt reines Teufelszeug ist. Er hat hier bei fast allen wichtigen Leuten vorgesprochen und Stimmung gegen den Investor gemacht. Ich will ja keinem was unterstellen, aber hier wird schon ein großes Rad gedreht und wenn da jemand ist, der den Leuten in die Suppe spucken will, dann darf sich der nicht wundern, wenn er Ärger bekommt. Das muss allerdings nichts heißen. Es kann genauso gut ein persönliches Motiv eine Rolle gespielt haben. Vielleicht war es auch einfach nur ein tragischer Unfall. Wer weiß das schon?“

30

In diesem Jahr wollte und wollte der Winter kein Ende nehmen. Obwohl gestern schon Frühlingsanfang gewesen war, hatte es noch keinen Tag gegeben, der darauf hindeutete, dass die kalte Jahreszeit sich endlich mal verabschieden würde.

„So ein Wetter macht missmutig“, dachte Rodehutskors, als er dem elektrischen Garagentor zusah, wie es sich öffnete.

Seine Laune wurde nicht besser, als er sich auf die eiskalten Ledersitze seines Autos setzte. Doch schon nach wenigen Minuten durchströmte eine wohlige Wärme seinen Körper. „So eine Sitzheizung ist eine der segensreichsten Erfindungen der Autoindustrie", dachte der alte Journalist, jetzt schon wieder etwas versöhnt mit seiner Umwelt. Er lenkte seinen Wagen Richtung Blomberger Straße, fuhr durch Vahlhausen und Brüntrup und bog dann rechts ab in einen Feldweg. Nach drei Kilometern stoppte er den Wagen vor dem Wohnhaus eines einzeln stehenden Bauernhofes. Grafenberg war anscheinend noch nicht da. Dennoch stieg Rodehutskors aus. Aus einer Tür stürmte ihm ein blondes Mädchen entgegen. Ein etwas älterer Junge blieb vorsichtig beobachtend im Eingang stehen.

„Willst du zu Papa?"

„Wer ist denn dein Vater?", entgegnete Rodehutskors.

„Der heißt Detlev Dierkes und ist Tierarzt. Genau wie Mama. Die ist aber nicht da."

„Und wie heißt du?"

„Ida, und das ist Julius."

Das Mädchen drehte sich um und zeigte auf ihren Bruder, der verlegen grinste. Da erschien auch ein Mann in der Lichtsilhouette, die die Hoflampe erzeugt. Er strich seinem Sohn über die Schulter und ging dann auf den Journalisten zu, um ihn zu begrüßen.

„Kommen Sie rein, Herr Rodehutskors. Es kann sein, dass es etwas lauter bei uns ist, als sie es bei sich zu Hause gewohnt sind. Meine Frau ist mit ein paar Freundinnen ausgegangen. Und die Kinder sind natürlich neugierig. Als ich ihnen erzählte, dass heute zwei Männer kommen würden, die eine Schriftrolle in einer Mauer gefunden haben, vermuteten sie gleich eine Schatzkarte. Ich bin mir sicher, dass die beiden uns heute Abend nicht von der Seite weichen werden. Wenn es mal so spannend bei uns ist, ist an Schlafengehen natürlich nicht zu denken. Aber kommen Sie doch erst einmal herein."

Gerade hatte er den letzten Satz beendet, da tauchten zwei von Scheinwerfern hervorgerufene Lichtkegel in der Dunkelheit auf.

„Das wird der kleine Grafenberg sein“, sagte Rodehutskors mehr zu sich selbst. Die ganze Personengruppe beobachtete das näherkommende Auto, bis es auf dem Hof zum Stehen kam.

Später saßen die drei Männer an einem großen Eichentisch in der riesigen Diele des Hauses. Ein Kachelofen spendete wohlige Wärme und die Flammen hinter der Scheibe, die die Brennkammer verschloss, sorgten ebenfalls für eine gemütliche Atmosphäre. Detlev Dierkes hatte ein paar Flaschen Detmolder Bier auf den Tisch gestellt, deren Inhalt sich die Männer schmecken ließen, und die Kinder spielten am anderen Ende des Tisches Memory.

Grafenberg nahm eine Kopie der Schriftrolle aus seinem Rucksack und reichte sie dem Tierarzt. Sein Sohn beobachtete die Männer aufmerksam, und als sein Vater sich über das Papier beugte, unterbrach er sein Spiel, ging zu seinem Vater und sah ihm mit großem Interesse über die Schulter.

Nach ungefähr zehn Minuten hob Dierkes den Kopf.

„Was wortwörtlich in dem Text steht, kann ich natürlich nicht sagen. So gut ist mein Latein denn auch nicht. Aber sinngemäß wird darin berichtet, dass sich wahrscheinlich in Lemgo eine Vereinigung aus wohlhabenden Familien gegründet hat. Die hatte sich zum Ziel gesetzt, die auch in Lemgo immer größer werdende Macht des lippischen Fürsten einzuschränken. Dann stehen da noch eine Menge Regeln. Wer wann in die Vereinigung eintreten darf. Es steht die Geheimhaltungspflicht beschrieben und einiges an Verhaltensweisen und Ritualen. Mehr kann ich Ihnen zum heutigen Zeitpunkt jedoch nicht sagen.“

Plötzlich drängte sich der Junge nach vorn und deutete mit seinem rechten Zeigefinger auf das Papier.

„Julius“, fuhr der Vater ihn an. „Lass uns bitte in Ruhe, und spiel weiter mit Ida! Du hast versprochen, mich nicht zu stören, wenn ich mit unseren Gästen die Schrift ansehe. Also halte dich daran!“

Der Junge zögerte. Dann entschloss er sich, etwas zu sagen:

„Aber auf dem Blatt Papier sind manche Buchstaben größer als andere. Ich wollte ja nur fragen, warum die Menschen das damals so gemacht haben?“

Die drei Männer sahen fast gleichzeitig auf die Schrift. Und plötzlich sahen es alle. Über das Blatt verteilt waren circa dreißig Buchstaben ein paar Millimeter größer als die anderen.

Rodehutskors nahm ein Blatt und einen Zettel aus seiner ledernen Aktentasche und begann, diese Buchstaben aufzuschreiben.

C-O-T-H-M-A-N-N-S-G-U-T-L-I-E-G-T-U-N-T-E-R-D-E-R-G-L-U-T

Die Männer grübelten über der Buchstabenreihe. Plötzlich strahlte Rodehutskors über das ganze Gesicht.

„Das erste Wort heißt Cothmann. Das war der so genannte Hexenbürgermeister in Lemgo. Von der Jahreszahl her kommt das auch hin, Anno Domini 1665.

Jetzt meldete sich Grafenberg. Der Bezug, den Rodehutskors zur Jahreszahl hergestellt hatte, löste in ihm eine Erinnerung aus.

„Komisch, mein alter Lateinlehrer, Dr. Bussmann, hat mir zu dem Inhalt des Textes etwas ganz anderes gesagt. Er behauptete mir gegenüber nämlich, dass es sich bei dem Text um Auszüge aus dem Hexenhammer handeln würde.“

„Dann hatte der gute Bussmann wohl die Absicht, Ihnen einen Bären aufzubinden“, entgegnete Rodehutskors. „Der wird schon seine Gründe dafür haben. Vielleicht finden wir die auch noch heraus. Jetzt jedenfalls sollten wir erst einmal das Buchstabensammelsurium lösen.“

Wieder brüteten die Männer über der Aneinanderreihung von Schriftzeichen. Nach einiger Zeit hatten sie das Rätsel gelöst. Die größeren Buchstaben ergaben den Satz:

COTHMANNS GUT LIEGT UNTER DER GLUT.

Wieder fingen die Männer an zu rätseln. Was bedeutete nun dieser Satz? Julius hatte sich wieder an das andere Ende des Tisches zurückgezogen und zeichnete. Die Männer gönnten sich eine weitere Flasche Detmolder. Detlev Dierkes sah auf die Uhr. Dann wandte er sich an seine Kinder.

„Für euch wird es jetzt aber langsam Zeit, ins Bett zu gehen. Geht schon mal Zähne putzen. Ich komme gleich nach. Vorgelesen wird heute nicht mehr, dazu ist es jetzt zu spät“.

Murrend erhoben sich die Kinder von ihren Plätzen. Julius nahm seine Zeichnung und gab sie Rodehutskors.

„Da, die schenke ich dir.“

Rodehutskors besah sich das Blatt. Das Kinderbild stellte zwei Öfen gleicher Bauart dar. In einem brannte ein Feuer, in dem anderen nicht.

„Wieso hast du denn nur in dem einen Ofen eine Flamme eingezeichnet und in dem anderen nicht?“

„Na, wenn in dem Ofen Feuer brennt, dann kommt man doch nicht an den Schatz!“

„An welchen Schatz?“, fragte Rodehutskors.

„Na, an dem von diesem Cothmann. Wenn da steht, Cothmanns Gut liegt unter der Glut, dann liegt doch der Schatz unter dem Feuer. Und wenn das an ist, kommt man nicht an den Schatz. Vielleicht verbrennt der Schatz ja auch, wenn das Feuer an ist.“

„Julius, komm, es reicht jetzt! Geh Zähne putzen!“

Rodehutskors bedankte sich bei Julius für das Bild, griff zu seiner Flasche Bier und ging zum gemütlichen Teil des Abends über. Detlev Dierkes hatte die Kinder innerhalb kurzer Zeit ins Bett gebracht und setzte sich ebenfalls zu seinen Gästen, um noch ein bisschen zu schwatzen.

31

Menno Hauenbrock wählte zum drittenmal die Lemgoer Nummer. Er tat dies von seinem Handy aus, denn ein Anruf von seiner Dienststelle in der Norderneyer Stadtverwaltung aus hätte eventuell zurückverfolgt werden können, und das wollte er verhindern. Endlich bekam er den gewünschten Anschluss.

„Hier gibt es wieder einen Schnüffler! Kommt auch aus Ihrer Gegend."

Am anderen Ende war für kurze Zeit Stille. Dann sprach eine noch junge Männerstimme:

„Beschreiben Sie den Mann!"

Hauenbrock versuchte, ihm das Objekt seiner Überwachung vor Augen zu führen.

„Mittelgroß, stämmig, mit Ansatz zum Übergewicht. Lockige, graumelierte Haare, wirre Frisur, nachlässig gekleidet. Spricht einen schrecklichen westfälischen Dialekt. Scheint sich gern in Kneipen aufzuhalten. Kennen Sie den?"

Der Mann am anderen Ende der Leitung entgegnete grob:

„Das hat Sie nicht zu interessieren! Behalten Sie den Mann im Auge. Wir kommen so schnell wie möglich nach Norderney. Vielleicht klappt es noch heute. Wenn wir da sind, erwarten wir, dass Sie uns sofort den Aufenthaltsort dieses Mannes nennen können, ohne dass wir erst suchen müssen. Also passen Sie gut auf!"

Hauenbrock war eingeschüchtert.

„Verstanden! Wo und wann treffen wir uns?"

„Wir geben Bescheid, wenn wir eingetroffen sind."

Ohne ein weiteres Wort wurde das Gespräch von der Lemgoer Seite aus unterbrochen.

Dem verdutzten Hauenbrock blieb nichts anderes übrig, als sein Handy auszuschalten und ein wütendes „Fremd Skiet" zu brummen. Heute Abend würde er also wieder im

Windjammer an der Theke sitzen und darauf warten, dass dieser fremde Mann sich sehen ließ. Wenn er kam, war es leicht, ihn unter Beobachtung zu behalten. Wenn er nicht kam, würde er ihn suchen müssen. Das würde eventuell eine Menge Zeit erfordern, wäre aber nicht zu vermeiden. Ein Versagen konnte er sich bei diesen Auftraggebern nicht leisten. Die waren offenbar zu allem fähig.

32

Ein eiskalter Wind pfiff über den nächtlichen Onnen-Visser-Platz und ließ den müden Heimkehrer frösteln. Es war Freitag, 23 Uhr 15, als Jupp Schulte die letzten Meter seines Heimwegs zur Pension antrat. Von der Seeseite der Moltkestraße aus blies ihm der Wind frontal ins Gesicht. Schulte senkte den Kopf und kämpfte gegen den Wind an. Er hatte den heutigen Abend eigentlich mit Jann Harms im Restaurant *Lekkerbecker* verbringen wollen. Harms hatte aber absagen müssen, da er noch einen wichtigen Termin wahrnehmen musste. Die Lokalreporter haben fast so beschissene Arbeitszeiten wie wir Polizisten, dachte Schulte. So war er allein durch verschiedene Kneipen gezogen, war schließlich im *Möpken* hängen geblieben, war nun müde, freute sich aufs Bett und das gute Frühstück am nächsten Morgen. Unterwegs dachte er über die letzten Tage auf dieser Insel nach. Hatte sich für ihn der Weg hierher gelohnt? Was hatte er bislang rausgefunden? War das hier eigentlich Freizeit oder Arbeit? Manchmal hatte Jupp Schulte das Gefühl, alles nur halb zu machen. Er machte hier keinen richtigen Urlaub, von konzentrierter und effizienter Arbeit konnte aber auch keine Rede sein. So richtig zufrieden war Schulte nicht mit sich und seinem Aufenthalt auf Norderney. Verschwendete er hier schlicht und einfach seine Zeit? War er vielleicht nur auf der Flucht vor der Verantwortung in seiner neuen Position? War er einfach zu feige, sich den neuen Herausforderungen zu stellen? Andere schafften so was doch auch. Kaum vorstellbar, dass zum Beispiel Erpentrup von ähnlichen Selbstzweifeln geplagt sein könnte. Der hielt sich selbstverständlich für den richtigen Mann am richtigen Platz. Schulte konnte das nicht von sich sagen. Er war stärker verunsichert, als er sich das selbst eingestehen wollte. Es bereitete ihm wenig Schmerzen, sich seine Schwächen als Leiter einer Abteilung einzugestehen. Nie hatte er ernsthaft an eine Karriere gedacht. Er war nur mit Herz und Seele Bulle! So ein richtiger allerdings, der sich an einem Fall festbeißen kann, der sich wie ein Bluthund an eine Fährte heftet und nicht nachlässt, bis er sein Wild gestellt hat. Er eignete sich nicht für weiße Hemden und Krawatten und noch weniger für endlose Besprechungen. Aber auch als Spürhund hatte er in den letzten Tagen keine großen Taten vollbracht. War er mittlerweile zu alt für diesen Job? Nur der eiskalte Wind riss ihn aus diesen fruchtlosen Grübeleien. Er stopfte die Hände tiefer in die Hosentaschen und beschleunigte seine Schritte.

Kurz vor dem Eingang zu seiner Pension hatte jemand einen VW Passat so geparkt, dass er die halbe Breite des ohnehin schmalen Bürgersteiges einnahm. Schulte musste sich zwischen Auto und Hauswand durchwinden. Das ärgerte Schulte zwar, ihm blieb aber nichts anderes übrig. Die Scheiben des Autos waren beschlagen; Schulte konnte also nicht erkennen, ob jemand darin saß. Aber eigentlich war ihm dies auch egal, er wollte nur ins warme Bett. Als er gerade auf der Höhe zwischen hinterer und der Beifahrertür war, sprang urplötzlich die Beifahrertür auf, so dass Schulte abrupt am Weitergehen gehindert wurde. Wütend wollte er sich dem unverschämten Beifahrer dieses Wagens zuwenden, als hinter ihm die andere Tür aufsprang. Nun gab es für Schulte kein Vor und kein Zurück mehr. Seitlich ausbrechen konnte er nicht, weil da die Hauswand im Wege war. Nun stieg sowohl vorn als auch hinten ein Mann aus. Beide waren vermummt. Schulte reagierte schnell, wenn man seine Müdigkeit und seinen Alkoholpegel in Betracht zog. Er drückte sich an die Hauswand, um den Rücken frei zu haben. Aber bevor er treten und schlagen konnte, waren die beiden über ihm. Während einer der beiden Schultes Fäuste auf sich zog, gelang es dem anderen, ihm eine Art Einkaufstasche aus Leinen über den Kopf zu ziehen. Für Schulte wurde es dunkel. Er spürte Schläge in die Weichteile, dann registrierte er, während heftige Schmerzen den ganzen Körper durchfluteten, dass man ihn rückwärts in das Auto schob. Kurz bevor eine kurze Ohnmacht ihn alles vergessen ließ, hörte er noch die beiden Autotüren zuknallen und den Wagen starten.

33

Über die Jahre hatte Grafenberg oft in sehr bescheidenen Behausungen gelebt. Doch eins waren sie nie, unaufgeräumt. Nun lebte er auf einer Baustelle. Langsam aber sicher ging ihm dieser Zustand an die Nerven. Klar, er war stolz auf das, was er schon geschafft hatte. Doch das kompensierte den chaotischen Zustand, der in seinem Hause herrschte, nicht. Alles war halb fertig. Überall lag Staub und nirgendwo war ein Ort an dem er seine bescheidene Habe unterbringen konnte. Über den Einkauf professioneller Hilfe, eines Maurers oder Trockenbauers brauchte er gar nicht nachzudenken. Den konnte er nicht bezahlen. Er war pleite. Also weiter alles selber machen! Es würde noch Wochen dauern, bis das erste Zimmer so bewohnbar war, wie Grafenberg es sich vorstellte. Noch dazu kam aus unerklärbaren Gründen plötzlich Dynamik in sein Leben. Diese Woche hatte er schon den dritten Abendtermin. Heute hatte er sich mit Achim Lehmann verabredet. Sie wollten gemeinsam zu dem Treffen der Bürgerinitiative: „Rettet den Tierpark Olderdissen“ gehen. Vorher hatten sich die beiden Schulfreunde zum Abendbrot in einer gerade neu eröffneten Gaststätte in der Arndtstraße verabredet, *DPA* hieß die Lokalität. Angeblich sollte sich hier die *Deutsche Presse Agentur* oder eine Vorgängerorganisation gegründet haben.

„Ein gutes Essen in netter Umgebung ist besser als ein trostloser Abend auf einer Baustelle“, dachte Grafenberg, schnappte sich seine Winterjacke und fror kurze Zeit später in seinem Auto auf dem Weg nach Bielefeld. Zu allem Unglück war jetzt auch noch die Heizung seines Autos ausgefallen. Schon in Lage hegte er die Befürchtung, noch vor Erreichen Bielefelds an Unterkühlung zu sterben. Doch er war zäher, als er dachte. Völlig durchgefroren betrat Grafenberg um Punkt achtzehn Uhr das Lokal. Es war riesig, aber dennoch geschmackvoll eingerichtet. Der Schankraum war hell und weiträumig und ging in weitere kleinere Räume über, in denen man ebenfalls sitzen konnte. Besonders eine riesige Theke beeindruckte Grafenberg. An den Wänden hingen stark vergrößerte Pressefotos mit Politikern, die in der Geschichte der Bundesrepublik eine Rolle gespielt hatten. Grafenberg sah sich suchend um und entdeckte an einem Tisch in der Nähe eines Fensters einen Mann um die Vierzig, der entfernt an seinen Schulfreund Achim erinnerte. Der Mann stand auf und ging unsicher auf Grafenberg zu. An beiden war die Zeit nicht spurlos vorübergegangen. Sie sprachen sich mit Namen an, klopften sich gegenseitig auf die Schulter und kurze Zeit später stießen sie mit dem ersten Glas Bier an, um auf die alten Zeiten zu trinken.

Grafenberg musterte seinen damaligen Freund.

„Lehrer bist du geworden und geheiratet hast du. Vor fünfundzwanzig Jahren hätte ich das ja nicht von dir erwartet.“

Lehmann winkte ab.

„Irgendwann bin ich auch ruhiger geworden und habe wie viele meiner Kollegen und politischen Weggefährten den Weg durch die Instanzen angetreten. Zwar nicht von links unten nach rechts oben, aber du machst so deine Erfahrungen. Erst wirst du von deinen politischen Freunden über den Tisch gezogen. Anschließend wird dir mehr und mehr klar, dass deine Träume mit der lebbaren Realität an fast keiner Stelle kompatibel sind. Und dann kommt irgendwann die Nacht, in der du zum ersten Mal mit einem weinenden Säugling durch die Wohnung gehst und ihm aus lauter Verzweiflung die Lieder der Revolution vorsingst. In dieser Nacht merkst du plötzlich, dass diese Songs, die du auf so manchen Demos mit den Genossen gesungen hast, doch noch zu etwas taugen, nämlich Kleinkinder in den Schlaf zu singen.

Kurze Zeit später kommt dein erstes Lehrergehalt und dann das zweite Kind. Jetzt war die Wohnung zu klein, du baust ein Haus und ehe du dich versiehst, sind deine Werte an vielen Stellen identisch mit denen deiner Eltern.

Doch jetzt kommt mir meine politische Vergangenheit vielleicht noch einmal zu Gute. Es geht darum, den Widerstand gegen einen geplanten Erlebnispark zu organisieren, der dort entstehen soll, wo jetzt der Botanische Garten und der Tierpark Olderdissen sind. Ein schönes Stück Erde. Ich finde, dafür lohnt es sich noch einmal zu kämpfen. Ich war bestimmt hundert Mal mit meinen Kindern dort, zu jeder Tageszeit, wenn es mir schlecht ging und wenn ich gut drauf war. Der Eintritt in den Tierpark ist bis heute frei. Es gibt dort nichts Überkandideltes, aber dafür eine ganz besondere Atmosphäre. Es wäre eine Schande, wenn sich ein paar so genannte Investoren dieses Kleinod unter den Nagel reißen würden und mit ihren Baggern den Bären, Wölfen, Hirschen und was es dort an Tieren sonst noch so gibt, ihre Heimat nehmen würden. Anschließend würde dann aus dieser jetzt noch ursprünglichen und über Jahre gewachsenen Anlage eine so genannte Erlebniswelt aus dem Boden gestampft, die mit der einheimischen Natur nicht einmal im Entferntesten etwas zu tun hat. Aber, wenn man sich in das organisierte Abenteuer stürzen will, muss man zunächst einmal zwanzig Euro pro Person und mehr auf den Tisch legen und anschließend an jeder vermeintlichen Attraktion eine halbe Stunde Schlange sehen. Wenn du und deine Kinder dann alles konsumiert haben, sind so viele Reize auf dich und deine Familie eingehämmert, dass du dringend eine Erholung von diesem Freizeitevent brauchst."

Lehmann wirkte nach diesen Schilderungen in gewisser Weise resigniert. Er hob seine beiden Arme von der Tischplatte an und ließ sie wieder zurück auf die Tischplatte fallen. Eine richtig überzeugende Kampfkraft konnte Grafenberg bei ihm nicht bemerken. Nach einer Minute des Schweigens brachte eine junge Frau das Essen. Durch ihr Erscheinen wurde die resignative Stimmung erst einmal verscheucht. Die beiden Schulfreunde orderten jeder noch ein Bier und begannen zu essen.

Nach den ersten Bissen fragt Lehmann:

„Und wie ist es dir ergangen?"

Grafenberg zuckte mit den Schultern.

„Irgendwie auch nicht gerade prickelnd".

Er zeichnete das Bild eines Mannes, dem noch nicht viel im Leben gelungen war.

„Also habe ich mich, der Not gehorchend, noch als Kabarettist und Alleinunterhalter versucht. Mit meiner Figur Leo, der letzte Lipper, habe ich in gewisser Weise sogar einen bescheidenen Erfolg. Ich habe schon mehrere Anfragen bekommen, auf Familienfeiern aufzutreten. Du hast dich an mich gewandt. Die nächsten zwei Monate sind sozusagen finanziell gesichert. Aber wie es bei den Bremer Stadtmusikanten so schön heißt: Zum Leben zu wenig zum Sterben zu viel".

Lehmann hörte sich den Bericht aufmerksam an. Als Grafenberg geendet hatte, griff er zum Bier, erhob es und sagte:

„Bei allen Irrungen und Wirrungen, dennoch auf das Leben und die Zukunft!"

Die beiden Männer stießen an und aßen danach schweigend, anschließend hielten sie sich nicht mehr lange in der

Gaststätte auf. Lehmann zahlte, dann fuhren sie zu dem Lokal am Tierpark Olderdissen, wo sich die Aktiven zur Rettung des Tierparks treffen wollten. Der *Meierhof* hatte um diese Jahreszeit nur am Tage geöffnet. Doch der besondere Anlass hatte den Besitzer dazu bewegt, heute Abend für die Besucher der Bürgerinitiative den Gastraum, eine ehemalige Deele, zur Verfügung zu stellen.

Auf dem Parkplatz standen einige Autos und als die beiden Männer in den Schankraum traten, war dieser zum Bersten gefüllt.

Lehmann begrüßte zwei, drei Personen. Nach einigen Minuten klopfte ein kleinerer Mann mit einer Stirnglatze an ein Glas, begrüßte die Gekommenen und stellte sich als Friederich Wedekind vor. Grafenberg schätzte ihn auf ungefähr fünfundfünfzig Jahre. Er bedankte sich bei den zahlreichen Besuchern für ihr Interesse, bat sie Platz zu nehmen und bot sich selbst als Versammlungsleiter an. Zustimmendes Gemurmel allerseits.

Wedekind gab einen Überblick über den ihm bekannten Stand der Verkaufsverhandlungen und ließ eine Adressenliste herumgehen, damit man, wenn nötig, einladen könne. Die Mailadresse sei das Wichtigste, so sagte er. Dann begann er von möglichen Aktivitäten zu sprechen. Jetzt meldeten sich Frauen und Männer aus dem Plenum und machten Vorschläge.

Lehmann nahm unaufgefordert einen Filzstift zur Hand und schrieb die Vorschläge auf ein Flipchart. Nach kurzer Zeit hatte sich eine Menge an Vorschlägen angesammelt.

Plötzlich stand ein Mann auf, der eine schwarze Lederhose, Springerstiefel und eine Bomberjacke in gleicher Farbe trug.

„Das sind doch alles Kinkerlitzchen, die ihr da auf den Zettel schreibt. Ich bin dafür, ein paar handfeste Protestaktionen zu initiieren. Die Bären frei lassen oder so etwas, aber nicht irgendwelche Infostände auf dem Klosterplatz, mit Kabarett und Unterschriftensammeln. Das tut der Stadt doch nicht weh."

Eine resolute ältere Dame meldete sich.

Sie sei von der Bielefelder Presse. Sie sei wie alle Anwesenden erschüttert über die Pläne der Stadt. Schließlich habe sie im Laufe ihres journalistischen Lebens hunderte von Artikeln über den Tierpark und dessen Bewohner geschrieben. Angefangen vom Liebesleben der Mäuse bis hin zu den Lebensweisen der Braunbären. Und sie sei fest entschlossen für den Erhalt des Tierparks zu kämpfen. Aber mit den Steineschmeißermethoden ihres Vorredners wolle sie nichts zutun haben.

Sie erntete Applaus. Auch andere Anwesende pflichteten ihr bei.

Wieder meldete sich ein Mann in schwarzer Kleidung und wollte radikalisieren. Erste Buh-Rufe waren zu hören.

Wedekind ergriff erneut das Wort.

„Also Jungs", sagte er jovial. „Entweder, ihr richtet euch nach der Mehrheitsmeinung oder ihr müsst euren eigenen Verein aufmachen. Unser Vorgehen hat mit Bären freilassen nichts zutun."

„Bürgerlicher Kacker!", sagte einer der beiden Schwarzgekleideten. Schwieg dann aber und blieb sitzen. So machte es anschließend auch wenig Mühe, den Protestfahrplan für die nächsten vier Wochen abzustimmen. Nach Beendigung der Aktionen wollte man sich an gleicher Stelle wieder treffen. Es sei denn, unerwartete Ereignisse forderten eine frühere Zusammenkunft.

Wedekind hatte zu Beginn der Zusammenkunft eine Sammelbüchse herumgehen lassen. Auch Protestaktionen kosten Geld, hatte er gesagt. Jetzt gab er den Betrag bekannt. Er würde ein Konto einrichten und bei der nächsten Sitzung über den Verbleib des Geldes berichten. Bekäme er keine mehrheitliche Entlastung, würde er sich für das falsch verwandte Geld verbürgen.

Die Anwesenden waren mit diesem Vorschlag einverstanden.

Die Frau von der Presse versprach, über das Treffen der Bürgerinitiative RETTET DEN TIERPARK in der Zeitung zu berichten.

Langsam zerstreute sich die Ansammlung der Protestler. Wedekind, Lehmann und noch ein paar andere Frauen und Männer, wohl der innere Zirkel der Bewegung, standen noch zusammen und bewerteten den Abend. Grafenberg stand unbeteiligt etwas abseits und hörte dem Gespräch zu, als sich plötzlich die Journalistin einen Weg zu der Gruppe bahnte.

„Sagen Sie mal, Herr Wedekind, was waren denn die beiden Schwarzen für welche? Die müssen neu in der Szene sein. Die habe ich als Wortführer vorher noch nie gesehen. Außerdem hatten die nagelneue Klamotten an."

Der Angesprochene zuckte mit den Schultern.

„Kenne ich auch nicht. Aber Sie haben denen ja Gott sei Dank gleich gesagt, wo es lang geht. Ich hoffe, die sehen wir auf dem nächsten Treffen nicht wieder. Die schaden mehr, als dass sie nutzen".

34

Endlich! Es war Mitternacht, als Jann Harms aus dem Norderneyer *Haus des Gastes* kam. Er war dienstlich dort gewesen, hatte sich fast zwei Stunden lang mehr oder weniger kluge Reden angehört, danach beim Sektempfang mit wichtigen und unwichtigen Leuten unterhalten und war nun endlich wieder Privatmann. Es war die Auftaktveranstaltung eines gynäkologischen Kongresses gewesen. Geredet hatten neben Medizinfunktionären selbstverständlich auch die unvermeidlichen Vertreter sowohl der Landes- als auch der lokalen Politik. Harms, der schon viele Veranstaltungen dieser Art als Lokaljournalist begleitet hatte, war weder überrascht über die langen Reden noch über das steife Zeremoniell des anschließenden Empfangs. Nie würde er sich bei so einem Ereignis wohl fühlen. Stehend, mit einem Sektglas in der linken Hand, einem Teller mit feinen Häppchen in der rechten, um den Bauch die Kamera. Es gelang ihm einfach nicht, sich einigermaßen weltläufig in einer solchen Situation zu bewegen. Wie zum Teufel sollte man sich die Häppchen in den Mund schieben, wenn beide Hände besetzt sind? Und wenn das Canapee endlich im Mund und nicht auf dem Fußboden gelandet war und er genüsslich kauen wollte, begann mit tödlicher Sicherheit jemand einen dieser geistlosen Small-Talks und ihm blieb nichts anderes übrig, als den Leckerbissen hektisch runterzuschlucken oder mit vollem Mund zu sprechen, wobei er dann aufpassen musste, dass seinem Gesprächspartner nicht halbgekaute Krümel entgegenflogen. Auf den Sekt hätte er auch gut verzichten können. Ein ordentlich gezapftes Bier wäre ihm wesentlich lieber gewesen. Aber er hatte keine Wahl – sein Job verlangte Anwesenheit bei diesen Events. Da musste er durch!

Nun lief er leicht fröstelnd durch den mitternächtlichen Herrenpfad. Es war wieder kalt geworden. Er hatte mit Schulte vereinbart, bei ihm vorbeizuschauen, falls es nicht zu spät würde.

Und wenn er diesen Polizisten aus dem Lippischen richtig einschätzte, dann war für den um fünf Minuten nach Mitternacht der Abend noch lange nicht vorbei. Vielleicht hatte Schulte noch Lust auf ein anständiges Bier.

Schon von weitem sah Harms, dass vor der Pension eine Person stand. Aus der Nähe erkannte er die Inhaberin der Pension, die einen leicht verwirrten Eindruck machte. Ein Cockerspaniel kläffte aggressiv, als Harms näher kam, hielt sich aber feige hinter seiner Herrin versteckt. Harms fragte sie, ob er kurz eintreten und mit Schulte sprechen dürfe. Da stöhnte die Frau auf.

„Da stimmt was nicht, Herr Harms! Ich sag es Ihnen!“

Als Harms nachfragte, was denn nicht stimme, sprudelte es förmlich aus der Frau heraus.

„Ich gehe doch jeden Abend vor dem Schlafengehen noch mal mit Enno vor die Tür. Enno ist mein Hund, müssen Sie wissen", dabei zeigte sie auf den nach wie vor kläffenden Cocker, dem Harms nur zu gern einen Tritt verpasst hätte. „Und da stand dieses Auto so halb auf dem Bürgersteig. Na ja, das kommt ja vor, dachte ich mir. Auf einmal sah ich Herrn Schulte aus Richtung Stadt kommen. Als er an dem Auto vorbeiging, kamen ganz plötzlich zwei Männer aus dem Auto und drei oder vier Sekunden später stieg er mit den beiden ins Auto ein und das Auto fuhr los. Komisch!"

„Warum komisch? Vielleicht kannte er die beiden und sie sind in irgendeine Kneipe gefahren. Kann doch vorkommen."

Die Wirtin schüttelte energisch den Kopf.

„So sah das nicht aus! Sie haben ja gar keine Zeit gehabt, sich zu unterhalten. Außerdem, halten Sie mich ruhig für verrückt, es sah so aus, als wenn Herr Schulte sich dagegen gewehrt hätte, in das Auto einzusteigen."

Harms dachte nach und fragte dann:

„Als das Auto losgefahren ist, muss es doch an Ihnen vorbeigekommen sein. Konnten Sie Herrn Schulte denn im Auto sehen?"

„Nein!", rief die Frau, die zunehmend aufgeregter wurde. „Das Auto ist rückwärts die Moltkestraße runtergefahren, hat gestoppt und ist dann vorwärts in Richtung Benekestraße gefahren. Ich sag doch, da stimmt was nicht!"

Harms spürte einen kalten Schauer, als ihm klar wurde, dass die Frau eventuell Recht haben konnte. Schulte war ja kein normaler Tourist, sondern recherchierte immerhin in einem Mordfall.

„Wann war das denn genau?"

„Na, so zwanzig Minuten wird es schon her sein. Seitdem stehe ich hier und mache mir Sorgen!"

Harms sagte erst einmal nichts. Er kannte diese Frau seit Jahren und hatte sie immer als ruhige, freundliche und sachliche Person erlebt.

Diese Frau stand mit beiden Beinen auf dem Boden und war über jeden Verdacht, hysterisch zu sein, erhaben. Er vertraute ihrer Intuition. Hier stimmte wohl wirklich etwas nicht. Langsam, ganz langsam wurde ihm klar, dass er nun etwas unternehmen musste.

„Gehen Sie ruhig wieder ins Haus! Wenn Sie hier draußen stehen bleiben, holen Sie sich bloß einen Schnupfen. Ich laufe eben rüber zur Polizei und sage Bescheid. Die sollen entscheiden, was getan werden muss. Bleiben Sie am besten in der Nähe des Telefons!"

Er lief los. Die Polizeistation Norderney war ja wirklich nur um die Ecke. Er klingelte hektisch, aber es dauerte fast zwei Minuten, bis sich die Tür öffnete und er vor der barocken Figur des Hauptwachtmeisters Möllmann stand. Harms stöhnte innerlich. Ausgerechnet dieser Schwachkopf! Er zwang sich aber dazu, höflich und betont sachlich den Grund seines mitternächtlichen Besuchs zu erklären.

Möllmann brummte missmutig und ließ Harms in die Wachstube eintreten. Umständlich setzte er sich an seinen Schreibtisch, suchte einen Kugelschreiber und ein Protokollformular zusammen. Dann schaute er Harms verärgert an.

„Also, jetzt mal ganz langsam. Wie heißt der Mann und worum geht es überhaupt?"

Der Zeitungsmann hatte das Gefühl, jeden Moment die Beherrschung zu verlieren. Er riss sich aber am Riemen und erklärte alles noch einmal. Möllmann notierte entnervend langsam. Als er endlich fertig war, blickte er wieder auf und fragte:

„Und deswegen kommen Sie mitten in der Nacht zu mir? Was soll das Ganze eigentlich? Soll ich nun eine Großfahndung auslösen, weil ein Tourist zu später Stunde noch zu zwei anderen Männern ins Auto einsteigt und losfährt? Wo ist denn das Problem? Soll er doch! Wieso belästigen Sie damit die Polizei?"

Harms ballte die Fäuste in der Hosentasche, sagte aber nur leise: „Hören Sie zu! Er ist kein normaler Tourist. Schulte ist ein Kollege von Ihnen. Und er ermittelt inkognito in der Mordsache Blumenkamp. Geht Ihnen jetzt ein Licht auf?"

Beim letzten Satz war er doch lauter geworden, als er beabsichtigt hatte. Möllmann stand auf und stellte sich breitbeinig vor Harms.

„Herr Harms! Wir beiden kennen uns schon viele Jahre. Jeden Morgen kommen Sie angedackelt und betteln um den Polizeibericht, damit sie Stoff für ihr Käseblatt haben. Und ich sage Ihnen, der Polizeibericht ist das einzig Lesenswerte darin. Der Rest, also alles, was Sie geschrieben haben, ist großer Mist. Sie verstehen ja nicht mal was von Ihrem eigenen Job, aber wollen mir erzählen, was ich zu tun habe? Gehen Sie! Aber sofort, bevor ich richtig dienstlich werde!"

Nur mit Mühe überwand Harms das dringende Bedürfnis, seinem Gegenüber die Faust in den provozierend vorgeschobenen Schmerbauch zu rammen. Er nahm den Rest an Selbstbeherrschung zusammen.

„Okay! Ich werde jetzt gehen. Aber spätestens morgen früh spreche ich mit den beiden Beamten aus Aurich über die Sache. Und auch über die Behandlung in unserer Polizeistation. Mal sehen, was die dazu sagen. Gute Nacht!"

Wütend drehte Harms auf dem Absatz um, knallte die Eingangstür zu und verließ die Polizeistation. Die kühle Nachtluft dämpfte seine Erregung etwas. Was konnte er tun? Die ganze Insel absuchen? Wo sollte er anfangen? Und wenn Möllmann recht hatte? Wenn es wirklich völlig harmlos war?

Da Jann Harms keine Möglichkeit sah, mehr zu tun, als planlos durch die Stadt zu laufen, ging er nach Hause, stellte das Telefon neben sein Bett, hoffte, dass alles ein Missverständnis war und versuchte zu schlafen.

35

Der Himmel war wolkenverhangen. Das machte die Nacht noch dunkler, als sie bei Neumond sowieso schon war. Im Auto kroch die Kälte durch jede kleinste Öffnung und versuchte, sich der Wärme des erschöpften Körpers zu bemächtigen. Hinzu kam das monotone Brummen des Motors. Es hatte den Effekt eines hochwirksamen Schlafliedes. Gegen die einsetzende Unterkühlung und Müdigkeit gleichzeitig anzukämpfen, empfand Grafenberg als eines der unangenehmsten Körpererlebnisse überhaupt. Am liebsten hätte er in einem Feldweg Halt gemacht und erst einmal eine halbe Stunde geschlafen. Doch er war schon ziemlich durchgefroren und hatte weder einen Schlafsack noch sonst etwas zum Zudecken dabei. Na ja, und außerdem war er schon in Lage. Die paar Kilometer bis Lemgo würde er schon noch Herr über seinen Körper bleiben und dem immer stärker werdenden Schlafbedürfnis standhalten. Lehmann hatte ihm angeboten bei seiner Familie in Bielefeld zu übernachten. Doch er wollte in vertrauter Umgebung einschlafen. Sein gerade geerbtes Häuschen wurde mehr und mehr dazu.

Der beleuchtete Vorplatz des Lemgoer Bahnhofs riss ihn aus seinen Gedanken. Jetzt musste er sich noch einmal konzentrieren. Von der Paulinenstraße war er noch nie zu seinem Haus gefahren und die vielen schmalen Straßen Lemgos waren für ihn noch etwas verwirrend, besonders nachts. Grafenberg bog rechts ab und dann an der nächsten Möglichkeit wieder links. Wo war er nur? Wieder bog er in eine Straße ein. Er schaltete das Fernlicht an. Diese Straße kam ihm bekannt vor. Jetzt hatte er die Orientierung wieder. Noch einmal rechts, dann wieder links. Geschafft, er stand vor seinem Häuschen. Doch es gab keinen Parkplatz. Also legte er wieder einen Gang ein und ließ das Auto langsam wieder anrollen. Da vernahm er aus den Augenwinkeln einen Lichtschein aus einem seiner Fensterlöcher. Hatte sich nur sein Scheinwerferlicht in einer der kleinen Scheiben reflektiert oder war da jemand in seinem Haus? Hier konnte er unmöglich stehen bleiben, aber da, in fünfzig Meter Entfernung war endlich ein Parkplatz. Grafenberg stellte sein Auto ab und ging, sich dicht an den Hauswänden haltend, zurück zu seiner Haustür. Gerade, als er seinen Schlüssel ins Schloss stecken wollte, öffnete sie sich knarrend ein paar Zentimeter. Grafenberg erschrak sich heftig. Im nächsten Moment hörte er Geräusche in seinem zukünftigen Wohnzimmer. Vor Aufregung begannen seine Hände zu zittern. Wie sollte er sich verhalten? Sich vorsichtig hineinschleichen? Lärm machen? Klammheimlich wieder zurück zu seinem Auto gehen und nach Erreichen gebotener Entfernung die Polizei anrufen? Grafenberg war kein Mann, der gefährliche Auftritte und spektakuläre Abenteuer suchte. Aber in so einer unsicheren Situation gleich die Polizei anrufen, fand er auch übertrieben. Also sagte er klar und deutlich vernehmbar:

„Hallo, ist da jemand?"

In der Wohnung fiel etwas zu Boden. Im nächsten Moment knallte eine Tür, dann war Stille.

Wahrscheinlich ist der Einbrecher durch die Hintertür geflohen, dachte Grafenberg. Mit zitternden Händen tastete er nach dem Lichtschalter. Die Colani-Leuchte an der Ecke seines Flures spendete sofort ausreichend Licht. Er ging ins Haus und schaltete auch im Wohnzimmer die Deckenleuchte ein. Schränke besaß Grafenberg noch nicht. Aber die Kartons, in denen er seine Habseligkeiten aufbewahrte, waren alle gründlich durchwühlt. Was hatten die Eindringlinge gesucht? Bei ihm gab es doch nichts zu holen?

Grafenberg dachte nach. Was sollte er jetzt tun? Sich einfach ins Bett legen und schlafen? Das war ihm zu unsicher. In diesem Hause würde er heute kein Auge zutun. Die Polizei anzurufen würde auch nichts bringen. Der Einbrecher war über alle Berge. Anzeige könnte er auch noch morgen erstatten.

Nach einigen weiteren Augenblicken des Nachdenkens ging er in sein Schlafzimmer und nahm sich seinen Daunenschlafsack. Er klemmte ihn sich unter den Arm und verzog sich zu seinem Auto. Im Heck hatte er sich eine provisorische Liegefläche eingerichtet, auf der versuchte er es sich gemütlich zu machen, doch er fand keinen Schlaf. Eben noch war er hundemüde, doch jetzt war er hellwach. Alle möglichen Gedanken griffen nach ihm. Warum war bei ihm eingebrochen worden? Würde der Einbrecher wiederkommen? Grafenberg fand keine Antworten auf seine Fragen. Er warf sich auf seinem improvisierten Notlager unruhig von einer Seite auf die andere. Bis zur hereinbrechenden Morgendämmerung hatte er keinen Schlaf gefunden. Als die ersten Schulkinder an seinem Bus vorbeigingen, wechselte er wieder die Örtlichkeit.

„Bei Tageslicht wird sich schon niemand in mein Haus wagen", dachte er und zog sich um acht Uhr morgens endlich die Bettdecke über den Kopf und versuchte erneut zu schlafen. Diesmal gelang es ihm.

Als Grafenberg wieder erwachte, war es heller Tag. Er sah auf seine Uhr. Sie zeigte, dass der Mittag längst vorbei war. Grafenberg besah sich den Staub, der auf den Sonnenstrahlen, die sein Zimmer durchfluteten, tanzte. Seine Erinnerungen sickerten ihm von Sekunde zu Sekunde wieder ins Bewusstsein. Bei ihm war eingebrochen worden. Diese Tatsache hätte Grafenberg am liebsten gleich wieder verdrängt, denn die Sache zwang ihn dazu, etwas zu unternehmen. Was hatte man in seinem Haus finden wollen? So lange er auch grübelte, er kam zu keinem Schluss. Sein Handy hinderte ihn jedoch in der nächsten Sekunde daran, dieses Thema weiter zu bedenken. Der aufdringliche Klingelton veranlasste ihn, schnell zu reagieren. Er sprang aus dem Bett und durchsuchte seine Jacke nach dem Gerät. Als er die Taste mit dem grünen Hörer gedrückt hatte, meldete sich der Nachbar seiner Mutter, Hermann Rodehutskors.

„Na, mein Junge“, plauderte er jovial drauf los. „Hast du deine Schatzkarte schon in Sicherheit gebracht?“

„Schatzkarte?“, dachte Grafenberg. Im ersten Moment wusste er gar nicht was der alte Journalist damit meinte. Doch dann fiel es ihm wieder ein. Klar, er hatte doch eine geheimnisvolle Schriftenrolle in seinem Mauerwerk gefunden.

„Ja, habe ich gleich am nächsten Tag in das Bankschließfach meiner Mutter gepackt. Liegt jetzt bei den Familienjuwelen.“

„Gut“, brummelte Rodehutskors mehr zu sich selbst. Bevor er weitersprechen konnte, ergriff Grafenberg wieder das Wort.

„Bei mir ist heute Nacht eingebrochen waren. Alles wurde durchsucht. Ich weiß gar nicht, was die bei mir wollten.“

Rodehutskors pfiff durch die Zähne.

„Sollte mich nicht wundern, wenn das mit dieser Schriftrolle zu tun hätte.“

„Aber von der Existenz wissen doch nur fünf Leute, meine Mutter, du, der Dierkes und mein alter Lateinlehrer Bussmann. Ich kann mir nicht vorstellen, dass einer von denen bei mir eingebrochen hat.“

Rodehutskors schwieg länger. Dann sagte er:

„Du solltest auf jeden Fall zur Polizei gehen und den Einbruch anzeigen. Ich habe zu den Detmoldern ganz gute Kontakte. Da rufe ich mal an, mal sehen, was die dazu sagen.“

„Na ja, ich muss den Einbruch aber in Lemgo anzeigen.“

„Solltest du auch machen und zwar so schnell wie möglich. Unabhängig davon werde ich mich mal mit meinen Bekannten beraten. Ich melde mich dann wieder. Du hörst von mir, Junge.“

Rodehutskors beendete das Telefongespräch. Grafenberg hatte den Eindruck, dass der alte Journalist mehr wusste, als er ihm gesagt hatte. Wieder beobachtete er die auf den Sonnenstrahlen tanzenden Staubkörner. Das schöne Wetter machte ihm die Entscheidung aufzustehen leichter. „Sollte der Frühling endlich in Lippe Einzug halten?", dachte Grafenberg, als er nach seiner Hose griff.

36

Arme und Beine waren taub. Kein Gefühl mehr. Seit über sechs Stunden saß Jupp Schulte nun auf diesem Stuhl. Mit Paketklebeband waren die Hände hinter seinem Rücken an der Stuhllehne gefesselt. Die Füße waren ebenfalls mit den klebrigen, reißfesten Streifen zusammengebunden worden. Nach zehn Minuten hatte das Kribbeln begonnen, als die Blutzufuhr in den Gliedmaßen behindert worden war. Arme und Beine waren eingeschlafen. Irgendwann war auch dieses Gefühl weg, und Schulte spürte nur noch Schmerzen in der Schulter, hervorgerufen durch die nach hinten gedrehten Arme. Aber selbst dieser Schmerz gab irgendwann auf. Der einzig wirklich lebendige Punkt in seinem Körper schien seine Blase zu sein, deren Druck sich stetig vergrößerte. Schulte hätte das seinen Entführern gern mitgeteilt, wurde aber durch einen dritten Streifen Klebeband quer über den Mund daran gehindert. Außerdem hatte man ihn allein gelassen. Allein in diesem kleinen, komischen Häuschen mit den vielen Gartengeräten. Ganz offensichtlich befand sich Schulte in einer Gartenlaube. Wahrscheinlich in einer Gartenlaubenkolonie. Ein großartiges Versteck, musste er zugeben. Bei diesem Wetter würde noch niemand an seinen Garten denken. Äußerst unwahrscheinlich, dass ein ehrgeiziger Gärtner mal kurz reinschauen würde. Es könnte Tage dauern, wenn nicht sogar Wochen, bis hier mal jemand die Tür öffnen und mit der Frühjahrsbestellung des Gartens beginnen würde. Auch das Kidnapping war zügig und geschickt über die Bühne gegangen. Die beiden Männer verstanden sich auf ihre Arbeit, ohne Frage. Wenn es keine Profis waren, hatten sie zumindest das Potential dazu. Schulte, der immer bereit war, ordentliche Arbeit anzuerkennen, verspürte gegen seinen Willen ein wenig Respekt vor seinen Entführern.

Die ersten Stunden hatte Schulte völlig im Dunkeln gesessen und fühlte sich unglaublich hilflos. Als am frühen Morgen etwas Licht in den Raum fiel, konnte er die Gartengeräte entdecken und sich ungefähr einen Reim darauf machen, wo er sich befand. Im Auto hatten die Entführer ihm eine Decke über den Kopf geworfen, so dass er nichts von der Fahrstrecke sehen konnte. Nach seinem Gefühl, und er besaß mittlerweile doch einige Ortskenntnisse, waren sie Richtung Hafen gefahren. Die Fahrtzeit hatte etwa zwei Minuten betragen. Vermutlich war er in einer Gartenkolonie in der Nähe des Hafens eingesperrt. Und da musste er nun raus! Unbedingt!

Es wurde immer heller. Schulte blickte sich um, soweit die Fesseln dies zuließen, auf der Suche nach einem geeigneten Hilfsmittel. Es war alles da, was eine Gärtnerseele zum Glücklichsein benötigte. Fein säuberlich an die Wand gehängt. Etliche dieser Werkzeuge wären auch geeignet, seine Fesseln zu durchtrennen. Aber wie sollte er da rankommen? Einen Versuch, mitsamt dem Stuhl zentimeterweise zu hopsen, wiederholte er nicht wieder, als ihm klar wurde, dass seine Chance, mit dem Stuhl umzukipppen und dann völlig hilflos auf dem Fußboden zu liegen, recht groß war. Er versuchte aufzustehen. Seine Füße waren zwar zusammengebunden, aber nicht an den Stuhl gefesselt. Doch seine Knie versagten den Dienst. Außerdem schmerzte diese Bewegung entsetzlich in den Schultergelenken, da die Arme dadurch noch weiter nach hinten gedrückt wurden. Und was hätte das alles genutzt? Raus konnte er trotzdem nicht. Wie hätte er die Tür öffnen sollen, ohne die Hände zu gebrauchen? Durchs Holz nagen? Mit Klebeband über den Lippen?

Dann lieber sitzen bleiben. Irgendwann gestand er sich ein, dass ihm nichts weiter übrig blieb, als abzuwarten. Wäre nur nicht dieser zunehmende Druck auf die Blase gewesen! Darüber hinaus machte ihm die Kälte mehr und mehr zu schaffen. Wenn er hier noch lange sitzen müsste, würde er an Unterkühlung jämmerlich zu Grunde gehen, fürchtete er.

Um neun Uhr hörte Schulte Schritte auf dem Kiesweg zur Gartenlaube. Dann öffnete sich die Tür. Schulte ärgerte sich über sich selbst, aber er konnte ein Gefühl der Angst nicht unterdrücken, als ein Mann eintrat, dessen Gesicht von einer Motorradsturmhaube verborgen war. Dieser Mann war auffällig groß, machte einen sportlichen Eindruck und wirkte kein bisschen unsicher. Schulte schätzte ihn auf etwa dreißig Jahre.

Seine Angst nahm zu, als der Mann eine Pistole aus der Tasche seiner marineblauen Steppjacke zog und locker in der Hand wiegte.

„Warum stehen Sie nicht auf und gehen einfach raus?“, fragte er zynisch.

Schulte war platt. Was sollte denn dieser Quatsch? Seine Angst verwandelte sich augenblicklich in Wut. Ein wesentlich angenehmeres Gefühl. Er sagte aber nichts, konnte das wegen des Klebebandes auch nicht, sondern wartete ab, was kommen würde.

Der Mann ging einmal um ihn herum, wohl um die Sicherungsmaßnahmen zu prüfen. Als alles zu seiner Zufriedenheit war, durchschnitt er Schultes Handfessel. Nun waren die Hände zwar immer noch zusammengeklebt, aber nicht mehr an den Stuhl gefesselt.

„Aufstehen!“, wies ihn der Mann barsch an.

Theoretisch war dies nun möglich. Praktisch war es Schulte fast nicht durchführbar, aus seiner Sitzposition heraus mit nach hinten zusammengebundenen Armen und seit vielen Stunden nicht mehr richtig durchbluteten Gliedern aufzustehen. Er versuchte es, sackte wieder zusammen, versuchte es erneut und gab wieder auf. Dabei nahm seine Wut ständig zu. Schulte blieb nun wieder ruhig sitzen, versuchte, sich zu sammeln, nahm alle Willenskraft zusammen und startete einen dritten Versuch. Er wackelte, er schwankte, aber er kam hoch. Als er endlich in der Vertikalen stand, wurde ihm schwindlig. Aber nach einigen Sekunden war auch das überstanden. Der Mann stellte sich nun vor ihn und riss ihm brutal das Klebeband von den trockenen Lippen. Schulte unterdrückte einen Schmerzensschrei. Nur keine Schwäche zeigen!

„Machen Sie die Handfessel los!", versuchte er so ruhig wie möglich zu sagen. Der Mann gab sich überrascht.

„Warum sollte ich das tun?"

„Ich muss dringend pinkeln! Dazu brauche ich meine Hände. Verdammt noch mal!", platzte es aus Schulte heraus. „Oder wollen Sie mir dabei assistieren? Dann machen Sie aber schnell, sonst ist alles zu spät!"

Der junge Mann lachte, nahm aber tatsächlich ein Küchenmesser aus einer Wandhalterung und durchschnitt das Paketband.

Es kribbelte ganz entsetzlich, als das Blut endlich wieder ungehindert durch die Hände fließen konnte. Schulte rieb so lange bis wieder Gefühl in ihnen war. Sein nächster Impuls war, sich auf den Entführer zu stürzen. Aber er war nach wie vor an den Füßen zusammengebunden, wie ein angehobbeltes Pferd. Er konnte sich immer noch nicht normal bewegen, konnte nur kleine Sprünge machen. Außerdem machte sein Gegner keinen schwächlichen Eindruck und hielt zu allem Überfluss eine Pistole in der Hand. Schulte unterdrückte also diesen gefährlichen Impuls und gehorchte dem Druck der Blase. Er hüpfte mit ganz kurzen Sprüngen zur Tür hinaus, war kurz vom hellen, aber kalten Sonnenlicht geblendet, bis er hinter dem Holzhäuschen endlich, endlich dem Druck nachgeben konnte. Der junge Mann stand währenddessen hinter ihm und hielt die Pistole schussbereit. Schulte wurde ganz elend bei dem Gedanken, dass er nun eventuell beim Pinkeln von hinten erschossen würde. Welch ein unwürdiger Abgang! Aber die Kugel blieb in der Pistole und Schulte am Leben. Zurück in der Laube band der Mann Schultes Hände wieder zusammen an den Stuhl und klebte ihm einen neuen Streifen über die Lippen.

„Ich komme heute Abend wieder! Dann machen wir beide einen kleinen Spaziergang an der frischen Luft. Bis dahin gute Erholung!"

Schulte verfiel in eine Art Starre. Sowohl körperlich als auch geistig. Er konnte nichts tun, also versuchte er, an möglichst nichts zu denken. Vor allem wollte er auf gar keinen Fall irgendwelche Emotionen an sich heranlassen. Angst und Wut hätten ihm nichts genützt, sondern nur geschwächt. Trotzdem schossen ihm immer wieder Gedanken durch den Kopf.

Würde ihn irgendjemand vermissen und vielleicht sogar suchen? Aber wer sollte das sein? Er kannte ja hier keinen Menschen. Seine Pensionswirtin? Quatsch, die würde denken, er habe eine Frau kennengelernt und sei bei der über Nacht geblieben. Nein, er musste sich die Tatsache eingestehen, dass er auf dieser Insel niemandem etwas bedeutete und dass niemand ihn vermissen würde. Niemand würde ihn suchen!

37

Am nächsten Morgen war Jann Harms schon früh wach. Seine Sorge um Schulte war durch den kurzen Schlaf nicht geringer geworden. Als es um sieben Uhr endlich kein ganz schlimmer Verstoß gegen zivilisierte Umgangsformen mehr war, rief er die Pensionswirtin an, in der Hoffnung, von ihr zu hören, dass Schulte doch noch spät in der Nacht zurückgekommen sei und nun friedlich schlafe. Doch die völlig aufgelöste Frau konnte ihm nur mitteilen, dass Schultes Bett nach wie vor unberührt sei. Das reichte ihm. Er unterbrach das Gespräch und dachte kurz nach. Möllmann musste seinen Nachtdienst längst beendct haben. Mit dessen Kollegen

Peter Janssen kam Harms wesentlich besser zurecht. Also nahm er den Hörer wieder auf und rief die Polizei an. Zu seiner großen Erleichterung war es wirklich Janssen, der das Gespräch annahm. Harms erklärte ihm in knappen Worten, was um Mitternacht der Grund seines Besuches bei der Polizei gewesen und was zwischen ihm und Möllmann abgelaufen war. Janssen blätterte ihm Wachbuch, fand aber nicht den kleinsten Eintrag, der auf diese Begegnung hinwies.

„Glauben Sie mir auch nicht?", fragte Harms irritiert.

„Doch!", beruhigte ihn Janssen. „Wir kennen uns ja schon eine Weile. Passen Sie auf! Ich werde meinen Kollegen jetzt anrufen und ihm sagen, dass Sie noch mal angerufen haben. Ich hoffe, er frühstückt noch und hat sich noch nicht hingelegt. Ich melde mich gleich wieder zurück!"

Möllmann hatte sich schon hingelegt. Zumindest behauptete er das und gab sich äußerst ungehalten, als Janssen ihn anrief.

„Dieser verdammte Zeitungsschmierer!", fluchte er so laut, dass er eigentlich gar kein Telefon benötigt hätte, um die Distanz von der Südstraße zur Polizeistation akustisch zu überwinden. Er sagte weiter einige böse Worte über die Unverschämtheit von Harms, mitten in der Nacht in die Polizeistation zu platzen und die Polizei mit wüsten und sicher völlig haltlosen Vermutungen zu belästigen. Janssen hatte Mühe, ihn wieder auf den Boden zurück zu holen.

„Mit anderen Worten", unterbrach er seinen älteren Kollegen, „ist seitens der Polizei bisher noch nichts unternommen worden, oder?"

„Nein!", schrie Möllmann. „Warum denn auch?"

„Hast ja recht!", versuchte Janssen ihn zu beruhigen. „Ich will doch nur genau Bescheid wissen!"

Nachdem er aufgelegt hatte, überlegte er eine Weile. Einerseits konnte er Möllmann verstehen. Besonders zwingend waren die Schlussfolgerungen von Harms nun wirklich nicht. Andererseits hätte Möllmann ihn niemals so abfertigen dürfen. Und wenn nun doch was dran war an der Besorgnis von Harms? Dann stand die Polizei Norderney ganz schön blöd da. Er seufzte und wählte Harms an.

„Und Sie sind noch immer der Meinung, dass etwas passiert sein muss? Gekidnappt, meinen Sie? Ja, ich werde die Pensionsbesitzerin anrufen und fragen. Al kloar! Machen Sie sich keine Sorgen, ich regele das schon!"

Janssen blieb keine Wahl. Wenn an dieser Vermisstenmeldung tatsächlich etwas stimmen sollte und der vermisste Mann tatsächlich ein Polizist war, der im Mordfall Blumenkamp recherchierte, dann war es nicht länger Sache der hiesigen Polizei. Dann musste er die Meldung den Kollegen aus Aurich weitergeben. Sicher, Möllmann würde ihn dafür hassen. Aber was sollte er tun? Mit wenig Elan nahm Janssen wieder das Telefon zur Hand und wählte die Handynummer des Hauptkommissars Menno Freese. Der saß gerade mit seiner hübschen Kollegin zusammen in seiner Pension und frühstückte. Freese hörte sich den Bericht Janssens an, ohne ihn zu unterbrechen. Dann fragte er:

„Was für ein Typ ist dieser Harms? Ist er glaubwürdig?"

Als Janssen dies bestätigte und auch gleich der Pensionswirtin ein ähnliches Zeugnis ausstellte, meinte Freese:

„Wir kümmern uns drum! Geben Sie mir bitte die beiden Telefonnummern!"

Hauptkommissar Freese mochte auf dem ersten Blick etwas trantütig wirken, aber dieser Eindruck täuschte. Innerhalb der nächsten halben Stunde hatte er mit Jann Harms gesprochen, hatte Schultes Wirtin gleichzeitig ausgefragt und getröstet und hatte bei seinen Vorgesetzten erreicht, dass zwei Beamte vom Festland zur Suchverstärkung mit dem nächsten Schiff auf die Insel kamen. Seine blonde Kollegin Gunda Luitjens war nicht minder aktiv. Sie hatte bereits einen Plan ausgearbeitet, nach dem die Suche vonstatten gehen sollte. Freese hatte volles Vertrauen in die Effektivität seiner Mitarbeiterin und ließ sie machen. Mittlerweile war es kurz nach zehn Uhr. Die beiden Beamten vom Festland mussten jeden Moment im Hafen einlaufen. Sie würden auch gleich dort bleiben können, denn Luitjens hatte vorgesehen, vor allem den Hafen gründlichst zu durchsuchen. Jede Segelyacht, jeder Dampfer und sei es der fest auf Norderney stationierte Tonnenleger, sogar ein großer Schlickbagger standen auf ihrer Agenda. Das würde Stunden dauern, ließ sich aber nicht vermeiden. Auch Möllmann war dienstverpflichtet worden. Natürlich hatte er nur unter Protest seine Erholungszeit nach der Nachtwache unterbrochen und war zum Hafen gekommen. Seine Laune war mehr als unterirdisch. Die Suchaktion dauerte viel länger, als sich Gunda Luitjens vorgestellt hatte. Es waren zwar wegen der Jahreszeit noch nicht viele Boote im Wasser, aber doch immerhin genug. Nicht alle Yachtbesitzer waren begeistert, als die Polizisten ihr kleines Reich aufsuchten und ihnen merkwürdige Fragen stellten. Auf den wenigsten Booten war überhaupt jemand anzutreffen. Die meisten waren an dem langen hölzernen, auf Pontons schwimmenden Steg festgemacht und ihre Besitzer waren sonst wo, aber nicht an Bord. Da kein wirklich überzeugender Hinweis darauf vorlag, dass Leib und Leben Schultes in Gefahr war, hatte die Polizei keine Handhabe, einfach so in die Boote einzudringen. Gefahr im Verzug ließ sich nicht zwingend herleiten. Man war auf die Mitarbeit der Menschen, die im Hafen arbeiteten oder sich auch nur im Hafengebiet aufhielten, angewiesen. Und das bedeutete Gespräche, Gespräche, Gespräche. Das zog sich.

Nach fünf Stunden erfolgloser Suche erklärte Luitjens den gesamten Hafen als sauber, und die Polizisten zogen sich erst einmal in ihre Diensträume zurück und betrieben Schreibtisch-Forschung.

Also wurde der Flugplatz angerufen, man fragte im Krankenhaus nach und man ließ durch städtische Mitarbeiter den gesamten Strand absuchen. Es nützte alles nichts. Am späten Nachmittag gab man die Suche auf.

Niemand war auf die Idee gekommen, die Kleingartenkolonie *Schlickdreieck* ganz in der Nähe des Hafens zu durchsuchen. Aber, wer denkt denn auch schon an so was?

38

Wenn die Angst erst einmal Besitz von einem Menschen ergriffen hat, wird sie zum bestimmenden Gefühl. Jedes Geräusch, das nicht ins Bild passt, fährt dem Betroffenen in die Glieder, als sei in unmittelbarer Nähe ein Schuss gefallen. Sie beginnt das Bewusstsein zu bestimmen. Alleinsein wird zur Qual und jedes Klappern von Fensterläden und Türen zur Bedrohung. So ging es auch Grafenberg. Gleich nach dem Aufstehen war er zur Lemgoer Polizei gegangen und hatte den Einbruch angezeigt. Die Beamten hatten ihre Pflicht getan. Sie hatten den Tatort in Augenschein genommen. Hatten sich seine Schilderung aufmerksam angehört, hatten ein Protokoll erstellt. Abschließend ließen sie es sich von Grafenberg unterschreiben und mussten danach andere Aufgaben erledigen.

Mit anderen Worten, Grafenberg war wieder allein. Plötzlich machte sein altes Haus einen fragilen Eindruck auf ihn. Gerade erst hatte er begonnen, ein Gefühl der Geborgenheit in dem alten Gemäuer zu empfinden. Doch diese wohltuende Obhut war von dem Einbrecher aus seiner Bleibe verbannt worden. Stattdessen hatte er dem bösen Geist Bedrohung eine Heimstatt geboten.

Grafenberg zählte sein letztes Geld, steckte es ein und machte sich auf den Weg zu einem Eisenwarenladen. Er kaufte ein neues Sicherheitsschloss, Riegel und Vorhängekette.

Wieder Zuhause angekommen, begann er sofort mit der Montage. Es war gar nicht so einfach. Das alte Schloss hatte seine eigenen Maße. Grafenberg baute es aus. Das neue passte nicht in die dafür vorgesehene Halterung der Tür. Also baute er die alte Schließanlage wieder ein. „Besser als gar nichts“, dachte er.

Heute Nacht würde er die Tür mit den wenigen Möbeln, die er hatte, verbarrikadieren.

Schließlich gab er seinen Versuch, das Haus einbruchssicherer zu machen, für heute auf und begann damit, die Unordnung zu beseitigen, die der Einbrecher hinterlassen hatte. Plötzlich hörte er ein Geräusch. Er hatte den Eindruck, als ob sich jemand an der Tür zu schaffen machte. Der Flur war dunkel. Grafenberg sah sich nach einem Gegenstand um, den er als Waffe gebrauchen konnte. Auf dem Tisch stand eine leere Rotweinflasche. Mit ihr ausgerüstet schlich er in die Diele. Er stellte sich hinter die Haustür. Sie öffnete sich langsam. Sofort bemerkte er seinen Fehler. Wenn der Eindringling die Tür öffnen würde, wäre er eingequetscht zwischen ihr und der Wand. Die Erkenntnis kam zu spät. Vorsichtig wurde die Haustür geöffnet. Grafenberg riss die Weinflasche nach oben um zuzuschlagen. Doch die mit einem Kapuzenmantel bekleidete Person hatte die Bewegung wahrgenommen. Blitzschnell drehte sie sich um und blockte den Schlag mit dem Unterarm ab. Die Flasche wurde ihm durch den unterbrochenen Angriff aus der Hand geschleudert und flog in den Flur. Auf dem Steinboden zersplitterte sie in tausend Scherben. Im Bruchteil der nächsten Sekunde griff eine Hand nach ihm und ehe er sich auch nur ansatzweise wehren konnte, folgte sein Körper der Flugbahn der Flasche. Eine weitere Zehntelsekunde später wurde ihm ein Knie in den Rücken gepresst und der rechte Arm wurde ihm Richtung Nacken gedrückt, dass er glaubte, sein Schultergelenk wäre zukünftig nicht mehr zu gebrauchen. Er schrie vor Schmerz. Vielleicht würden ihn ja Passanten hören, die zufällig am Haus vorbei gingen. Im nächsten Moment hörte er eine energische Frauenstimme:

„Polizei! Sie sind verhaftet!“

Polizei? „Wieso Polizei?“, schoss es ihm durch den Kopf. Die Stimme jedenfalls kam aus dem Munde der Person, die auf ihm kniete und ihn weiter malträtierte.

„Wieso verhaftet? Was für einen Grund haben Sie? Sie sind doch in mein Haus eingedrungen.“

Die Frau, die ihm eben beinahe noch den Arm ausgekugelt hatte, lockerte ihren Griff.

„Aber Sie haben mich angegriffen, Sie wollten mich mit einer Flasche erschlagen.“

„Ich hielt Sie für einen Einbrecher“, versuchte sich Grafenberg zu rechtfertigen.

Die Frau nahm nun die Knie von seinem Rückgrat und stellte sich auf.

„Können Sie sich ausweisen?“, fragte sie.

„Das gleiche könnte ich Sie fragen“, entgegnete Grafenberg verärgert und stand ebenfalls auf.

Die Frau zog eine Pistole aus der Manteltasche.

„Wenn ich Ihren Ausweis gesehen habe, können wir unter Umständen über alles reden“, sagte sie und streckte ihm auffordernd die freie Hand entgehen.

Grafenberg griff nach seinem Portmonee, das sich in der Gesäßtasche seiner Jeans befand. Der Körper der Frau spannte sich.

„Bewegen Sie sich ganz langsam!“, sagte sie drohend.

Grafenberg hatte nichts anderes vor. Im Zeitlupentempo zog er erst seine Geldbörse aus der Hosentasche und kramte dann nach dem Ausweis. Die Frau nahm ihn entgegen. Dann forderte sie ihn auf, vor ihr in das beleuchtete Zimmer zu gehen. Die Pistole hielt sie weiterhin im Anschlag. Im Hellen angekommen verglich sie das Bild mit dem Gesicht Grafenbergs. Dann gab sie ihm das Dokument zurück und ließ die Waffe sinken.

Grafenberg taten alle Knochen weh. Seine Handflächen waren aufgeschlagen und sein Flur war voller Scherben. Unglaubliche Wut vermischte sich mit seinen Schmerzen.

„Sie sind ja gemeingefährlich!", schrie er die Frau an. „So etwas wie Sie darf man doch nicht auf die Öffentlichkeit loslassen. Jetzt sind Sie dran sich auszuweisen.

„Ich weiß gar nicht, wieso Sie sich so aufregen", entgegnete die Polizistin und streckte ihm die Hand mit dem Ausweis entgegen.

„Ihre Tür war nicht verschlossen, und als ich eintrat, sind Sie mit der Flasche auf mich losgegangen. Sie können von Glück reden, dass ich es bemerkt habe. Hätten Sie zugeschlagen, würden Sie jetzt bis zum Hals in Schwierigkeiten stecken."

Maren Köster, Kommissarin, las Grafenberg. Sollte er dieser Köster nun auch noch dankbar sein? Die hatte seiner Meinung nach einen handfesten Vogel.

„Na, erst mal ist es mein Haus", entgegnete er. „Und Sie sind hier unangemeldet eingedrungen. Im Übrigen stelle ich mir die Frage, was machen Sie überhaupt um diese Zeit hier. Es ist immerhin gleich zwanzig Uhr. Kann die Polizei nicht zu einer vernünftigen Zeit ihre Aufgaben wahrnehmen?"

„Wenn ich ehrlich sein soll, bin ich zu Ihnen gekommen, weil Herr Rodehutskors mich darum gebeten hat. Meine Anwesenheit ist sozusagen rein privater Natur. Ich wohne hier gleich um die Ecke, und als Rodehutskors mich anrief und mir die Geschichte von dem Einbruch erzählte, dachte ich, ich schaue mal bei Ihnen vorbei. Sozusagen von Nachbarin zu Nachbar. Ich will ja den Kollegen vom Einbruch nicht in die Suppe spucken."

Grafenbergs Wut verflog.

„Na ja, ein Haufen Missverständnisse", versuchte er zu erklären. „Ich bin halt nervös. Dieser Einbruch steckt mir einfach noch in den Knochen. Kommen Sie doch erst mal herein und legen Sie ihren Mantel ab."

Er sah sich nach einem Platz für das Kleidungsstück um. Dann sah er wieder zur Kommissarin, die ihre Kapuzenwachsjacke jetzt ausgezogen hatte.

Grafenberg musste sich zusammenreißen, um einen beeindruckten Pfiff zu unterdrücken. Vor ihm stand eine ausgesprochen schöne Frau, zwischen dreißig und vierzig Jahren. Sie hatte kastanienrotes Haar, helle, strahlende Augen und einen sinnlichen Mund. Dazu eine atemberaubende Figur.

„Donnerwetter", dachte er, „ich glaube, ich will auch Polizist werden, wenn es da so attraktive Kolleginnen gibt". Die handfeste Seite von Maren Köster hatte er schon vergessen.

„Äh, ich kann Ihnen gar nichts anbieten. Sie sehen ja, eine Baustelle. Daher verwundert es mich auch, warum hier eingebrochen wurde."

Maren Köster hielt immer noch ihre Jacke in der Hand. Sie streckte sie ihm jetzt auffordernd entgegen.

„Äh, die Jacke", stotterte Grafenberg. „Ja, wo lege ich Sie hin?"

Unschlüssig sah er sich im Raum um. Dann nahm er der Polizistin die Jacke aus der Hand und hängte sie an einen Fenstergriff.

„Was Besseres kann ich nicht bieten", grinste er verlegen.

„Soll ich vielleicht einen Tee kochen?", fragte er. „Das wäre möglich! Oder wir gehen in die Zündkerze, das ist eine Kneipe nicht weit von hier."

Ihm musste irgendetwas einfallen, um diese Frau näher kennen zu lernen.

„Ein Tee wäre nicht schlecht", entgegnete Maren Köster. Sie bemerkte intuitiv, dass sie eine gewisse Wirkung auf Grafenberg ausübte. Das gefiel ihr. Und der Mann gefiel ihr auch, seine etwas umständliche Art war keineswegs unangenehm. Sie wirkte eher etwas vorsichtig zurückhaltend. Er war schlank, hatte dunkle, etwas zu lange Haare, graue Schläfen, ein spitzes Kinn und dunkle Augen. Schöne Augen! Und einen breiten, sanft geschwungenen Mund. Wenn er verlegen lächelte, bildeten sich Grübchen auf seinen Wangen.

„Wenn Sie nichts dagegen haben, sehe ich mich einfach mal um. Wo sind die Einbrecher ins Haus eingestiegen?“

Grafenberg setzte den Wasserkessel auf den Herd. Dann sagte er:

„Sie haben die Haustür geöffnet.“

Maren Köster sah sie sich an.

„Die verstehen ihr Handwerk“, sagte sie. „Das waren keine Amateure!“

„Dann stelle ich mir die Frage, was sie bei mir gesucht haben. Außer ein paar Umzugskisten mit wenig wertvollem Inhalt, ein paar Büchern, Kleidungsstücken und einer billigen Stereoanlage ist hier nichts zu holen. Bei so mager zu erwartender Beute, geht ein Profi doch kein Risiko ein.“

„Rodehutskors erzählte von einer Schriftenrolle, die Sie gefunden haben. Vielleicht war dies der Grund des Interesses.“

„Die habe ich in das Bankschließfach meiner Mutter gepackt. Es gibt zwar noch zwei Kopien. Eine hat Rodehutskors und eine liegt irgendwo bei mir im Auto. Wenn sie die gesucht haben, hatten die Einbrecher keinen Erfolg.“

Grafenberg füllte Tee in einen Papierfilter, hängte ihn in eine Teekanne und goss das mittlerweile kochende Wasser hinein.

„Wo haben Sie das Schriftstück gefunden?“, fragte Maren Köster weiter.

Grafenberg stand auf und zeigte ihr die Stelle.

„Hier in der Mauer waren ein paar Steine los. Ich habe sie schon wieder festgemauert. Dahinter war ein alter Luftschacht oder Kamin. Als ich die lockeren Steine herausgezogen hatte, fand ich die Rolle. Ich kann mir gar nicht vorstellen, dass die so einen Wert hat. Was mich am meisten an der Sache wundert, dass ja nicht einmal zehn Personen von der Schrift wissen.“

„Das ist doch schon einmal gut. Da haben wir die ersten Anhaltspunkte.“

Maren Köster trank einen Schluck Tee. Sie überlegte.

„Machen Sie doch einmal eine Liste von den Leuten, mit denen Sie über die Schrift gesprochen haben. Aber denken Sie genau nach! Auch Erwähnungen am Rande sind wichtig. Gehen Sie die Begegnungen der letzten Tage genau durch."

Die Polizistin sah auf die Uhr.

„Oh", sagte sie. „Es ist spät geworden. Ich mache mich mal auf den Heimweg. Ich kann mich ja morgen noch einmal bei Ihnen melden: Wäre schön, wenn Sie bis dahin die Liste fertig hätten. Vielleicht fällt Ihnen ja auch noch etwas anderes ein. Ach ja, richtig, dieser Besuch war rein privater Natur! Nicht, dass ich noch Ärger mit den Kollegen vom Diebstahl bekomme. Und noch mal Entschuldigung für die etwas grobe Umgehensweise. Es war reine Notwehr."

Sie grinste und Grafenberg fühlte ein Ziehen in der Magengegend.

„Schade, dass Sie schon gehen wollen. Es ist doch noch so viel Tee da", versuchte er sie umständlich zum Bleiben zu bewegen. Doch vergeblich!

„Wenn was ist, wo kann ich Sie erreichen?", unternahm er einen neuen Anlauf.

Maren Köster gab ihm eine Visitenkarte. Sie testete ihr Lächeln noch einmal. Grafenberg reagierte sofort und zeigte seinerseits seine Grübchen und einen Haufen Lachfalten. Dann zog sie ihre Jacke an. Natürlich mit Grafenbergs Hilfe. Der Mann zog wirklich alle Register von Aufmerksam- und Höflichkeit.

„Wenn man sonst nur mit so groben Klötzen wie Schulte zu tun hat, ist das geradezu eine neue Lebensqualität", dachte sie und verließ zwei Minuten später das Haus. Grafenberg sah ihr versonnen nach.

Kurz vor Marens Haustür streunte eine magere Katze um ihre Beine. Sie war ihr schon seit einiger Zeit aufgefallen. Das Tier wurde von Tag zu Tag zutraulicher. Heute Abend ließ es sich zum ersten Mal streicheln. Es war total abgemagert. Maren Köster ging um ihr Haus herum und betrat über die Verandatür erst einen kleinen Wintergarten und dann ihre Wohnung. Sie ließ die Katze nicht ins Haus. Das ausgesperrte Tier maunzte anklagend. Die Polizistin ging an ihren Kühlschrank und suchte nach Essbarem für das Tier. Eine Minute später kam sie mit einer Glasschale voll Leckereien zurück und stellte sie auf die Treppenstufe.

„Komm Katze, hier habe ich noch etwas Köstliches für dich", sagte Maren. Dann sah sie der hungrigen Kreatur zu, wie sie die Leckereien verschlang.

39

Um Punkt 21 Uhr hörte er erst Schritte, dann wurde ein Schlüssel ins Loch eingeführt, und schließlich öffnete sich laut knarrend die Tür. Endlich! Schulte hätte nie gedacht, dass er sich über die Rückkehr seiner Entführer freuen könnte, aber alles war besser als diese Isolation. Selbst wenn sie ihn auf der Stelle umlegen würden. Die beiden Männer verloren nicht viele Worte. Sie lösten schweigend Schultes Fesseln, rissen ihm das Klebeband vom Mund und zerrten ihn hoch. Schulte verspürte Schmerzen in der Schulter, die Arme waren wieder taub und ihm wurde schwindelig. Er wollte sich kurz hinsetzen, aber das ließen die beiden nicht zu und Schulte musste gegen den Schwindel ankämpfen, um nicht umzufallen. Sie warfen ihm einen schweren Wollmantel über.

Dann schoben sie ihn rücksichtslos aus der Tür. Wortlos! Schulte hielt das nicht aus.

„He, was habt ihr vor? Jetzt redet endlich!"

Von den beiden anderen kam kein Wort. Sie nahmen ihn eng in die Mitte und schoben ihn vorwärts ins Dunkle. Schulte spürte auf beiden Seiten seines Rückens etwas Hartes. Er blickte sich schnell um und sah, dass der Mann zu seiner

Linken seine Pistole in Schultes Nierengegend drückte. Auf der anderen Seite fühlte sich das Harte spitz wie ein Messer an. Grund genug für Schulte, brav voranzuschreiten. Nur die Klappe halten, das schaffte er einfach nicht.

„Hört mal zu, ihr beiden Schlauberger! Ich weiß nicht, was ihr glaubt, wer ich bin. Wenn ihr denkt, mit mir einen ganz großen Fang gemacht zu haben, dann muss ich euch enttäuschen. Ich bin ein einfacher Tourist, ohne Geld, ohne reiche Familie im Hintergrund. Durch mich ist kein Geld zu verdienen. Und glaubt nicht, dass…!"

„Halt`s Maul!", fuhr ihn der Mann auf der rechten Seite an. Er schien der Dominantere der beiden zu sein. „Wir wissen sehr gut, wer du bist. Und mach dir keine Hoffnungen, dass deine Bullenkollegen dich finden werden. Die haben hier heute schon alles durchsucht und nichts gefunden. Jetzt haben sie aufgegeben. Mach dir keine Hoffnungen. Und halt dein Maul und sei leise, sonst machen wir dich hier schon fertig!"

Schulte war sofort still und ließ sich widerspruchslos durch das völlig dunkle Kleingartengelände schieben. Wirre Fluchtgedanken schossen ihm durch den Kopf, wurden kurz erwogen, wieder verworfen, dann kamen neue, dann alle zusammen. Schulte versuchte abzuschätzen, was wohl passieren würde. Sofort entstand vor seinem geistigen Auge eine Szene auf einem Schiff, auf dem ein älterer lippischer Lokalpolitiker erschlagen und über Bord geworfen wird. Wollten die beiden mit ihm genauso verfahren? Hatten sie Blumenkamp vielleicht auch entführt und mit Gewalt aufs Boot gebracht? Sie überquerten langsam aber zügig die Deichstraße Richtung Hafen. Zu einem Boot? Schulte durchfuhr es glühendheiß. Er musste irgendetwas unternehmen. Aber was? Beide Männer waren jünger und größer als er. Beide waren bewaffnet. Beide machten einen entschlossenen Eindruck. Was konnte er denen entgegensetzen? Um Hilfe rufen? Dann würden sie ihn ohne Zögern sofort umbringen. Sie hatten höchstwahrscheinlich Blumenkamp ermordet, kannten offenbar keinerlei Skrupel. Außerdem würde ihn sowieso niemand hören. Bei diesem ungemütlichen Wetter saßen samstags um 21 Uhr alle Norderneyer gemütlich vor dem Fernseher. Keiner würde sich in der immer ganz besonders windigen und kalten Hafengegend herumtreiben. Ihm blieb nichts anderes übrig, als mitzulaufen und auf eine bessere Gelegenheit zur Flucht zu warten. Zwischen zwei großen Hallen hindurch kamen sie zum Yachthafen. Sehen konnten sie davon fast nichts. Aber man roch das Wasser und hörte das unverwechselbare Klimpern der dünnen Stahlseile, die vom Wind gegen die Aluminiummasten der Segelyachten geschlagen wurden. Sie gingen noch ein Stück nach links, dann wieder rechts und standen auf dem Hansen-Damm. Nun zückte der Mann auf der rechten Seite eine Taschenlampe und begann, den hölzernen, auf Pontons schwimmenden Steg, an dem die kleineren Yachten festmachten, abzuleuchten. Eine Handvoll Segel- und Motorboote lagen an dem Steg, aber es war kein Mensch zu sehen. Schulte spürte einen kräftigen Schubs von hinten und setzte sich wieder in Bewegung. Die beiden schoben ihn Richtung Steg und schon bald spürte Schulte den nun leicht schwankenden Holzboden unter seinen Füßen. Das war ganz und gar nicht nach seinem Geschmack. Er hatte weder für wacklige Stege noch für Boote etwas übrig. Schulte brauchte festen Boden unter den Schuhsohlen. Unsicher ließ er sich von den beiden Männern voranschieben, Schritt für Schritt weiter vom festen Boden der Insel Norderney weg ins Wasser. Auch die beiden Entführer waren vorsichtig. Keiner wollte ins kalte, widerwärtige Brackwasser fallen. Als sie etwa fünfzehn Meter langsam gegangen waren, hielt einer von ihnen Schulte am Arm fest. Der andere leuchtete mit seiner Taschenlampe die Umgebung vor und seitlich von ihnen ab. Als der dünne Lichtkegel an einer kleineren Motoryacht mit einem dicken blauen Farbstreifen an der oberen Bordwand zur Ruhe kam, wusste Schulte, dass er dringend etwas unternehmen musste, wollte er nicht auf das Boot gezwungen werden. Hier auf dem Steg standen seine Chancen denkbar schlecht. Auf der Yacht standen sie gleich Null! Es musste etwas passieren. Sofort!

Josef Schulte reagierte plötzlich, für die beiden Entführer völlig unerwartet, blitzschnell und rücksichtslos. Er rammte dem schräg links hinter ihm stehenden Mann mit einer kurzen Körperdrehung den Ellenbogen mit voller Wucht in den Bauch. Der lange Kerl krümmte sich vor Schmerz, taumelte einen Schritt zurück und stürzte rückwärts ins Wasser. Schulte nutzte den Schwung und drehte sich links herum weiter um die eigene Achse, bis er den zweiten Mann frontal vor sich hatte. Körperdrehung und dem Mann die ausgestreckte Faust in die Visage donnern, war eine einzige Bewegung. Kein Choreograf hätte das flüssiger einstudieren können. Der zweite Mann wankte, fiel aber nicht. Er brauchte nur eine Sekunde, um sich wieder zu sammeln. Dann stürzte er sich wie ein wilder Stier auf den breitbeinig dastehenden und tief durchatmenden Schulte. Zu spät für den Polizisten, um auszuweichen. Er schaffte es gerade noch, den Oberkörper zur Seite zu biegen und konnte dadurch der Wucht des Angreifers etwas ausweichen. Der junge Mann knallte voll auf Schultes linken Oberschenkel, kam ins Trudeln, konnte sich nicht mehr halten, erwischte aber mit einer Hand Schultes Mantel und zog diesen mit sich zu Boden. Beide knallten auf den schmalen Holzsteg, keiner von ihnen fand einen Halt. Dann stürzten beide ins dunkle Wasser. Jeder auf einer anderen Seite des Steges.

Schulte riss den Mund weit auf, um nach Luft zu schnappen, als er wieder auftauchte. Das Wasser war nicht wirklich tief, aber der Boden war schlammig und saugte an seinen Füßen. Sein klatschnasser Wollmantel wog plötzlich viele Zentner. Sehen konnte er so gut wie nichts. Es war stockduster um ihn herum. Auf der anderen Seite des Steges hörte er, dass die beiden Entführer offenbar nun in völliger Verwirrung aufeinander losgingen. Jeder hielt den anderen für Schulte. Das war seine Chance. So schnell der gierige Schlick und der schwere Mantel dies zuließen, bemühte er sich, immer wieder die Füße hochzubekommen und mit rudernden Armbewegungen ein Stück weiter Richtung Kaimauer zu kommen. Dabei war er so aufs Vorwärtskommen konzentriert und machte soviel Lärm, dass er von der Auseinandersetzung seiner beiden Gegner nichts mehr mitbekam. Kurz vor der Mauer stemmte sich Schulte mit letzter Kraft auf den Holzsteg, richtete sich auf und lief, stark behindert durch die nasse Kleidung einige Schritte weiter. Der Mantel! Der Mantel störte nur. Ausziehen! Mit hektischen Bewegungen streifte Schulte das unfassbar schwer gewordene Kleidungsstück ab und ließ es einfach hinter sich auf den Steg fallen. Er wollte gerade weiterlaufen, als er nur zwei Schritte hinter sich schweres Atmen hörte. Er schaffte es nur noch, den Kopf zu drehen und sah den Mann, den er als zweiten ausgeschaltet hatte, aus der Finsternis auftauchen. In der erhobenen Faust blitzte ein Messer im schwachen Mondlicht. Alles ging viel zu schnell. Schulte konnte nicht mehr ausweichen. Wie erstarrt blieb er stehen und erwartete den tödlichen Messerstich, als der Angreifer direkt hinter ihm wie von einem Schuss gefällt vornüber stürzte. Schulte spürte das Gewicht des Mannes auf seinen Hacken und einen furchtbaren Schmerz im Gesäß. Im Fallen hatte der Verfolger ihn noch erwischt! Schulte musste alle Kraft zusammen nehmen, um nicht vor Schmerz in den Knien einzuknicken. Es war reine Willenskraft, die ihn einige Schritte nach vorn machen ließen, weg von diesem Alptraum eines Mannes, dessen Mordlust nur gebremst worden war, weil ein nasser, zusammengeknuddelter Wollmantel im Weg lag und ihn stolpern ließ. Schulte blickte sich noch einmal kurz um und sah seinen Verfolger nach wie vor am Boden liegen. Von weiter hinten hörte er eine Stimme aus dem Dunkel rufen. Anscheinend war sein Kumpan ebenfalls auf dem Weg zur Kaimauer. Es gab für Schulte keine Sekunde

Zeit, sich zu erholen. Er biss die Zähne zusammen und lief, so schnell seine Verletzung dies zuließ, zwischen den beiden großen Hallen hindurch, die Wiese zur Deichstraße hinauf und weiter in die Stadt. An der Südhoffstraße ging plötzlich nichts mehr und er musste kurz rasten. Von den beiden Verbrechern war nichts zu hören. Für Schulte stellte sich nun die Frage: Wohin? Zwei Anforderungen waren zu erfüllen. Einmal musste er ganz schnell irgendwo untertauchen, wo ihn die beiden nicht finden konnten. Zum anderen musste er dringendst ins Warme. Er fror in seinen nassen Klamotten und würde sich sonst was holen. Ganz zu schweigen von diesen heftigen Schmerzen in der rechten Pobacke. Hatte dieses verfluchte Messer ihn doch noch erwischt! Schulte wusste, dass der Redakteur Harms nicht weit von hier wohnte. Konnte er den um Unterschlupf bitten? Aber wenn nicht den, wen sonst? Schulte humpelte, Schulte fluchte, Schulte fand den Weg über die Jann-Berghaus-Straße in die Gartenstraße und zum Haus von Harms. Was er nicht fand, war eine Klingel und so donnerte er mit beiden Fäusten an die Haustür. Es dauerte eine Weile, bis ein erschrocken aussehender Jann Harms die Tür öffnete.

„Was zum Teufel…?“, wollte er fragen, brach aber ab, als er Schulte erkannte und schnell dessen Zustand erfasste. Er ließ Schulte eintreten und schloss die Haustür hinter ihm wieder zu.

„Was ist passiert?“

Doch Schulte stand nur triefnass im schmalen Flur, atmete tief und bekam kein Wort heraus.

Harms zog ihn aus dem Flur in die warme Küche und drückte dem Polizisten einen Stuhl in die Knie. Schulte ließ sich ermattet auf den Stuhl fallen… und sprang sofort mit einem lauten Schrei wieder auf. Das hatte höllisch weh getan. Nun konnte Harms den großen Blutflecken erkennen, der sich trotz der nassen Hose deutlich abzeichnete. Harms schob Schulte zu einem Sofa.

„Leg dich auf den Bauch!"

Als Schulte lag, legte ihm Harms zwei warme Decken über Rücken und Beine. Dann ging er ohne ein weiteres Wort in sein Wohnzimmer, nahm das Telefon und wählte die Nummer des ärztlichen Notdienstes.

40

Es dauerte fast eine Stunde, bis der Notarzt kam. Schulte war vor Erschöpfung bereits auf dem Bauch liegend eingeschlafen und schrak auf, als eine hübsche und resolute Frau um die Vierzig ihn ansprach. Es dauerte eine Weile, bis er begriff, dass er nun untersucht werden sollte.

Harms verließ diskret den Raum, während die Ärztin die Decke zurückschlug und Schultes Hose in Augenschein nahm, noch unschlüssig, ob sie die einfach runterziehen sollte oder eher aufschneiden musste, um an die Wunde zu kommen.

Als dann die Verletzung freigelegt war und Schulte leise stöhnte, pfiff sie durch die Zähne und fragte:

„Wie ist das denn passiert?"

Schulte hatte nicht die geringste Lust, der Ärztin von seiner Entführung und der Auseinandersetzung mit den beiden jungen Männern zu berichten. Er brummelte etwas wie:

„Bin gestürzt. Muss dann wohl auf irgendwas Spitzes gefallen sein, oder so!"

Die Ärztin sah prüfend zu ihm herunter.

„Aha!" Sie glaubte ihm kein Wort, sagte aber nichts. Sie begann, die Wunde zu säubern. Schulte schrie bei jeder Berührung leicht auf. Die Medizinerin war erst irritiert, dann genervt, dann amüsiert.

„Sie sind ein ganz Zerbrechlicher, was?"

Schulte schluckte. Zerbrechlich hatte ihn noch niemand genannt. Von nun an biss er die Zähne zusammen und gab keinen Laut mehr von sich. Die Frau untersuchte nun die saubere Wunde sehr gründlich.

„Ich wüsste ja schon gerne, was für ein spitzer Gegenstand das war. Man könnte fast denken, es sei ein Stich mit einem Messer gewesen. Aber wenn Sie sagen, sie seien gefallen, na dann…, muss ich Ihnen das wohl glauben. Oder?“

„Was ist denn nun mit mir?“, ächzte Schulte. „Was Schlimmes?“

„Wie man’s nimmt! Sie werden es wohl überleben, aber in den nächsten Tagen werden Sie nicht gut sitzen können. Der Gluteus-Medius-Muskel ist leicht verletzt worden. Das dauert seine Zeit. Ich werde die ganze Bescherung nun nähen. Dann jage ich Ihnen noch zwei Spritzen in den Allerwertesten. Eine gegen Schmerzen und eine gegen Entzündungen und einiges andere.“

Schulte kämpfte mit seinem Schmerz, während die Ärztin mit wenigen Stichen die Wunde vernähte. Zwischendurch sagte sie:

„Seien Sie froh, dass ich Sie nicht sofort ins Krankenhaus gebracht habe. Normalerweise macht man so was nicht ambulant. Aber heute Nacht sind Sie mein erster Kunde, ich habe viel Zeit. Da geht das schon mal. Jedoch müssen Sie unbedingt morgen und übermorgen zu einem Kollegen, damit der sich den Heilungsprozess anschaut.“

Schulte versprach alles. Als zum Schluss die beiden Spritzen injiziert wurden, war ihm alles egal geworden. Er wollte nur noch hier liegen und schlafen. Die Ärztin packte ihre Sachen zusammen, verabschiedete sich von Schulte und ging hinaus. Auf dem Flur traf sie den unruhigen Jann Harms.

„Er braucht dringend frische Kleidung und Schlaf. Kann er eine Weile hier bleiben? Sonst muss ich ihn mitnehmen ins Krankenhaus.“

Harms nickte.

„Geht klar! Kein Problem! Was ist denn genau passiert?“

Die Frau lachte.

„Da fragen Sie ihn am besten selbst! Mir hat er nur gequirlten Mist erzählt. Aber mal unter uns...“, sie senkte die Lautstärke auf ein Flüstern herab. „Hat seine Verletzung was mit der Polizeiaktion heute Mittag zu tun? Ist er es, der gesucht wurde?“

Harms seufzte.

„Kann ich nicht genau sagen. Ist aber möglich. Wir hatten noch keine Zeit zu reden. Aber wenn ich Näheres weiß, informiere ich sie, okay?“

„Tun Sie das, Herr Harms. Tun Sie das. Und er soll sich wirklich morgen bei einem Kollegen vorstellen.“

Harms öffnete ihr die Haustür. Draußen in der nur schwach erleuchteten Gartenstraße stand ihr Auto. Trotz der schlechten Lichtverhältnisse konnte Harms das große Notarztschild hinter der Frontscheibe erkennen.

Er verriegelte die Haustür sorgfältig, suchte aus seinem Kleiderschrank frische Wäsche hervor und ging zurück zu seinem Patienten.

„So“, sagte er bestimmt, während er die Kleider auf einen Stuhl neben Schulte legte. „Jetzt ziehst du die sauberen Sachen an und dann erzählst du mir alles. Aber wirklich alles. Willst du einen Schnaps?“

„Ich weiß nicht, ob sich das mit den Spritzen verträgt. Aber ja, sogar einen Doppelten. Ich bin heute so vielen Gefahren entgangen, da kann so ein Schnäpschen vergleichsweise wenig Schaden anrichten.“

Während Schulte sich umzog, nicht ohne dabei heftig zu ächzen und zu stöhnen, holte Harms zwei Gläser und eine Flasche Zwetschgenbrand.

„Was meinst du“, fragte er, als er die Gläser füllte. „Sollten wir nicht deine Kollegen aus Aurich anrufen? Die haben dich heute suchen lassen, die müssen doch wissen, wo du bist.“

Schulte kippte den Obstler runter.

„Ach was! Es ist jetzt fast Mitternacht. Das reicht morgen

früh. Wie ist eigentlich diese Kommissarin aus Aurich? Alt und hässlich?“

Harms lachte.

„Warte es ab!“

Dann wurde er schnell wieder ernst.

„Bist du eigentlich sicher, dass du nicht verfolgt worden bist? Kann es sein, dass deine Entführer bereits jetzt vor meinem Haus stehen und sich überlegen, wie sie am besten reinkommen können?“

Nun wurde auch Schulte nachdenklich.

„Ich habe mich immer wieder umgeschaut. Mir ist niemand gefolgt. Außerdem werden die es nicht riskieren, hier einzubrechen. Und wenn, dann steht es zwei gegen zwei. Wir beiden sind doch auch keine Weicheier!“

Harms gab ein grunzendes Geräusch von sich.

„Glaubst du? Ich bin mir da, was meine Person angeht, nicht so sicher. Für einen Bullen sind solche Situationen vielleicht alltäglich, aber ich bin ein harmloser Dorfreporter. In meiner Welt passiert so was immer nur anderen. Außerdem bist du bei weitem nicht im Vollbesitz deiner Möglichkeiten. Guck dich doch an! Du bist doch im Augenblick wehrlos wie ein Kind.“

„Quatsch! Ich kann nur nicht gut sitzen. Obenrum ist alles in Ordnung. Und selbst wenn die beiden meiner Spur gefolgt wären, könnten sie doch bestenfalls die Straße herausgefunden haben. Wie sollten sie wissen, in welchem Haus ich bin? Die brechen doch nicht in alle Häuser ein. Nein, mach dir nicht ins Hemd, die werden hier nicht eindringen. Die sind wahrscheinlich mit ihrer Motoryacht jetzt schon auf und davon!“

41

Bis kurz vor zwei Uhr blieb alles ruhig. Dann hörte Schulte Geräusche an einem der Fenster zur Gartenstraße. Er schlief auf dem Sofa im Wohnzimmer. Ein zweiter und ein dritter Zwetschgenbrand hatten ihn problemlos einschlafen lassen. Jetzt war er aufgeschreckt und setzte sich auf. Und sofort kam der Schmerz. Schulte biss die Zähne zusammen und schlich zum Fenster, um die Geräusche besser hören zu können. Die Fenster zur Straße waren mit einer hölzernen Jalousie versehen, die Harms natürlich am Abend heruntergelassen hatte. Offenbar wurde versucht, die Lamellen der Jalousie etwas auseinander zu ziehen, um ins Innere des Hauses blicken zu können. Sie waren gekommen! Es gab keine andere Erklärung. So schnell seine Verletzung dies zuließ, verließ Schulte das Wohnzimmer, stieg vor Schmerz ächzend die schmale und steile Treppe hinauf. Er klopfte an die Schlafzimmertür von Jann Harms und trat gleichzeitig ein. Harms saß schreckensstarr senkrecht im Bett.

„Los! Sie kommen!“, rief Schulte ihm leise zu. Und als Harms seine Nachttischlampe anschalten wollte:

„Licht aus! Sie dürfen nicht wissen, dass wir sie erwarten. Schnell, wo können wir uns verstecken?“

Harms unterließ es, ihn darauf hinzuweisen, dass er noch vor zweieinhalb Stunden große Töne gespuckt hatte. Nun also verstecken. Aber wo versteckt man sich in einem so kleinen Haus? Einen *Panic-Room* wie bei den reichen Amerikanern gab es hier nicht. Dann hatte Harms eine Idee. Er sprang aus dem Bett.

„Können wir noch nach unten? Oder sind die schon drin?“

„Nein, noch nicht. Aber wir müssen schnell sein!“ Bei den letzten Worten war Schulte schon wieder auf dem Weg nach unten. Harms hastete hinterher. Es war nicht leicht, auf der Holztreppe keinen Lärm zu machen. Beide versuchten ihr Bestes, das Knarren hielt sich in vertretbaren Grenzen und als sie unten ankamen, hatten sie Grund zur Hoffnung, nicht gehört worden zu sein.

Harms lief vor ins Wohnzimmer. Mitten drin stand auf einem kleinen abgewetzten Teppich ein Tisch. Harms rückte den Tisch zur Seite und klappte den Teppich hoch. Darunter waren Holzdielen, wie überall im Wohnzimmer. Aber es war auch eine Bodenklappe zu erkennen, die Harms jetzt hochzog. Er griff ins Innere des dunklen Loches und hatte plötzlich eine Taschenlampe in der Hand. Kühle, leicht modrige Luft stieg aus dem Loch auf. Harms knipste die Lampe an und stieg eine Leiter hinunter. Schulte blickte ihm staunend hinterher.

„Los, komm!“, rief Harms aus dem Loch. „Der Platz reicht für zwei!“

Mit leichtem Schaudern stieg Schulte nun ebenfalls hinab. Das Loch entpuppte sich als ein kleiner Raum von etwa zwei Quadratmetern Grundfläche. Der Fußboden bestand aus rissigem Estrich, die Wände waren rundherum bedeckt mit Regalen, in denen einige hundert Weinflaschen lagen. Während Schulte noch staunte, stieg Harms bereits wieder so weit die Leiter hinauf, dass der Oberkörper herausschaute und fummelte eine kleine Weile herum. Dann zog er die Bodenklappe von innen wieder zu. Sofort wurde es stockfinster. Schulte hörte Harms flüstern:

„Wir sollten die Taschenlampe auslassen. Es kann sein, dass sonst durch die Dielenfugen Licht dringt und das könnte uns verraten. Ich hoffe, dass der Teppich wieder schön flach auf dem Fußboden liegt und alles abdeckt. Sicher bin ich mir aber nicht!“

Und, nachdem die beiden sich platzmäßig arrangiert hatten:

„Das ist übrigens mein Weinkeller! Ich weiß nicht, wofür die Erbauer des Hauses ihn genutzt haben, vielleicht für Kartoffeln oder so. Sonst habe ich dafür keinen Platz im Haus.“

„Na ja! Wenigstens müssen wir hier nicht verdursten!“, brummte Schulte leise.

Und dann hörten sie, wie ein Fenster quietschend aufgestoßen wurde. Profi-Einbrecher sind das aber nicht, dachte Schulte. Dann mehrere kleine Erschütterungen des Fußbodens. Offenbar waren sie jetzt im Wohnzimmer, direkt über ihren Köpfen. Auch die Eindringlinge bemühten sich, leise zu sein. Aber trotzdem rieselte bei jedem Schritt der beiden etwas Staub herunter. Schulte kämpfte angewidert mit Spinnweben, die sich über sein Gesicht gelegt hatten. Dann war plötzlich Ruhe. Die beiden Einbrecher waren anscheinend nun in den Flur gegangen. Jetzt neue Geräusche! Es hörte sich an, als erstiege einer der beiden die Treppe. Wahrscheinlich sicherte der andere das Parterre ab. Kurz darauf hörten sie dumpf, aber noch erkennbar, einen Ruf.

„Die sind ausgeflogen! Hier oben ist keiner!“

Dann eine andere Stimme, von weiter unten:

„Kann nicht sein! Mach die Augen auf. Wenn sie nicht hier unten sind, müssen sie oben sein!“

Es vergingen einige Minuten. Immer wieder waren von oben Geräusche zu hören. Dumpfe Schrittgeräusche, dann wurden Schranktüren quietschend aufgezogen und kurz darauf heftig wieder zugeknallt. Dann ein Geräusch wie ein Erdbeben, wahrscheinlich hatte der Mann dort oben gerade das Bett von Harms verschoben. Schulte konnte im finsteren Kellerloch nichts sehen, aber er konnte förmlich spüren, wie Harms immer mehr unter Spannung geriet. Es fehlte nicht mehr viel, und der Redakteur wäre aus dem Kellerloch herausgeklettert und, nur mit einer Taschenlampe bewaffnet, auf die Einbrecher losgegangen. Schulte richtete sich bereits darauf ein, Harms daran zu hindern, falls dieser tatsächlich durchdrehen sollte. Notfalls würde er ihn niederschlagen müssen. Keine einfache Geschichte, da Jann Harms ein kräftiger Kerl und als Gegner nicht zu unterschätzen war. Sicherheitshalber griff Schulte schon mal nach einer Weinflasche, die er ihm notfalls über den Kopf ziehen konnte. Auch wenn die Eindringlinge ihren Kopf in das Kellerloch stecken sollten, konnte so eine Flasche hilfreich sein. Vorsichtig zog er eine davon aus dem Regal.

Das Gepolter über ihnen wurde lauter. Offenbar kam der Mann, der das winzige obere Stockwerk durchsucht hatte, nun wieder die Treppe hinunter. Nun gaben sich die beiden keinerlei Mühe mehr, Lärm zu vermeiden.

„Und wenn es nicht das richtige Haus ist?“, hörten sie einen der Ganoven fragen.

„Quatsch! Vor diesem Haus stand der Notarztwagen. Das war doch kein Zufall. Und ich sage dir, die Leute hier sind noch nicht lange weg. Das Bett oben war noch warm. Vielleicht sind sie auch noch irgendwo in dieser erbärmlichen Hütte. Los, wir suchen weiter!“

Wieder knallten Türen, wieder wurden Möbelstücke verschoben. Auf einmal ein Aufschrei:

„Martin, komm mal her!“

Hastige Schritte. Dann dieselbe Stimme: „Das sind seine Klamotten! Eindeutig! Nass und blutig. Du hast ihn anscheinend doch mit deinem Messer erwischt. Guter Junge!“

Dann wieder zwei, drei Minuten Gepolter und Schritte. Dann näherten sich die Schritte wieder. Sie kamen sogar sehr nahe. Mindestens einer der beiden stand nun genau über ihnen. Schulte erschrak, als ihm einfiel, dass der Tisch ja nicht mehr an seinen normalen Platz, sondern etwas unlogisch platziert sein musste. Aber offenbar hatten die Kerle selbst ein solches Chaos angerichtet, dass ihnen dies nicht mehr auffiel. Dann donnerte es über ihnen, Staub rieselte herunter, als einer von ihnen heftig auf den Boden stampfte.

„Verdammte Scheiße! Wieso geht uns dieser alte Drecksack immer wieder durch die Lappen?“

Dann entfernten sich die Schrittgeräusche, bis nichts mehr zu hören war. Während Jann Harms vor Erleichterung tief durchatmete, drückte Schulte bereits mit aller Kraft gegen die Bodenluke und stemmte sie hoch. Harms versuchte, ihn zurückzuhalten.

„Lass uns noch ein bisschen warten!“, flüsterte er. „Bis wir sicher sein können, dass sie tatsächlich weg sind!“

„Warten?“, zischte Schulte. „Worauf? Dass die beiden auf und davon sind? Nee, mein Lieber! Ich bin immer noch Polizist und das sind Kriminelle. Ich muss sofort hinterher!“

Mit diesen Worten stieg Schulte, allerdings vor Schmerz ächzend, aus dem engen Kellerraum. Oben angekommen streckte und dehnte er sich kurz, klopfte sich den Staub aus Kleidung und Haaren und wollte sofort die Verfolgung aufnehmen. Bis ihn die Frage von Harms ausbremste.

„Willst du so raus?“

Schulte schaute an sich runter und musste Harms recht geben. Zurzeit trug er geliehene Boxershorts und ein einfaches T-Shirt. Er würde sich sonst was holen. Aber Harms reagierte schnell und schleppte Jeans, Strümpfe und einen dicken Wollpullover an. Dass die Jeans für ihn etwas zu lang war, störte Schulte weniger als die Tatsache, dass ihm nichts anderes übrig blieb, als in seine noch nassen, schlammverkrusteten Schuhe steigen zu müssen. Aber Harms hatte Schuhe so groß wie Skateboards, die passten überhaupt nicht. Als Schulte endlich, nach seinem Empfinden viel zu spät, aus dem Haus rennen wollte, hielt Harms ihn am Arm fest.

„Das ist doch Irrsinn! Die beiden sind bewaffnet. Ich rufe jetzt diese Polizistin an, die soll sich was einfallen lassen!“

„Und in der Zwischenzeit sind die beiden auf und davon!“

„Quatsch! Vergiss nicht, dass wir hier auf einer Insel sind. Man kann hier nicht so einfach verschwinden. Ich rufe jetzt die Polizei an. Ach ja, und ich werde auch die Jungs vom Rettungsboot bitten, Augen und Ohren aufzuhalten. Wenn die beiden Kerle mit einem Motorboot verschwinden wollen, werden die Wachhabenden vom Rettungsboot das hören und können uns Bescheid geben. Mehr können wir nicht tun, kapier das doch!"

Aber Schulte war nicht in der Stimmung, gründlich zu überlegen. Sein Denkapparat war auf Aktion geschaltet. Er hätte es nicht ertragen können, untätig zu bleiben, während seine Gegner das Weite suchten. Er entwand sich dem Griff von Harms und stürmte zur Haustür. Über die Schulter warf er Harms noch zu:

„Mach das! Finde ich gut. Aber ich muss jetzt los!"

Dann stand er in der feuchtkalten Nordseeluft und versuchte herauszufinden, ob er sich nach links oder nach rechts wenden sollte.

42

Schulte überlegte nicht lange. Die Wahrscheinlichkeit, dass die beiden mutmaßlichen Mörder zum Hafen und damit zu ihrer Motoryacht eilen würden, war ziemlich hoch. Hoch genug jedenfalls, um, in Ermangelung anderer Hinweise, ebenfalls dort hin zu laufen.

Schulte schritt so schnell aus wie seine Verletzung dies zuließ. Er durchquerte die Parkanlage am Schwanenteich, lief dann die Mühlenstraße entlang, die zu dieser Zeit, es war etwa halb zwei Uhr nachts, fast nicht mehr beleuchtet war. Schulte bewertete dies als einen Vorteil, er wollte möglichst unsichtbar bleiben. An der historischen Windmühle bog er nach links ab, überquerte den großen Platz vor dem Haus der Begegnung und stand irgendwann auf dem Deich. Hinter dem Deich, Richtung Wattenmeer, lag das Kleingartengelände *Schlickdreieck*, wo Schulte noch vor wenigen Stunden ein Gefangener in einer der Gartenlauben gewesen war. Den Rest des Weges hatte er eben erst zusammen mit seinen Entführern zurückgelegt. Es war noch genauso dunkel. Schulte ging nun langsamer, musste sich fast vorwärts tasten. Endlich stand er am Yachthafen, auf dem Hansen-Damm, und versuchte angestrengt, in der Finsternis etwas zu sehen oder zumindest zu hören. Und dann kam es, das tiefe Grollen eines kräftigen Dieselmotors. Das mussten die beiden sein! In wenigen Sekunden würden sie vom Steg ablegen, den Yachthafen hinter sich lassen und jedem Zugriff durch die Polizei entzogen sein. Schulte wollte das um jeden Preis verhindern und lief trotz der Dunkelheit auf den schwankenden Steg, um…, um was eigentlich zu tun? Schulte machte sich darüber noch keine Gedanken, sondern sah zu, dass er so schnell wie möglich in die Nähe des kleinen Schiffes kam. Dann erhellten plötzlich die Scheinwerfer der Yacht das Hafengelände, der Motor heulte noch stärker auf und Schulte konnte das von der rotierenden Schiffsschraube hervorgerufene Rauschen des Wassers hören. Als Schulte an der Anlegestelle ankam, war die Yacht schon mehr als zehn Meter entfernt. Zu spät!

Schulte schrie vor Wut einen Fluch heraus, drehte sich dann aber schnell um und lief vorsichtig wieder zurück. Was tun? Hatte Harms nicht von dem Rettungsboot gesprochen? Wo lag denn das? Er erinnerte sich wieder an seinen Besuch am Mittwoch beim Hafenmeister. Dabei hatte er auch das Norderneyer Rettungsboot, den DGzRS-Seenotrettungskreuzer *Bernhard Gruben* gesehen. Der Rettungskreuzer ist Tag und Nacht besetzt und einsatzbereit. Für den Notfall hält er ständigen Kontakt zu den SAR-Luftfahrzeugen. Vielleicht konnten die dort etwas für ihn tun. Plötzlich sah er aus Richtung Hafeneinfahrt einen starken Lichtschein für ein paar Sekunden hin- und herzucken. Dann war es wieder dunkel.

Schulte verließ eilig den Hansen-Damm, umrundete das nördliche Yachthafenbecken und stand nach wenigen Minuten vor dem Rettungsschiff, aus dem ein schwacher Lichtschein drang. Schulte sah auf der Kommandobrücke eine Silhouette hin- und herlaufen. Es stimmte also, dass der Kreuzer Tag und Nacht in Bereitschaft stand. Durchgängig war eine komplette Mannschaft an Bord. Sie bestand mindestens aus dem Vormann, dem Chef von allem, einem Maschinisten und einigen Decksleuten. Häufig waren auch noch Freiwillige zusätzlich zur Hand. Während des Bereitschaftsdienstes wurde ständig das Telefon sowie der Funkverkehr überwacht. Der UKW-Kanal, auf dem gelauscht und geplauscht wird, ist Kanal 16. Allerdings kann dort jedermann mithören. Für Privatgespräche wechselt man dann auf einen anderen Kanal.

Er stieg die drei Stufen der eisernen Leiter, die Kaimauer und Deck verband, hinunter und bollerte, so laut er konnte, an die Eingangstür zum Inneren des Rettungskreuzers. Es dauerte eine Weile, bis die Tür geöffnet wurde. Ein riesiger, etwas bärbeißig wirkender Mann mit dichtem, blondem Vollbart stand vor ihm. Der Mann musste sich bücken, um unter dem Türsturz durchschauen zu können.

„Was gibt's?", fragte er mit starkem ostfriesischem Tonfall.

Schulte hätte nun gut seinen Dienstausweis gebrauchen können. Aber das gute Stück lag in seiner Pension in der Moltkestraße. Also musste er sich verbal ausweisen. Der Seemann hörte ihm geduldig zu. Er schien viel Zeit zu haben.

„So", brummte er. „Sie sind also Polizist. Und ich soll das nun einfach so glauben? Muss ich mir noch überlegen!"

Schulte brannte nun vor Ungeduld.

„Sie können das gerne später überprüfen. Aber jetzt müssen Sie handeln. Eben ist ein Motorboot aus dem Hafen gefahren. An Bord sind zwei gesuchte Mörder. Wir dürfen die nicht entkommen lassen. Sie müssen sofort die Verfolgung aufnehmen!"

Der Rettungsbootmann lachte.

„Was ich muss und was ich nicht muss, das entscheide ich schon selbst. Ich bin Vormann dieses Rettungskreuzers und mein Wort ist hier Gesetz. Außerdem ist das hier ein Schiff zur Seenotrettung, wie der Name Seenotrettungskreuzer schon sagt. Und kein Polizeiboot. Was würden Sie denn sagen, wenn Sie in Seenot gerieten und könnten nicht gerettet werden, weil die Jungs von der Rettung gerade auf Verbrecherjagd sind? He? Nein, Mann. Vergessen Sie das mit dem Verfolgen. Das ist Sache der Polizei."

Er ließ Schulte draußen vor der Tür stehen. Dann drehte er sich aber noch einmal um.

„Eigentlich haben Sie hier an Bord gar nichts zu suchen. Ich könnte Sie wegen unbefugten Betretens meines Schiffes drankriegen. Aber ich will mal ein Auge zudrücken, weil mein alter Freund Jann Harms eben angerufen hat. Er hat mir die gleiche Geschichte erzählt wie Sie, also will ich Ihnen mal glauben. Außerdem…, ach, kommen Sie mal kurz rein. Jetzt ist das auch egal!"

Schulte zog den Kopf ein, ging durch die Tür ins Innere und folgte dem Offizier bis zum Kommandostand.

„So", brummte der Vollbärtige zufrieden. „Wer aus dem Yachthafen heraus will, muss an uns vorbeifahren. Gerade nachts fällt es natürlich auf, wenn ein Boot raus fährt. Aber da unser gemeinsamer Freund Jann mir alles erzählt hat, habe ich besonders gut hingeschaut. Die Motoryacht ist so drei bis vier Minuten, bevor Sie gekommen sind, hier vorbeigeschippert. Wir haben hier einen starken Suchscheinwerfer und eine ganz gute Kamera. Mit anderen Worten, ich habe die kleine Yacht nicht nur gesehen, ich habe sie sogar fotografiert. So dass nun in aller Ruhe festgestellt werden kann, wer der Besitzer dieses Bootes ist. Zufrieden?"

Schulte fielen mehrere Steine vom Herzen. Wenigstens etwas! Die Spur war nun nicht völlig verloren.

„Besten Dank! Wenn wir jetzt auch noch wüssten, wo die Ganoven hinfahren, dann könnten die Kollegen auf dem Festland alarmiert werden und das Boot beim Einlaufen hoppsnehmen. Aber das kann wohl niemand voraussagen, was?"

Wieder lachte der Seemann.

„Ich schätze mal, dass eine solche Motoryacht einen Tiefgang von 1,10 m hat. Wir haben seit einer Stunde ablaufendes Wasser. Das heißt, es bleibt denen nur die Fahrrinne von hier nach Norddeich, sonst sitzen sie ganz schnell auf dem Trockenen. Und wenn sie Pech haben, dann kentern sie auch noch. Das riskiert keiner, der sich hier ein bisschen auskennt. Es bleibt nur Norddeich, glauben Sie mir!"

Schulte spürte wieder etwas Zuversicht aufsteigen und wollte gerade nach einem Telefon fragen, als auf dem Deck lautes Poltern zu hören war. Der Offizier ging hinaus und kam kurz darauf mit einem anderen Mann wieder zurück. Jann Harms!

Harms war sichtlich erfreut, Schulte mehr oder weniger heil und gesund wieder zu sehen.

Trotzdem wurde Schulte nun hektisch und wollte unbedingt telefonieren.

„Habe ich schon erledigt", lachte Harms. „Im Ernst, ich habe schon mit dieser Kommissarin aus Aurich gesprochen. Die wird alles Weitere veranlassen. Wenn deine beiden Gangster in Norddeich einlaufen, dann werden sie von der Wasserschutzpolizei empfangen. Mach dir keine Sorgen! Ich habe ihr allerdings dein ganzes Abenteuer in Stichworten schildern müssen. Diese Frau ist ziemlich hartnäckig und wollte wirklich alles wissen. Sie meinte übrigens, dass du dich für einen Polizisten ziemlich dämlich angestellt hättest."

Schulte staunte.

„So, so", brummte er dann, etwas pikiert. „Dämlich hat sie gesagt? Was ist sie? Kommissarin? Sicher so 'ne vertrocknete alte Schachtel. Blöde Ziege! Wahrscheinlich kann sie nicht mal richtig Kaffee kochen. Ganz zu schweigen von anderen Sachen! Das hässliche Entlein aus Aurich!"

Harms lachte laut.

„Da wirst du dich aber wundern! Warte mal ab!"

43

Bis halb neun durfte Schulte ausschlafen. Er hatte das Gefühl, gerade erst eingeschlafen zu sein, als es an seine Tür klopfte. Was war los? Wo war er eigentlich? Schulte schaute sich schlaftrunken um und entdeckte, dass er zur Abwechslung mal wieder im Schwanenbett in seiner Pension lag. Wie zum Teufel war er da hingekommen? Hätte man ihm noch etwas mehr Zeit gegönnt, wäre er sicher darauf gekommen. Hätte sich erinnert, dass Jann Harms ihn in der Nacht mit dem Auto zur Pension gebracht hatte. Dass es gar nicht so einfach gewesen war, die Wirtin aufzuwecken und noch schwerer, ihren Fragen auszuweichen, um endlich ins Bett zu können.

Aber nun klopfte eben diese Wirtin bereits zum dritten Mal an seiner Zimmertür.

„Herr Schulte! Alles in Ordnung? Nun sagen Sie doch was!“

Eigentlich fand Schulte, dass gar nichts in Ordnung war, aber er brummte dennoch pflichtschuldigst:

„Ja, ja! Was gibt’s denn?“

Offenbar hatte die Frau ihn nicht richtig verstanden, denn sie klopfte schon wieder und rief:

„Ich verstehe Sie so schlecht! Geht es Ihnen gut?“

Schulte drückte den Oberkörper hoch um sich aufzusetzen, schrie aber vor Schmerz auf, als das ganze Gewicht auf seine Wunde drückte. Jetzt war es um die Nerven seiner Wirtin restlos geschehen. Sie trommelte wie besessen mit beiden Fäusten an die Tür.

„Was ist denn los? Kann ich Ihnen helfen?“

Und ein paar Sekunden später:

„Ach was! Ich hole jetzt einfach den Zweitschlüssel. Da stimmt doch was nicht!“

Schulte war alarmiert. Auf keinen Fall wollte er seiner Wirtin so unter die Augen treten. Völlig übernächtigt, seit

Tagen hatte er weder geduscht noch sich rasiert. Außerdem saß er nun in einem zerwühlten Bett, nur mit einer Unterhose, die ihm nicht einmal selbst gehörte, bekleidet. Nein, auf keinen Fall wollte er sich so präsentieren. Schulte schob vorsichtig erst das rechte, dann das linke Bein aus dem Bett, gähnte noch einmal herzhaft und stand dann auf. Hastig ging er zum Kleiderschrank, nahm eine frische Hose und ein Hemd heraus und zog sich an. Keine Sekunde zu früh, denn schon hörte er, wie die Tür aufgeschlossen wurde. Schulte knöpfte sich gerade die Hose zu, als die gute Frau ins Zimmer platzte und erschrak.

„Oh, entschuldigen Sie! Ich wusste nicht, dass Sie schon auf sind. Als Sie nicht geantwortet haben, fing ich an, mir Sorgen zu machen. Nach allem, was Sie mitgemacht haben, wie geht es Ihnen denn jetzt?"

Während sie dies sagte und fragte, war sie sichtlich bemüht, ihren Pensionsgast, der immer noch mit der Knopfleiste am Hosenschlitz beschäftigt war und überdies mit offenem Hemd und barfuß vor ihr stand, nicht anzuschauen. Schulte war etwas amüsiert, aber auch gerührt über diese Rücksichtnahme. Er fummelte weiter an seiner Kleidung herum, zog sich ein paar Strümpfe an und betrachtete traurig seine Schuhe, die immer noch nass und verschlammt waren. Es waren die einzigen Schuhe, die er mithatte. Seine Wirtin folgte seinem Blick und kam ihm zuvor:

„Die übernehme ich schon! Keine Sorge. Aber Sie müssen sich beeilen! Die Polizei muss jeden Augenblick hier sein. Die haben eben angerufen und sich angekündigt. Sie wollen mit Ihnen sprechen. Kann man auch verstehen nach all dem, was passiert ist. Was ist eigentlich passiert?"

Schulte winkte ab.

„Erzähle ich Ihnen alles später. Aber warum soll ich mich beeilen? Ich bin doch jetzt angezogen und zu jedem Verhör bereit?"

Die Pensionswirtin druckste etwas verlegen herum.

„Na ja, ich dachte, sie wollen sich doch sicher noch waschen und auch sonst ein bisschen frisch machen, oder? Sie sehen nicht gerade aus wie der Frühling, wissen Sie? Ich mein' ja nur! Ist ja schließlich 'ne Frau Kommissarin!"

„Und wenn schon", dachte Schulte. Diese Frau hatte bei ihm schon jetzt verloren. Was hatte sie gesagt? Er hätte sich dämlich angestellt? Wegen so einem Landei aus dem tiefsten Ostfriesland sollte er sich frisch machen? Ha!

Wieder klopfte es. Als Schulte zur Tür sah, stand im Türrahmen eine äußerst ansprechend wirkende Frau von Mitte Dreißig. „Wer ist denn das nun wieder?", fragte er sich.

„Moin, moin! Mein Name ist Gunda Luitjens. Kommissarin im 1. Fachkommissariat der Polizeiinspektion Aurich. Sind Sie Herr Schulte?"

Schulte zuckte zusammen. Das war die Kommissarin aus Aurich? Hätte er das nur eher gewusst! Verlegen bestätigte er ihre Frage, wischte sich die Hände an der frischen Hose ab und gab der hübschen Kollegin die Hand.

„Entschuldigen Sie bitte, aber ich muss mich eben noch etwas frisch machen. Es war eine harte Nacht und ich..., na, Sie wissen schon!"

Gunda Luitjens blieb ernst, aber freundlich.

„Selbstverständlich. Ich werde draußen im Frühstücksraum auf Sie warten. Da können wir uns in Ruhe unterhalten. Lassen Sie sich nicht hetzen. Sie sind schließlich verletzt worden, wie ich hörte!"

Schulte war verblüfft.

„Woher wissen Sie das denn?"

Ein leichtes Schmunzeln brach sich bei der Polizistin Bahn.

„Es ist mein Job, alles zu wissen. Das muss ich Ihnen doch nicht erzählen, Herr Kollege!"

Nach zehn Minuten kam Schulte frisch gewaschen und in sauberer Kleidung in den Frühstücksraum, in dem nur die Kommissarin und die Pensionswirtin saßen. Wegen seiner Wunde hatte er nicht duschen können und hatte sich mit einem Waschlappen waschen müssen, was er unter normalen Umständen verabscheute. Rasiert und gekämmt war er immer noch nicht, das hatte er glatt vergessen. Als er sich setzte, nickte Luitjens der Wirtin zu und sagte:

„Wenn Sie uns jetzt kurz allein lassen könnten? Vielen Dank!"

Als sie mit Schulte allein war, legte sie alle Freundlichkeit ab und wurde sehr förmlich.

„Herr Schulte, Sie haben sich in den letzten Tagen nicht eben kollegial verhalten. Sie haben auf eigene Faust ermittelt, haben uns, die offizielle Polizei, nicht an ihren Erkenntnissen teilhaben lassen und haben uns durch diese Entführung einen ganzen Arbeitstag gekostet. Das ist nur meine ganz persönliche Meinung, aber ich muss es Ihnen einfach sagen. So stelle ich mir die Zusammenarbeit zweier Dienststellen nicht vor!"

Schulte war platt. Was für ein Gesprächseinstieg. Er musste sich erst einmal sammeln. Aber bevor er etwas Passendes antworten konnte, sprach sie auch schon im gleichen strengen, nur durch den sympathischen ostfriesischen Einschlag etwas in seiner Härte abgemilderten Tonfall weiter.

„Warum haben Sie sich nicht einfach bei uns vorgestellt und uns erklärt, wer Sie sind und warum Sie undercover bleiben wollten? Wir hätten Sie natürlich in Ruhe machen lassen, aber wir hätten auch ein Auge auf Sie werfen können und dann wäre diese Entführung vielleicht nicht passiert. Warum nicht, frage ich Sie?"

Schulte hatte sich gefangen und wurde nun sauer.

„Warum nicht? Verdammt noch mal! Ich war doch da! Ich war in dieser Polizeidienststelle und da war dieser strunzdumme Fettsack. Der hat nicht zugehört, der hat nichts kapiert und der hat auch nichts unternommen. Nee, Mädchen, an mir lag es nicht. Aber ihr solltet mal euer Personal überprüfen. Aus welcher Mottenkiste habt ihr den Kerl denn gezogen?

Es hätte mich nicht gewundert, wenn der `ne Pickelhaube auf dem kahlen Schädel gehabt hätte. Der war doch…"

Gunda Luitjens unterbrach ihn irritiert.

„Reden Sie vom Polizeimeister Möllmann?"

„Keine Ahnung, wie dieses Monstrum hieß! Habe ich verdrängt. So ein älterer Kerl, Bauch wie `ne Räuchertonne, aber ein Hirn wie `ne Fruchtfliege."

„Wann war das denn?", wollte die Polizistin nun wissen. Ihr Tonfall war nun schon weitaus moderater. Offenbar erschien es ihr nicht unvorstellbar, dass Schulte Recht haben könnte. Sie notierte sich alles fein säuberlich in einem kleinen Notizbuch. Dann schaute sie Schulte mit einem etwas freundlicheren Blick an.

„Okay, ich werde das überprüfen. Wenn es stimmt, was Sie sagen, dann muss ich mich entschuldigen. Ach ja", unterbrach sie sich, als die Pensionswirtin eine große Warmhaltekanne Kaffee auf den Tisch stellte und beiden eine Tasse einschenkte. Schulte, der dringend einen Kaffee brauchte, nahm die Tasse, trank einen großen Schluck und spuckte ihn sofort wieder aus.

„Heiß!", stöhnte er und hustete mehrmals. „Viel zu heiß!"

Die schöne Kollegin aus Aurich schaute ihm dabei leicht angewidert zu. Die Pensionswirtin war sogar etwas beleidigt.

„Natürlich ist der heiß! Soll ich etwa lauwarmen Kaffee servieren? Was haben Sie denn gedacht?"

Schulte, dem das Wohlwollen seiner Wirtin wichtig war, entschuldigte sich für seine Gier. Die Frau ging, um einen Wischlappen zu holen. Das Gespräch mit Luitjens stockte, bis der Tisch wieder sauber war und die beiden Polizisten wieder unter sich waren.

„So, Herr Kollege. Was halten Sie davon, wenn wir jetzt beide unsere Karten auf den Tisch legen und uns gegenseitig mit unseren Erkenntnissen bereichern?"

Schulte nickte, ließ Luitjens aber anfangen. Dann steuerte er, ein bisschen verlegen, seine mageren Erkenntnisse bei. In der Summe ergab sich nun folgendes Bild:

Es handelt sich bei dem Toten um einen Hans-Hermann Blumenkamp aus Detmold. Todesursache war ein Schlag mit einem stumpfen Gegenstand, der noch nicht ermittelt worden war, auf den Hinterkopf. Die medizinisch exakte Bezeichnung hatte Luitjens nicht parat, interessierte die beiden aber auch nicht. Blumenkamp ist nicht ertrunken, sondern war schon tot, als er ins Wasser fiel oder gestoßen wurde. Er trug zu diesem Zeitpunkt unter seiner Öljacke, dem Ostfriesennerz, eine Rettungsweste, die ihn auf dem Wasser treiben ließ. Er wäre also nicht ertrunken, wenn er noch gelebt hätte. Außerdem hatte die Rettungsweste es der Strömung leichter gemacht, ihn zu transportieren. Die Leiche wurde also vom Ebbstrom erst ein Stück aufs offene Meer hinausgezogen, dann von der Flut aber wieder Richtung Norderney getrieben, war die Theorie der Auricher. Nun läuft aber die Strömung nicht in einer Linie ins Wattenmeer, sondern teilt sich am Westkopf der Insel. Ein Teil geht ins Wattenmeer und ein anderer Teil, nicht zu unterschätzen, läuft an der Nordküste Norderneys entlang Richtung Osten. Diese Strömung ist unter anderem auch dafür verantwortlich, dass am Nordwestkopf Norderneys immer wieder Sand abgetragen und am Ostende wieder angespült wird. Auch Blumenkamp, der durch seine Schwimmweste wie ein Ball auf den Wellen geschwommen sein musste, war hier angelandet und schließlich von Tjark Visser gefunden worden. Zu diesem Zeitpunkt war Blumenkamp bereits drei Tage tot gewesen. Das hatte zumindest der Pathologe so festgestellt.

Welches Motiv mochten die Mörder gehabt haben? Bekannt war jedenfalls, dass Blumenkamp sich, schon zuhause in Detmold, vehement gegen einen Verkauf des Freizeitheims Lippe engagiert hatte. War das Grund genug für einen Mord? Sicher, hier ging es nicht um eine kleine Klitsche, sondern um ein gewaltiges Projekt. Aber es gab zurzeit mehrere gewaltige Projekte auf dieser Insel. Aus Teilen des historischen Kurhauses sollte ein 5-Sterne-Hotel werden. Es war eine sogenannte Seebrücke wie in Scheveningen oder Brighton geplant und noch einiges mehr. Alle Projekte hatten Ärger gemacht, alle waren umstritten. Aber keine dieser Planungen hatte bisher im Zusammenhang mit einem Gewaltverbrechen gestanden. Und da der Zusammenhang zur Umwandlung des Freizeitheimes zu einer riesigen Wellnessanlage in keinem Punkt nachgewiesen war, konnte er vorläufig nur als eine von mehreren Arbeitshypothesen gelten.

„Nicht viel, was wir da wissen", gestand Schulte ein. Dass sein Beitrag dabei der weitaus geringere war, war ihm klar und machte ihm dies Eingeständnis nicht leichter. Schweigend tranken beide ihren Kaffee.

„Haben Sie eigentlich schon was von der Motoryacht gehört?", fiel Schulte plötzlich ein. „Ist sie gestoppt worden?"

Gunda Luitjens schüttelte den Kopf. Dabei wippten ihre kurzen blonden Haare noch eine kleine Weile nach. Schulte konnte nicht anders, als sie immer wieder anzustarren. Er fand diese Frau einfach hinreißend, aber im Augenblick überwog bei ihm der Frust.

„Die Yacht ist überhaupt nicht im Hafen von Norddeich angekommen! Ihre Entführer müssen einen Weg genommen haben, mit dem keiner rechnen konnte. Wir müssen jetzt in allen Nordseehäfen, auch in Holland, die Augen aufhalten."

Seine Jagdbeute war entkommen! Das war nicht das erste Mal in seinem Polizistenleben und würde auch nicht das letzte Mal sein. Aber hier gab es für Schulte auch ganz persönlich noch was zu regeln. Die beiden Männer hatten ihn überfallen, hatten ihn mehr als einen Tag gefangen gehalten und wollten ihn töten. So, wie sie auch Blumenkamp getötet hatten?

„Was meinen Sie, warum sind Sie entführt worden? Warum wollte man Sie umbringen?" Luitjens war im selben Moment wie Schulte auf diese Frage gestoßen. Der zögerte mit der Antwort.

„Ich weiß es nicht“, gab er dann zu. „Ich habe ja praktisch gar nichts von Bedeutung herausgefunden. Allein die Tatsache, dass ich mich umgehört habe, dass ich mich für das Thema interessiert habe, scheint für diese Leute ein Alarmsignal gewesen zu sein. Wahrscheinlich sind sie sehr nervös. Vielleicht war ich ihnen dichter auf den Fersen, als ich gewusst habe.“

Schulte dachte eine ganze Weile still nach. Auch Gunda Luitjens blickte trübsinnig in ihren Kaffee.

„Ich denke, ich werde morgen wieder nach Hause fahren“, sagte er so plötzlich, dass sie aufschrak. „Ich kann hier nicht viel ausrichten, Sie haben da ganz andere Möglichkeiten. Von Detmold aus kann ich aber sicher direkter an die Person Blumenkamp herankommen. Hat er eigentlich eine Frau? Warum hat er sich so engagiert? Ich werde Ihnen alles mitteilen, was ich herausfinden werde. Versprochen! Und Sie versprechen mir, die beiden Kerle zu fassen, ja? Wahrscheinlich ist diese Arbeitsteilung die vernünftigste!“

Obwohl es unglaublich schade ist, diese Frau dann nicht mehr sehen zu können, dachte er bei sich. Andererseits…, eine Kollegin, diese Komplikationen kannte er doch schon. Erst jetzt fiel ihm auf, dass er in den letzten Tagen kaum einmal an Maren Köster gedacht hatte, trotz dieses seltsamen Zwischenspiels kurz vor seiner Abreise nach Norderney. War diese jahrelange einseitige Liebe nun auf einem absteigenden Ast? Fast schien es so. Auch eine Liebe hat eine Art Lebenszyklus, kommt irgendwann mal in die Jahre und ermattet schließlich. Vor allem, wenn sie nicht erwidert wird. Ihre gemeinsame Nacht letztens, was immer da auch stattgefunden haben mochte, hatte daran nichts ändern können. Ganz im Gegenteil: Ob er wollte oder nicht, aber seitdem war alles, was er vorher begehrt hatte, so alltäglich, so trist geworden.

Jede romantische Regung war dahin! Gunda Luitjens riss ihn aus seinen Gedanken.

„Da gebe ich Ihnen Recht! Aber vielleicht sollten Sie sich heute noch mal dieses Freizeitheim ansehen und mit ein paar Leuten sprechen. Unter Umständen fällt Ihnen ja etwas auf, was meinem Kollegen Freese und mir entgangen ist. Sie können ja dann morgen fahren!"

Sie jedenfalls schien keinen gesteigerten Wert auf den Polizisten und Mann Jupp Schulte zu legen. Schade, dachte Schulte.

44

In dieser Nacht hatte Grafenberg unruhig geschlafen. Wenn die Einbrecher die Schriftenrolle suchten, dann würden sie wiederkommen, das war so sicher wie das Amen in der Kirche. Die Tatsache, dass irgendwelche fremden Menschen sich erdreistet hatten, in sein frisch gewonnenes Heim einzudringen, machte ihn unendlich wütend. In der Morgendämmerung war ein Entschluss in ihm herangereift. Er brauchte einen Unterschlupf, ein sicheres Ausweichquartier, und er würde den Einbrechern in die Suppe spucken. Die würden nicht noch einmal ungestraft in sein Haus eindringen, das schwor sich Grafenberg.

Nachdem diese beiden Entschlüsse gefasst waren, fand er endlich Ruhe und war kurze Zeit später eingeschlafen.

Am nächsten Morgen rief er Rodehutskors an und bat ihn um ein Treffen. Dieser hatte nichts dagegen. Sie verabredeten sich zum Mittagessen.

„Meine Frau kocht reichlich und gut", hatte der alte Journalist ihm gesagt. „Komm einfach dazu. Anschließend können wir alles Weitere besprechen."

Nachdem das erledigt war, zog sich Grafenberg seine Jacke an. Er hatte die Absicht, die Umgebung des Hauses zu erkunden. Als er auf die Straße trat, stand hundert Meter weiter ein Mensch an eine Hauswand gelehnt. Grafenberg bemerkte ihn nicht. Er schlug seinen Weg in die entgegengesetzte Richtung ein. Der Mann tat uninteressiert und folgte ihm in angemessener Entfernung.

Grafenberg umrundete einmal den Wohnblock. Dann hatte er einen schmalen Fußweg entdeckt, der zu verschiedenen Hinterhöfen und Gärten führte. Als er ihn genauer erkundete, stellte er fest, dass er über diesen Pfad auch zu seinem kleinen Garten kam. Nachdem er seine nähere Umgebung erkundet hatte, machte er sich auf den Weg, das Haus von Maren Köster zu finden. Irgendwie ging ihm die Frau nicht aus dem Kopf. Auf ihrer Visitenkarte, die sie ihm gegeben hatte, waren nur die dienstlichen Daten. Doch er hatte bei der Telefonauskunft angerufen und war jetzt auch in Besitz ihrer privaten Adresse und Telefonnummer. „Nur einmal an ihrem Haus vorbeigehen", dachte er. Natürlich hatte er die vage Hoffnung im Hinterkopf, dass sie vielleicht rein zufällig gerade aus der Haustür trat, um etwas zu erledigen und er sie rein zufällig wieder traf.

Das Haus hatte Grafenberg in der Tat schnell gefunden. Und, oh Wunder, die Haustür öffnete sich wirklich. Heraus trat ein gut aussehender Mann in einem ähnlichen Alter wie Maren Köster es war. Schnellen Schrittes bewegte er sich die Straße hinunter blieb vor einem *BMW Z3* stehen, öffnete die Fahrertür und brauste nach wenigen Sekunden die Straße hinunter Richtung Bahnhof.

Grafenberg merkte so etwas wie ein Gefühl von Verzweiflung in sich hochsteigen. Klar, so eine Frau wie Maren Köster war kein Single. Wie hatte er diese irrige Annahme nur in Betracht ziehen können? Und dann, so wie der Mann, der gerade mit dem *BMW* davon gefahren war, aussah und gekleidet war, da hatte er als „Hungerleider" keine Chance. Wie war er nur auf die Schnapsidee gekommen, dass er bei einer Frau wie Maren Köster landen könnte. Verärgert trat

Grafenberg hinter einen Kieselstein. Dann drehte er missmutig in die nächste Seitenstraße ab und kam nach einem kleinen Umweg zu seinem Haus zurück. Er sah auf die Uhr. Es wurde Zeit, dass er sich auf den Weg zu seiner Verabredung mit Rodehutskors machte.

Grafenberg ging noch einmal durch seine Wohnung und prüfte, ob alle Fenster verriegelt waren. Er schloss die beiden Türen sorgfältig ab und ging zu seinem Auto. Auf dem Weg zu dem Transit fiel ihm ein, dass die Heizung in dem Lieferwagen immer noch nicht ging. „Na, bis Detmold werde ich schon nicht an Unterkühlung sterben“, dachte er, stieg ein und startete den Motor.

In Detmold besuchte er noch kurz seine Mutter. Die zwanzig Euro, die sie ihm zusteckte, ließ er dankbar in der Hosentasche verschwinden.

Er berichtete ihr von den Fortschritten der Hausrenovierung, durchquerte dann den Garten und landete direkt auf dem Grundstück des Nachbarn Rodehutskors, mit dem er sich zum Mittagessen verabredet hatte. Der unscheinbare Mann, der vor dem Haus der Grafenbergs auf und ab ging, bemerkte den Ortswechsel nicht.

Seit er seine Tochter weit weg in Erfurt wähnte, beunruhigte es den alten Journalisten nicht mehr, wenn Grafenberg sein Haus betrat. Vor zwanzig Jahren hatte ihm die Tatsache, dass der Nachbarjunge seiner Adelheid nachstellte, so manche schlaflose Nacht bereitet. Eifersüchtig hatte er über die aus seiner Sicht richtigen Belange der jungen Frau gewacht. Manchmal, glaubte er, vergeblich.

Grafenberg hatte den Knopf der Türglocke noch nicht gedrückt, da öffnete Rodehutskors schon die Tür.

„Komm rein, mein Junge, der Tisch ist schon gedeckt.“

Der alte Journalist ging vor und führte seinen Gast in das Esszimmer. Auf dem Tisch lag wieder eine weiße Tischdecke. Es war mit Sorgfalt gedeckt und in der Mitte stand schon eine dampfende Suppenterrine.

„Setz dich“, sagte der Gastgeber. Schweigend warteten die beiden Männer auf die Gastgeberin. Als sie das Zimmer betrat, erhob sich Grafenberg artig, um sie zu begrüßen. Sie setzte sich an den Tisch und Rodehutskors füllte eine schmackhafte Kartoffelsuppe auf die Teller.

„Meine Frau ist ohnehin eine hervorragende Köchin“, wusste er zu berichten. „Aber diese Kartoffelsuppe ist ein Klassiker von ihr.“

Nach dem Essen tranken die beiden Männer einen Kaffee in Rodehutskors' Arbeitszimmer. Rodehutskors gönnte sich eine Zigarre dazu.

„So, mein Junge, ich habe jetzt die Übersetzung deiner Schriftrolle.“

Er schloss die Schreibtischschublade auf und legte ein Blatt Papier vor sich auf den Tisch.

Grafenberg las:

Im Jahre des Herrn 1647 gründen wir diesen Geheimbund genannt die Hanse und schreiben wir diese Regeln zum Wohle unserer Heimat- und Hansestadt Lemgo und zum Wohle unserer Familien: Cothmann, Hansmeier, Petherus, Bussmann, Pohlschmidt, Rimbert, Kaufmann, Wiesenkämker, Lindenbusch, Habermann und Schuhmann. Um abzuwehren Armut und Schande von unserer Stadt und unseren Familien. Immerdar wollen wir dem Fürstenhause trotzen und den Ruhm und den Reichtum der ehrbaren Kaufmannsfamilien mehren.

Wer diesen Geheimbund verrät wird mit dem Tode bestraft.

Führen wird diesen ehrenwerten Bund der Kapitän der erste Offizier und der Zahlmeister.

Jeder erstgeborene Sohn wird Mitglied in diesem ehrenwerten Bunde jedoch nicht vor Erreichung des einundzwanzigsten Lebensjahres

Aus jeder der ehrenwerten Familien darf jedoch nur ein Mitglied im Bund der Hanse sein. Der Erbe darf in den Zu-

sammenkünften lernen, aber er hat zu Schweigen bis der Vater das Wort nicht mehr ergreifen kann.

Wenn es keine Erben der ehrenwerten Familien gibt, die in diesen Bund eintreten können müssen die verbleibenden neue Familien finden wenn die Zahl derer Familien die verbleiben, die Zahl sieben unterschreitet.

Die neu gewonnenen Mitglieder müssen einstimmig in den ehrenwerten Bund, Die Hanse, aufgenommen werden.

Der von unserem Bunde, Die Hanse, geschaffene Reichtum verbleibt zur Hälfte beim ehrenwerten Bund Die Hanse. Die andere Hälfte geht in den Besitz der Familien über.

Die Wege, den Reichtum zu mehren, bestimmen die ehrenwerten Mitglieder.

Für die Bürger unserer Hansestadt Lemgo haben die Mitglieder unseres Bundes und derer Familien sich um das hanseatische Brauchtum in unserer Heimatstadt Lemgo zu kümmern und es zu fördern.

Grafenberg pfiff durch die Zähne.

„Bussmann, ich wusste es. Ich konnte ihn schon als Lehrer nicht leiden! Dieser alte Schleimscheißer, den mache ich fertig!“

Rodehutskors legte ihm die Hand beschwichtigend auf den Arm.

„Langsam, Junge, langsam. Ich konnte ihn auch nicht leiden. Als Vater nicht, denn er hat meine Adelheid als Schülerin weiß Gott nicht gerecht behandelt und als Mensch auch nicht. Ich bin ihm in meiner Eigenschaft als Journalist öfter begegnet und ich hätte ihm gerne den einen oder anderen Strick gedreht, aber der Mann war glatt wie ein Aal. Lass uns jetzt keinen Fehler machen, wenn die Sache zu Ende ist und es einen Haken gibt, an den wir ihn hängen können, dann machen wir das. Ich bin zwar mittlerweile in Rente und habe den Eindruck, meine Zeitung will nicht mehr viel von mir wissen, aber ich habe das Schreiben nicht verlernt, und ich habe Kontakte. Wenn es da was zu veröffentlichen gibt, dann wird es auch geschehen. Wir dürfen jetzt nur nicht den Kopf verlieren. Du brauchst jetzt erst mal eine Bleibe. Versteh mich nicht falsch, du sollst nicht untertauchen, dann suchen dich eventuell ein paar Leute, aber du brauchst eine Möglichkeit, dich, wenn nötig, zu verstecken."

Rodehutskors griff zum Telefon und wählte. Nach längerem Warten fluchte er:

„Verdammt, ist denn dieser Schulte immer noch im Urlaub?"

Dann stand er auf und ging zu einem Bücherregal. Jeder Lipper, der etwas von der heimischen Möbelindustrie kannte, hätte das Fabrikat sofort erkannt: Omnia-Stollenwand! Er zog eine integrierte Schublade auf und griff nach einem Telefonbuch. Nach einigem Blättern fuhr er mit dem Finger über die Seite und wählte dann erneut. Er sprach mit einem Mann namens Fritzmeier. Grafenberg kam dieser Name irgendwie bekannt vor.

Der alte Journalist erklärte ihm, dass er wieder einmal jemandem eine geheime Unterkunft verschaffen musste. Danach lauschte er dem Mann auf der anderen Seite der Leitung und versicherte ihm, dass, anders als beim letzten Mal, das Mobiliar bestimmt nicht zerschlagen würde. Im Übrigen, so sagte er, sei Schulte diesmal nicht involviert, von daher bestände gar kein Grund zur Sorge.

Grafenberg hatte den Eindruck, dass Rodehutskors alle Mühe hatte, seinen Telefonpartner zu überzeugen. Doch letztlich hatte er es geschafft. Triumphierend blickte er in Richtung Grafenberg.

„Ich bringe dich auf einem Bauernhof in Heidental unter. Wir fahren gleich mal hin, dann kannst du dir alles ansehen".

45

Als Schulte diesmal die weiträumige Anlage des Freizeitheimes Detmold besichtigte, hatte er nicht mit dem Fahrrad dorthin fahren müssen, sondern war von Gunda Luitjens mit einem Dienstwagen der Polizei gebracht worden. Das hatte nicht nur den Vorteil, nicht radeln zu müssen, es gewährte ihm auch das Vergnügen der Gegenwart dieser sehr anregenden Kollegin. Bei solchen Rahmenbedingungen konnte Schulte seine Arbeit durchaus genießen.

Sie betraten das Gelände von der Lippestraße aus auf einem schmalen Weg, der zwischen zwei Häusern hindurch führte. Links ein Wohnhaus aus rotbraunem Klinker, rechts ein erheblich größeres, langgestrecktes Gebäude aus dem gleichen Material. Nun kamen sie auf einen großen Innenbereich, der zum größten Teil mit Rasen bedeckt war. Die riesige Anlage war schon imponierend, fand Schulte, erinnerte ihn aber auch etwas an eine Kaserne. Dass sie dies zum Teil in früheren, finsteren Zeiten auch einmal war, wusste er nicht. Die beiden Polizisten bummelten lässig durchs Gelände. Jedem Betrachter werden sie wie ein glückliches Paar vorgekommen sein. Luitjens, die sich bereits intensiver mit dem Freizeitheim befasst hatte, erwies sich als sehr tüchtige Fremdenführerin. Schulte bekam in den nächsten Minuten einen umfassenden Eindruck von diesem lippischen Vorposten in der Nordsee. Das Heim verfügt über 260 Betten, die in fünf verschiedenen Häusern untergebracht sind und von Anfang Februar bis Ende November durchgehend belegt sind. Pro Jahr gibt es hier rund 50.000 Übernachtungen. Schulte war beeindruckt. Es gibt eine hauseigene Sport- und Spielhalle, zwei Sportplätze, einen Robinsonspielplatz, Fahrwege mit mehreren Tret-Gokarts, eine Beachvolleyball-Anlage, einen Grillplatz, Arbeitsräume mit kompletter Konferenztechnik und, als absoluter Knüller, einen hauseigenen bewachten Badestrand! Direkt hinter dem Freizeitheim führte ein Sandweg über die Dünenkette zum breiten Sandstrand, der tatsächlich den Besuchern des Freizeitheimes vorbehalten war. Es gab sogar einen eigenen Rettungsdienst, der vorwiegend von Mitgliedern der lippischen *DLRG* gestellt wurde.

Jetzt erst erkannte Schulte die ganze Attraktivität dieser Anlage. Und nun sah auch er die Möglichkeiten, die der Investor erkannt hatte, als er beschloss, daraus eine mondäne Wellness-Anlage zu schaffen.

„Dieses Freizeitheim ist ein absolutes Sahnestück!", dachte Schulte. Es gelang ihm jetzt mühelos, das Projekt Wellness-Oase zu visualisieren. „Großartige Idee!" Andererseits, wo blieben dann die vielen tausend Schulkinder aus Lippe, die seit Generationen hier eine kurze, aber intensive Zeit verbringen? Fast jeder Lipper, ob alt oder jung, hatte Erinnerungen an dieses Heim. Hatte hier zum ersten Mal im Leben das Meer gesehen, im Salzwasser geschwommen, oder die Freuden und Qualen der ersten Liebe kennengelernt. Schulte, der aus dem Warburger Raum stammte, war seinerzeit nicht in diesen Genuss gekommen, konnte sich aber durchaus vorstellen, wie schmerzhaft es für manchen Lipper sein musste, diese Anlage aufzugeben. Er nahm sich vor, mehr über die persönlichen Beziehungen Blumenkamps zum Freizeitheim herauszufinden. Was hatte diesen Mann motiviert, sich so stark für den Erhalt der Anlage als Freizeitheim einzusetzen? Hatte er wohl eine Ahnung gehabt, in welche Gefahr er sich begeben hatte, oder war er davon völlig überrascht worden? Aber das waren Fragen, die er wohl besser von Ostwestfalen aus würde beantworten können. Hier auf der Insel kannte doch niemand diesen Herrn. In Detmold würde das sicher anders aussehen. Im Augenblick mochte er jedoch gar nicht an Detmold denken. Er verspürte nicht die geringste Lust, auf die Gesellschaft Gunda Luitjens zu verzichten. Es hatte sich mittlerweile bei den beiden ein sehr lockerer Umgangston herausgebildet, der Schulte schließlich ermutigte, seiner Kollegin den Vorschlag zu unterbreiten:

„Ich, als der weitaus Ältere von uns beiden, finde, wir sollten uns duzen. Was meinst du? Also, ich heiße Jupp!"

Das hübsche Gesicht Gunda Luitjens überzog sich kurz mit einem leichten Rot, lächelte dann aber freundlich.

„Gerne! Schließlich sind wir ja Kollegen!"

Diese Begründung war zwar für Schultes Geschmack nicht ausreichend, er war aber erst mal mit diesem kleinen Teilerfolg zufrieden. Bei Frauen muss man Geduld haben!

Es gab auch ein modernes Gebäude in diesem Ensemble. Das Gästehaus. Ein weißes, dreistöckiges Haus mit Flachdach. Das würde er als erstes abreißen, wenn er der Investor wäre, dachte Schulte. Das passte überhaupt nicht. Während er noch dastand und sich vorzustellen versuchte, wie es hier einmal aussehen könnte, hätte ihn beinahe ein ganzes Rudel von laut johlenden Kindern umgerannt. Schulte blickte ihnen schmunzelnd hinterher.

„Die haben hier richtig Spaß!", sagte er zu Luitjens. Als er direkt danach eine weitere Gruppe von etwa zehnjährigen Kindern sah, die vor Schmutz starrend, aber glücklich schnatternd aus den Dünen kam, glaubte er, einiges von den Beweggründen Blumenkamps nachvollziehen zu können.

„Zum Teufel mit all den geleckten Wellness-Paradiesen!", dachte er. „Diese Kids brauchen kein Wellness-Paradies. Die brauchen genau das, was es hier schon gibt: Dünen, Wasser, Schmutz, Chaos, Gemeinschaftserlebnis. Echtes Leben!"

46

Die Autogaragentür öffnete sich wie von Geisterhand. Rodehutskors liebte die Bequemlichkeit, die ein mit einer Fernbedienung ausgestattetes Tor mit sich brachte. Um genau zu sein, liebte er alles, was mit Genuss, gutem Essen und Bequemlichkeit zu tun hatte. Grafenberg, der auf dem Beifahrersitz des Passats Platz genommen hatte, gefiel diese technische Spielerei ebenfalls. Er kommentierte sie jedoch nicht. Rodehutskors lenkte den Wagen Richtung Detmold. Nach nicht einmal fünfzehn Minuten stoppte das Auto auf dem Hof eines stattlichen Bauernhofes in Heidental. Von dem einstmals sicherlich umfangreichen Viehbestand war nicht mehr viel übrig geblieben. In einem Stall hörte man ein paar Rinder brüllen und bei genauerem Hinsehen bemerkte Grafenberg, dass ein großer Teil der Stallanlagen in Wohnungen umgebaut war, oder sich die Gebäude im Umbau befanden. Kaum, dass das Auto zum Stehen gekommen war, öffnete sich eine Deelentür, und ein riesiger schwarzer Hund sprang bellend auf das Auto zu. Grafenberg entschloss sich, erst einmal sitzen zu bleiben und die Tür geschlossen zu halten. Dem Hund folgte ein alter Mann, dem man ansah, dass er sein ganzes Leben lang hart gearbeitet hatte. Irgendwie kam er Grafenberg bekannt vor.

Rodehutskors stieg aus und begrüße erst den Hund und dann den alten Bauern. Zum Auto gewandt sagte er:

„Nun komm schon, Junge, hier beißt keiner!"

Jetzt ließ es sich nicht mehr vermeiden, Grafenberg hatte keine Wahl. Er musste der Gefahr, die sich ihm in Form eines riesigen Köters präsentierte, ins Auge sehen. Natürlich lief das schwarze Ungetüm zielgerichtet auf ihn zu, schnüffelte aufmerksam an seiner Kleidung und ließ sich dann gelangweilt auf dem nassen Pflaster des Hofes nieder. Seinen Kopf, der größer war als ein Fußball, ließ er auf seine Vorderpfoten sinken.

Grafenberg ging um das Auto herum und begrüßte den Gastgeber.

„Mensch, Junge, dich kenne ich doch. Weiße nich mehr, in Dalborn, bein alten Jäger? Wie wir beiden die Leute unterhalten haben, dat war doch 'ne Schau, oder nich?"

Jetzt fiel es Grafenberg wieder ein. Das war der Mann, der ihm vor einigen Wochen in der Tat beinahe die Show gestohlen hatte.

„Na, dann kommt ers ma rein inne chute Stube", sagte der Bauer, der als Fritzmeier vorgestellt wurde, „und dann erzählt mal, worum et überhaupt chet."

Kurze Zeit später saßen die drei Männer vor Kaffee und Butterkuchen vom Vortag. Rodehutskors und Grafenberg berichteten abwechselnd die Ereignisse, die sich seit dem Fund der Schriftrolle zugetragen hatten.

Fritzmeier hörte aufmerksam zu. Dann sagte der alte Bauer, der übrigens jeden duzte:

„Nee, nee, wenn man dich kennt, Rodehutskors, dann wird et nie langweilich. Wat hab ich mit dich schon so alles erlebt. Aber chet klar, ich hab da noch sone Stube da kannse dich verstecken, Leo, oder wiede auch immer heißt. Aber verlang nich, dat ich meine besten Möbel da rein stelle. Dat letzte Mal, als Rodehutskors hier untergekrochen is, wurde allet kurz und hagelkein geschlagen. Dat muss ich nich noch mal haben."

Grafenberg nickte dankbar und nahm den Schlüssel in Empfang. Anschließend machte der Bauer mit den beiden Gästen noch eine Hofbegehung und zeigte ihnen das vorgesehene Versteck.

Kurze Zeit später verabschiedeten sich die beiden Männer und fuhren zurück nach Berlebeck. Im Auto sprachen sie das weitere Vorgehen noch einmal durch.

Rodehutskors hielt es für sinnvoll, dass Grafenberg erst einmal wieder in seine Wohnung gehen sollte, um so zu tun, als sei nichts gewesen. Weiter wusste der alte Journalist zu berichten, dass morgen Abend Maren Köster noch einmal bei Grafenberg vorbeikommen würde, um mit ihm die nächsten Schritte zu besprechen. Wenn Bussmann sich noch einmal bei Grafenberg melden würde, so solle er ihm ruhig sagen, dass bei ihm eingebrochen worden sei und die Schriftrolle von den Dieben wahrscheinlich mitgenommen wurde. Jedenfalls, so solle Grafenberg behaupten, könne er sie nicht mehr auffinden.

Der silberfarbene Passat stoppte neben dem Ford Transit Grafenbergs. Dieser stieg aus, grüßte Rodehutskors noch einmal und schloss sein eigenes Auto auf, um damit eine Überquerung des Apenbergs zu wagen.

Auf der anderen Straßenseite konnte ein Mann seine Verwunderung kaum verbergen. Wieso hatte er nicht gemerkt, dass Grafenberg das elterliche Haus verlassen hatte, und wo waren die beiden Männer gewesen? Das würde Ärger geben! Der „Schatten“ mochte gar nicht an die nächsten Stunden denken.

47

Als er die Bundesstraße bei Cloppenburg gegen die A1 eingetauscht hatte, war er noch guter Dinge gewesen. Nun schleppte sich der Verkehr quälend langsam Richtung Süden. Schulte konnte noch froh sein, dass sich kein Sonnenstrahl sehen ließ. Sonst wäre es vermutlich im Auto zu warm geworden und die beiden Räuchermakrelen hätten ernstlich Schaden nehmen können. Sein alter Volvo, ein ehemaliger Leichenwagen, verfügte über alles Mögliche, aber nicht über eine Klimaanlage. Bei der Raststätte *Dammer Berge* schlug seine Blase Alarm, und er legte einen kurzen Zwischenstopp ein. Bei einer Tasse Kaffee dachte er an den gestrigen Tag.

Am Sonntag hatte er noch eine Stunde mit seiner Kollegin Gunda Luitjens im Freizeitheim Detmold und in dessen näherer Umgebung verbracht. Er hatte mit dem Geschäftsführer des Heimes gesprochen und von ihm erfahren, dass Hans-Hermann Blumenkamp ein ebenso häufiger wie gern gesehener Gast im Freizeitheim gewesen war. Blumenkamp hatte in der Vergangenheit viel für die Anlage getan, indem er in seiner Funktion als Kreistagsabgeordneter immer wieder seinen Einfluss geltend gemacht hatte, wenn es darum ging, Forderungen nach Mittelkürzungen abzubiegen oder dem Freizeitheim irgendwelche Zuwendungen zukommen zu lassen. Jetzt dachte man ernsthaft daran, eines der Gebäude der Anlage nach Blumenkamp zu benennen.

Über den Plan wichtiger Leute im Kreis Lippe, die gesamte Anlage an einen privaten Investor zu verkaufen, mochte der Geschäftsführer allerdings nichts erzählen. Das sei ihm viel zu heiß, wimmelte er Schultes Fragen ab. Diese Diskussion ginge außerdem völlig an ihm vorbei. Schulte glaubte dem Mann ohne weiteres. Auch die Besichtigung der näheren Umgebung des Heimes verstärkte bei Schulte den Eindruck, dass dieser ganze Bereich ein absolutes Prachtstück sei. Es gab südlich davon einen Reitstall, der nur zu gut in eine Wellness-Konzeption eingefügt werden konnte. Direkt gegenüber, auf der anderen Seite der Lippestraße, lag die Haut- und Allergieklinik, die seit einigen Jahren auch das Städtische Krankenhaus beherbergte. Alles passte wunderbar im Sinne des Konzeptes zusammen. Der Investor mochte alles Mögliche sein – dumm war er sicher nicht.

Der gestrige Abend war für Schulte dann etwas enttäuschend verlaufen. Er hatte sich mit Gunda Luitjens zum Abendessen verabredet und sich davon einen netten Abend versprochen. Aber bereits nach dem Hauptgang im netten Restaurant *De Lekkerbek* überwältigte ihn eine lähmende Müdigkeit.

Die letzten Nächte hatten auch bei einem harten Hund wie Schulte Spuren hinterlassen. Nur mit Mühe schaffte er seinen Nachtisch, das letzte Bier blieb halb getrunken. Dann begleitete Gunda Luitjens, die ganz entzückend aussah und unter normalen Umständen Schultes Körpertemperatur auf Fieberniveau getrieben hätte, ihn zu seiner Pension in der Moltkestraße. Zum Abschied gab es nur einen nüchternen Händedruck. Dann fiel der Polizist in sein schön geschnitztes Bett und schlief ein, ohne noch Zeit gefunden zu haben, sich auszuziehen. Er war eben nicht mehr der Jüngste. Im kommenden Jahr würde Schulte fünfzig werden. Er sah das nicht als Grund an, auch nur eine Handbreit kürzer zu treten. Sein Körper war da manchmal anderer Meinung.

Am Morgen des Abreisetages hatte Schulte sich von Jann Harms verabschiedet, hatte ihm für seine nicht ungefährliche Hilfe gedankt und ihn genötigt, ein Versprechen für einen Besuch der wunderschönen Stadt Detmold abzugeben. Jann Harms versprach es ihm und sagte ihm auch zu, ihn über alles zu informieren, was für Schulte von Nutzen sein könnte. Schulte verließ den Redakteur mit einer gewissen Wehmut. Er hatte das Gefühl, hier einen Menschen kennen gelernt zu haben, der das Zeug zu einem wirklich guten Kumpel gehabt hätte.

Nach einer reibungslosen Überfahrt im Regen und einem kurzen Sprint mit schwerem Koffer zur Großgarage saß Schulte am frühen Nachmittag klitschnass in seinem Auto und drehte die Heizung auf. In Norddeich hielt er kurz an und kaufte in einer Fischräucherei zwei Räuchermakrelen von allerfeinster Qualität. Hinter Emden blies ein ziemlich frisches Lüftchen die Regenwolken weg und Schulte konnte den Scheibenwischer in den Ruhestand schicken.

Der Aufenthalt in der Raststätte schien eine Art geistige Schleuse für ihn gewesen zu sein. Hatten ihm die Erlebnisse auf der Insel während der Fahrt noch im Kopf herumgespukt und das Bild Gunda Luitjens ihn daran gehindert, sich angemessen auf den Straßenverkehr zu konzentrieren, so war das wie weggewischt, als Schulte die elend lange, nicht enden wollende Schleife um Osnabrück herumfuhr. Nun tauchten mehr und mehr Fragen nach seinem Bielefelder Arbeitsplatz auf. Was mochte da in der Zwischenzeit vorgefallen sein? Was würde Frau Bülow sagen, wenn er schon morgen wiederkommen würde? Und, erst gegen seinen Willen, dann aber immer deutlicher, tauchte das Bild Maren Kösters aus dem Unterbewusstsein auf und dominierte plötzlich sein Denken und Fühlen. Was sie jetzt wohl über diese vertrackte gemeinsame Nacht dachte? Hätte er nur nicht soviel getrunken! Schulte beschimpfte sich selbst. Nichts hatte er davon gehabt, mit dieser Frau in einem Bett geschlafen zu haben. Aber, wenn er Pech hatte, konnte dieses Erlebnis dazu führen, dass seine sowieso recht fragile Beziehung zu Maren Köster nun endgültig in tausend Scherben lag. Schulte nahm sich vor, nicht lange zu fackeln und noch an diesem Abend bei ihr vorbeizufahren, um sich mit ihr auszusprechen. Während er diesen Entschluss fasste, irritierte ihn wieder, dass sich die übliche Mischung aus warmer Zuneigung und heftigen Verlangens, die er beim Gedanken an Maren Köster schon als selbstverständlich angenommen hatte, nicht mehr in der gewohnten Form einstellte. Es war noch da, dieses Gefühl. Doch es überflutete ihn nicht mehr wie ein Tsunami. Es war eher ein nettes, aber laues Lüftchen. Da, wo früher der Ozean geschäumt hatte, plätscherte es jetzt im Handwaschbecken. Kündigte sich so das Alter an? Schulte spürte, wie sich bei diesem Gedanken sein Magen verkrampfte und in seinem Hirn Luftblasen herumtollten. Als er beinahe einem Kleintransporter das Heck eingedrückt hätte, zwang er sich schweißgebadet, wieder an seine Arbeit zu denken.

Es wurde schon dunkel, als Jupp Schulte seinen Volvo durch Lemgo manövrierte und mit ein bisschen Glück sogar einen Parkplatz ganz in der Nähe von Maren Kösters Haus fand. Hier in Lemgo traf Schulte auf einen alten Bekannten, den lippischen Nieselregen. Wie immer hatte er keinen Regenschirm im Auto. Also zog er sich die Lederjacke über den Kopf und beeilte sich, die hundert Meter bis zu ihrer Haustür hinter sich zu bringen. Um seine Frisur musste er sich keine Gedanken machen, denn seine nach wie vor dichten lockigen Haare machten sowieso was sie wollten. Nur wenn sie nass wurden, sah er aus wie ein begossener Pudel. Das musste er verhindern. Trotz allem ging es immerhin zu der Frau, der er nun seit fast zehn Jahren den Hof gemacht hatte. Dreimal drückte er auf die Haustürklingel, die mit *Köster* gekennzeichnet war. Niemand öffnete. Schulte geriet ins Grübeln. Sie müsste doch eigentlich zu dieser Uhrzeit zu Hause sein. Hatte sie ihn schon von weitem kommen sehen und tat jetzt so, als sei sie nicht zu Hause? Dann fiel Schultes Blick auf das andere Klingelschild, auf dem *Braunert* stand. Fast hatte er es schon vergessen, dass Axel Braunert, der Kollege aus Detmold, als Untermieter bei Maren Köster wohnte. Er drückte dessen Klingel und nur Sekunden später sprang die automatische Türöffnung an. Schulte kannte sich im Haus ein wenig aus und bestieg gleich die Treppe zum Obergeschoss, in dem Axel Braunert wohnte. Der stand schon in der Wohnungstür und war ziemlich überrascht, Jupp Schulte zu sehen.

„Ich denke, du treibst dich auf Norderney herum?“, begrüßte Braunert seinen langjährigen Kollegen und bat ihn, mit einer eleganten Geste in die Wohnung einzutreten. „Was führt dich hier hin?“

Schulte staunte, als er in die blitzsaubere und trotzdem äußerst behagliche Wohnung kam. Er hatte sie zuletzt gesehen, als er Braunert beim Einzug geholfen hatte. Unglaublich, was dieser nun daraus gemacht hatte. Ein harmonischer Mix aus alt und neu, aus Designerstücken und Trödelmarkt. Das Arrangement verriet sowohl gleiche Anteile an männlicher Pedanterie und Geradlinigkeit, als auch an weiblicher Liebe zum Detail und Gespür für Atmosphäre. Niemals hätte Schulte eine Wohnung so einrichten können! Lag es daran, dass Axel Braunert schwul war? Es war Schulte schon öfter aufgefallen, dass viele schwule Männer über einen ganz exquisiten Geschmack verfügten. Schulte spürte einen Anflug von Frust, als er an seine eigene Wohnung auf dem Fritzmeierschen Hof dachte. Dort hatte jahrelang das blanke Chaos regiert. Erst in letzter Zeit war etwas System und Behaglichkeit dadurch entstanden, dass seine Tochter sich dort eingebracht hatte. Es stand zu befürchten, dass nach ihrem Auszug seine Wohnung wieder in den alten Zustand zurückfallen würde. Schulte stand hier vor einem unauflösbaren Dilemma. Eigentlich mochte er es ja, wenn eine Wohnung gemütlich und nett anzuschauen war. Aber ihm fehlte einfach jede Begabung dazu. Irgendein Gen war vergessen worden, als seine Eltern ihn gezeugt hatten. Er würde wohl noch im Altenheim die Putzfrauen zur Verzweiflung bringen.

„Sei mir nicht böse, aber eigentlich wollte ich zu Maren", erwiderte Schulte etwas verlegen, als er in einem der gemütlichen Sessel saß und Axel Braunert ihm ganz selbstverständlich ein Glas Whisky eingoss. „Ist sie nicht zu Hause?"

Braunert setzte sich nun ebenfalls, trank genüsslich einen kleinen Schluck, schloss dann kurz die Augen, um das Aroma und den langen Abgang des Whiskys würdigen zu können. Schulte erlebte seinen Kollegen von einer Seite, die er bei ihm noch gar nicht kannte. Braunert war für ihn immer schwer zu fassen gewesen. Er hatte ihn als äußerst gewissenhaften und kompetenten Polizisten kennen gelernt. Braunert konnte penibel Akten führen, er konnte sich aber auch dank seiner körperlichen Leistungsfähigkeit mühelos mit zwei Ganoven gleichzeitig prügeln und würde vermutlich die Oberhand gewinnen. Mit Braunerts Homosexualität hatte Schulte jedoch nie umzugehen gelernt. Die war ihm nach wie vor suspekt, war nicht seine Welt, hinderte ihn aber nicht daran, seinem Kollegen Respekt und Zuneigung entgegen zu bringen. Was Braunert nach Schultes Meinung fehlte, war allerdings die Fähigkeit, auch einmal Fünfe gerade sein zu lassen. Die beiden Männer hatten genau entgegengesetzte Stärken und Schwächen. Praktisch spiegelverkehrt. Die Kombination beider Typen jedoch war in den letzten zehn Jahren äußerst erfolgreich gewesen. Schulte wurde ganz wehmütig, als er an diese Zeit zurückdachte. Wieder nahm er sich vor, seinen neuen Job in Bielefeld so schnell wie möglich loszuwerden. Er war kein Typ für den Schreibtisch. Schulte brauchte ein Team um sich und die direkte Herausforderung an der Ermittlerfront.

„Maren ist vor einer halben Stunde weggefahren. Sie hatte Besuch von einem Mann. Einem sehr gut aussehenden Mann, das kann ich dir versichern", schmunzelte er. „Davon verstehe ich was! Mit diesem Herrn ist sie wahrscheinlich auch weggefahren, nehme ich jedenfalls an. Ich observiere sie ja nicht. Was wolltest du denn von ihr?"

Schulte musste erst einmal die Nachricht verdauen, dass Maren Köster, seine Maren, Besuch von irgendwelchen Männern bekam. Noch dazu von gut aussehenden Männern. Was war denn alles während seiner Abwesenheit passiert? Er schnaubte, wütender als er eigentlich erscheinen wollte:

„Ach, nichts Wichtiges! Ich muss nur mit ihr ein paar Stühle gerade rücken. Wir....", nun trank auch er einen Schluck Whisky.

„Ich weiß Bescheid über eure gemeinsame Nacht!", kürzte Braunert Schultes Suche nach den richtigen Worten ab. Schulte erstarrte.

„Maren hat mir alles erzählt. Sie hatte Angst, dass du irgendwelche provozierenden Anspielungen machst und ich über diesen Umweg doch alles erfahre. Deshalb hat sie mir von eurem Abenteuer erzählt. Dass ich außerhalb unserer Dreierrunde schweigen werde wie ein Grab, darauf kannst du dich natürlich verlassen."

Schulte war platt. Damit hatte er nun wirklich nicht gerechnet.

„Aber diesen Mann, mit dem sie weg gefahren ist, den kennst du nicht?", fragte er vorsichtig.

„Nee, noch nie gesehen. Schade eigentlich!"

Schulte brauchte noch eine ganze Weile, um diese schlechte Nachricht zu verdauen. Gegen seinen Willen, aber unkontrollierbar, stieg beißende Eifersucht in ihm auf.

48

An sich sollte man glauben, wenn man das fünfzigste Lebensjahr fast erreicht hat, könnte einen nicht mehr viel überraschen. Doch weit gefehlt, die Tatsache, dass bei ihm eingebrochen worden war, verunsicherte Grafenberg dermaßen und kehrte Seiten in ihm hervor, die er bis dato nicht gekannt hatte.

Er war oft ganze Tage allein. Dieser Zustand war ihm nie unangenehm gewesen. Ja, er genoss es sogar, stundenlang seinen Gedanken nachzuhängen. Und seit er sich als Leo, der letzte Lipper, sein Geld verdiente, hatte er in diesen Phasen der Einsamkeit die besten Ideen gehabt. Es gab Zeiten, da hatte er über Monate weder sein Auto, noch seine Wohnung abgeschlossen. So nach dem Motto, „wer soll mir schon etwas klauen. Bei mir gibt es ja eh nichts zu holen".

Von dieser Haltung war Grafenberg heute weit entfernt. Allein die Tatsache, dass irgendein wildfremder Mann durch seine Wohnung schlich, sich in seiner Privatsphäre umtat, hatte ihm ein Gefühl von Ungeschütztsein gegeben. Am liebsten wäre er bei Rodehutskors geblieben. Auch wenn der alte Mann ihn nicht verteidigen konnte, so brachte allein seine Anwesenheit Grafenberg die nötige Sicherheit, den Tag zu überstehen.

Jetzt saß er wieder alleine in seiner trostlosen Wohnung, deren Behaglichkeit von der Dauerbaustelle geprägt wurde, und kämpfte mit seiner inneren Unruhe. Dann wieder stand er auf, durchschritt die Zimmer und grübelte. Irgendwann blieb er wieder vor Sicherheitskette und Zusatzschloss stehen. Diese Utensilien hatte er vor einigen Tagen im Baumarkt gekauft, war jedoch an der Kompliziertheit des Einbauens gescheitert. Jetzt nahm er die Sicherheitseinrichtungen wieder in die Hand. Besser, als gar nichts, dachte er und begann erneut mit dem Versuch, den Gerätschaften ihre Bedeutung zu geben.

Das Grübeln über die Funktionsweisen der Schlösser, der Sicherheitskette und die anschließenden Versuche, sie anzubringen, lenkten ihn vorübergehend ab. Doch als er die Tür mit Hilfe der neuen Schließeinrichtungen verriegelt hatte, fühlte sich Grafenberg in keiner Weise sicherer. Selbst er würde es schaffen die Haustür mit einigen gezielten Tritten zu öffnen, trotz der zusätzlich angebrachten Schlösser.

Grafenberg sah aus dem Fenster. Es war dunkel geworden. Seine Unruhe trieb ihn aus dem Haus. Hier konnte er nicht bleiben.

Gerade wollte er nach seiner Jacke greifen, da meldete sich sein Handy. Als er es einschaltete, meldete sich am anderen Ende Bussmann, sein alter Lateinlehrer. Bei Grafenberg läuteten alle Alarmglocken.

„Guten Abend, Herr Grafenberg. Da ich seit unserem Treffen nichts mehr von Ihnen gehört habe, wollte ich mich einfach noch einmal bei Ihnen melden. Sie haben ja sicher bemerkt, dass ich sehr an Ihrem antiken Fundstück interessiert war. Das ist immer noch so, und ich wollte Sie noch einmal bitten, es mir für ein paar Tage für meine privaten Heimatforschungen zur Verfügung zu stellen."

Grafenberg räusperte sich.

„Äh, ja wissen Sie, Herr Bussmann, da ist etwas Unvorhergesehenes passiert. Bei mir ist eingebrochen worden und ausgerechnet die Schriftrolle ist gestohlen worden. Ich habe den Diebstahl schon angezeigt, aber die Polizei hat bis jetzt noch niemanden gefunden, der es gewesen sein könnte."

Bussmann schwieg eine Ewigkeit. Grafenberg hörte nur seinen Atem.

„Das ist ja seltsam", entfuhr es dem ehemaligen Lateinlehrer.

„Ja, das finde ich auch", antwortete Grafenberg. „Zumal außer Ihnen und mir eigentlich niemand davon wusste."

„Wie meinen Sie das?", kam die trockene Frage wie aus der Pistole geschossen.

„Oh, nicht was Sie meinen, Herr Bussmann! Ich verdächtige Sie natürlich nicht. Bitte glauben Sie mir. Ich meine nur, ich bin sicherlich einer der größten Habenichtse in ganz Lippe und mein geerbtes Häuschen ist eine Bruchbude. Und dennoch bricht bei mir jemand ein und klaut ausgerechnet diese Schriftrolle. Das kann natürlich Zufall sein, aber komisch ist es schon."

„Ist es wirklich", antwortete Bussmann. „Aber dennoch wäre ich Ihnen dankbar, wenn Sie mich auf dem Laufenden hielten. Wie gesagt, ich bin äußerst interessiert an dieser Schrift. Ich würde sie Ihnen auch abkaufen. Für so etwas würde ich schon ein paar Euro lockermachen. Bitte, Herr Grafenberg, melden Sie sich doch, falls sie wieder in den Besitz der Rarität kommen sollten."

Grafenberg sagte es ihm zu und verabschiedete sich.

War das jetzt eine Finte von Bussmann oder wusste er wirklich nichts von dem Einbruch? Grafenberg schossen tausend Gedanken gleichzeitig durch den Kopf. Im fehlte jedoch die nötige Klarheit, um diese Ideenströme für sich zu nutzen. Er brauchte frische Luft. Wieder griff er zur Jacke und verließ das Haus nicht, ohne es gewissenhaft zu verschließen.

Empfindungen sind etwas Seltsames, oft Unerklärliches und so manche Ereignisse aktivieren das Stammhirn, dessen Funktionalität schon die Vorfahren der Menschen in so manchen lebensgefährlichen Situationen überleben ließ.

Grafenberg fühlte sich wie ein gehetztes Tier, als er auf die Straße trat, und so empfand er auch. Er war bis in die Haarspitzen angespannt. Jederzeit bereit zur Flucht und um ein Vielfaches aufmerksamer als sonst. Er sah sich um, als sichere er sein Terrain. Auf der gegenüberliegenden Seite im Schatten der Häuser nahm er eine Gestalt wahr. Adrenalin knallte ihm in die Blutbahn. Hatte der heute Mittag nicht auch schon dort gestanden. Grafenberg ging auf den Mann zu. Dieser drehte sich weg und ging in die entgegengesetzte Richtung. Es mochte Zufall sein, doch Grafenberg fühlte sich beschattet. Er beschleunigte seinen Schritt. Der Mann tat es ebenfalls. „Da war was nicht astrein", dachte er. „Jetzt nur kein Risiko eingehen". Der Mann vor ihm bog in eine noch dunklere Seitengasse ein. Grafenberg war geneigt, ihm zu folgen, ging dann jedoch geradeaus. Hinter der nächsten Straßenecke drückte er sich hinter ein Auto und beobachtete den Weg, aus dem er gekommen war. Nach zwei Minuten kam ein anderer Passant die Straße herauf. „Endlich nicht mehr allein", dachte Grafenberg, blieb aber in Deckung. Er hatte das Gefühl, auch dieser Mann würde sich suchend umsehen. Doch dann verwarf er diesen Gedanken. Dieser ständige Druck ließ ihn schon hinter jedem Menschen, der an seinem Haus vorbeiging, einen potenziellen Beschatter oder Einbrecher vermuten. Was sollte er jetzt tun? Er entschied sich dazu, erst einmal noch in Deckung zu bleiben. Als Grafenbergs Knie zu schmerzen anfing, stemmte er sich am Kofferraum hoch. Er hielt sich weiterhin im Schatten und sicherte die Umgebung wie ein wildes, scheues Tier. Nichts bewegte sich. Ihm fiel ein, dass Maren Köster ihn heute Abend noch einmal aufsuchen wollte. Doch jetzt wieder nach Hause gehen und auf sie warten, das hielt er einfach nicht aus. Er durchsuchte seine Taschen nach ihrer Visitenkarte, fand sie jedoch nicht. Dafür aber einen Zettel mit den Terminen seiner Auftritte in Bielefeld. Grafenberg fluchte. Morgen war sein erster Auftritt und er hatte noch nichts vorbereitet. Dieser verdammte Einbruch hatte ihn doch sehr aus dem Tritt gebracht. Einen anstehenden Auftritt hatte er noch nie vergessen und sei er noch so belanglos. Dafür sorgte schon das Lampenfieber, das sich im Allgemeinen drei Tage vorher einstellte. Jetzt war es wie weggeblasen.

Der Gedanke an Maren Köster brachte ihn wieder auf den Weg. Er entschloss sich, sie aufzusuchen. Wo sie wohnte, wusste er ja. Er machte mehrere Umwege. Dabei vergewisserte er sich, dass ihm niemand folgte. Dreimal ging er an ihrem Haus vorbei. Als er sich sicher war, allein auf der Straße zu sein, betrat er ihren Garten und drückte sich gegen einen gemauerten Pfeiler, der einen Gartenzaun hielt. Wieder beobachtete er aufmerksam die Straße. Da fasste ihm eine Hand auf die Schulter. Grafenberg schrie vor Schreck auf und fuhr herum. Er sah in das amüsiert lächelnde Gesicht von Maren Köster. Sie hatte Hausschuhe an den Füßen und einen Mülleimer in der Hand. Grafenberg ließ hörbar die Luft aus seinen Lungen strömen. Sein Herz klopfte wie ein Presslufthammer und sein Gesicht errötete langsam und gleichmäßig.

„Äh, ich hatte den Eindruck, ich werde verfolgt. Bei mir stand andauernd ein Mann vor dem Haus. Als ich zu ihm hingehen wollte, ist er verschwunden. Ich wollte sichergehen, dass er mir nicht gefolgt ist, darum hatte ich mich hinter dem Pfeiler versteckt. Boh, haben Sie mich erschreckt“, plapperte Grafenberg völlig konzeptlos vor sich hin.

Maren Köster lachte.

„Na, kommen Sie doch erst mal herein und beruhigen Sie sich, dann sehen wir weiter.“

Sie drehte sich um und ging Richtung Haus. Grafenberg folgte ihr wie ein Dackel, der gerade beim Naschen an der Puddingschüssel erwischt worden war. In der geräumigen Wohnküche bot Maren Köster ihm einen Platz an dem langen Holztisch an.

„Wie wäre es mit einem Bier?“, fragte sie.

Grafenberg war nicht abgeneigt. Er setzte sich und nahm einen kräftigen Schluck aus der Flasche. Dann er zählte er ihr von dem übersetzten Text, von dem Besuch bei Fritzmeier, dem Anruf von Bussmann und dem vermeintlichen Beschatter vor seinem Haus. Maren Köster hörte sich alles an und überlegte wie man jetzt am besten weiter verfahren könnte. Wenn Grafenberg wirklich beschattet würde und die Schriftrolle das Ziel der Begierde war, dann bestand vielleicht die Möglichkeit, den Dieben eine Falle zu stellen.

„Ihr Haus hat doch einen Hintereingang, oder?“

Grafenberg nickte.

„Was halten Sie davon, wenn wir uns jetzt einfach von hinten wieder in Ihr Haus schleichen und im Dunkeln auf die möglichen Einbrecher warten. Vielleicht haben wir ja Glück, und es tut sich was."

„Komisches Glück", dachte Grafenberg, „jemanden beim Einbruch zu erwischen".

Ganz geheuer war ihm bei der Idee, die Einbrecher auf frischer Tat zu ertappen, nicht. Jedoch wollte er sich auch nicht die Blöße geben und vor Maren Köster als Feigling oder Bedenkenträger zu gelten. Also widersprach er dem Plan der Kommissarin nicht.

„Okay", sagte sie. „Dann zieh ich mich jetzt um und füttere noch schnell meine Katze. Die ist mir nach meinem letzten Besuch bei Ihnen zugelaufen. Danach wollen wir doch mal sehen, was sich in der Umgebung Ihres Hauses so tut."

Wenige Minuten später stand Maren Köster mit schwarzer Hose und Jacke bekleidet in der Küche. Als sie später das Haus verließen, zog sie sich noch eine ebenfalls schwarze Motorradsturmhaube über den Kopf. Jetzt war sie in der Dunkelheit fast nicht mehr zu erkennen. Großräumig umrundeten sie das Grafenbergsche Anwesen. Und richtig, in angemessenem Abstand stand da ein Mann im Dunklen und beobachtete durch ein Nachtsichtgerät oder ein lichtempfindliches Fernglas das kleine Fachwerkhaus.

Die Polizistin winkte ihrem Begleiter zu, mit der Aufforderung, ihr zu folgen. Jetzt schlichen sie sich durch die Gärten, zur Rückseite des Hauses. Grafenberg war aufmerksam wie nie zuvor in seinem Leben. Plötzlich hörte er ein Rascheln. Er legte Maren Köster warnend eine Hand auf dem Arm. Sie sah ihn fragend an. Da zeigte er auf einen riesigen Haselnussstrauch. Beide lauschten angespannt. Wieder Geräusche, als hätte jemand kalte Füße und würde jetzt von einem Bein auf das andere treten, um sich wenigstens etwas warm zu halten.

Das Paar zog sich vorsichtig zurück. Nachdem es eine gebührende Entfernung erreicht hatte, sagte Maren Köster:

„Ihr Haus wird ja besser bewacht als Fort Knox! Und wir können nichts machen, schließlich kann man ihren Beschattern das Rumstehen nicht verbieten."

Sie überlegte.

„Wissen Sie was, den unter dem Haselnussstrauch schnappen wir uns jetzt einfach. Wir unterstellen ihm, er sei ein Spanner, und wenn er dann noch handgreiflich wird, dann fährt er erst einmal ein paar Tage ein. Dann haben wir etwas Zeit, ein paar Teppiche hochzuheben, um zu sehen, was das Früchtchen auf dem Kerbholz hat."

Grafenberg wollte etwas sagen, doch Maren Köster hatte sich schon wieder auf den Weg Richtung Haselnussstrauch gemacht. Sie kam im toten Winkel und war leise wie eine Katze. Grafenberg blieb zehn Meter hinter ihr. Als sie nur noch zwei Armlängen von dem frierenden Mann trennten, sprach sie ihn an:

„Na, der Herr, anderen Leuten ins Schlafzimmerfenster sehen?"

Der Angesprochene schnellte herum und stieß sich den Kopf an einem Ast. Die Kollision war so heftig, dass er wankte, zu Boden ging er jedoch nicht. Er rieb sich mit schmerzverzerrtem Gesicht die gerade entstandene Wunde.

Da hörten er und Maren Köster ein trockenes Pock. Beide sahen in die Richtung, aus der es kam und sahen, wie Grafenberg wie von einem Stein getroffen zu Boden ging. Maren Köster gab einem Reflex nach und wollte ihm zur Hilfe eilen. Doch in diesem Moment griff jemand in ihre Haare, die sich unter der Sturmhaube deutlich abzeichneten und riss ihren Kopf mit aller Kraft nach hinten. Ein widerlicher Schmerz durchfuhr ihren Körper. Sie wollte sich zur Wehr setzen, doch ihr Gegner verstand sich mindestens ebenso gut aufs Kämpfen wie sie selbst. Darüber hinaus war er um Einiges stärker und um einiges brutaler. Im nächsten Moment schlug er Maren Köster die Faust ins Gesicht, so dass sie sofort ohnmächtig zu Boden ging.

49

Die Wohnung war hell und modern eingerichtet, jedoch keinesfalls gemütlich. Der Haufen zusammengestellter Designermöbel strahlte die Behaglichkeit der Resteecke eines Edelmöbelhauses aus. Kaltes Neonlicht erleuchtete den Raum. Ein junger Mann inhalierte den Rauch einer Zigarette mit allem, was die Lunge hergab. Mit gleicher Intensität blies er den blauen Dunst im nächsten Augenblick in die Luft.

„Scheiße, Martin, wir stecken bis zum Hals im Dreck. Es ist auch wirklich alles schief gelaufen. Wer konnte davon ausgehen, dass dieser Blumenkamp wieder am Strand von Norderney angetrieben wurde. Und zu allem Überfluss, was war es für ein dummer Zufall, dass der größte Trunkenbold der Insel ihn ausgerechnet am gleichen Tag finden musste.

Von unseren Altvorderen haben wir auch keine Hilfe zu erwarten. Die drücken mit ihren Ärschen die Sessel platt, aber erwarten am Jahresende die dicke Rendite. Ich möchte nicht wissen, wie die rumgeschrieen hätten, wenn dieser Blumenkamp den Verkauf der kreiseigenen Immobilie wirklich verhindert hätte."

„Na ja", entgegnete der angesprochene Mann. „Wenn wir es genau nehmen, haben wir keines unserer Projekte in trockenen Tüchern. Ich halte es im Übrigen für unwahrscheinlich, dass wir die Immobilie auf Norderney noch bekommen. Wenn der Mord erst öffentlich mit dem Wellnesshotel in Verbindung gebracht wird, werden uns die Verantwortlichen des Kreises Lippe mit absolut spitzen Fingern anfassen, ob wir etwas damit zu tun haben oder nicht. Wenn es wenigstens klappen würde, dass wir das Bielefelder Geschäft in trockene Tücher bekämen. Die Bürgerinitiative machte die

Verantwortlichen ziemlich nervös. Ich habe gestern noch einmal mit der Stadt gesprochen. Die wären dazu bereit, den Verkauf schnell über die Bühne zu bringen. Leider muss die ganze Angelegenheit aber noch durch den Rat, und da wird es nicht einfach sein, trotz der eindeutigen Mehrheiten."

„Wenn wir es schaffen würden, jetzt wenigstens erst mal ein bisschen Ruhe in die Angelegenheit zu bringen, hätten wir vielleicht eine Chance. Doch ich könnte mir denken, dass die Polizei, oder noch schlimmer die Presse, unter Umständen schnell eine Parallele zwischen Norderney und Bielefeld herstellen könnte. Dann würde keines der beiden Geschäfte zustande kommen."

„Wenn ich ehrlich sein soll, sind mir unsere Geschäfte mittlerweile ziemlich egal. Ich möchte eigentlich erst einmal selber mit heiler Haut aus dieser ganzen Angelegenheit herauskommen. Am liebsten würde ich meine Koffer packen und untertauchen. Ist dir aufgefallen, dass dieser Grafenberg auch auf dem Treffen dieser Bürgerinitiative war? Stell dir vor, der hätte uns erkannt, dann würde sich die Schlinge wieder ein Stück mehr um unseren Hals zusammenziehen."

„Hör auf, mit diesen Metaphern, noch hängen wir nicht. Die Idee, zu verschwinden, ist mir auch schon gekommen."

Das Handy von Martin Pohlschmidt gab *Spiel mir das Lied vom Tod*, zum Besten. Er sah auf das Display.

„Der Kapitän", flüsterte er und nahm ab. Er kam nicht einmal dazu sich mit Namen zu melden. Sofort wurden ihm einige knappe Befehle entgegengeschleudert.

Er kam einmal mit: „Ja, aber …", und einmal mit: „Okay, in einer halben Stunde", zu Wort. Dann war das Gespräch beendet.

„Jetzt ticken die Alten total durch. Sie wollen, dass wir in einer halben Stunde beim Admiral im Büro auf der Matte stehen.

„Dann ist es zwei Uhr nachts, die haben wirklich einen Lattenschuss."

50

Es hatte angefangen zu regnen. Kleine Tropfen, fast so fein als würden sie mit dem Zerstäuber eines Parfumflakons in die Welt gesprüht. Doch sie verbreiteten keinen Duft, sondern eine unangenehme, nasse Kälte. Das Thermometer hatte sich bei Null Grad Celsius eingependelt. Als Maren Köster das Bewusstsein wiedererlangte, klapperte sie mit ihren Zähnen. Sie war völlig unterkühlt. Die Lippe und ein Auge waren geschwollen. Im Mund hatte sie den Geschmack von Blut. Schmerzen und Kälte bestimmten ihr Empfinden. Sie war nicht in der Lage, einen klaren Gedanken zu fassen. Ihr einziger Wunsch war es, ins Warme zu gelangen. Wo befand sie sich. Verzweifelt versuchte sie, sich an den Wassertrieben eines Haselnussstrauches auf die Beine zu ziehen. Jetzt, als sie stand, erinnerte sie sich. Wo war Grafenberg? Sie sah sich um. Zehn Meter von ihr entfernt lag ein lebloser Körper. Ein Schreck fuhr in ihre Glieder. Sie wankte zu dem Mann und beugte sich zu ihm herunter. Durch diese Anstrengung geschwächt, verlor sie wieder das Bewusstsein. Als sie wieder zu sich kam, bewegte sich auch Grafenberg. Er richtete sich auf und hielt sich den Schädel.

„Was ist passiert?“, fragte er. Maren Köster konnte ihm jedoch nicht antworten.

„Wir müssen ins Haus“, sagte sie. „Hier draußen sterben wir sonst noch an einer Unterkühlung“.

Sie sah zu Grafenberg hinüber. Er hatte sich hingekniet und übergab sich.

„Gehirnerschütterung“, dachte Maren Köster. „Wir brauchen ein warmes Zimmer und einen Arzt“. Sie griff nach dem knienden Grafenberg.

„Kommen Sie!“ befahl sie ihm fast hysterisch und zerrte an ihm.

Der Mann versuchte aufzustehen. Nach einigen Mühen schafften sie es. Sie wankten zu Grafenbergs Hintereingang.

Jetzt war auch die Tür aufgebrochen. Das Haus sah aus, als hätte eine Bombe eingeschlagen. Die Kleidung war wahllos aus den Kisten gerissen worden und in der Wohnung verteilt. Matratze und Decken waren aufgeschlitzt. Das Füllmaterial lag auf dem Boden. Aber im Ofen befand sich noch Glut. Maren Köster öffnete die Brennkammer und legte Holz nach. Minuten später knisterte ein lustiges Feuer und erfüllte den Raum mit Wärme. Erschöpft ließ sie sich auf eine der aufgeschlitzten Matratzen sinken und verlor wieder das Bewusstsein.

Als Maren Köster die Augen wieder öffnete, sah sie auf eine Männerhand. Sie erschrak. Doch ein älterer Mann beruhigte sie mit sanfter Stimme.

„Doktor Berendes“, stellte er sich vor. „Sie und Herr Grafenberg sehen ja aus, als seien Sie vor einen Zug gelaufen. Was ist denn passiert?“

Maren Köster wollte antworten, doch die Schmerzen ihrer geschwollenen Lippe hinderten sie daran.

„Soweit ich das jetzt beurteilen kann, ist nichts gebrochen. Sowohl Sie als auch Herr Grafenberg haben eine Gehirnerschütterung. Sie nur eine leichte. Dafür haben Sie ein übel zugerichtetes Gesicht. Ich rate Ihnen, es mit Eisbeuteln zu kühlen. Schmerztabletten habe ich Ihnen auch schon aufgeschrieben. Da Sie, wie mir Herr Grafenberg berichtete, selber Polizistin sind, betrachte ich meine Aufgabe als erledigt. Im Übrigen ist mir in meiner vierzigjährigen Zeit als praktizierender Arzt so eine Geschichte, wie sie mir Herr Grafenberg erzählt hat, noch nie untergekommen. An sich müsste ich jetzt zehn Euro Praxisgebühr verlangen. Aber die haben Sie ja wohl nicht griffbereit. Ach, ich würde Ihnen raten, morgen Ihren Hausarzt zu konsultieren. Und lassen Sie noch einmal Ihren Kopf röntgen! Sicher ist sicher. Also, gute Besserung!“

Der Arzt hielt ihr die Hand zum Abschied hin und hatte bereits im nächsten Moment das Haus verlassen.

Grafenberg lag ebenfalls auf einer Matratze und lächelte Maren Köster unsicher an. Sie stand auf.

„Ich muss jetzt erst mal nach Hause und rufe mir ein Taxi und nehme Sie mit. In diesem Haus können Sie nicht bleiben. Hier kann jeder ohne Mühen vorne herein gehen und hinten wieder heraus. Keine Widerrede! Ich quartiere Sie jetzt erst mal in meinem Gästezimmer ein und dann reden wir weiter!“, nuschelte sie.

Im Haus von Maren Köster angekommen, zeigte sie Grafenberg das Zimmer, in dem er bleiben konnte. Dann ging sie ins Bad, um sich ihr zerschundenes Gesicht im Spiegel anzusehen. Als sie sich sah, fing sie an, hemmungslos zu weinen.

51

Der Anbau des Einfamilienhauses war hell erleuchtet. Die beiden jungen Männer wurden von dem grauhaarigen, mürrisch dreinschauenden Mann hereingelassen. Ohne einen Gruß ging er vor ihnen her in ein Besprechungszimmer. Hier saß eine zweite Person. Ebenfalls ein Mann um die Sechzig.

„Wie? Haben sich die grauen Eminenzen zu einem Alleingang entschlossen?“, fragte Daniel Rimbert respektlos.

„Halt den Mund und setzt euch hin!“, sagte der Gastgeber, der sie auch hereingelassen hatte, mit leiser, schneidender Stimme.

Den beiden jungen Männern fröstelte. Obwohl ihre Gegenüber, die beiden älteren Herren, schon fast einen gebrechlichen Eindruck vermittelten, wussten beide, dass sie es hier mit zwei kaltblütigen, mit Macht und Intelligenz ausgestatteten Persönlichkeiten zu tun hatten. Also setzten sich Pohlschmidt und Rimbert widerspruchslos an den Tisch. Sie waren entschlossen, sich nichts gefallen zu lassen, und wenn nötig auch zu kämpfen.

Auch der Hausherr setzte sich. Mit ruhiger, eisiger Stimme ergriff er das Wort.

„Wenn ich die letzten Monate Revue passieren lasse, so stelle ich fest, dass wir in erhebliche Schwierigkeiten gekommen sind. Die Probleme, die ich sehe, sind meines Erachtens so gravierend, dass ich den Fortbestand unserer Organisation gefährdet sehe. Über dreihundertfünfzig Jahre konnten wir im Verborgenen wirken und unseren Zielen gerecht werden. Jetzt ist dies alles in Frage gestellt. Ich mache euch beide maßgeblich für diese Situation verantwortlich. Niemals zuvor sind bei mir so stümperhafte Arbeiten abgeliefert worden, und niemals haben in unserem Bund junge Menschen so selbstherrlich gehandelt wie ihr beiden. Würde ich eure Väter nicht so gut kennen und schätzen, hätte ich euch schon längst aus der Verantwortung genommen. Aber jetzt ist ein Punkt erreicht, wo ich alle Verantwortung übernehme und wenn nötig auch scharfe Einschnitte vornehmen werde. Doch zunächst werdet ihr mir einen haarkleinen Bericht über die beiden Projekte geben!“

„Bis wann möchten Sie den Bericht haben?“, fragte Rimbert kleinlaut.

„Bis wann? Jetzt!“

„Aber ich habe seit fast sechsunddreißig Stunden nicht mehr geschlafen!“

„Ihr habt die besten Ausbildungen genossen um unsere Organisation nach außen zu vertreten. Das Potential, das ihr durch euer Studium und durch eure Erziehung erhalten habt, verlange ich auszuschöpfen. Sechsunddreißig Stunden ohne Schlaf dürfte für euch noch kein Hindernis sein, uns jetzt einen detaillierten Bericht zu geben. Also, fangt an!“

Drei Stunden später hatten die Männer alle Angelegenheiten durchgesprochen.

Während Rimbert und Pohlschmidt aus den letzten Löchern pfiffen, machten die beiden Senioren einen fitten Eindruck.

„Ihr geht jetzt in unser geheimes Quartier und werdet es nicht mehr verlassen, bis ich euch grünes Licht gebe. Dort wartet ihr ab, wie die Vereinigung entscheiden wird. Ist das klar?“

Die beiden jungen Männer nickten unterwürfig und verließen wenige Minuten später das Büro.

Im Auto sagte Rimbert zu Pohlschmidt:

„Die Anweisung, dass wir uns in unser geheimes Quartier zurückziehen sollen, werde ich nur vorübergehend befolgen. Ich schwöre dir, wenn die Alten mit uns fertig sind, dann sind wir so platt, dass man uns unter dem Teppich durchschieben kann. Ich haue ab, das ist so schon mal klar. Über dich hält ja wahrscheinlich noch dein Vater die Hand, aber meiner ist tot. Schon zu Lebzeiten hatte er ständig Ärger mit dem Admiral. Dem kommt dieser Vorfall gerade recht, um mich abzuservieren.“

„Mein Alter hat doch in der Organisation nichts zu melden. Formal ist er zwar der Geschäftsführer von C2 Development, aber wenn man es genau nimmt, ist er doch nur Stimmvieh. Wenn der nicht zufällig ein Pohlschmidt wäre und die Mitgliedschaft von seinem Vater geerbt hätte, wäre er über Aktenschieben auf irgendeinem Amt nicht hinausgekommen. Mein Vater kann mir auch nicht helfen. Und wenn, dann wäre er zu feige.“

„Na ja, da habe ich deinen alten Herrn aber schon ganz anders erlebt. Ich habe mal mit angehört, wie der den Kapitän an der Hecke lang gezogen hat. Da bin ich aber aus dem Staunen nicht mehr herausgekommen. Ich glaube, dein Chef ist ein ganz leiser, doch wehe, wenn ihm die Hutschnur reißt.“

„Ist ja auch egal, wie mein Alter drauf ist. Ich verlasse mich jedenfalls nicht auf ihn. Wenn du abhaust, bin ich dabei! Aber lass uns nichts überstürzen. Bevor wir den Abflug machen, drücken wir den Alten noch richtig einen rein. Ich bin es leid, für ’n Appel und ’n Ei, andauernd für die die

Drecksarbeit zu machen und dann anschließend Nackenschläge zu kassieren."

„Du willst dich mit der Vereinigung anlegen? Hoffentlich geht das nicht nach hinten los. Na, ich bin auf jeden Fall dabei. Kommt jetzt auch nicht mehr drauf an. Mitgefangen, mitgehangen! Hast du denn schon eine Idee, wie du den Alten auf die Füße treten willst?"

„Nur schemenhaft. Aber wenn wir den Laden mit einem Überraschungscoup möglichst spektakulär an die Wand fahren, haben die Alten nicht mehr die Möglichkeit, noch etwas in der Kontenführung zu ändern. Doch zunächst müssen wir erst einmal so tun, als würden wir kleine Brötchen backen."

Pohlschmidt lenkte das Auto in die Felix-Fechenbach-Straße, fuhr weiter Richtung Hiddeser Berg und stoppte vor einem der anonym wirkenden Wohnblöcke.

„Wo stellen wir denn das Auto unter?"

„Keine Sorge", antwortete Martin Pohlschmidt. „Die Alten haben an alles gedacht. Sie haben vier Straßen weiter eine Garage gemietet. Ich weiß, welche es ist. Wenn wir ausgeladen haben, stelle ich das Auto dort ab."

52

Gerade mal vier Uhr nachmittags und schon völlig fertig!

Hauptkommissar Jupp Schulte war nichts mehr gewohnt. Der erste Arbeitstag nach seiner Rückkehr von Norderney war anstrengend gewesen. Die ersten drei Stunden im Polizeipräsidium an der Kurt-Schumacher-Straße in Bielefeld hatte er damit verbracht, die Post auf seinem Schreibtisch abzuarbeiten oder wenigstens zu sichten. Dann war er auf den Gedanken gekommen, einmal in sein Mail-Verzeichnis zu schauen. Das hätte er am liebsten gleich wieder geschlossen, denn er fand dort fast hundert ungelesene Mails vor. Der weitaus größte Teil davon war polizeiintern und Schulte war sich sicher, dass die Sicherheit der steuerzahlenden Bürger nicht in Gefahr geraten würde, wenn er diese Post einfach und unkompliziert in den elektronischen Papierkorb transferierte. Falls er dabei etwas für den internen Arbeitsablauf Bedeutendes übersehen haben sollte, würde schon irgendjemand ihn bei Ablauf der Frist daran erinnern. In einem geordneten Haushalt geht eben nichts verloren.

Trotz seiner freizügigen Abwicklung vieler Vorgänge war es Mittag geworden und Schulte musste zu einer Abteilungsleiterbesprechung in die oberste Etage. Als er nach einer Stunde dort wieder herauskam, hatte er Hunger. Also ging er in die Mensa der Fachhochschule. Hier kannte er niemanden und so stocherte er lustlos in seinem Geschnetzelten mit Butterspätzle herum. Lediglich einige vorbeigehende Studentinnen ließen ihn für Sekunden aufmerken. Um halb zwei saß er wieder an seinem Schreibtisch und wusste nicht so recht, wo er anfangen sollte. Mit Margarete Bülow und Wolf Muffen hatte er für 17 Uhr eine Besprechung vereinbart. Bis dahin wollte Schulte so viel wie möglich am Fall Blumenkamp arbeiten. Die beiden Kollegen waren noch mit anderen Fällen beschäftigt, also blieb erst einmal alles an ihm hängen.

Er hatte sich gerade auf einem Notizblock einen Plan für den Nachmittag skizziert, als ihm durch seine Vorzimmerfrau ein Besucher gemeldet wurde, der wenige Sekunden später auch schon in seinem Büro auftauchte und ihn freundlich anlächelte. Es handelte sich um einen älteren Herrn, den jeder bedenkenlos zum Taufpaten seines Kindes gemacht hätte. Er schien mit der ganzen Welt im Reinen zu sein, strahlte vor Glück darüber, endlich einen so berühmten Kriminalkommissar kennen lernen zu dürfen. Schulte fand diese Schmeichelei weniger unangenehm, den feuchten Händedruck des Mannes aber sehr. Er unterdrückte das Bedürfnis, sich unmittelbar danach die Hände an der Hose abzuwischen und wies dem alten Mann einen Stuhl am Besprechungstisch zu.

Herr Peters schwitzte, obwohl es draußen feucht-kalt war und Schulte seine Heizung komplett abgedreht hatte. Immer wieder tupfte er sich mit einem karierten Taschentuch den Schweiß von Stirn, Gesicht und Hals. Er stellte sich als Versicherungsmakler vor, der die Lebensversicherung des verstorbenen Hans-Hermann Blumenkamp betreute und die Interessen sowohl der Witwe Blumenkamp als auch der Versicherungsgesellschaft im Auge hatte. Die freundlichen Damen und Herren der Detmolder Polizei hätten ihn an den Hauptkommissar Schulte in Bielefeld verwiesen. Der sei der richtige Ansprechpartner. Es sei von großer Wichtigkeit zu wissen, wohin sich dieser Fall entwickle, gab er Schulte zu verstehen. Falls es sich um eine Selbsttötung handeln sollte, hätte das Folgen auf die Auszahlung der Lebensversicherungssumme. Wenn es erwiesenermaßen ein Unfall gewesen sein sollte, dann würde sofort ausgezahlt. War es ein Gewaltverbrechen, dann würde die Versicherungsgesellschaft so lange mit einer Auszahlung warten, bis der Fall abgeschlossen wäre. Da es sich aber um eine nicht unbedeutende Summe handelte, wäre er, Peters, dem Herrn Kriminalkommissar äußerst dankbar, wenn er ihm schon mal eine gewisse Trendmeldung geben könnte. Damit alle Seiten wüssten, was auf sie zukommt. Vor allem die arme Witwe hätte doch einen Anspruch darauf, ihre finanziellen Perspektiven zu kennen und gerade sie läge ihm ständig in den Ohren damit.

Schulte hatte eigentlich Besseres zu tun, wie er fand, aber er wollte diesen freundlichen älteren Herrn auch nicht ohne Auskunft wieder nach Hause schicken. Da er keine ermittlungstechnischen Probleme darin erkennen konnte, sagte er nach kurzem Überlegen:

„Der Fall ist noch weit davon entfernt, gelöst zu sein. Aber ich glaube, ich verrate nicht zu viel, wenn ich Ihnen sage, dass es sich mit allergrößter Wahrscheinlichkeit um Mord handelt. Da wir aber noch nicht mal ein klares Bild von dem oder den Mördern haben, geschweige denn, sie schon gefasst haben, müssen Sie und Ihre Klienten sich noch etwas gedulden. Ich kann Ihnen nur versichern, dass wir mit Hochdruck an der Sache arbeiten. Leider ist es nicht der einzige Fall, den wir auf dem Schreibtisch haben und unsere personellen Ressourcen sind begrenzt. Seien Sie guten Mutes, wir lösen den Fall. Früher oder später!"

Mit diesen Worten stand Schulte auf und streckte dem verblüfften Herrn Peters die Hand zum Abschied hin. Etwas verwirrt zog dieser eine Visitenkarte aus der Innentasche seiner Anzugjacke und überreichte sie Schulte.

„Vielen Dank, dass Sie sich Zeit für mich genommen haben, Herr Kommissar. Ich bin wirklich sehr dankbar. Wenn Sie so nett wären, mich anzurufen, wenn sich neue Erkenntnisse ergeben haben? Sie finden meine Telefonnummer auf der Visitenkarte."

Damit ging Peters rückwärts aus dem Büro, nicht ohne noch zweimal zumindest die Andeutung einer Verbeugung gemacht zu haben. Danach schloss sich die Tür hinter ihm und Schulte blieb allein mit der Frage zurück, ob dieser ältere Herr nun einfach etwas überkandidelt war oder ob er ihn schlicht und einfach verarschen wollte. Schulte schüttelte den Kopf bei diesen Betrachtungen und ging hinaus zur Toilette, um sich gründlich die Hände zu waschen.

Nach dieser seltsamen Begegnung hatte Schulte plötzlich großen Kaffeedurst. Er bedauerte es wieder mal, dass es heutzutage keine Bürodiener mehr gibt und man sich sogar in seiner Position den Kaffee selbst holen musste. Seine Vorzimmerdame damit beauftragen wollte er nicht. Einmal weil er fand, dass die gute Frau Körner sowenig wie er selbst fürs Kaffeeholen bezahlt würde, zum anderen hätte er dabei ein komisches Gefühl gehabt. Der alte Anarchist in ihm hätte zwar den Bürodiener akzeptiert, denn das wäre dessen Job gewesen, aber seine Vorzimmerdame mit niedrigen Tätigkeiten zu demütigen, ließ er nicht zu. Also schlurfte Schulte selbst los, ging wortlos durch das Vorzimmer, Frau Körner war gerade rausgegangen, in den Flur und dann in die kleine Teeküche, wo die Kaffeemaschine stand. Meistens war frischer Kaffee da, denn irgendeiner erbarmte sich immer und brühte neuen auf. Auch diesmal war die Glaskanne gefüllt. Die gute Frau Körner, dachte Schulte dankbar. Schulte griff sich eine sehr dunkle Tasse und schenkte sich von dem heißen Gebräu ein. Er mokierte sich etwas über die sehr blasse Farbe des Kaffees. Heutzutage kann doch keiner mehr ordentlichen Kaffee kochen, dachte er. Aber vielleicht lag das ja auch an der dunklen Tasse. Dann fiel ihm die peinliche Episode wieder ein, als er in der Norderneyer Pension zusammen mit Gunda Luitjens gesessen hatte und den zu heißen Kaffee wieder ausspucken musste. Mittlerweile konnte er darüber schmunzeln. Aber das sollte ihm nicht noch mal passieren. Als er zwei Minuten später an seinem Schreibtisch saß, hörte er Frau Körner wieder in ihr Zimmer kommen. Da mittlerweile der Kaffee auf Trinktemperatur abgekühlt sein musste, nahm Schulte die Tasse wieder auf und trank einen großen Schluck. Sofort sprang er auf, spuckte die Flüssigkeit über seinen Schreibtisch und schrie auf.

„Bäh! Was ist das denn für ein Dreck? Frau Körner!"

Die aufgescheuchte Frau kam sofort in sein Büro gestürzt und blickte ihn ängstlich an. Schulte fluchte wie ein Bierkutscher und wies wütend auf seine Kaffeetasse.

Als Frau Körner den Zusammenhang verstand, schlug sie die Hände vors Gesicht.

„Oh nein!", rief sie verzweifelt. „Haben Sie das aus der Kaffeemaschine?"

Schulte nickte vorwurfsvoll. Dann spuckte er erneut, diesmal in den Papierkorb. Frau Körner war untröstlich.

„Aber ich habe doch gar keinen Kaffee gekocht! Ich habe nur das Pulver zum Entkalken durch die Maschine laufen lassen. Meine Güte! Herr Schulte!"

Als der Schreibtisch wieder sauber war, nahm Schulte sich vor, nun endlich konzentriert zu arbeiten. Er lehnte den vorsichtigen Vorschlag von Frau Körner, ihm einen richtigen Kaffee zu kochen ab, und bat darum, an diesem Nachmittag nicht mehr gestört zu werden.

Er vervollständigte seinen Arbeitsplan, bei dessen Vollendung ihn Herr Peters gestört hatte. Nachher würde er mit Muffen und Frau Bülow über die Aufteilung der Aufgaben sprechen. Eigentlich lag die Recherche zu einem Fall ja gar nicht mehr in seiner Pflicht. Schulte als Leiter des ZDG, des Zentralen Dezernats Gewaltverbrechen, war für die Steuerung der polizeilichen Aktionen zuständig. Auch Verbindungen zu anderen Behörden zur Ausnutzung von Synergien gehörten zu seinen Aufgaben. Und ebenso die Außendarstellung der Polizeiarbeit, das hieß Öffentlichkeitsarbeit. Die eigentliche Polizeiarbeit sollte vorerst weiter in Kooperation mit den lokalen Polizeibehörden geleistet werden. Schultes Team, das zur Startphase aus ihm, Wolf Muffen, Walburga Stolle und Margarete Bülow bestand, hätte das auch personell gar nicht leisten können. Das Team war deshalb so klein, weil es erst einmal Strukturen aufbauen sollte. Es war geplant, die Abteilung dann sukzessive zu erweitern. Langfristig sollte das ZDG das zentrale Mordkommissariat in OWL werden. Schultes Truppe war direkt dem Innenministerium in Düsseldorf unterstellt, sein direkter Vorgesetzter war ein Staatssekretär. Das hatte den Vorteil, dass man sie weitgehend in Ruhe ließ, aber den Nachteil, dass keiner vor Ort so richtig wusste, was nun eigentlich passieren sollte. Schulte, als der nominelle Chef der Abteilung, hatte die Fäden schon vor seinem Ausflug nach Norderney, der ja eigentlich eine Art Flucht war, in die Hände von Margarete Bülow gegeben, die in dieser Rolle voll aufging und zweifellos dafür auch besser qualifiziert war. Schulte war nur auf diese Position gehoben worden, weil sein damaliger Detmolder Chef Erpentrup ihn wegloben wollte und den Landrat für diesen Plan gewinnen konnte. Es war auch nur eine Frage der Zeit, bis man nicht mehr darum herum kam, Schulte auch dienstgradmäßig zu befördern. Was ihm gar nicht recht war. Ihm fiel dazu immer ein Lied von Marius Müller-Westernhagen ein: „Ich will zurück auf die Straße!“ Stattdessen saß er in einem geräumigen, klimatisierten Büro mit Vorzimmerdame.

Es war nur dieser besondere Fall, der ihn schon soviel Energie, Schweiß und Angst gekostet hatte, der ihm eine Verletzung eingebracht hatte und ihn eine wunderbare Kollegin hatte kennen lernen lassen. Diesen Fall wollte er nicht einfach delegieren. Dafür steckte nun zuviel eigenes Herzblut darin.

Um halb fünf steckte Frau Körner vorsichtig den Kopf durch die Bürotür und verabschiedete sich in den Feierabend. Um fünf Uhr kamen seine beiden Kollegen erstaunlich pünktlich zu ihm. Frau Bülow mit ihrem ständigen Begleiter, dem Blindenhund Kalle und Wolf Muffen, der sich erschöpft auf einen Stuhl fallen ließ.

„Gibt's auch Kaffee?“, fragte er mürrisch. Schulte wollte von Kaffee nichts mehr hören. Trotzdem erzählte er von seinem Erlebnis am Nachmittag. Die beiden Kollegen hatten ihren Spaß und Schulte konnte schon wieder über sich selbst lachen. Muffen sprang auf.

„Wir sind doch hier unter uns, oder? Wenn wir schon keinen Kaffee haben, obwohl wir Überstunden machen müssen, dann will ich wenigstens ein Bier. Ich habe zufällig einen Sechserpack im Auto, den kann ich eben holen. Was meinst du, Jupp?“

Schulte dachte kurz nach. Sie waren hier schließlich ihre eigenen Herren. Niemandem hier im Hause verantwortlich. Die reguläre Arbeitszeit war sowieso abgelaufen. Warum also kein Bier? War ja praktisch eine Abteilungsfeier. Muffen zog los und kam nach wenigen Minuten mit dem Bier zurück.

Margarete Bülow berichtete von den vergangenen Tagen, an denen Schulte nicht anwesend gewesen war. Es hatte einiges zu regeln gegeben, aber anscheinend hatte Frau Bülow das alles wunderbar hinbekommen. Schulte wurde ein wenig neidisch. Dann sprachen sie den Fall Blumenkamp durch. Zuerst gab Schulte einen Überblick über seine Erlebnisse auf Norderney. Muffen pfiff anerkennend durch die Zähne, als Schulte von seiner Flucht im Hafen berichtete.

„Mann, da hast du ja einen waschechten Abenteuerurlaub gehabt! Und sag mal, wie waren denn die Kollegen da oben? Kooperativ?“

Schulte wurde innerlich schon wieder sauer, als er über Möllmann berichtete. Die Auricher Polizisten erwähnte er nur insoweit, als das es sich um einen Mann und eine Frau handelte. Nur Harms beschrieb er ausführlich.

„Erzähl doch mal mehr über diese Kollegin aus Aurich!“, ließ Muffen nicht locker. „Ist sie talentiert?“ Dabei deutete er pantomimisch mit den Händen zwei weibliche Brüste an.

„Geht so!“, sagte Schulte ruhig. Doch dann grinste er Muffen verschwörerisch an, wohl wissend, dass die blinde Frau Bülow davon nichts mitbekam. Muffen verstand ihn auch ohne Worte.

Sie tranken ihr Bier, die Dame aus einem Glas, die beiden Männer aus der Flasche und ließen erst mal Ruhe einkehren. Dann fing Margarete Bülow mit der Bestandsaufnahme an.

„Was wissen wir denn eigentlich über den Fall Blumenkamp?“ Die Frage war wohl nur rhetorisch gewesen, denn sie beantwortete sie gleich selbst. „Es war fast sicher Mord. Herbeigeführt durch einen Schlag mit einem stumpfen Gegenstand auf den Hinterkopf. Dann wurde Blumenkamp ins Wasser geworfen. Mit großer Wahrscheinlichkeit von einem Wasserfahrzeug aus.

Was wissen wir über Blumenkamp? Er war pensionierter Lehrer und Kreistagsabgeordneter des Kreises Lippe. Wohnte in Detmold. Hinterlässt eine Frau, aber keine Kinder. Hat sich im Kreistag immer sehr für den Erhalt dieses Freizeitheimes auf Norderney ausgesprochen. Und wir haben von Jupp erfahren, dass er auf der Insel ebenfalls hart an dem

Thema war. Wollte alle Kräfte mobilisieren, um zu verhindern, dass dieses Freizeitheim an einen privaten Investor verkauft und in einen Wellness-Park oder so was umgewandelt wird. Ja, und das war es auch schon fast. Nicht viel, was wir da haben, meine Herren! Von Erkenntnissen über den oder die mutmaßlichen Mörder ganz zu schweigen. Da tappen wir völlig im Dunkeln!"

Diese Metapher gerade von ihr zu hören, machte die beiden Männer vorübergehend sprachlos. Aber inhaltlich mussten sie ihr recht geben. Sie hatten den Fall in den letzten Tagen von Bielefeld aus überhaupt nicht angefasst und Schultes Inselabenteuer war erkenntnistechnisch durchaus als Flop zu bezeichnen. Schulte fühlte sich aber dennoch nicht als völliger Verlierer.

„Gar nichts kann man auch nicht sagen. Immerhin können wir davon ausgehen, dass es sich mindestens um zwei verhältnismäßig junge Männer handelt, die entweder eine kleine Motoryacht besitzen oder zumindest damit umgehen können. Wir haben ein Foto von der Yacht. Es wird in allen Nordseehäfen danach gesucht. Auch in Holland. Über kurz oder lang wird das Boot gefunden werden. Ich weiß in etwa, wie groß die beiden sind, ich weiß auch, dass beide ziemlich kräftig sind. Und, ich weiß, dass einer von ihnen mit Vornamen Martin heißt. Ich habe heute Nachmittag von hier aus ein amtliches Ersuchen an die Norderneyer Sportboothafen GmbH auf den Weg gebracht, damit wir die Namensliste der Skipper bekommen, die in der fraglichen Zeit dort angelegt haben. Viel verspreche ich mir davon nicht, aber vielleicht haben wir ja Glück und wir finden einen Martin, auf den auch alles andere passt."

Das war es aber dann auch wirklich. Mehr hatten sie nicht. Frau Bülow dachte schon an den kommenden Tag.

„Wie teilen wir uns morgen auf? Ich schlage vor, ich spreche mal mit dem Kreis Lippe über dieses Freizeitheim und den geplanten Verkauf. Einer von euch wird auch mal die Presseberichterstattung daraufhin durchforsten müssen. Aber am wichtigsten ist nach meiner Meinung, dass sich jemand um diesen Investor kümmert. Jupp, warum hast du das eigentlich nicht schon auf Norderney gemacht?“

Schulte stöhnte. Ja, warum eigentlich nicht? Das wusste er selbst nicht genau. Irgendwie hatte er nur im Nebel gestochert. Von professioneller Polizeiarbeit hatte keine Rede sein können. Aber…

„Eigentlich hatte ich ja Urlaub, vergesst das bitte nicht! Ich habe nur mal so ein bisschen die Zeit genutzt und mich umgehört. Von der Tatsache, dass es im Nachhinein eine genehmigte Dienstreise wurde, konnte ich nicht ausgehen. Was habt ihr denn erwartet?“

Margarete Bülow blickte mit glanzlosen Augen in seine Richtung. Was sie nicht sehen konnte, spürte sie.

„Jupp, ich wollte dir keinen Vorwurf machen. Du hattest wirklich Urlaub und es ist wunderbar, dass du in deiner Freizeit so viele nützliche Informationen sammeln konntest. Aber noch mal: Wer kümmert sich um diesen Investor?“

„Ich mache das!“, kam es brummig von Schulte.

„Ich helfe dir dabei!“, ergänzte Muffen und machte eine zweite Flasche Bier auf. Kurz darauf war die Besprechung zu Ende. Schulte brachte seine Kollegin samt Hund in ihre neue Wohnung im Bielefelder Westen.

„Übrigens“, druckste Schulte herum. „Du hast großartige Arbeit geleistet, als ich weg war. Machen wir uns nichts vor, du bist für diesen Posten besser qualifiziert und hast auch mehr Spaß daran als ich. Eigentlich müsstest du auf meinem Platz sitzen. Doch, doch…“, entgegnete er energisch, als sie ihm widersprechen wollte. „Ich bin mir da ganz sicher. Mir liegt diese Verwaltungsarbeit nicht. Ich will zurück an die Front und werde bei passender Gelegenheit vorschlagen, dass du meinen Posten übernimmst. Bist du einverstanden?“

Als sie seinen Vorschlag abwehren wollte, setzte er noch hinzu:

„Versteh mich nicht falsch. Das ist keine Großzügigkeit von mir, dass ist reiner Egoismus. Ich weiß, wo ich hingehöre!"

Das Bellen von Schultes Handy beendete das Gespräch. Er riskierte einen Punkt in Flensburg und nahm das Gespräch während der Fahrt an. Es war Braunert, der ihm ausführlich berichtete, dass Maren Köster krank sei.

Schulte teilte ihm mit, dass er auf dem Rückweg mal bei ihr vorbeifahren wolle.

„Nein, sie möchte von niemandem besucht werden!", entgegnete Braunert mit aller Deutlichkeit und wimmelte ihn dann mit den Worten ab:

„Alles weitere morgen"

„Der spinnt ja wohl", dachte Schulte. „Natürlich fahre ich gleich bei Maren vorbei".

53

Die Tatsache, dass die Stadt Lemgo seit geraumer Zeit über eine Umgehungsstraße verfügte, hatte die Verkehrssituation in der alten Renaissancestadt doch erheblich entspannt. Auch die Stadt selber, die über viele schmale Straßen und Gassen verfügte, hatte durch den verkehrstechnischen Eingriff enorm gewonnen.

Schulte durchquerte die Stadt zügig und fand, zu seiner allgemeinen Verwunderung, fast direkt vor Maren Kösters Haus auch noch einen Parkplatz. Er stieg aus und durchquerte in schnellen Schritten den Garten seiner Kollegin. Ihre Wohnung war erleuchtet. Doch als er den Klingelknopf betätigte, hörte er zwar das Läuten, doch es tat sich nichts. Schulte wollte sich nicht abwimmeln lassen, also drückte er immer wieder den Taster.

Nachdem Schulte einige Minuten seine Aufdringlichkeit bewiesen hatte, kam endlich eine wütende Maren Köster zur

Haustür, riss sie auf und fauchte, so gut es ihr geschwollenes Gesicht und ihre zerschundenen Lippen zuließen:

„Was soll das? Welcher Idiot klingelt denn hier wie ein Irrer? Wenn ich die Absicht hätte, Sie einzulassen, hätte ich die Tür schon längst geöffnet."

Die Schwellungen ließen nur ein eingeschränktes Blickfeld zu, so dass es einige Augenblicke dauerte, bis sie Schulte erkannte. Sie schien überhaupt nicht erfreut über seine Anwesenheit.

„Ach, Jupp, du bist es! Hat Axel dir nicht gesagt, dass ich niemanden sehen will?"

Schulte starrte sie entgeistert an.

„Mein Gott, Maren, wie siehst du denn aus? Was ist passiert?", fragte er ehrlich betroffen.

„Was ist passiert? Was ist passiert?", äffte sie ihn nach. „Ich bin vor einen Zug gelaufen!", gab sie wütend zum Besten und begann zu weinen. Dann, schon wesentlich versöhnlicher: „Komm endlich rein! Ich möchte hier nicht auch noch gesehen werden."

Sie ging vor ins Wohnzimmer, wischte sich mit dem Ärmel die Tränen aus dem Gesicht und fragte ihn, ob er was trinken wolle.

Schulte entschied sich für ein Bier. Er wollte sich nicht abwimmeln lassen, das hatte er sich fest vorgenommen. Und er wollte genau wissen, was passiert war. Als er sich auf einen Sessel setzte, rettete sich die darauf ruhende Katze nur durch einen beherzten Hechtsprung davor, von Schultes Massen erdrückt zu werden.

Nachdem Schulte einen Schluck Bier getrunken hatte, stellte er die erste Frage. Zwar druckste Maren Köster noch einige Augenblicke herum, dann erzählte sie ihm die ganze Geschichte. Dass Rodehutskors sie angerufen habe, weil der Sohn seines Nachbarn beim Renovieren seiner Wohnung eine Schriftrolle aus dem siebzehnten Jahrhundert gefunden hatte. Dass anschließend bei dem jungen Mann eingebrochen worden sei, und Rodehutskors sie nun bat, einmal nach dem Jungen zu sehen. Der Junge war ein ausgewachsener Mann. Vorgestern habe er vor ihrer Tür gestanden und ihr erzählt, er würde beschattet. Sie sei mit ihm zu seinem Haus gegangen, habe versucht den Beschatter zur Rede zu stellen, doch es waren mehrere Personen und das, was er jetzt sehe, sei das Ergebnis. Braunert sei an dem Fall dran, sie müsse erst einmal wieder auf die Beine kommen. Grafenberg, so hieße der Besitzer der Schriftrolle, sei ebenfalls übel zugerichtet worden. Er habe eine Gehirnerschütterung und sei noch nicht vernehmungsfähig.

Schulte empfand ehrliche Anteilnahme und gab sich alle Mühe, Maren Köster ernsthaft zu bedauern, doch sie wirkte distanziert und unterkühlt. Sobald Schulte das Gespräch auf eine private Ebene lenkte, brach jede Kommunikation ab. Nach mehreren Versuchen gab er es auf. Er verabschiedete sich schnell, nahm sich aber vor, mit Braunert über alles noch einmal zu reden.

Als Schulte wieder vor dem Haus stand, fühlte er sich sehr einsam. Er dachte nach. Mit irgendjemandem musste er jetzt reden, egal über was. Er griff zum Handy und rief seine Tochter an, um sich aus Norderney zurück zu melden. Sie freute sich über den Anruf und fragte ihn, ob er heute Abend noch etwas vorhätte. Als er sagte, dass er durch ihren Auszug gerade wieder zum einsamen Wolf verkommen würde, lud sie ihn zur Besichtigung ihrer neuen Wohnung ein.

54

Was für ein Arbeitstag! Jupp Schulte wischte sich den Schweiß von der Stirn, als er am späten Nachmittag eine kleine Pause einlegte. Zusammen mit seinen Kollegen hatte er versucht, die Beschlüsse der gestrigen Besprechung in die Tat umzusetzen.

Am frühen Vormittag war Schulte nach Detmold gefahren und hatte mit der Witwe Blumenkamps gesprochen. Frau Blumenkamp hatte sich als etwas betuliche Frau von achtundfünfzig Jahren erwiesen, die älter wirkte als sie war. Sie hatte eine Menge über ihre Ehe und über das Engagement ihres verstorbenen Ehemannes in der Lokalpolitik zu erzählen gewusst.

Zum Freizeitheim des Kreises auf Norderney und auch zur Insel selbst hatte ihr Gatte offenbar ein sehr leidenschaftliches Verhältnis gehabt. Schon als Kind war er häufig auf der Insel gewesen. Meistens als Patient im Seehospiz, da Blumenkamp unter Asthma gelitten hatte. Später kamen viele Aufenthalte im Freizeitheim des Kreises Lippe hinzu. Für ihn waren die Aufenthalte auf der Insel immer das pure Glück gewesen, da er dort beschwerdefrei leben konnte. Das Freizeitheim war zum Symbol dieser Unbeschwertheit und Lebensfreude geworden. In seinen aktiven Jahren hatte er sowohl als Lehrer als auch später in seiner Funktion als Kreistagsabgeordneter für diese Einrichtung getan, was er konnte. Es verging kein Jahr ohne Klassenfahrt nach Norderney. Bei allen Haushaltsdebatten im Kreistag war er der Lobbyist des Freizeitheimes gewesen. Die Pläne zum Verkauf der Einrichtung hatten ihn schockiert. Das würde er niemals zulassen, hatte er damals zu seiner Frau gesagt und einen zweijährigen Kampf gegen diese Pläne geführt. Auch diesmal hatte er auf Norderney mit wichtigen Leuten sprechen wollen. Hatte schon Termine gemacht. Mit wem, dass wusste Frau Blumenkamp leider nicht.

„Wissen Sie, mich interessiert das nicht!", versicherte sie mehrfach. „Ich fahre sowieso lieber ans Mittelmeer, ich brauche die Sonne. Hab's ja so mit dem Kreislauf, müssen Sie wissen!"

Schulte fand nicht, dass er das wissen musste. Seine Routinefragen nach eventuellen Feinden ihres Mannes und so weiter beantwortete sie alle mit einem felsenfesten:

„Also, das kann ich mir gar nicht vorstellen!"

Zum Abschluss kam Schulte noch auf den Gedanken, sie nach der Lebensversicherung zu fragen.

„Ja, ich glaube, so was hat mein Mann mal abgeschlossen. Aber das macht ja alles unser Versicherungsmakler, der Herr Peters. Ich habe da volles Vertrauen."

Nach dem Gespräch versuchte Schulte, Axel Braunert zu erreichen, der ja den Überfall auf Grafenberg und Maren Köster bearbeitete. Doch vergeblich. Also war Schulte nach Bielefeld gefahren und hatte sich für drei Stunden an seinen Schreibtisch gekettet. Zuerst führte er ein Gespräch mit Gunda Luitjens auf Norderney. Sie und ihr Kollege Freese hatten mittlerweile mit allen wichtigen Leuten auf der Insel gesprochen. Mit allen jedenfalls, die direkt oder indirekt etwas mit dem Freizeitheim zu tun haben. Einige von ihnen hatten Blumenkamp gekannt, gaben auch an, mit ihm gesprochen zu haben. Immer hatte Blumenkamp seine Gesprächpartner motivieren wollen, sich ebenfalls für den Erhalt des Heimes einzusetzen. Da ja alle von seiner Ermordung wussten, waren sie naturgemäß vorsichtig mit ihren Äußerungen. Keiner hatte auch nur eine Ahnung davon, wer ihn umgebracht haben könnte. Auch den Investor kannte anscheinend niemand. Das verwunderte die beiden Polizisten auch nicht, denn der hatte sich ja auf der Insel noch nie präsentiert. Es wurde immer wahrscheinlicher, dass die Wurzeln dieser Gewalttat nicht auf Norderney, sondern eher in Detmold und Umgebung zu finden waren. Luitjens und Freese würden deshalb in den nächsten Tagen ihre Nachforschungen auf der Insel beenden und den Fall als einen von vielen von Aurich aus im Auge behalten.

„Wenn ich was weiß, melde ich mich!“, versprach Schulte. „Vielleicht wäre es gut, wenn du in den nächsten Tagen eine Dienstreise nach Bielefeld oder Detmold machen könntest. Dann können wir alle Erkenntnisse bündeln, Synergien nutzen und wer weiß was noch alles machen...!“

Sie lachte und versprach ihm, seinen Vorschlag zu überdenken. Nicht viel, aber immerhin.

Mittags ging Schulte rüber ins Büro von Margarete Bülow, wo Wolf Muffen bereits auf einem der Besucherstühle saß und den Bülowschen Blindenhund tätschelte. Schulte fühlte sich schlapp. Konnte es so was wie einen Jetlag geben, wenn man ein paar Tage auf einer Insel war? Oder waren dies erste Anzeichen für ein Burn-Out? Oder war er einfach ein schlaffer, alter Sack, dem sein im kommenden Jahr bevorstehender fünfzigster Geburtstag aufs Gemüt drückte? Den beiden anderen schien es besser zu gehen. Muffen war freundlich, aber etwas überdreht, wie immer. Frau Bülow wirkte konzentriert, aber entspannt.

Die Kollegin hatte ein langes Gespräch mit dem Kreis Lippe hinter sich gebracht und versuchte, nun etwas Ordnung in ihre Aufzeichnungen zu bringen. Immer wieder staunte Schulte, wie sicher sie mit ihrem Notebook umging, dessen Tastatur blindengerecht war. Als sie die Notizen ausdruckte, waren auch auf dem Papier die vielen Punkte eingestanzt, die für die Kommissarin lesbar waren wie für ihn die normale Schrift.

„Also“, begann sie ihren Bericht. „Mit diesem Investor, die Firma heißt C2 Development, hatte der Kreis Lippe bisher noch nie zu tun. Es handelt sich um eine nicht börsennotierte Aktiengesellschaft mit Sitz auf Jersey, ihr wisst schon, das ist eine dieser Kanalinseln. Eines von diesen Steuerschlupflöchern. Wer genau dahinter steckt, das müsst ihr raus finden. Das Ganze ist auch noch gar nicht sehr weit gediehen. Bisher liegt dem Kreis lediglich ein Kaufangebot und ein Konzeptentwurf dieses Investors vor. Aber angesichts der klammen Haushaltslage ist das Angebot eingeschlagen wie eine Bombe. Es wurde sowieso gerade im Kreistag heftig debattiert, was mit dem Freizeitheim passieren sollte. Man bewegt sich in der Debatte zwischen zwei Extremen: Entweder modern und anspruchsvoll ausbauen, das heißt aber auch Geld investieren, das man nicht gerade über hat. Oder den ganzen Laden verkaufen und Schwamm drüber. Ein Problem weniger, fanden viele. Andere hielten es für unverantwortlich, ein solches Objekt aus den Händen zu geben. Ihr könnt euch vorstellen, wie das Kaufangebot in dieser Situation gewirkt hat. Heraus kam ein Spagat. Man wollte erst einmal keine Entscheidung zum Verkauf treffen, aber den Kontakt mit dem Investor aufrechterhalten. Vielleicht würde der ja noch mal ein paar Euro drauflegen. Ob dieser Investor vertrauenswürdig war oder nicht, hatte erst einmal keinen so richtig interessiert. Warum auch? Hauptsache, die Knete kommt. Was geht es die Lipper an, wenn der neue Inhaber auf Norderney aus ihrem alten Freizeitheim plötzlich etwas ganz anderes macht? Das betrifft dann nur noch die Norderneyer. Sollen die doch sehen, wie sie damit zurechtkommen. Kann ich auch ein bisschen verstehen, wenn ihr mich fragt. Na ja, der einzige Störenfried dabei war jedenfalls dieser Herr Blumenkamp. Der wäre imstande gewesen, das ganze schöne Geschäft kaputtzumachen. Aber diese Situation hat sich ja nun auf tragische Weise verändert. Gibt es da einen Zusammenhang? Was meint ihr?“

Muffen polterte los:

„Natürlich! Wenn es da keinen Zusammenhang gibt, dann fresse ich diesen großen, schwarzen Hund! Sorry, Kalle, nimm’s nicht persönlich!“

Dabei kraulte er den Hund hinter den Ohren, was dieser sichtlich genoss. Muffens Ankündigung schien ihm keinerlei Sorgen zu bereiten.

Schulte war bedächtiger als Muffen.

„Schön und gut, aber wir haben nichts in der Hand. Uns bleibt nichts anderes übrig, als richtig tief in die Materie einzusteigen. Wie ist diese Gesellschaft strukturiert, wer sind die Anteilseigner? Wie funktioniert eigentlich so eine Aktiengesellschaft auf Jersey? Fragen, denen wir nachgehen müssen. Eventuell müssen wir uns Hilfe von der Schwerpunktstaatsanwaltschaft für Wirtschaftsvergehen holen. Die sitzen ja auch hier in Bielefeld. Scharf bin ich aber nicht darauf."

Sie beschlossen, sich nun schwerpunktmäßig dem Investor *C2 Development* zu widmen und teilten sich Aufgaben zu. Dann schrillte das Telefon.

Frau Bülow meldete sich und legte dann die Hand auf die Sprechmuschel.

„Jupp, für dich! Ich glaube, das ist deine reizende Kollegin aus Aurich. Willst du rübergehen oder sie hier sprechen?"

Schulte riss ihr fast den Hörer aus der Hand.

„Moin, lieber Kollege!", kam es aus Ostfriesland. „Lange nichts mehr voneinander gehört, was? Aber wir haben wirklich was Neues, das wusste ich eben noch nicht. Ob du es glaubst oder nicht, wir haben die Motoryacht gefunden! Wo? Ja, war 'n bisschen Zufall dabei. Wie auch immer, heute Vormittag hat es in Emden eine Verhaftung gegeben. Ein kleiner Krimineller ist verhaftet worden wegen Hehlerei. In diesem Zusammenhang haben die Leute vom Zoll im Borssumer Hafen, das gehört zu Emden, einen Bootsschuppen durchsucht. Und was haben sie gefunden? Deine Motoryacht! Was sagst du jetzt?"

Schulte hätte sie geküsst, wenn das durchs Telefon möglich gewesen wäre.

„Großartig! Endlich mal ein Schritt vorwärts! Ihr seid Helden! Und, ist jeder Irrtum ausgeschlossen?"

„Ja! Wir haben ja die Fotografie, die der Vormann vom Rettungsboot gemacht hat. Die ist so eindeutig, da brauchst du dir keine Sorgen zu machen."

„Und, habt ihr rausgefunden, wem die Yacht gehört? Oder war sie gestohlen worden?“

„Sie ist registriert auf den Namen dieses Kriminellen. Ob er einer deiner beiden Entführer war, wissen wir noch nicht. Es kann durchaus sein, dass deine Entführer das Boot von ihm gechartert haben, und er selbst hat mit deinem Fall nichts zu tun. Aber das wissen wir noch nicht genau, wir überprüfen gerade sein Alibi. Ich denke, du solltest ganz dringend hochkommen. Wohin? Ja, nach Emden natürlich! Nicht vom Sofa. Du bist der einzige, der beurteilen kann, ob dieser Mann bei deiner Entführung dabei war. Wenn es sein muss, lassen wir dich über den Staatsanwalt ganz offiziell als Zeugen vorladen. Also kannst du auch gleich kommen. Ach ja, übrigens durchsuchen unsere Leute zur Zeit die Yacht. Vielleicht finden wir ja irgendetwas, was darauf hinweist, dass Blumenkamp mal an Bord war. Außerdem sind wir immer noch auf der Suche nach dem berühmten stumpfen Gegenstand, mit dem Blumenkamp vermutlich erschlagen worden ist. Drück uns mal die Daumen! Ich melde mich, sobald ich was Neues habe!“

Schulte ballte die Faust, nachdem er den Hörer wieder aufgelegt hatte.

„Endlich! Jetzt haben wir endlich eine Spur von den Kerlen. Und jetzt werde ich sie auch kriegen, das verspreche ich euch!“

Er brachte die beiden Kollegen auf den neuesten Stand.

„Sicher musst du jetzt nach Emden fahren“, meinte Margarete Bülow bestimmt. „Das ist zwingend notwendig! Die trockene Recherchearbeit mit dieser Aktiengesellschaft machen wir schon. Keine Sorge!“

55

Vier Stunden später war Jupp Schulte Gast der Staatsanwaltschaft in Emden. Er saß im Büro des Staatsanwaltes und berichtete ihm von seinen Erlebnissen auf Norderney. Im Gegenzug erfuhr Schulte, dass der Festgenommene noch nichts Nennenswertes gesagt oder getan hatte. In einer halben Stunde hatten sie zusammen einen Termin zur Vorführung des Inhaftierten im Emdener Untersuchungsgefängnis. Zeit genug für eine Tasse kräftigen Ostfriesentees. Nach dem ersten Schluck fragte sich Schulte, welche rätselhaften Gene es den Ostfriesen ermöglichten, mehr als eine Tasse dieses Getränks ohne Herzkasper zu überstehen.

Der Staatsanwalt, ein eleganter Herr mit grauen Haaren, aber straffer Körperhaltung, fragte zwischen zwei Schlucken Tee:

„Sagen Sie mal, Herr Hauptkommissar, kennen Sie zufällig eine Frau Müller-Stahl? Sie war bis vor zwei Jahren Staatsanwältin bei Ihnen in Detmold. Da haben Sie doch bestimmt miteinander zu tun gehabt, oder?“

Schulte erstarrte. Beinahe wäre ihm mit der Tasse Tee das gleiche passiert wie letztens mit dem Kaffee. Sicher kannte er Wilma Müller-Stahl.

Nicht nur dienstlich. Eine Zeitlang hatte er mit der nicht mehr ganz jungen Frau ein leidenschaftliches Verhältnis gehabt. Bevor die Affäre jedoch einem von beiden hätte schaden können, war sie nach Münster berufen worden. Aber davon sagte er dem Staatsanwalt nichts. Er bestätigte allerdings, Frau Müller-Stahl recht gut zu kennen.

„Wie klein ist doch die Welt“, philosophierte sein Gegenüber. „Ob Sie es glauben oder nicht, aber erst letzte Woche habe ich Frau Müller-Stahl getroffen. Ich war auf ihrer Hochzeit. Sie hat…“

„Auf ihrer Hochzeit?“, prustete Schulte völlig überrascht. Wieder hätte beinahe der Tee dran glauben müssen. Sicherheitshalber stellte er die Tasse auf den Tisch. „Sie hat geheiratet?“

„Ja, warum nicht? Nachdem sie in Münster angefangen hatte, lief es mit ihrem Ehemann überhaupt nicht mehr und ein Jahr später kam dann die Scheidung. Irgendwann hat sie dann einen Neuen von sich überzeugen können. Einen Kollegen, über den haben wir uns kennen gelernt. Nette Leute, die beiden!“

Schulte war restlos bedient. In letzter Zeit schien alles ins Wanken gekommen zu sein. Erst Maren Köster, die beruflichen Probleme, dann der Auszug seiner Tochter, jetzt dieser Niederschlag.

Klar, er hatte nicht mehr ernsthaft damit gerechnet, diese Beziehung noch einmal aktivieren zu können. Aber es war immer eine schöne Vorstellung gewesen, bei dieser Frau noch eine große emotionale Rolle zu spielen. Durch die Hochzeit war nun sehr deutlich das Gegenteil bewiesen worden. Irgendwie schwammen ihm alle Felle davon. Sollten so die ersten fünfzig Jahre seines Leben enden? Würde er jetzt zu dem einsamen älteren Herrn werden, der er nie werden wollte? Zum Glück stand der Staatsanwalt nun auf und bat ihn, mitzukommen. Der Termin im Knast wartete.

Der Festgenommene erwies sich für Schulte als Enttäuschung.

Auf keinen Fall war er einer der beiden Entführer. Beide waren überdurchschnittlich groß und auch recht kräftig gewesen. Dieser wesentlich kleinere, zierlichere und auch ältere Mann war keiner von ihnen. Das konnte Schulte mit großer Sicherheit bezeugen. Damit war der Mann vom Mordverdacht befreit, und sein Anwalt hätte ihn am liebsten gleich mitgenommen in die Freiheit. Da sich auch das Alibi als ziemlich belastungsfähig zu erweisen schien, blieb er nur noch durch seine Funktion als Besitzer der Motoryacht für die Polizei interessant. Aber auf Fragen des Staatsanwaltes antwortete der Mann mit dem wieselähnlichen Gesicht immer wieder stur und steif, er wisse nicht, wer die Yacht in der fraglichen Zeit benutzt habe.

„Ach, Sie wollen uns also weismachen, dass jemand bei Ihnen eine Motoryacht klaut, sie ein paar Tage benutzt und dann wieder seelenruhig bei Ihnen im Bootsschuppen einparkt? Und dass Sie selbst nichts davon mitbekommen haben? Mann, da verlangen Sie aber 'ne Menge Fantasie von einem alten Staatsanwalt."

„Warum?", mischte sich der Rechtsanwalt ein. „Was ist daran so fragwürdig? Mein Mandant hat diese Yacht im letzten Herbst winterfest in dem Bootsschuppen untergestellt. Wir haben jetzt Ende März, bis zum Beginn der Bootssaison ist es lange hin. Warum sollte er ständig nach dem Boot sehen? Würden Sie doch auch nicht machen. Ich halte die Aussage meines Mandanten für absolut schlüssig."

Des Weiteren beantragte er die sofortige Freilassung seines Schützlings. Im Falle der Motoryacht hatte der Staatsanwalt wahrhaftig keine Handhabe, den Mann noch länger fest zu halten. Allerdings gab es beim Vorwurf der schweren Hehlerei mittlerweile Anhaltspunkte, die mit viel gutem Willen vielleicht ausreichten, ihn noch weiter zu inhaftieren. Der Delinquent leugnete weiter, sein Anwalt wurde zunehmend aggressiver und es war nur noch eine Frage der Zeit, bis der Mann freigelassen werden würde. Schulte musste sich das alles anhören, ohne eingreifen zu dürfen. Seine ganz persönliche Wut nahm immer mehr zu. Dann wurden der Staatsanwalt und Schulte von einem Beamten unterbrochen, der ihnen etwas mitzuteilen hatte. Die Mitteilung erwies sich als eventuell bedeutsam.

Bei der Spurensuche auf der Motoryacht hatte man an Deck einige graue Haare gefunden und einen sehr kleinen Blutfleck. Nicht viel, aber ausreichend, um einen DNA-Test durchzuführen. Aber dann gab es noch etwas. Zwischen Oberdeck und Außenwand festgeklemmt, war eine kleine Anstecknadel aufgetaucht. Die Nadel schien eine Art Auszeichnung für eine 25-jährige Vereinszugehörigkeit gewesen zu sein. Dieser Verein war der TV Heidenoldendorf!

Sofort rief Schulte bei der Witwe Blumenkamps an. Sie bestätigte ihm, dass ihr Mann diese Anstecknadel immer und überall getragen habe. Bevor sie ganz die Fassung verlor, legte Schulte auf und berichtete dem Staatsanwalt. Mit dieser Information gingen die beiden wieder zurück in den Vernehmungsraum und konfrontierten den Untersuchungshäftling und seinen Anwalt damit. Der Anwalt versuchte, alles als irrelevant abzutun. Die DNA-Analyse würde auch länger dauern. Bis dahin gäbe es keinen Grund… usw. Auf den Mann mit dem Wieselgesicht machte aber die Ankündigung des Staatsanwaltes, ihn jetzt nicht nur wegen Hehlerei, sondern auch wegen mutmaßlicher Beteiligung an einem Mord dranzukriegen, großen Eindruck. Nach einer weiteren Stunde, es war mittlerweile früher Abend, war es soweit. Sein Anwalt mochte ihm noch so gut zureden, aber die Festung war sturmreif geschossen und stand vor der Kapitulation. Dann quoll bei Schulte plötzlich eine Erinnerung hoch. Eine kurze Sequenz nur, aber immerhin.

„Einer der beiden Männer mit der Motoryacht hieß Martin!“, warf er dazwischen. Er erklärte dem völlig überraschten Staatsanwalt, dass er den Namen gehört hatte, als er unter dem Fußboden von Jann Harms die beiden Einbrecher belauscht hatte.

Nun war es um den Besitzer der Motoryacht restlos geschehen.

„Pohlschmidt heißt er! Martin Pohlschmidt!“, stammelte er leise. Sein Anwalt stöhnte und winkte resigniert ab.

„Ich kenne ihn schon länger. Wir haben schon einmal Geschäfte zusammen gemacht. Ganz legale Sachen. Im- und Export. Ich weiß allerdings nicht, wo er wohnt. Echt keine Ahnung! Er wusste, dass ich eine Motoryacht habe und hat mir ’ne Menge Geld geboten, wenn ich ihm die Yacht für vier Wochen ausleihe. Ich habe mich zwar gewundert, was er in dieser Jahreszeit auf dem Wasser wollte, aber das war ja schließlich seine Sache. Die Yacht ist gut versichert, ich konnte dabei nur gewinnen. Ich habe mich zwar gewundert, dass Pohlschmidt das Schiff eher als vereinbart zurückgebracht hat, aber er wollte deswegen kein Geld zurück haben, und so war für mich die Sache erledigt. Mehr weiß ich wirklich nicht!"

Weitere Fragen nach dem zweiten Mann konnte oder wollte Wieselgesicht nicht beantworten. Dann wurde er wieder abgeführt, von seinem Anwalt mit verächtlichen Blicken begleitet.

Schulte und der Staatsanwalt reichten sich zufrieden die Hand.

Der Nachmittag hätte für Schulte noch erfolgreicher sein können, wenn Gunda Luitjens, wie angekündigt, vorbeigekommen wäre. Sie hatte zwischenzeitlich in Emden angerufen und bedauert, aber sie stecke mitten in einer komplizierten Sache und könne unmöglich weg. Schulte könne sie ja bei Gelegenheit anrufen. Schulte seufzte. Was soll's, dachte er sich. No woman, no cry!

56

Den Namen eines Verdächtigen zu bekommen, ist schön und gut. Wenn man allerdings absolut keinen Anhaltspunkt über dessen Wohnsitz hat und er zudem noch einen ziemlich alltäglichen Namen führt, dann ist der Gebrauchswert einer Information eher bescheiden. Das wurde Jupp Schulte wieder einmal sehr deutlich vor Augen geführt, als er am nächsten Morgen seinen Kollegen Bülow und Muffen von der Exkursion nach Emden berichtete. Wolf Muffen war es, der fragte:

„Und was machen wie jetzt mit dieser Information? Ich kann ja mal nachschauen, aber ich schätze, es gibt hunderte Martin Pohlschmidts in Deutschland. Die können wir ja unmöglich alle verdächtigen. Ohne Wohnort nützt das alles nicht viel!"

Schulte musste ihm widerwillig Recht geben. Ihm blieb nur noch die Hoffnung, dass der Besitzer der Motoryacht bei weiteren Verhören sich plötzlich und unerwartet doch noch an den Wohnsitz seines Geschäftspartners erinnert. Zur Zeit blieb ihnen nichts anderes übrig, als tatsächlich alle Menschen dieses Namens herauszufinden, Informationen über sie zu besorgen und dann zu selektieren. Es musste sich ja um einen noch jungen Mann handeln. Schulte, der seinem Entführer ja nie ins Gesicht hatte schauen können, sondern von ihm nur Statur und Stimme kannte, schätzte ihn auf maximal Mitte Dreißig. Dies waren die einzigen Merkmale, die als Selektionskriterien eingesetzt werden konnten. Nicht gerade viel.

Margarete Bülow hatte den Rest des gestrigen Tages damit verbringen wollen, sich um den Investor auf Norderney zu kümmern. Aber wie das so ist, gab es einen Anruf aus dem Innenministerium, dem sie, Schulte und Muffen direkt unterstellt waren. Dort benötigte man dringend eine Einschätzung der ZDG zu einer bestimmten Entwicklung. Schriftlich natürlich. Termin vorgestern. Vorrang vor allem anderen. Bülow und Muffen war nichts anderes übrig geblieben, als der Anordnung Folge zu leisten. Dabei war der Investor natürlich auf der Strecke geblieben. Das musste heute nachgeholt werden.

Sie machten sich an die Arbeit. Nach zwei Stunden hatte Schulte dreiundzwanzig Personen mit Namen Martin Pohlschmidt herausgefiltert, die eventuell in Frage kamen. Immer noch viel zu viel!

Entnervt ging er in sein Vorzimmer und wollte Frau Körner bitten, frischen Kaffee aufzubrühen, als Wolf Muffen in den Raum stürzte.

„Wir haben was! Komm mal mit!"

Muffen führte Schulte in das Büro von Margarete Bülow. Die saß bereits bequem an ihrem kleinen runden Besprechungstisch und referierte, was sie in den letzten beiden Stunden herausgefunden hatten.

„Also, es handelt sich bei dem Investor auf Norderney um die Firma C2 Development. Ich hatte ja schon gesagt, dass es sich um eine ausländische Aktiengesellschaft handelt. Der nominelle Sitz der Aktiengesellschaft ist auf der Kanalinsel Jersey. Mal abgesehen davon, dass Jersey eines dieser Steuerparadiese ist, gibt es dort auch im Aktienrecht ein paar Besonderheiten. Ich will euch damit nicht langweilen, auf jeden Fall lassen sich dort wunderbar die Aktieninhaber verschleiern. Was nun für uns höchst interessant ist, ist der Name des Geschäftsführers. Der muss nämlich auch auf Jersey eingetragen werden. Es handelt sich um einen Heinrich Pohlschmidt aus…, ihr werdet es kaum glauben, aus Lemgo. Wolf, hast du schon was über den Mann herausgefunden?“

Muffen nickte und winkte gleichzeitig ab, als Schulte sich mit der Bemerkung einmischte:

„Moment! Das ist ja schon mal was, aber wir suchen einen Martin Pohlschmidt, und keinen Heinrich.“

„Wissen wir, Jupp! Wissen wir!“, stellte Muffen klar. „Trotzdem habe ich mir alles über diesen Heinrich besorgt und wir müssen nun zusammen überlegen, ob wir mit der Information etwas anfangen können. Immerhin ist er der Schlüssel zu dem Investor, und der interessiert uns ja sowieso. Also, der Mann ist 62 Jahre alt und von Beruf Rechtsanwalt. Er hat eine eher unbedeutende Kanzlei in Lemgo. Ich habe gerade mal einen Freund von mir angerufen, der auch Rechtsanwalt ist. Der hat mir, ganz im Vertrauen, gesagt, dass sein Kollege Pohlschmidt in der Szene nicht gerade als brillant gilt. Es sind kaum große Erfolge von ihm bekannt, er gilt als phlegmatisch und umständlich. Schon komisch, dass er nun die Geschäfte einer Aktiengesellschaft führt. Okay, es ist nicht bekannt, über welche Kapitalkraft diese Gesellschaft verfügt. Das ist nämlich einer der Vorteile auf Jersey. Eine Aktiengesellschaft braucht keine Bilanz zu veröffentlichen. Nur bei der Gründung muss ein Grundkapital nachgewiesen werden. Aber das ist nicht viel. Vielleicht ist dieser Investor ja nur ein Potemkinsches Dorf. Keine Ahnung. Es kann genauso gut sein, dass da richtig Geld drin steckt. Werden wir auch noch rausfinden. Aber auf jeden Fall müssen wir an diesen Herrn Pohlschmidt ran. Und dass da kein Zusammenhang zu deinem ganz persönlichen Pohlschmidt besteht, das ist doch eher unwahrscheinlich. Oder?“

Das musste Schulte zugeben. Seine Müdigkeit war wie weggeblasen.

„Dann werden wir jetzt sofort die Familienverhältnisse dieses Mannes durchforsten. Vielleicht taucht ja da ein Martin auf. Das mache ich selbst!“

Diese Recherche war einfacher als Schulte gedacht hatte. Heinrich Pohlschmidt hatte einen Sohn mit Namen Martin. Dieser Sohn war 1977 in Lemgo geboren worden. War also jetzt einunddreißig Jahre alt, hatte in Bielefeld Wirtschaftswissenschaften studiert und wohnte dort auch. Er war weder vorbestraft noch sonst irgendwie der Polizei bekannt. Das passte alles ganz hervorragend. Das Alter passte, der Zusammenhang zum Investor des Norderney-Projektes war hergestellt.

Wenn er jetzt auch noch einen Motorbootführerschein besaß, dann war alles perfekt. Das konnten andere in der Zwischenzeit herausfinden. Schulte wollte sofort auf den Mann zugreifen, keine Zeit mehr verlieren.

Er ging zu Frau Bülow, um mit ihr über die Festnahme zu sprechen. Sie erklärte sich bereit, alles Nötige mit der Staatsanwaltschaft zu klären. Es war ja etwas verwickelt, weil die ermittelnde Behörde im Mordfall Blumenkamp ja eigentlich Aurich war. Aber das sollten die Damen und Herren Staatsanwälte untereinander abstimmen. Frau Bülow war die richtige Person, um das zu regeln.

Eine Stunde später hatte sie die Genehmigung zur Festnahme. Schulte ließ sich eine Verbindung zu einem Streifenwagen in der Nähe von Pohlschmidts Wohnsitz geben. Die Kollegen sollten herausfinden, ob Pohlschmidt zu Hause sei. Einige Zeit darauf rief der Kollege von der Streife zurück. Ob der Gesuchte in der Wohnung sei, könne er nicht sicher sagen, aber alle Mieter des ziemlich noblen Appartmenthauses hätten namentlich gekennzeichnete Parkplätze. Der Parkplatz Pohlschmidts war besetzt. Es sei sein Auto und das sprach dafür, dass er in diesem Moment in der Wohnung war. Also, jetzt oder nie!

Schulte und Muffen warfen sich die Jacken über und fuhren den kurzen Weg zur nördlichen Schlosshofstraße, dem Wohnsitz Pohlschmidts. Sie waren kaum vor dem großzügig gebauten Appartementhaus angekommen, als auch schon zwei Streifenwagen der Bielefelder Polizei dort stoppten. Die Beamten waren ihnen für die Festnahme zur Verfügung gestellt worden. Schließlich ging es hier nicht um einen Taschendieb, sondern immerhin um einen mutmaßlichen brutalen und gewissenlosen Mörder. Schulte klingelte einmal, bis auf Pohlschmidt, alle Namen durch. Einer würde schon die automatische Türöffnung betätigen. Prompt kam der surrende Ton, und Schulte drückte die Eingangstür auf. Pohlschmidt wohnte in der dritten Etage. Aus zwei Eingangstüren traten die Bewohner auf den Flur, um zu sehen, für wen sie den Türöffner aktiviert hatten. Als sie die Uniformierten erkannten und die ihnen mit eindeutigen Handzeichen verordneten, vom Flur zu verschwinden, schlossen sich die Türen wieder.

Wieder klingelte Schulte. Diesmal bei Martin Pohlschmidt. Einmal, zweimal. Keine Reaktion. Nun gab Schulte einem der Beamten einen Wink, der zog sein Spezialwerkzeug aus der Hosentasche und Sekunden später sprang die Tür auf. Das schicke, sehr modern, aber kühl eingerichtete Appartement war leer! Weder im Schrank noch unter dem Bett war jemand zu finden. Die großen Fenster waren alle geschlossen, niemand war hinausgeklettert. Schulte fluchte, Muffen trat vor Wut gegen einen der Designersessel. Dann schickte Schulte die Besatzung eines der Streifenwagen durchs Haus, um herauszufinden, wann Martin Pohlschmidt zuletzt in seiner Wohnung gewesen war. Er selbst und Muffen fuhren zurück zur Kurt-Schumacher-Straße. Für ihn selbst blieben zwei Aufgaben zu erledigen: Den Junior Pohlschmidt zur Fahndung ausschreiben zu lassen und mit dem Senior ein ernsthaftes Gespräch zu führen.

57

Also, diesen Mann hatte er sich ganz anders vorgestellt. Irgendwie mehr Businessman, glatter, auch eloquenter. Der Mann jedoch, der nun Schulte zur Begrüßung eine schlaffe Hand mehr hinhielt als drückte, war so unauffällig, dass er ihn schon nach zwei Stunden nicht mehr würde beschreiben können. An dem mittelgroßen Mann war alles grau. Die Haare, die Gesichtsfarbe, der Anzug. Aber dieses Grau hatte nichts Elegantes an sich, sondern wirkte eher staubig, nachlässig. Selbst die Sprechweise dieses Mannes passte zu seinem Äußeren. Eine müde, etwas brüchige Stimme, die so langsam sprach, dass Schulte sich zusammennehmen musste, um nicht ständig angefangene Sätze des Mannes von sich aus weiterzuführen. Der Rechtsanwalt Heinrich Pohlschmidt, alleiniger Inhaber einer kleinen, altmodisch wirkenden Kanzlei in Lemgo, strahlte alles andere als Vitalität, Lebensfreude und Weltläufigkeit aus. Und dieser Mann war Geschäftsführer von C2 Development? Einer Organisation, die angetreten war, viele Millionen Euro zu investieren? Aber Schulte war nicht erst seit gestern im Geschäft. Er wusste, dass das Äußere eines Menschen einen Ermittler ganz fürchterlich in die Irre führen kann. Auch ein altgedienter Polizist

ist schließlich nicht frei von Klischeevorstellungen. Der Anwalt bot ihm einen gepolsterten, aber abgenutzten Stuhl an einem kleinen runden Mahagonitisch an. Kein Kaffee, kein kühles Getränk, kein Gebäck. Ein besonders guter Gastgeber war der ältere Herr offenbar nicht. Unfreundlich war er allerdings auch nicht. Eher sehr sachlich, sehr korrekt, aber auch etwas einschläfernd. Schulte konfrontierte ihn vorsichtig mit der Situation. Es war für ihn unmöglich, irgendetwas aus Mimik oder Körpersprache von Pohlschmidt herauszulesen. Entweder war dieser Mann ein fast unwirklich emotionsloser Mensch oder ein hervorragender Pokerspieler. Schulte konnte noch nicht sagen, welche Variante ihm wahrscheinlicher erschien. Ungefähr zehn Minuten lang wurden Floskeln ausgetauscht, versuchten die beiden Männer, sich zu beschnuppern und zu taxieren. Dann hatte Schulte, dessen Geduld schon immer sehr begrenzt gewesen war, genug von dem Spielchen.

„Herr Pohlschmidt, sind Sie schon lange Geschäftsführer von C2 Development und um was genau geht es eigentlich bei Ihrer Firma?“, begann Schulte die Befragung. Der Anwalt antwortete gelangweilt:

„Nein! C2 Development ist eine ziemlich neue Aktiengesellschaft. Es ist ein Zusammenschluss von Leuten, die Projekte im Freizeit- und Wellnessbereich realisieren. Da es sich bei dem Norderney-Projekt und auch bei einigen anderen um sehr große Projekte handelt, war viel Kapital erforderlich und es wurde eine Aktiengesellschaft gegründet. Ich bin lediglich als Geschäftsführer angestellt worden. Mit der eigentlichen Projektarbeit habe ich nichts oder nur sehr wenig zu tun.“

„Und warum hat die Gesellschaft ihren Sitz nicht in Deutschland, sondern auf Jersey? Und wer sind die Gesellschafter?“

Der ältere Herr zeigte zum ersten Mal einen Ansatz von Lächeln. Aber es war kein gutmütiges Lächeln.

„Herr Kommissar, meinen Sie diese Frage ernst? Sie werden doch kaum erwarten, dass ich Ihnen bei einem gemütlichen Plausch interne Entscheidungen unserer Gesellschafter interpretiere. Und deren Zusammensetzung erst recht nicht." Er machte eine kleine Pause. Dann senkte er seine Stimme und sprach fast noch langsamer als vorher:

„Wissen Sie, ich bin ein wenig enttäuscht von Ihnen. Als Sie Ihren Besuch angekündigt haben, habe ich mich erst gewundert. Dann habe ich mir etwas davon versprochen. Ich hatte gehofft, mit Ihnen zusammenarbeiten zu können. Sehen Sie, dieser Mord auf Norderney ist natürlich auch für uns ein großes Problem. Um ein Projekt dieser Größenordnung erfolgreich realisieren zu können, muss ein Klima des Vertrauens herrschen. Durch diese schreckliche Gewalttat ist Unfrieden und Misstrauen entstanden. Es gibt üble Verdächtigungen. Die Leute zählen zwei und zwei zusammen und kommen auf fünf. Von einem Kriminalkommissar hätte ich aber erwartet, dass er die Sache differenzierter betrachtet. Sind Sie hier, um mir durch die Blume zu sagen, dass C2 Development unter Mordverdacht steht?"

Schulte war völlig überrascht von dieser Verteidigung nach vorn. Damit hatte er nicht gerechnet.

„Natürlich nicht!", kam es zögernd und wenig überzeugend von ihm. „Ich wollte nur mal Ihre Sicht der Dinge hören. Vielleicht hilft uns das ja weiter?"

„Ach ja?", höhnte Pohlschmidt. „Das wollten Sie? Gut, meine Sicht der Dinge sollen Sie hören, junger Mann. Es ist überall dasselbe. Irgendwo gibt es ein Problem. In diesem Falle das für den Träger auf Dauer kaum zu finanzierende Freizeitheim. Und es wird gejammert, was das Zeug hält. Dann kommt einer, der hat gute Ideen und ist bereit, viel Geld zu investieren. Und was passiert dann? Wird der dann als Erlöser, pardon, als Problemlöser bejubelt? Nein, ganz im Gegenteil. Man mäkelt hier, man stänkert da, ist misstrauisch und missgünstig. Im Prinzip haben die Leute einfach nur Angst vor allem Neuen. Und irgendwann ist der mit den guten Ideen und dem vielen Geld der Bösewicht. Die Menschen sind solange nicht zu Veränderungen bereit, bis alles langsam abgestorben ist. Genau das ist hier passiert. Das ist meine Sicht der Dinge, junger Mann!“

Schulte war vorübergehend sprachlos. Weder hätte er dem älteren Herrn diese lange emotionale Rede zugetraut, noch passte diese inhaltlich zum verstaubten Ambiente dieser Büroräume. Hier war die Angst vor Veränderungen geradezu greifbar. Irgendwie war dieser Mann nicht authentisch.

„Sie wollen mir damit sagen, dass Sie jeden Gedanken an eine Verbindung Ihrer Gesellschaft mit dem Mord ablehnen. Haben Sie denn einen Erklärungsansatz dafür?“

„Um es ganz deutlich zu machen: Meine Gesellschaft lehnt nicht nur jeden Gedanken daran ab, wir werden auch jeden Ansatz von Verdächtigung strafrechtlich verfolgen lassen. Wir haben nichts, aber auch gar nichts mit dem Mord zu tun und haben weder eine Idee, warum dieser Mann ermordet worden ist, noch verspüren wir irgendeine Bereitschaft, dafür Erklärungsansätze zu suchen. Das betrachten wir eher als Ihre Aufgabe, Herr Kommissar!“

So kam Jupp Schulte nicht weiter. Dieser schlaffe alte Mann war ein weitaus härterer Brocken, als auf dem ersten Blick zu erkennen war. Hier mussten härtere Geschütze in Stellung gebracht werden.

„Eigentlich bin ich auch weniger wegen C2 Development gekommen, sondern wegen Ihres Sohnes Martin“, warf er nun einen völlig neuen Aspekt in die Debatte.

Das zeigte offenbar Wirkung. Der Anwalt war verblüfft und erkennbar erschrocken.

„Was ist mit meinem Sohn?“

„Ihr Sohn, Herr Pohlschmidt, steht im dringenden Verdacht, Hans-Hermann Blumenkamp ermordet zu haben. Und das sind nicht nur Vermutungen. Dafür gibt es handfeste Beweise. Ich will Ihnen auch nicht verheimlichen, dass

Ihr Sohn in diesem Moment zur Fahndung ausgeschrieben wird. Ein Haftbefehl gegen ihn liegt bereits vor. Wenn Sie wissen, wo er sich gerade aufhält, ist es Ihre Pflicht, mir das mitzuteilen."

Die Gesichtsfarbe des Anwalts wurde noch grauer. Schulte konnte jetzt in seinem Gesicht lesen wie in einem Buch. Weg war das Pokerface. Man sah förmlich, wie in hohem Tempo immer wieder neue Gedanken kamen, rasend rotierten und dann wieder verschwanden, um anderen Platz zu machen. Pohlschmidt dachte nicht nur an C2 Development, deren reine Weste nun durch diese Verbindung bedroht war. Es gab da einfach zu viele Zufälle, zu oft tauchte der Name Pohlschmidt auf, zu dicht war der Zusammenhang. Seine eigene Position in der Gesellschaft war bedroht.

Er dachte aber auch an seinen Sohn, den er in den letzten Tagen verflucht und auf den er eine Stinkwut hatte, der aber trotz allem sein Sohn blieb. Und der jetzt Probleme hatte. Wobei das Problem, schnell von der Polizei gefasst zu werden, vermutlich die ungefährlichste Variante darstellte. Es gab für seinen Sohn erheblich größere Gefahren.

58

Das Domizil war wirklich hell und geräumig, doch Rimbert und Pohlschmidt kamen sich vor wie Tiger in einem Käfig. Besonders Pohlschmidt ging immer wieder durch die Wohnung.

„Mensch, Martin, setz dich doch endlich mal auf den Arsch. Du machst mich mit deiner Rumrennerei ganz nervös. Was ist denn los?"

„Dieser Grafenberg war auf dem Treffen der Bürgerinitiative in Olderdissen. So eine Verkettung von dämlichen Zufällen habe ich ja noch nie erlebt. Der Typ findet ein Schriftstück, das Auskunft über unsere Vereinigung gibt. Und wem zeigt der Mann es? Ausgerechnet unserem Kapitän. Wir treffen mit ihm zusammen, weil er gegen eines unserer Projekte demonstrieren will. Und wenn es ganz dicke kommt, hat dich der Typ beim Überfall erkannt."

Pohlschmidt pfiff durch die Zähne

„Mit anderen Worten, unser Kapitän hängt irgendwie mit drin. Wenn Grafenberg jetzt etwas zustößt und die Polizei bekommt irgendwie Wind von diesem Schriftstück, dann ist der Kapitän mit großer Wahrscheinlichkeit dran."

„Wieso ist der Kapitän dran? Allein die Tatsache, dass dieser Grafenberg ihm das Schriftstück gezeigt hat, macht ihn ja noch nicht gleich zum Täter. Vergiss nicht, dass es sich bei unserem Kapitän um einen angesehenen Bürger Lemgos handelt. Der wird sich generös hinstellen und sagen: Ja, sicher habe ich das Schriftstück gesehen. Ich habe meinem ehemaligen Schüler Grafenberg geraten, es zu hüten wie seinen Augapfel. Hätte ich das getan, wenn ich es ihm hätte stehlen wollen?"

Pohlschmidt war jetzt hellwach.

„Wir müssen also schnellstens sehen, dass der Kapitän in den Fokus der Ermittlungen gerückt wird. Dann kommen wir vielleicht noch aus der Sache heraus."

Beide Männer begannen fieberhaft nachzudenken. Doch sie wurden nach kurzer Zeit vom Signalton eines Handys gestört. Pohlschmidt sah auf das Display. „Mein alter Herr, was will der denn? Mir erzählen, dass ich Scheiße gebaut habe?"

Ärgerlich nahm er das Gespräch an.

Sein Vater meldete sich:

„Hallo Junge! Gerade war die Polizei bei mir. Die suchen dich. Noch haben sie nicht viel gegen dich in der Hand. Aber du weiß ja selber, wenn die erst eine Spur aufgenommen haben, dann bleiben sie dran. Ich habe den Eindruck, du bist im Moment in keiner komfortablen Position und dein Freund Rimbert auch nicht. Für kurze Zeit seid ihr in der Wohnung vielleicht noch sicher, doch dann werden sich auch die so genannten Freunde gegen euch stellen. Ich bin mir nicht sicher, wen ihr da mehr zu fürchten habt.“

Pohlschmidt junior hätte alles von seinem Vater erwartet. Vorhaltungen, Beschimpfungen und Sonstiges dieser Art. Jedoch keine gut gemeinten Ratschläge. Er erzählte seinem Vater von der Schriftrolle und Bussmann.

„Dieser widerliche Mensch!“, entgegnete der Senior. „Von der Rolle wusste ich ja noch gar nichts. Da hat er doch glatt versucht, etwas an der Organisation vorbei zu ziehen. Und ihr beiden solltet für ihn die Kohlen aus dem Feuer holen. Na, dem werde ich was erzählen. Ich rate dir, wirf dein Handy ins Klo oder stell es, wenn eben möglich, nur im Notfall an. Telefoniert, soweit es geht, nur noch von einer Telefonzelle aus und seht vor allen Dingen zu, dass ihr so schnell wie möglich von hier verschwindet. In spätestens zwei Tagen werdet ihr von mehreren Seiten gejagt.“

Pohlschmidt senior legte auf, und der Junior starrte den Hörer an als sei es ein Werkzeug vom einem anderen Stern.

„Vielleicht ist mein Vater doch aus anderem Holz geschnitzt, als ich dachte“, ging es ihm durch den Kopf. Dann wandte er sich wieder an Rimbert:

„Es war mein Vater. Jetzt sind die Bullen wegen Norderney an uns dran. Doch der alte Herr ist der Meinung, dass die Polizei eine untergeordnete Rolle spielt. Viel gefährlicher seien der Kapitän und der Admiral. Die müssen wir zuerst ausschalten. Wenn ich nur wüsste, wie. Gut wäre es, wenn wir denen was in die Schuhe schieben könnten.“

Rimbert stieg wieder in die Überlegungen mit ein. „Was ist für die beiden außer uns im Moment das größte Problem?“

„Ich würde sagen, die brauchen das Schriftstück, und die müssten diesen Grafenberg unschädlich machen, weil der erstens was über den Geheimbund weiß und zweitens, weil er den Kapitän mit dem Geheimbund in Verbindung bringen kann.“

„Okay“, antwortete Rimbert, „aber was ist so tragisch daran, dass dieser Geheimbund nach über dreihundertfünfzig Jahren kein Geheimbund mehr ist.“

„Na, denkt doch mal an die Geschäfte, die dieser Laden seit Menschengedenken gemacht hat. Wie oft hat er da den Boden der Legalität verlassen? Da wären doch alle unsere alten Herren, alles ehrenwerte und einflussreiche Bürger Lippes, mit dran. Da wäre keiner mehr die graue Eminenz in einer politischen Partei, im Schützenverein oder sonst wo. Wahrscheinlich kämen alle noch lebenden Mitglieder in den Knast. Und dann kämen die Historiker und würden den Bund durchleuchten. Dann gäbe es keine ehrenwerte Familie Bussmann mehr, oder Rimbert, oder Pohlschmidt und wie sie alle heißen. Jahrhunderte lang krumme Geschäfte. Das würde mittelfristig ein Skandal der besonderen Sorte. Dann überleg dir mal den Reichtum, der auf irgendwelchen Nummernkonten schlummert. Ich habe keinen genauen Überblick. Wir reden aber über mehr als zehn Millionen Euro. Und das ist nur Geld, über das die Organisation verfügt. Ich möchte nicht wissen, was da bei einigen der Familien noch darüber hinaus im Sparstrumpf ist.“

Rimbert hatte verstanden. Die Organisation musste geheim bleiben, das war klar. Ihm war jetzt die Bedeutung des Schriftstückes aufgegangen.

„Gut, dann rufen wir den Admiral an und erzählen ihm, dass wir auf eigene Faust gehandelt und Grafenberg das Dokument abgejagt hätten.“

„Wenn der Admiral das hört, dann jagt er uns mit allem, was er hat.“

„Genau, und wenn er dann kommt, um uns zu jagen, sind wir schon da und nehmen ihn unsererseits in Empfang. Wir locken ihn sozusagen in eine Falle, die er eigentlich uns stellen will.“

Pohlschmidt griff zum Telefon. Doch Rimbert hielt ihm die Hand fest.

„Lass uns das alles noch einmal überlegen. Auf ein bis zwei Stunden kommt es jetzt auch nicht mehr an. Wo locken wir den Admiral und eventuell den Kapitän hin?"

„Ich bin für den Tierpark Olderdissen. Nachts natürlich!"

„Was für ein Quatsch!", entgegnete Rimbert. „Wie willst du die Alten denn dahin lotsen und warum ausgerechnet Olderdissen?"

„Du kannst mich ja für ein bisschen verrückt halten, aber Olderdissen hat für mich einen symbolischen Wert. Der geplante Erlebnispark Olderdissen war eines der beiden letzten Projekte, das die Organisation angefasst hat, und genau da sollen die Alten draufgehen. Ich hoffe, dass es dann auch irgendwann so in der Zeitung steht. Außerdem hat man da nachts auch seine Ruhe."

„Ich halte es wirklich für ein bisschen abgedreht. Aber wenn du meinst, ich mache mit. Aber was ist mit uns? Wir stecken ja auch verdammt tief im Dreck."

„Ich habe schon einen Fluchtplan ausgearbeitet", erzählte Pohlschmidt. „Wir verschwinden über Polen. Das ist zwar jetzt EU-Land, aber die haben längst noch nicht die Strukturen wie Frankreich oder die anderen westlichen Mitgliedsländer. Alles Weitere werden wir ja sehen. So wie ich meinen Vater eben erlebt habe, wird der uns unterstützen. Ich muss vorsichtig mit ihm reden."

„Kommen wir noch einmal auf den Admiral zurück. Wir rufen ihn an und sagen ihm, wir hätten die Rolle, aber gerade keine Zeit für ihn. Weil wir noch die Angelegenheit Grafenberg abzuwickeln hätten. Und dann warten wir, was passiert."

„Genau so machen wir es. Jetzt lassen wir den Plan eine Stunde liegen und denken beide noch einmal darüber nach, ob wir nicht etwas übersehen haben, und dann rufen wir an."

59

Als Schulte wieder in sein Büro kam, war er bester Laune. Dass er seinen drohenden Untergang noch hatte abwenden und als moralischer Sieger aus dem Gespräch mit dem Rechtsanwalt herausgehen konnte, verschaffte ihm eine größere Genugtuung, als eigentlich angebracht war. Aber Schulte brauchte einfach ein Erfolgserlebnis, und sei es auf Kosten anderer. Außerdem hatte er nicht das Gefühl, dass der Anwalt einer von den ganz Braven und Unschuldigen auf dieser Erde war. Mittlerweile stand für Schulte beinahe fest, dass die Gesellschaft *C2 Development AG* Dreck am Stecken hatte. Auch wenn das vielleicht nie bewiesen werden könnte.

Fröhlich berichtete er seinen Kollegen von dem Gespräch. Margarete Bülow und Wolf Muffen hatten auch einiges zu erzählen.

„Diese Aktiengesellschaft geht richtig ran!“, begann Muffen. „Wir haben nun festgestellt, dass die ein zweites Großprojekt im Visier haben. Und zwar hier in Bielefeld. Von dem Projekt hatte ich schon gehört, es aber noch nie mit C2 Development in Verbindung gebracht. Es gab ja auch noch keinen Anlass dazu.“

In gewohnter Hektik schüttete Muffen eine Tasse lauwarmen Kaffee hinunter. Frau Bülow nutzte die Pause und fuhr fort:

„Hast du schon mal vom Tierpark Olderdissen gehört, Jupp? Ja? Schön, dann muss ich da ja nichts mehr erklären. Dieser Tierpark ist für die Stadt Bielefeld ein ewiges finanzielles Problem. Eigentlich ist heutzutage so was von einer Kommune nicht mehr zu schultern. Und, es wird dir vielleicht bekannt vorkommen, dann tritt plötzlich ein großer Investor auf den Plan und bietet der Stadt an, ihr dieses Problem abzunehmen. Wie im Falle Freizeitheim Lippe, denkst du nun? Genau. Nur dass der Investor hier kein Wellnessparadies aufmachen, sondern aus dem biederen, braven

Tierpark Olderdissen einen glanzvollen, spektakulären Erlebnispark á la Disneyland machen will. Und…“

„Moment!“, warf Schulte dazwischen. „Was ist daran verwerflich?“

„Nichts!“, rief Muffen aggressiv. „Überhaupt nichts! Rein rechtlich ist alles in Ordnung. Aber wenn du Bielefelder wärst und kleine Kinder hättest, dann würdest du das ganz anders sehen. Für diese Leute ist Olderdissen ein Glücksfall. Ein Tierpark, fast ein Zoo, in wunderschöner Umgebung. Und das alles völlig kostenlos. Wo gibt es das denn sonst noch? Wer braucht denn ein Disneyland?“

„Halt! Stopp!“, Frau Bülow wollte versachlichen. „Wolf, du hast ja Recht. Rein menschlich gesehen. Aber sachlich betrachtet tut C2 Development damit nichts Unrechtes. Um die Frage Recht oder Unrecht geht es auch nicht. Es ist nur einfach festzustellen, dass es auch in unserer Region ein solches Projekt von C2 gibt. Nicht mehr und nicht weniger!“

„Ihr habt gut reden!“, schimpfte Muffen. „Ihr seid keine Bielefelder. Es gibt übrigens schon eine Bürgerinitiative dagegen und der werde ich morgen beitreten. Wollen wir doch mal sehen!“

Frau Bülow grinste Schulte heimlich an und reichte ihm ein paar Ausdrucke.

„Hier ein paar Presseartikel, die zu diesem Thema schon erschienen sind. Viel Neues steht aber für uns nicht drin!“

60

Der Plan stand, da waren sich die beiden Männer sicher. Es war schon dunkel geworden, als Pohlschmidt zum Hörer griff und die Nummer des Admirals wählte. Nach dem dritten Klingeln meldete er sich mit sehr leiser Stimme. Der Anrufer redete nicht lange um den heißen Brei herum. Er nannte seinen Namen und kam zur Sache.

„Um es kurz zu machen“, sagte Martin Pohlschmidt. „Wir haben uns eine kleine Lebensversicherung besorgt. Wir haben uns Grafenberg gegriffen und außerdem sind wir in Besitz der Schriftrolle.“

Der junge Mann bemerkte Anspannung und Aufgeregtheit beim Admiral. Dann hatte sich der Mann am anderen Ende der Leitung gefasst.

„Wie konntet ihr es wagen, einen solchen Alleingang zu machen. Ihr gefährdet die gesamte Organisation! Ich werde sofort jemanden schicken, der die Schrift abholt!“

„Das wirst du nicht tun!“, provozierte Pohlschmidt weiter. „Ich werde heute Nacht Grafenberg beseitigen und zwar auf meine Weise. Anschließend können wir uns Gedanken über die weitere Zusammenarbeit machen. Aber nicht in irgendwelchen deiner Hinterzimmer, die man auch mal mit den Füßen zuerst verlassen kann, sondern in einem Konferenzraum in irgendeinem Hotel.“

„Martin, ich warne dich!“, entgegnete der Admiral. „Du wirst keinen Alleingang machen. Wehe, du unternimmst noch einen unabgesprochenen Schritt, dann wird dich die ganze Macht der Organisation treffen!“

„Die ganze Macht der Organisation? Mach dich nicht lächerlich. Rimbert und ich haben doch sowieso keine Chance mehr. Ganz egal, was passiert. Ihr baut ständig den Mist, braucht uns dann für die Drecksarbeit und anschließend dienen wir noch als Bauernopfer. Da ist eine kleine Lebensversicherung ganz gut.“

Pohlschmidt legte den Höre auf die Gabel und grinste Rimbert an:

„So, der ist am Kochen. Ich wette, der hat jetzt schon Bussmann an der Strippe und zitiert ihn. Mal sehen, ob er angebissen hat."

Der Abend zog sich für die beiden Männer endlos in die Länge. Sie versuchten sich die Zeit mit einem Spielfilm zu vertreiben, doch beide konnten sich nicht recht auf die Inhalte konzentrieren. Dann endlich war es vier Uhr nachts.

„So", sagte Pohlschmidt. „Ich hole jetzt das Auto. Du gehst durch den Keller und sicherst mich. Wenn die Alten hier schon einen Überfall versuchen sollten, werden sie eben eine Stunde früher ihr blaues Wunder erleben."

Doch Pohlschmidt stieß auf keine Schwierigkeiten. Er parkte den Wagen vor dem Haus und ging wieder in die Wohnung. Kurze Zeit später trat er wieder vor die Tür. Er stieß einen Mann vor sich her, der anscheinend gefesselt war. In der Hand hielt er einen Revolver. Er zwang den Mann auf den Beifahrersitz. Dann setzte er sich selbst hinter das Steuer und startete den Wagen. Als er von der Felix-Fechenbach-Straße auf die Bielefelder Straße fuhr, sah er die Scheinwerfer eines Wagens hinter sich.

„Sie haben angebissen", dachte er. Doch schon an der Kreuzung in Heidenoldendorf bog das Auto rechts ab. Pohlschmidt war enttäuscht. Anscheinend hatten die Alten doch nicht mehr den Mumm in den Knochen, ihnen entgegenzutreten. Aber schon einige hundert Meter weiter bog ein Transporter aus der Orbker Straße vor ihm links auf die Bielefelder Straße ab. Der Wagen fuhr sehr langsam. Pohlschmidt überholte ihn und versuchte den Fahrer zu erkennen. Dies verhinderte jedoch die Dunkelheit und Tausende von Regentropfen am Seitenfenster. Wurde er jetzt beschattet oder nicht? Pohlschmidt entschloss sich zu einem Test. Er wollte herausfinden, ob es sich um einen Verfolger handelte. Also bog er in Pivitsheide V.H. rechts in die Ehrentruper

Straße ein. Der Wagen folgte ihm. Auch als er links Richtung Müssen abfuhr, folgte ihm der Wagen. Später bog er links auf die Hörster Straße. Da war plötzlich ein zweiter Wagen hinter ihm. Beide folgten ihm bis Bielefeld. Als er auf die Straße Johannistal abbog, fuhr der Transporter auf der Artur-Ladebeck-Straße weiter. Hinter ihm fuhr wieder ein Auto. War es der Wagen, der schon in Helpup als zweiter hinter ihm gewesen war? Pohlschmidt konnte ihn nicht genau zuordnen. Eines musste er seinen Verfolgern, wenn sie es denn waren, lassen. Sie verstanden ihr Handwerk. Die nächste Einfahrt führte zum Parkplatz des Tierparks. Er fuhr hinein. Das Auto, welches gerade hinter ihm gewesen war, fuhr geradeaus weiter.

Pohlschmidt schaltete die Innenbeleuchtung ab und wartete mindestens eine Viertelstunde. Es tat sich nichts. Sollte es nicht geklappt haben? War der Admiral schlauer, als Sie vermutet hatten? Sollte die Aktion abgebrochen werden? Er überlegte. Jetzt, wo er schon hier war, entschloss er sich, sie auch zu Ende zu bringen. Er stieg aus und zerrte die zweite Person vom Beifahrersitz. Er ließ sie vor sich her, in Richtung des einsamen Tierparks, gehen. Hier und da waren unbekannte Geräusche zu hören. Wahrscheinlich von den Tieren, die hier lebten. Plötzlich heulte ganz in der Nähe ein Wolf. Pohlschmidt schreckte zusammen. Im nächsten Moment knackte in seiner Umgebung ein Ast. Wieder durchfuhr ihn ein Schreck. Pohlschmidt hielt sich rechts. Der Weg war von großen Volieren gesäumt, in denen Greifvögel gehalten wurden. Einer der großen Greife fühlte sich gestört und flog gegen das Drahtgitter. Pohlschmidt richtete seine Waffe in die Richtung, aus welcher der Vogel kam. War er es gewesen, der den Vogel gestört hatte? Seine Hände waren schweißnass vor Aufregung. Dann endeten die Käfige mit den Vögeln. Größere Gehege fügten sich jetzt in die Landschaft ein. Er kannte den Tierpark nicht gut genug, um im Dunkeln zu sagen, welche Tiere sich in welchem Gehege aufhielten.

Plötzlich krachte ein Schuss.

Pohlschmidt duckte sich automatisch, doch der Mann, den er vor sich her geschubst hatte, brach getroffen zusammen. Die Kugel war von einem Jagdgewehr abgefeuert worden und hatte eine verheerende Wunde hinterlassen. Pohlschmidt war über und über mit Blutspritzern besudelt. Er wusste nicht, was er zuerst verspürte, Übelkeit oder Angst.

„Weg! Weg! Weg!", dachte er. „Beweg dich, dann bist du keine so präsente Zielscheibe".

Wieder krachte ein Schuss. Im gleichen Moment pfiff die Kugel nur wenige Zentimeter an seiner Schulter vorbei. Aus den Augenwinkeln hatte er das Mündungsfeuer gesehen. Er schoss mit seiner Kurzwaffe in die Richtung. Dabei wusste er, dass er auf dieser Entfernung niemals treffen würde. Er hätte genauso gut mit dem Revolver nach dem Schützen werfen können. Jetzt hatte er nur noch fünf Kugeln. Doch sein Schuss hatte zur Folge, dass der Heckenschütze erst einmal in Deckung ging.

Pohlschmidt kletterte über einen Zaun. Als er auf der anderen Seite ins Gehege sprang, stand er in einer Herde schottischer Highland-Rinder. Die schienen friedlich und an Menschen gewöhnt. Gleichzeitig gaben sie vorübergehend etwas Deckung. Da krachte ein weiterer Schuss. Diesmal aus einer anderen Richtung. Er wurde von zwei Seiten beschossen. Die Kugel pfiff an seinem Kopf vorbei. Die Rinder flüchteten in Panik. Er wurde von einem Tier umgestoßen. Dies war seine Rettung, denn wieder wurde geschossen. Wäre ihm der Zufall nicht zur Hilfe gekommen, wäre er jetzt wahrscheinlich tot. Es war noch sehr dunkel. Die Schützen mussten über Nachtsichtgeräte verfügen. Pohlschmidt sprintete los. Wieder ein Schuss. Wieder knapp daneben. Der Flüchtende rannte nach rechts, schlug Haken. Ein Zaun stoppte kurzzeitig seine Flucht. Jetzt wurde wieder von der anderen Seite geschossen. Doch der Winkel war günstig. Ein paar Pfähle schützten Pohlschmidt vorübergehend. Er kroch durch einen

Bach. Das Wasser war eiskalt, doch er nahm die Temperatur kaum wahr. Er rannte am Wasserlauf entlang. Plötzlich kam eine Mauer. Der Bach wurde zum Wasserfall. Pohlschmidt sprang ohne weiter nachzudenken hinunter. Die Pistole wurde durch den Aufprall aus seiner Hand geschleudert und fiel ins Wasser. Schmerz durchzuckte seinen Körper. Er schrie. Hatte sich den Fuß verletzt. Wieder ein Schuss! Das Projektil zerbarst an der Mauer. Ungefähr fünfzehn Meter von ihm entfernt war ein Stapel aus Ästen und Bäumen. Er hinkte und rollte sich zu dieser Ansammlung von totem Holz. Zum Glück wussten seine Gegner nicht, dass er seine Waffe verloren hatte. Was sollte er tun? Die aufeinander gestapelten Baumstämme bildeten eine Höhle. Er wollte hinein kriechen. Dabei trat er in einen Dunghaufen. „Was für ein Riesenschiss!“, dachte Pohlschmidt und wusste im nächsten Moment, in welchem Gehege er sich befand. Es war der Bärenkäfig! Vielleicht bedeutete dieser Aufenthaltsort sein Glück. Das Gehege war relativ gut abgesichert. Seine Verfolger würden nicht so ohne weiteres eindringen können. Pohlschmidt kroch in die Höhle. Sie war eng. Er hoffte, sie schützte ihn nicht nur vor den Männern, die nach seinem Leben trachteten, sondern auch kurzzeitig vor den Bären, wenn diese freikämen, bevor man ihm entdeckte.

Irgendetwas drückte in seiner Hosentasche. Sein Handy! Wieder Glück! Wen konnte er anrufen? Jetzt, wo sein Fluchttrieb an Bedeutung verloren hatte, vollbrachte sein Gehirn gedankliche Höchstleistungen. Sofort fiel ihm sein Vater ein. Der hatte einen leichten Schlaf. Als er wählte, leuchtete das Display des Telefons auf. Der Lichtschein verriet ihn. Wieder krachte ein Schuss. Die Kugel fräste sich in einen Baumstamm. Sein Aufenthaltsort schien ziemlich sicher. Die Stämme waren so dick und lagen so dicht, dass sie von den Geschossen nicht durchschlagen wurden. Lediglich Querschläger konnten ihn gefährden

Sein Vater meldete sich verschlafen.

„Hallo, ich bin's. Martin. Die wollen mich umbringen! Die schießen mit Jagdgewehren auf mich. Hilf mir!"

Pohlschmidt heulte vor Angst.

„Wo bist du, Junge?"

„Im Bärengehege im Tierpark Olderdissen. Ich bin unter einen Holzstapel gekrochen. Bitte hilf mir! Lange geht das nicht gut!"

„Verhalt dich ruhig! Ich sehe zu, was ich machen kann."

Die Leitung wurde unterbrochen.

„Der Alte hat Nerven wie Drahtseile", dachte Pohlschmidt. „Dem wird was einfallen", redete er sich ein. „Jetzt nur keine Fehler machen."

Ihm blieb nicht anderes übrig, als zu warten. Schon jetzt war jede Sekunde eine Ewigkeit und eine unglaubliche Angst zerrte an jedem seiner Nervenstränge.

61

Das Fritzmeiersche Gehöft lag noch im Dunklen. Es war 05.35 Uhr am Freitagmorgen, es war kalt und der übliche lippische Landregen rieselte sanft auf die noch schlafende Erde nieder. Auch Jupp Schulte lag noch in tiefem Schlummer. Es blieben noch locker anderthalb Stunden, bis ihn der Wecker aus schönen Träumen reißen würde. Tiefer Friede überall. Bis das Telefon schrillte!

Es brauchte mehrere Signaltöne, bis Schulte das Telefon nicht als Bestandteil seines Traumes wahrnahm, sondern als brutale Wirklichkeit begriff. Unterstützt von dem unanständigsten Fluch, der ihm zur Verfügung stand, stand er auf, brauchte etwas Zeit, um sein Gleichgewicht zu finden und ging zum Telefon.

„Hallo? Herr Schulte?", hörte er eine aufgeregte männliche Stimme. „Sie müssen sofort kommen! Was? Ach ja, entschuldigen Sie. Ich bin Heinrich Pohlschmidt, der Rechtsanwalt. Sie waren heute Nachmittag bei mir. Was? Ja, stimmt. Gestern natürlich."

Der Mann war offenbar völlig durcheinander. Da auch Schulte noch lange nicht im Vollbesitz seiner geistigen Kräfte war, hätten beide das Gespräch eigentlich sofort beenden sollen. Aber dem Anrufer schien es um alles oder nichts zu gehen und das spürte Schulte. So langsam erwachten seine Lebensgeister. Er versuchte, etwas Struktur in das aufgeregte Gestammel zu bringen.

„Also, jetzt mal der Reihe nach, Herr Pohlschmidt. Was ist passiert?"

„Mein Sohn hat gerade angerufen! Er befindet sich in allergrößter Gefahr! Er wird beschossen! Sie müssen sofort etwas unternehmen! Ich verrate Ihnen alles, aber holen Sie meinen Jungen da raus! Sie..."

Schulte wurde ungeduldig.

„Ich frage Sie noch mal: Was ist passiert? Wo ist Ihr Sohn jetzt?"

Der Rechtsanwalt atmete hörbar tief durch, bemüht, etwas Ruhe und Ordnung in seine Rede zu bekommen.

„Mein Sohn befindet sich zurzeit im Bärengehege. Im Tierpark Olderdissen. In Bielefeld. Ich habe keine Ahnung, wie er dahin gekommen ist und warum. Aber er hat mich gerade angerufen und mich um Hilfe gebeten. Außerhalb des Geheges steht jemand, der ihn erschießen will. Mein Sohn konnte sich nur retten, indem er in das Bärengehege eingedrungen ist und sich dort versteckt hat. Sie müssen sofort was unternehmen!"

Schulte schüttelte sich. Er verstand das alles nicht.

„Und wieso rufen Sie da mich an? Mitten in der Nacht? Warum nicht die Polizei in Bielefeld?"

Der Mann am anderen Ende heulte fast.

„Weil Ihre Visitenkarte gerade auf meinem Tisch liegt und weil Sie im Thema sind. Ich habe keine Lust, Ihren Bielefelder Kollegen erst einen langen Bericht zu liefern, bevor sie aktiv werden. Die würden mich wahrscheinlich für einen Spinner halten und nur den Hörer auflegen. Sie sind der einzige, der die Zusammenhänge begreifen kann. Es geht um Leben und Tod! Verstehen Sie das doch. Es geht um Sekunden!“

Schulte verstand.

„Und wer schießt auf ihn? Wissen Sie das?“

Zum ersten Mal ein deutliches Zögern bei seinem Telefonpartner. Der Mann schien nachdenken zu müssen.

„Das weiß ich nicht. Das hat er mir nicht gesagt. Nur, dass er sich unter einem Holzstapel im Gehege der Bären versteckt hat. Für mehr blieb wohl keine Zeit!“

„Okay! Aber was ist mit den Bären? Laufen die jetzt frei rum?“

„Ich weiß es nicht. Keine Ahnung! Aber machen Sie was! Bitte!“

Schulte versprach, alles in seiner Macht stehende zu versuchen und legte auf. Er war jetzt hellwach. Was tun? Er hatte nicht mal eine genaue Vorstellung davon, wo dieser Tierpark liegt. Geschweige denn davon, wo das Bärengehege sein könnte. Blieb also nur, doch die Kollegen der Bielefelder Polizei anzurufen und die dorthin zu schicken. Oder…? Klar, Wolf Muffen hatte doch gestern lang und breit erzählt, wie gut er sich im Tierpark auskenne. Außerdem hätte der einen kurzen Weg dorthin. Wieder griff er zum Telefon und wählte Muffens Nummer.

Der war erst genauso schlecht zurecht wie Schulte noch vor wenigen Minuten, begriff aber ziemlich schnell. Er beschrieb Schulte den Weg zum Tierpark und versprach, sich selbst auch sofort auf den Weg zu machen. Sie würden sich auf dem Parkplatz vor dem Tierpark treffen. Sie beschlossen, angesichts der Bedrohungslage nicht mit großem Aufgebot und Tatütata dort einzufallen. Hier konnten eventuell zwei entschlossene Leute, die geräuschlos auftraten, mehr ausrichten.

„Ach ja!“, fiel es Muffen noch ein. „Die Bären werden über Nacht eingesperrt und in dieser Jahreszeit um acht Uhr morgens wieder rausgelassen. Bis dahin müssten wir den jungen Mann da rausgeholt haben!“

Schulte schluckte.

„Na, dann mal los! Wir haben keine Sekunde zu verlieren!“

Schulte kleidete sich hektisch an, warf sich die alte speckige Lederjacke über, steckte sein Handy ein und ging aus dem Haus. Draußen war es immer noch dunkel.

62

Das hatte er sich einfacher vorgestellt! Es war alles in allem doch sechs Uhr geworden, bis Jupp Schulte endlich loskam. Er hatte etwa eine halbe Stunde bis zum Tierpark Olderdissen eingeplant. Zu einer anderen Uhrzeit wäre das vielleicht auch realistisch gewesen. Nie hätte sich der Morgenmuffel Schulte träumen lassen, wie viele Autos zu so nachtschlafender Zeit unterwegs waren. Von Anfang an war der Wurm drin. Zäher Verkehr schon um Detmold herum. Rote Ampeln. LKWs verstopften die Fahrbahn. Dann hinter Helpup die erste Baustelle. Zehn Minuten verplemperte Schulte allein hier, eingekeilt zwischen Lastwagen und Hunderten von Pendlern. Fuhr denn ganz Lippe morgens nach Bielefeld zum Arbeiten? Dann ein kurzes Stück freie Bahn. Zweispurig ging es mit hohem Tempo Richtung Bielefeld. Bis zur Ampel am Porta Möbelmarkt. In der Detmolder Straße hing Schulte dann fluchend in der zweiten Baustelle fest. Im Schneckentempo kroch der Verkehr Richtung Innenstadt. Als die Baustelle am Abzweig Niedernwall endlich beendet war, reichte der normale morgendliche Berufsverkehr völlig aus, um einen veritablen Stau hervorzurufen. Schultes Nerven vibrierten. Er rief Muffen auf dem Handy an. Muffen hatte ebenfalls Verkehrsprobleme gehabt, fuhr aber gerade auf dem Parkplatz Tierpark ein.

„Warte auf mich! Geh auf keinen Fall alleine rein!“, warnte er den Kollegen. „Wir haben keine Ahnung, was uns da erwartet!“

Muffen versprach zu warten.

Es war zehn nach sieben, als Schulte endlich seinen massigen alten Volvo neben dem noch älteren BMW seines Kollegen einparken konnte. Er hatte doppelt so lange gebraucht wie geplant! Hoffentlich war nicht schon alles zu spät. Es war immer noch nicht hell, aber die Morgendämmerung ließ eine problemlose Sicht bereits zu. Allerdings vermittelte sie auch keinen Schutz mehr. Immerhin regnete es nicht mehr durchgängig, sondern nur noch sporadisch. In den Regenpausen stieg dann Morgennebel auf, der die Sicht nicht eben verbesserte. Soweit sie das erkennen konnten, war auf dem großen Parkplatz nur noch ein weiteres Auto. Sie schauten sich den Audi A6 mit dem lippischen Kennzeichen genauer an. Das Fahrzeug war leer.

Die beiden Männer sprachen sich kurz ab.

„Du kennst dich hier aus“, flüsterte Schulte. „Also geh du voran. Bist du bewaffnet?“

Muffen nickte wortlos. Schulte überprüfte seine Dienstpistole. Eine *Walther P 99 DAO*, die neue Dienstwaffe der Nordrhein-Westfälischen Polizei. Er nahm das schwere Ding eigentlich nur bei den routinemäßigen Schießübungen zur Hand. Auch dabei hatte er noch nie auffällig gute Leistungen gezeigt. Als Scharfschütze wäre er nicht zu gebrauchen.

Da die beiden überhaupt nichts über die Verhältnisse am Bärengehege wussten, hatte es auch keinen Sinn, sich einen Plan zurecht zu legen.

Ihnen blieb nichts anderes übrig, als sich so leise und unauffällig wie möglich heranzupirschen und erst einmal die Lage zu peilen.

In das Gelände des Tierparks einzudringen, war überhaupt kein Problem. Nichts war verschlossen, die beiden hätten gemütlich über die gut angelegten Wege schlendern können, wenn das nicht zu gefährlich gewesen wäre. Aus Sicherheitsgründen schlichen sie abseits des Hauptweges, nutzten jedes Gebäude und jeden Busch als Deckung aus. Besonders heikel wurde es auf Höhe des Cafés, da hier ein gepflasterter Platz wenig Schutz bot. Muffen ging vor, checkte den Platz ab und forderte dann Schulte mit einer Handbewegung auf, nachzukommen. Weiter ging es, immer abseits des Weges, zum Bärengehege. Sie passierten eine Menge Vogelvolieren mit bereits putzmunteren Tieren, dann ein kleines Wasserbecken, das zum Lebensraum eines Fischotters gehörte und andere kleinere Sehenswürdigkeiten. Nichts davon interessierte die beiden. Dann blieb Muffen stehen und hob warnend den Arm. Das Bärengehege war noch lange nicht erreicht. Die beiden standen hinter der Ecke eines kleinen Gebäudes. Auch Schulte stand nun still, lauschte und versuchte, mit den Augen das zwar immer heller werdende, aber noch immer sehr diffuse Dämmerlicht zu durchdringen. Der leichte Nebel machte eine visuelle Orientierung schwierig. Die akustische Orientierung war noch problematischer, denn über ihnen und um sie herum war der Teufel los. Tausende von Vögeln, in den Volieren oder frei in den Bäumen lebend, boten eine Geräuschkulisse, die alles andere platt machte. Weiter hinten meckerten Ziegen, muhten Rinder, gackerten Hühner. Man hätte sie hier erschießen können, ohne dass ein Schuss besonders aufgefallen wäre.

Die beiden Polizisten starrten und horchten, ohne etwas wahrnehmen zu können, das nicht hier hingehörte. Waren Sie reingelegt worden? Hatte Pohlschmidt Senior sich mit einem ganz kindischen Trick an ihm rächen wollen? Stand er, Hauptkommissar Josef Schulte, mit fast dreißig Dienstjahren, nun wie ein Volltrottel in der Natur herum, während der alte Rechtsanwalt vor Lachen tagelang nicht in den Schlaf kommen würde? Schulte war geneigt, die ganze lächerliche Aktion abzubrechen, nach Hause zu fahren und sich krankschreiben zu lassen, als Wolf Muffen wieder warnend den rechten Arm hob. Schulte schluckte seine Wut herunter und versuchte zu erkennen, was Muffen bereits alarmiert hatte. Es dauerte ein paar Sekunden, bis auch seine Augen durch die feinen Nebelschleier eine Bewegung wahrnahmen. Eine Figur, nicht viel mehr als ein Schatten, bewegte sich etwa zwanzig Meter vor ihnen. Die Person blieb kurz stehen, ging dann aber weiter links, verschwand hinter einem Busch und entzog sich damit den Blicken der beiden Polizisten. Nach etwa einer Minute stupste Schulte seinen Kollegen an und bedeutete ihm mit einer leichten Kopfbewegung, dass sie nicht ewig hier stehen bleiben könnten, sondern weiter mussten. Es war nun etwa halb acht. In einer halben Stunde würde der Wärter des Bärengeheges die beiden alles andere als possierlichen Braunbären ins Freie lassen. Muffen hatte die Bären oft genug gesehen, um zu wissen, um was für gewaltige Tiere es sich handelte. Er hatte auch eine ungefähre Vorstellung von der Lage des Holzstapels, unter dem sich angeblich der junge Pohlschmidt versteckt hielt. Lange würden die mittelgroßen Stämme den Bären nicht standhalten, wenn die erst einmal draußen wären und festgestellt hätten, was da Leckeres drunter versteckt war. Sie mussten sich aufteilen. Einer von ihnen würde versuchen müssen, den Wärter rechtzeitig zu finden und ihn davon zu überzeugen, die Tierchen nicht herauszulassen. Der andere müsste sich um Pohlschmidt kümmern, ohne dabei selbst zur Zielscheibe zu werden. Muffen, der die Örtlichkeiten kannte, würde sich um den Wärter kümmern. Schulte sich um den Rest. Was immer der Rest sein mochte.

Die beiden Polizisten verließen ihre Deckung und schlichen geduckt voran.

Urplötzlich tauchte aus dem Nebel, etwa zehn Meter vor ihnen, eine Gestalt auf. Ein Mann, in einen Mantel gehüllt, mit Hut, unter dem sein Gesicht fast nicht zu erkennen war. Der Mann war genauso erschrocken wie Schulte und Muffen. Aber im Gegensatz zu denen hielt er seine Waffe, ein Jagdgewehr, bereits in beiden Händen. Und er schien nicht die geringsten Hemmungen zu haben, davon Gebrauch zu machen. Es waren vielleicht zwei Sekunden vergangen, als die Waffe loskrachte. Aber Schulte und Muffen erlebten nicht die erste brenzlige Situation ihres Polizistenlebens. Auch sie hatten nicht länger gebraucht, um zu reagieren. Sie warfen sich links und rechts vom Weg in die Büsche. Fast gleichzeitig mit dem Schuss. Und ebenso gleichzeitig stieg eine ganze Wolke von Vögeln aus den Bäumen und machte einen infernalischen Lärm. Alle Tiere des Parks schienen sich dann daran beteiligen zu wollen, stimmten in die große Kakophonie ein.

Schulte robbte reflexhaft noch weiter in den großen Busch hinein und versuchte zu erkennen, was der Schütze unternehmen würde. Gleichzeitig versuchte er herauszufinden, wie es wohl Muffen ergangen war. Ihr Gegner konnte sich offenbar nicht so recht entscheiden, welchem der beiden er nun den Rest geben sollte. Der schier unglaubliche Lärm, dessen Quellen durch den Nebel verdeckt wurden, schien auch ihn zu verwirren. Er machte zwei, drei Schritte nach vorn, geriet dabei unter einen tief herabhängenden Zweig, der ihm den Hut vom Kopf stieß. Sofort bückte er sich, hob den Hut auf und setzte ihn wieder auf den Kopf. Sein Gesicht war nur für eine Sekunde sichtbar, aber diese Sekunde reichte aus, um Schulte zu signalisieren: Diesen Mann kennst du! Er hätte in diesem Moment nicht sagen können, um wen es sich handelte, aber er war sich sicher, seinen Gegner bereits einmal gesehen zu haben. Der Mann drehte sich nun um und lief mit schnellen, kurzen Schritten in die entgegengesetzte Richtung. Dann verschwand er im Nebel.

Schulte hatte keine Zeit, darüber nachzudenken, ob dem Mann wohl klar war, erkannt worden zu sein. Mehr oder weniger jedenfalls. Wahrscheinlich nicht, denn sonst hätte Schulte mit Sicherheit jetzt nicht mehr gelebt. Wichtiger war es nun, sich um Muffen zu kümmern, der noch nicht wieder hochgekommen war. Schulte hörte nur ein Wimmern, als er sich dem Kollegen näherte. Muffen lag auf der Seite und blickte ihn wütend an.

„Verdammte Scheiße!", stieß er gepresst hervor. „Ich glaube, ich habe mir eine Rippe gebrochen." Muffen hustete. „Das Atmen tut höllisch weh."

„Bist du getroffen worden?"

„Nein! Ich habe einfach…", wieder hustete Muffen, „einen Hechtsprung zur Seite gemacht und bin mit der Rippe auf diesen verfluchten Stein aufgeschlagen, auf dem ich jetzt immer noch liege. Selbstverstümmelung im Dienst, kostet mich wahrscheinlich meine Pension!"

Dieser Muffen bewies auch jetzt noch Humor. Aber das nützte Schulte herzlich wenig. Was sollte er nun tun? Er musste es mit einem schießwütigen Gegner aufnehmen, musste Pohlschmidt aus dem Bärengehege befreien und hätte eigentlich auch die Pflicht, seinen Kollegen ärztlich versorgen zu lassen.

„Schaffst du es alleine, zurück zum Auto zu kommen?", fragte er besorgt. „Oder soll ich jetzt doch die Kollegen anrufen? Sie können dann gleich einen Arzt mitbringen."

Muffen versuchte, sich aufzurichten, sackte aber gleich wieder zusammen. Wieder dieses trockene Husten. Schulte zog sein Handy aus der Jackentasche, wählte die Nummer der Bielefelder Polizei und erklärte dem verblüfften Wachhabenden, wer er sei und wo er sich befinde. Erst als der in Bielefeld viel bekanntere Name Muffen fiel, kam urplötzlich Schwung in das Gespräch. Schulte wies noch darauf hin, dass sich mindestens ein Bewaffneter im Gelände befinden würde. Dieser Mann sei hochgefährlich. Sie sollten versuchen, alle Ausgänge des Tierparks abzuriegeln. Es war jetzt zwanzig vor Acht. Höchste Zeit, den Bärenwärter ausfindig zu machen. Schulte schaute sich um. Von hier aus konnte er viel zu wenig erkennen. Er musste näher ran an das Gelände. Das war gefährlich, ließ sich aber nicht vermeiden. Mittlerweile war es hell geworden, nur der Nebel beeinträchtigte noch etwas die Sicht. Aber nur etwas.

„So, du bekommst gleich Hilfe. Aber ich muss jetzt los. Sonst fressen die lieben Tierchen unseren Hauptverdächtigen. Erklär mir jetzt bitte, wohin ich muss, um diesen Wärter zu finden."

Muffen beschrieb ihm ächzend den Weg. Es war nicht wirklich weit, aber Schulte musste sich bei einer Weggabelung richtig verhalten.

„Okay!", Schulte atmete tief durch. „Kannst du deine Waffe benutzen?"

Eine durchaus wichtige Frage, denn es war nicht auszuschließen, dass der Angreifer von eben wiederkommen und den hilflos am Boden liegenden Polizisten erneut attackieren würde. Muffen nickte. Schulte trabte los. Er versuchte einerseits, nicht gesehen und gehört zu werden, ging also sehr vorsichtig. Andererseits war schon ein gewisses Tempo erforderlich, um noch rechtzeitig den Wärter zu erreichen. Er musste die Augen überall haben, auf dem Weg, in den Büschen, hinter jeder Gebäudeecke. Was hatte Muffen gesagt? Ungefähr zwanzig Meter bis zur Weggabelung. Dann rechts. Aber zwanzig Meter war er doch schon gegangen. Mindestens. Wahrscheinlich aber viel mehr. Schulte zerbiss einen Fluch. Hatte er sich doch verlaufen? Zurück. Dann kam ein kleiner Abzweig. Das konnte aber doch unmöglich die Weggabelung sein, von der Muffen gesprochen hatte. Was denn nun? Ihm drehte sich alles. Er schaute auf seine Armbanduhr. Fünf vor Acht! Am liebsten hätte er laut gerufen, der Wärter hätte ihn bestimmt gehört. Aber das war zu gefährlich. Der Mann mit dem Jagdgewehr konnte hinter jedem Busch lauern. Schulte ging noch ein paar Meter zurück. Dann endlich fand er die Weggabelung. Diesmal bog er in die andere Richtung ab. Und siehe da, plötzlich tauchte aus dem Nebel ein kleiner Platz auf. Dahinter eine steil ansteigende Wiese mit großen Felsen darin. Am Fuß dieses grünen Hügels war ein breiter Wassergraben. Zwischen Schulte und dem Wassergraben war ein massiver Metallzaun, an dem Warnhinweise auf Strom angebracht waren. Das musste das Bärengehege sein! Weiter hinten, links von Schultes Standort, rauschte es. Als Schulte genauer hinsah, erkannte er einen kleinen, etwa drei Meter hohen Wasserfall. In der Mitte der Wiese, auf etwa halber Höhe des Hanges, lag ein wirrer Haufen von stattlichen Baumstämmen. Sollte dies der Holzstapel sein, unter dem sich Pohlschmidt versteckt hielt? Von dem sein Vater am Telefon gesprochen hatte? Es konnte nicht anders sein. Sonst war weit und breit kein geeigneter Unterschlupf zu erkennen. Auf der rechten Seite des Geheges stand eine Art Baracke. Das musste der Stall sein, in dem die Bären nachts eingeschlossen werden. Da musste er sofort hin, denn da musste jeden Moment der Wärter auftauchen. Schulte schaute sich schnell noch einmal um. Kein Killer mit Hut und Jagdgewehr war zu sehen. Also los! Er hatte gerade drei schnelle Schritte gemacht, als er abrupt stehen blieb und mit ungläubigem Blick auf den Bärenstall blickte. Das konnte nicht sein! Ein oder zwei Sekunden blieb ihm noch die Hoffnung, einer optischen Täuschung erlegen gewesen zu sein, aber nein… es war tatsächlich wahr. Der braune Haufen kurz vor der Stalltür, den Schulte vorher gar nicht wahrgenommen hatte, bewegte sich! Und weiter hinten ein zweiter! Nun drehte sich der braune Hügel zur Seite, richtete sich etwas auf, und es gab keinen Zweifel mehr. Die Bären waren bereits draußen! Er war zu spät gekommen.

Schulte ließ nun alle Vorsicht fahren und rannte, was seine Beine hergaben, an der rechten Seite des Geheges entlang, bis er zu der Stallung kam. Er bollerte an eine Tür, rief laut. Es dauerte etwas, dann öffnete sich die Tür und ein nicht sehr großer, dünner Mann um die Vierzig mit einer Schaufel in der Hand und Gummistiefeln an den Füßen schaute ihn mürrisch an. Bevor er auch nur ein Wort sagen konnte, rief Schulte:

„Polizei! Holen Sie sofort die Bären wieder in den Stall! Im Gehege ist ein Mensch! Schnell, Mann!"

Der Wärter starrte ihn nur an und regte sich nicht. Dann endlich wollte den Mund aufmachen und Schulte in seine Schranken weisen. Dem war klar: Lange diskutieren konnte er hier nicht. Hier musste sofort was passieren. Er riss seine Dienstpistole aus dem Schulterholster und richtete sie auf den nun völlig entgeisterten Mann. Schulte wedelte unmissverständlich mit der Waffe und schrie den Mann an:

„Sofort die Bären reinholen! Los jetzt!"

Das war offenbar eine Sprache, die der Mann verstand. Er ließ die Schaufel fallen und setzte sich sofort in Bewegung. Schulte mit der Pistole hinterher. Am anderen Ende des Stalles war eine breite und starke Holztür, die nun offen stand. Der eigentliche Stall war mit starkem Gitter abgeriegelt. Die Tür ließ sich öffnen und schließen, ohne dass man in das Innere des Stalles musste. Der Wärter lief in einen kleinen Nebenraum und kam mit einem großen Stück Fleisch zurück. Dann klopfte er mit einem Besenstiel in einem eigenartigen Rhythmus an die Tür. Schulte konnte sehen, wie die beiden Bären, die sich mittlerweile direkt vor dem Holzstapel befanden und dort herumschnüffelten, aufhorchten und in Richtung des Stalles blickten. Hätte Schulte sich hier besser ausgekannt, hätte er gewusst, dass es sich bei den beiden riesigen Braunbären um Mutter und Sohn handelte. Dann wandten die beiden sich wieder dem Holzstapel zu. Der Wärter klopfte noch mal. Wieder schauten die beiden kurz hoch, anscheinend unschlüssig, wie sie sich verhalten sollten. Das Klopfen verhieß Fressen, aber der Geruch in diesem Gewirr von Baumstämmen war auch nicht ohne. Und wieder gingen die Köpfe runter, wieder begannen sie zu schnüffeln. Der Wärter fluchte laut, wusste sich aber auch nicht anders zu helfen, als erneut seine Klopfzeichen zu geben. Schultes Herz pochte bis zum Hals. Er wappnete sich innerlich, mit seiner Pistole in das Gehege zu stürmen und die beiden Bären zu erschießen, wenn es sein musste. Der Wärter erkannte das und fuhr Schulte an:

„Vergessen Sie es! Mit dem Ding können Sie keinen Bären erschießen! Sie werden sie nur verletzen und machen sie dadurch aggressiv. Die beiden sind erstmal nur neugierig. So schnell fressen die keinen Menschen!“

Mag ja sein, dachte Schulte. Aber garantieren konnte der Wärter ihm das auch nicht. Außerdem strahlte auch der Tierpfleger reichlich viel Unruhe aus, als er wütend ausrief:

„Wie zum Teufel kommt denn einer ins Bärengehege? Das geht doch eigentlich gar nicht!“

Die beiden Bären wurden immer aufgeregter. Das männliche Tier, mit Namen Max, versuchte, mit den Vordertatzen einen Baumstamm weg zu schieben. Zum Glück gelang das nur zum Teil, denn der Stamm verkeilte sich mit anderen und war nun nicht mehr zu bewegen. Diese Aktion reichte aber aus, um die Besorgnis des Tierpflegers soweit zu erhöhen, dass er nun alle Vorsicht fahren ließ. Er schlüpfte durch einen Durchgang in den Stall, zur Tür hinaus und ging dann langsam aber beständig über die schräge Grasfläche auf die Bären zu. Schulte konnte es nicht fassen. Wie festgenagelt stand er da und starrte auf den Mann und die Bären, die nun neugierig wieder die Köpfe hoben und den Pfleger betrachteten, der das Fleischstück mit beiden Händen schwenkte wie eine Flagge. Langsam, ganz langsam wandte sich die Bärin von dem Holzstapel ab und widmete ihre ganze Aufmerksamkeit dem Mann mit dem Fleisch. Sie stand still und schnüffelte in die Luft. Dann drehte sich auch der Bärensohn um. Als der Wärter sicher sein konnte, das Interesse der beiden auf sich gezogen zu haben, ging er ganz langsam, einen Schritt nach dem anderen, rückwärts wieder Richtung Stall. Die Bären zögerten, dann machte der Sohn den ersten Schritt nach vorn. Die Bärin folgte. Schritt für Schritt brachte der Mann die beiden Riesentiere an den Stall heran, dann tauchte er rückwärts durch die Tür durch, ließ das Fleischstück in der Mitte des abgeriegelten Stallraumes auf den Boden fallen und verschwand durch die kleine Öffnung wieder auf die sichere Seite. Als die braunen Brummer beide im Stall waren, verschloss der Wärter blitzschnell die Tür von seiner Seite aus. Der Geruch der beiden gewaltigen Tiere verschlug Schulte fast den Atem. Aber er pustete trotzdem tief durch. Doch nur kurz, dann rannte er aus dem Stall heraus und wollte über den Zaun steigen. Der Wärter riss ihn zurück.

„Ich muss erst den Strom abschalten, Sie Knallkopf!"

Er lief zurück in den Stall, Schulte hörte ein lautes Knacken. Dann kam der Mann wieder heraus und stieg als erster über den Metallzaun. Schulte hinterher. Beide Männer rannten den Hügel hinauf zu dem Stapel von Baumstämmen. Und tatsächlich, unter mehreren Stämmen die wie Mikadostäbe durcheinander gewürfelt waren und sich irgendwie gegenseitig fest hielten, lag ein Mann. Schulte und der Tierpfleger zogen ihn unter dem Holzstapel hervor. Der Mann starrte sie mit irrem Blick an. Er war übersät mit Erbrochenem und roch nicht besser als die Bären. Er war ein großer Bursche, und Schulte und der Tierpfleger mussten sich anstrengen, als sie ihn, allem Widerwillen zum Trotz, unterhakten und aus dem Gehege hinaus schleppten. Er half kaum mit, schien völlig apathisch zu sein. Als sie noch überlegten, wie sie den schweren Brocken über den Zaun hieven konnten, kamen die ersten Polizisten in Uniform von der anderen, der legalen, Seite des Zaunes auf sie zugelaufen.

Zehn Minuten später war alles überstanden. Muffen war auf dem Weg ins Bielefelder Krankenhaus, der junge Mann ebenfalls. Letzterer allerdings mit Handschellen. Schulte schnorrte sich von einem Polizeibeamten eine Zigarette, setzte sich auf einen großen Stein und der Nichtraucher Schulte inhalierte hingebungsvoll. Der Leiter des Polizeitrupps erklärte ihm, dass sie alle Ausgänge des Tierparks besetzt hielten und dass der unbekannte Schütze kaum entkommen könne. Es sei nur eine Frage der Zeit, bis er gefasst sei. Als Schulte den Zigarettenstummel sorgfältig ausgedrückt hatte, stand er auf und ging zum Stallgebäude, wo er den Tierpfleger damit beschäftigt fand, die beiden Bären zu beruhigen.

Schulte legte dem Mann eine Hand auf den Arm.

„Tut mir leid, das eben mit der Pistole. Aber ich wusste mir nicht anders zu helfen."

Der kleine, dünne Mann in Gummistiefeln grinste ihn freundlich an.

„Schon okay! Sie hatten ja einen guten Grund. Ich habe ja immer gesagt: Leute, kommt nach Olderdissen, da erlebt ihr was!"

Schulte war froh, dass der Mann dies so locker auffassen konnte. Er hatte eben Kopf und Kragen riskiert für einen anderen Menschen, den er noch nie zuvor gesehen hatte. Jetzt tat er so, als sei dies im Tierpark Olderdissen das Normalste der Welt. Schulte drückte ihm dankbar die Hand und nahm sich vor, bei der nächsten Gelegenheit eine größere Geldspende für den Tierpark zu leisten. So lange es den noch in dieser Form gab!

Er war gerade wieder draußen, als er laute Rufe hörte:

„Hier liegt noch einer! Kommt schnell her!"

Schulte setzte sich sofort in Bewegung und lief in die Richtung, aus der die Stimme kam. Zwischen zwei kleineren Gehegen, Schulte hatten keinen Blick dafür, welche Tiere hier lebten, kniete ein Polizist über einem leblos daliegenden Körper. Die Person, schon auf dem ersten Blick als Mann zu erkennen, hatte eine Tüte über dem Kopf. Sofort war auch der Arzt, der vorher schon Muffen versorgt hatte, an Ort und Stelle. Vorsichtig zog er dem Mann die Tüte vom Kopf. Es war ein junger Mann, recht groß, blond, mit einem kräftigen, sportlichen Körper. Aber der nutzte ihm nicht mehr viel. Der Arzt prüfte Atem, Herzschlag und wer weiß was noch. Dann schaute er zu den Polizisten, die im Halbkreis um ihn herumstanden, auf. Er schüttelte den Kopf. Da war nichts mehr zu machen.

Schulte schaute sich den Toten sehr genau an, konnte sich aber nicht entsinnen, ihn schon einmal gesehen zu haben. Bis auf eine seltsame Tätowierung am linken Unterarm. Die kam ihm bekannt vor. Sehr bekannt sogar. Die hatte Schulte gesehen, als er gefesselt in der Gartenlaube auf Norderney saß. Schulte hustete vor Überraschung. Hier lag also die Leiche seines zweiten Entführers, nachdem Schulte den ersten eben gerettet hatte.

Nach zwei weiteren Stunden wurde die Belagerung der Ausgänge abgebrochen. Die Polizei hatte Verstärkung angefordert und zwischenzeitlich den ganzen Tierpark durchsucht. Sie hatten keinen Menschen gefunden. Der unbekannte Angreifer mit dem Hut und dem Jagdgewehr war ihnen durch die Finger gerutscht. Schulte konnte sich vor Wut kaum beruhigen, aber auch ihm blieb nichts anderes übrig, als irgendwann in sein Auto zu steigen und ungewaschen, ungekämmt, unrasiert und ohne Frühstück zu seinem Büro zu fahren, um die ganze morgendliche Aktion zu Protokoll zu bringen.

63

Es war fast elf Uhr, als Schulte endlich etwas zur Ruhe kam. Er hatte seinen Bericht geschrieben und sich im Sporttrakt geduscht. Frau Körner hatte ihm zwei belegte Brötchen und viel Kaffee gebracht, den er unfallfrei austrank. Er war erschöpft, zufrieden war er nicht. Sicher, er hatte einen der mutmaßlichen Mörder Hans-Hermann Blumenkamps festnehmen können, aber es hatte einen weiteren Toten geben, was Schulte nicht gut ertragen konnte. Und wer war dieser geheimnisvolle Mann, der auf Muffen und ihn geschossen hatte? Wie war der aus dieser Falle herausgekommen? Was hatte der mit allem zu tun? Und, wo hatte er diesen Mann schon einmal gesehen? Es war schon ein älterer Mann gewesen. So um die sechzig und etwas schwammig. Für den Bruchteil einer Sekunde tauchte die Begegnung mit diesem Mann immer mal wieder in seinem Gedächtnis auf, aber es war auch genauso schnell wieder verschwunden. Schulte konnte diese Erinnerung nicht greifen. Sie war zu diffus.

Zwischendurch hatte Schulte auch in Aurich angerufen und Gunda Luitjens lässig erklärt, sie könne die Männer, nach denen sie seit Wochen fahndet, nun bei ihm in Bielefeld besichtigen. Sie versicherte, sofort ins Auto zu steigen und nach Bielefeld zu kommen. Sie gab ihm noch ihre Handynummer und versprach, in spätestens drei Stunden bei ihm zu sein. Dann könnten sie gemeinsam den Festgenommenen verhören.

Aus dem Krankenhaus kam die Nachricht, dass es beiden Verletzten gut ging. Muffen hatte sich zwar wirklich eine Rippe angeknackst, aber das war nicht weiter tragisch. Pohlschmidt junior hatte sich beim Sprung vom Wasserfall in das Bärengehege eine Sehne abgerissen. Das würde im Untersuchungsgefängnis wunderbar ausheilen können.

Schulte nahm sich vor, in den nächsten Stunden ins Krankenhaus zu fahren, um Pohlschmidt zu verhören. Aber vorher wollte er mit dessen Vater sprechen, dem Mann, der mit seinem Telefonanruf in den frühen Morgenstunden die ganze Aktion im Tierpark in Bewegung gesetzt hatte. Er hatte bereits mit Pohlschmidt senior telefoniert und seinen Besuch angekündigt.

Der alte Rechtsanwalt empfing ihn sehr ernst, aber nicht abweisend. Seit Schultes letztem Besuch schien er um Jahre gealtert zu sein. Seine Entschuldigungen, Schulte mit dem Anruf in Gefahr gebracht zu haben, und seinen Dank wegen der Rettung seines Sohnes winkte Schulte ab.

„Das war schon in Ordnung! Aber ich denke, Sie schulden mir jetzt doch einige Informationen. Also, worum geht es hier eigentlich? Was hatte ihr Sohn im Tierpark zu suchen? Wer war der zweite Mann, der nun tot ist? Wer hat auf ihren Sohn und auch auf mich geschossen? Was hat C2 Development mit all dem zu tun?“

Der Anwalt und Geschäftsführer des Großinvestors zögerte lange, ehe er leise zu reden begann.

„Als Sie eben anriefen und Ihren Besuch ankündigten, habe ich mich erst erschrocken. Nun bin ich ganz froh, dass Sie gekommen sind, denn viele Dinge haben sich in den letzten Stunden verändert. Ich hoffe, noch einmal Ihre Hilfe in Anspruch nehmen zu können, glaube aber zuversichtlich, Ihnen dadurch viel, sehr viel zurückzahlen zu können.

Ich habe einen Eid geschworen, nie über diese Dinge mit einem Außenstehenden zu sprechen. Aber nach den Ereignissen heute Morgen gilt dieser Eid für mich nicht mehr. Sie sollen zumindest einen kleinen Überblick bekommen. C2 Development ist nur eine Aktiengesellschaft, da ist soweit nichts Ungewöhnliches. Sie ist auf der Kanalinsel Jersey eingetragen, weil da zum einen das Steuerrecht für uns sehr vorteilhaft ist, aber auch das Aktienrecht dem Wunsch von C2 entgegenkommt, so anonym wie möglich zu bleiben. Alles ganz alltäglich. Allerdings handelt es sich bei den Aktionären nicht wie sonst um die übliche Mischung aus ein- oder zwei Großaktionären und vielen Kleinanlegern. Nein, hier sind alle Aktionäre Mitglieder ein und derselben Organisation. Man könnte es auch so sehen, dass diese Organisation Inhaber aller Aktien von C2 ist. Diese schon Jahrhunderte alte Organisation schottet sich nach außen rigoros ab und wird sehr straff geführt. Mein Sohn war Mitglied dieser Organisation, mehr erzähle ich Ihnen nicht. Er ist in den letzten Wochen ganz massiv mit der Führung der Organisation aneinander geraten. Zum größten Teil, wie ich zugeben muss, war der Streit seine eigene Schuld. Der Streit war wohl zum

Schluss so heftig, dass die Führung beschloss, ihn aus dem Weg zu räumen. Ich sage das so unbestimmt, weil ich das auch nur vermuten kann. Die Führungsspitze besteht aus drei Männern. Einem, der eine Art Kämmererfunktion, aber keine große Entscheidungsbefugnis hat. Wirklich was zu sagen haben nur der sogenannte Kapitän, und an oberster Stelle der sogenannte Admiral. Diese beiden hatten offenbar beschlossen, meinen Sohn zu liquidieren. Die beiden sind dabei völlig skrupellos. Wenn herauskäme, dass ich Ihnen dies alles erzähle, hätte ich keinen Tag mehr zu leben. Aber für mich gibt es jetzt nur noch den Schritt nach vorn. Um den Mordversuch an meinem Sohn zu rächen, und um mich selbst vor diesen Männern zu schützen, werde ich die beiden ans Messer liefern. Ich verlasse mich dabei völlig darauf, dass Sie die beiden so schnell wie möglich unschädlich machen. Sonst habe ich aufs falsche Pferd gesetzt."

Schulte atmete tief durch und wartete, was nun kommen würde.

„Fangen wir mit mir an. Ich bin nicht nur Geschäftsführer von C2, sondern ich bin auch der dritte Mann in der Führungsspitze. Ich bin der Kämmerer und sitze auf dem Geld der Organisation. Niemand, auch nicht der Admiral, kann an die Konten heran ohne meine Unterschrift. Ich brauche allerdings auch jeweils eine zweite Unterschrift von einem anderen aus der Führungsspitze.

Vor etwa einer Stunde rief der Kapitän bei mir an. Der Admiral und er brauchen Geld. Eine große Menge Geld. Die beiden wollen ins Ausland verschwinden. Sie wollen kein Bargeld, nein, sie sind beide durchaus sehr wohlhabend. Aber sie wollen, dass große Beträge auf Bankkonten in ihrem Fluchtland transferiert werden. Nicht, dass die beiden noch Vertrauen zu mir hätten. Aber an das Geld kommen sie nicht ohne meine Unterschrift. Wir werden uns um drei Uhr hier in meiner Kanzlei treffen. Ich bin sicher, dass sie mich, sobald meine Unterschriften vorliegen, töten werden. Sie werden es wahrscheinlich wie einen Einbruch aussehen lassen, bei dem ich die Täter überrascht habe. Es sei denn, Sie nutzen die Gelegenheit und greifen rechtzeitig zu. Sie haben noch zwei Stunden Zeit, alles vorzubereiten."

Jetzt war Schulte sprachlos. Mit einer solchen Option hatte er nicht gerechnet. Aber eine Frage hatte er doch noch.

„Wer ist denn nun dieser Admiral und der Kapitän? Die haben doch sicher einen bürgerlichen Namen."

Wieder ein langes Zögern, dann schüttelte der Anwalt den Kopf.

„Das werden Sie selbst sehr schnell herausfinden, wenn Sie die beiden festgenommen haben. Auch den Namen der Organisation werde ich Ihnen nicht nennen. Halten Sie mich ruhig für irrational, aber ich habe Ihnen diesen Tipp nur gegeben, um mich selbst zu schützen. Ich will mir aber wenigstens selber einreden können, nicht zum Verräter geworden zu sein. Sie werden das nicht verstehen können, das ist mir klar. Aber Sie müssen sich schon damit zufrieden geben."

Schulte überlegte kurz, ob ein solches Verhalten mit seinem Berufsethos vereinbart sei und nickte dann zustimmend. Er hatte jetzt nicht mehr viel Zeit zu verlieren.

64

Zwei Stunden mögen einem lang erscheinen, wenn man sie in einem Zahnarztwartezimmer verbringen muss. Aber wenn man in dieser Zeit die Festnahme von zwei gewissenlosen Kriminellen planen und durchführen muss, dann wird es eng. Schulte hatte nicht mehr die Zeit, eine groß angelegte Aktion zu organisieren. Er konnte nicht so einfach die Einsatzhundertschaft der Bielefelder Polizei herbeizitieren. Oder das Sondereinsatzkommando. Er musste sich auf die Mittel beschränken, welche die Situation ihm bot. So kam es, dass Schulte auf alte, eingespielte Strukturen zurückgriff.

Er rief Axel Braunert an, erklärte ihm in knappen Worten die Aufgabe. Leider war an einen Einsatz von Maren Köster nicht zu denken, denn die war noch immer krankgeschrieben. Braunert sagte sofort zu, auch ohne die Einwilligung seines Chef Erpentrup zu kommen. Schulte erklärte ihm noch, wie er unauffällig durch den Hintergang in das Haus in der Lemgoer Echternstraße kommen könne. Dann fiel ihm siedendheiß ein, dass Gunda Luitjens ja jeden Moment in Bielefeld ankommen würde. Er wählte ihre Handynummer und erklärte ihr seine Situation.

„Wo liegt denn dieses Lemgo", fragte sie nur. „Ich könnte doch auch dahin kommen und dir eben helfen, was meinst du?"

Schulte meinte, dass könne sie sehr gut und beschrieb ihr den Weg nach Lemgo, durch Lemgo und nannte auch ihr den Hintereingang. Okay, das würde reichen. Sie waren nun zu dritt. Nicht eben das, was man ein massives Polizeiaufgebot nannte, aber immerhin. Schulte arbeitete lieber mit zwei tüchtigen Kollegen zusammen, als mit einem ganzen Rudel von Leuten, auf das er sich nicht verlassen konnte. Ein bisschen war es wie früher, fand er. Sie waren wieder zu dritt. Nur, dass Maren Köster ausgetauscht worden war durch eine Kollegin aus dem hohen Norden. Schulte blieb nicht viel Zeit, darüber nachzudenken, ob der Austausch sich nur auf diesen Einsatz bezog oder ob er umfassenderer Natur war.

Zusammen mit dem Anwalt plante er den Ablauf der Aktion. Es wurde festgelegt, in welchem Nebenzimmer sich die Polizisten aufhalten würden. Braunert hatte versprochen, Abhörtechnik einfachster Art mitzubringen. Ganz schlicht, aber notwendig. Ein kleines Mikro, dass unter Pohlschmidts Besprechungstisch angebracht werden würde, mit Funkkontakt in den Nebenraum, sowie Kopfhörer, damit die Polizisten das Gespräch mitverfolgen und im richtigen Augenblick eingreifen konnten. Es dauerte länger als vorgesehen, bis Axel Braunert endlich eintraf. Er hatte Schwierigkeiten gehabt, die Technik zu besorgen, berichtete er. Der zuständige Kollege hatte zuerst nichts rausrücken wollen ohne Unterschrift vom Chef. Braunert hatte ein wenig mogeln müssen. Schulte war ihm dafür ausgesprochen dankbar. Er fühlte sich wohl, als er zusammen mit Braunert das Mikro anbrachte, die Funkverbindung testete und alles gut lief. Aber wo blieb Gunda Luitjens? Noch eine Viertelstunde bis zum geplanten Eintreffen des Admirals und des Kapitäns. Dann war sie endlich da! Freundlich, aber norddeutsch distanziert gab sie Schulte die Hand. Der hätte sie eigentlich zur Begrüßung viel lieber kurz in den Arm genommen. Aber er war ja nicht zum Spaß hier. Die drei bezogen ihre Posten und warteten ab.

Es wurde zehn nach drei, als es endlich an der Kanzleitür klingelte.

Die Polizisten konnten die Besucher nicht sehen, aber hören. Das Funkmikrofon arbeitete einwandfrei. Die Begrüßung der drei alten Männer erschien Schulte ziemlich skuril. Fast kindisch. Sie sprachen sich wirklich mit Admiral, Kapitän und Steuermann an, wobei Pohlschmidt offenbar der Steuermann war.

„Es ist vorbei!“, sagte einer der beiden Besucher. Die Stimme kam Schulte bekannt vor. Wieder dieses kurze Aufblitzen der Erinnerung, in Verbindung mit dem Bild des Gewehrschützen, aber zu kurz, um sie fest zu halten.

„Unsere Organisation ist gescheitert! Rund dreihundertfünfzig Jahre hat sie bestanden, gegründet von unserem ehrwürdigen Bürgermeister, wurde vom Vater auf den Sohn übertragen. Und nun dieses Fiasko!“

„Ja, Admiral, das ist leider so!“, hörten sie Pohlschmidt zustimmen. Der Admiral fuhr fort:

„Wir drei wissen, warum es so gekommen ist. Wir kennen die Schuldigen. Und wir kennen die Regeln, die unsere Organisation für diesen Fall vorsieht. Einer der beiden, die uns in diese Situation gebracht haben, ist bereits bestraft worden. Der andere hatte Glück, viel Glück. Irgendjemand hat die

Polizei gerufen. Noch wissen wir nicht, wer das war, aber auch der wird dafür bezahlen müssen."

Schulte konnte sich gut vorstellen, dass es dem Anwalt nun mächtig heiß sein würde unter seinem dunkelgrauen Anzug. Pohlschmidt sagte aber nur:

„Ich teile euer Entsetzen über den Zusammenbruch unserer Organisation. Auch für mich war sie mein Leben lang Richtschnur für mein Denken und Handeln. Dass es unter anderem auch mein Sohn war, der nun alles zerstört hat, beschämt mich zutiefst. Er hat seine Strafe, wie immer die auch aussehen mag, ob nun durch die bürgerliche Gerichtsbarkeit oder durch die Organisation vollstreckt, verdient."

„Wir hätten viel früher hart eingreifen müssen", brummte nun der Admiral.

„Gewarnt worden waren wir früh genug. Schon vor Jahren sind die beiden immer wieder aufgefallen durch unnötige Brutalität, durch eigenmächtiges Verhalten. Wir hätten sie schon damals isolieren müssen, um den Kern der Organisation besser abzusichern!"

Beim Wort „Absichern" hätte Schulte beinahe laut aufgeschrien.

Es hatte Klick gemacht! Ganz plötzlich hatte sich das Puzzle wieder zu einem Bild zusammengefügt. Nun wusste Schulte, wer dieser Admiral war. Konnte das denn sein? War das nicht schlicht und einfach unmöglich? Dieser komische…

Es trat eine kurze Pause ein. Dann sprach zum ersten Mal der dritte Mann, der also der Kapitän sein musste.

„Der Admiral und ich werden nun untertauchen. Wir werden noch heute ins Ausland gehen und dafür brauchen wir Geld. Das hatten wir ja schon alles am Telefon besprochen. Die Formulare haben wir schon vorbereitet, was noch fehlt, ist deine Unterschrift."

Wieder eine Pause. Anscheinend hatten sie dem Anwalt und Kassenwart die Formulare zur Unterschrift vorgelegt.

„Das ist ja eine gewaltige Summe!“, stöhnte Pohlschmidt auf. „Das steht euch nicht zu. Es ist weitaus mehr als euer Anteil an der Organisation!“

„Welcher Organisation?“, höhnte der Admiral mit einem bösartigen Lachen. „Es gibt keine Organisation *Lemgoer Hanse* mehr! Aus, vorbei! Kapier das doch! Und jetzt unterschreib endlich!“

Sein Ton ließ keine andere Interpretation zu als die, dass Pohlschmidt keine andere Wahl hatte. Er zögerte noch eine kleine Weile, dann übertrug das Mikrofon sogar das leichte Kratzen des Füllfederhalters in die Kopfhörer der lauschenden Polizisten.

Kurz danach das Knistern von Papier, dann das surrende Geräusch eines sich schließenden Reißverschlusses. Vermutlich hatte einer der beiden Besucher die Formulare in eine Aktentasche gesteckt.

Schulte stand unter Hochspannung. Was würde jetzt passieren? Sollten Sie sofort eingreifen oder noch einen Moment warten. Jede Sekunde konnte über Leben und Tod Pohlschmidts entscheiden. Andererseits barg jede weitere Sekunde die Chance, noch etwas Wichtiges über diese Organisation zu erfahren. Er wies Braunert und Luitjens mit einer Handbewegung an, sich schon einmal hinter der Bürotür zu postieren. Selbst wollte er noch im Nebenraum bleiben und weiter horchen, was der Kopfhörer von sich gab. Doch da hörte er auch schon Pohlschmidt ängstlich stammeln:

„Was habt ihr vor? Was soll das?“

Der Admiral lachte wieder.

„Der Kapitän und ich sind uns sicher, dass du es warst, der letzte Nacht diesen Polizisten alarmiert hat. Auch wenn es um deinen Sohn ging. Die Organisation war wichtiger und hätte unter allen Umständen geschützt werden müssen. Du hast nicht nur versagt, du hast uns verraten. Dafür wirst du jetzt den Preis bezahlen, den die Organisation für Verräter vorgesehen hat.“

Schulte riss sich den Kopfhörer ab, rief Braunert etwas zu und verließ mit einem Sprung den Nebenraum. Als er zur Bürotür kam, hatte Braunert diese schon aufgestoßen und war zusammen mit Gunda Luitjens in das Büro eingedrungen. Beide standen nun breitbeinig da, die Dienstwaffe auf je einen der beiden entsetzten Besucher gerichtet. Pohlschmidt sackte lautlos in sich zusammen.

„Die Waffe runter!“, bellte Schulte, als einer der beiden noch immer eine Pistole in der Hand hielt. Und als der Mann diese zu Boden fallen ließ:

„Sie brauchen nun eine gute Versicherung, Herr Peters. Eine verdammt gute Rechtsschutzversicherung. Aber Sie haben ja Beziehungen!“

65

Endlich! Die Frühlingssonne schien mit einer Kraft, die ihr schon abgesprochen worden war. Grafenberg ging es besser. Er hatte keine Kopfschmerzen mehr. Seine Gehirnerschütterung war auskuriert. Die Männer, die ihn bedroht hatten, waren tot oder verhaftet, und Maren Köster war Single, das hatte er herausgefunden.

Der gut aussehende Mann, der bei ihr wohnte, war schwul und nur ein Arbeitskollege. Auch wunderbar!

Für heute hatte er sich vorgenommen Maren Köster zu fragen, ob sie mit ihm ausgehen würde. Er hatte sein letztes Geld zusammengekratzt. Danach wäre er pleite, denn seine Bielefelder Auftritte hatten sich zerschlagen. Der erste konnte nicht stattfinden, weil er krank war. Sein Kumpel Lehmann war im ersten Moment ziemlich sauer gewesen, weil Grafenberg sich nicht abgemeldet hatte. Doch als er ihm erzählte, was ihm widerfahren war, hatte der Freund Verständnis für das unentschuldigte Fernbleiben. Die weiteren Auftritte waren gecancelt, denn das Projekt Erlebnispark

Olderdissen wurde gerade von der Journalistin, die er bei der Bürgerinitiative kennen gelernt hatte, in Grund und Boden geschrieben.

Die Tatsache, dass eine, wie sich jetzt herausgestellt hatte, kriminelle Vereinigung der Investor war, tat ihr Übriges. Keiner der Politiker oder Stadtväter, die die Verkaufsidee einmal befürwortet hatten, konnten sich noch an diesen Gedanken erinnern.

„Gut für die Bürgerinitiative, schlecht für mich“, dachte Grafenberg.

In diesem Moment schob der Postbote einen Brief unter der Tür durch. Rodehutskors schrieb ihm. Als er den Brief geöffnet hatte, las er, dass die Schriftrolle durchaus einen gewissen Wert habe und wenn er darüber nachdenken würde, sie zu verkaufen, hätte der alte Journalist durchaus Interesse.

Darüber hinaus, schrieb Rodehutskors, würde er sich freuen, wenn Grafenberg und Maren Köster ihm heute Abend beim Essen Gesellschaft leisten würden. Er lade sie in die *Windmühle Fissenknick* ein, um dort die Genesung der beiden mit ihnen zu feiern. Auch den Tierarzt Dr. Dierkes habe er eingeladen, als Dank für seine Hilfsbereitschaft als Übersetzer. Oder, um ehrlich zu sein, schrieb Rodehutskors, er habe gehört, dass es in der Windmühle sehr gemütlich sei und man noch dazu sehr gut essen könne. Seine Frau würde sich mittlerweile strikt weigern, die örtlichen Gastronomiebetriebe mit ihm zu besuchen. Sie verbringe ihre Abende lieber gemütlich zu Hause. Also kämen ihm ein paar nette Menschen wie Dierkes, Grafenberg und Frau Köster gerade recht, um einen Grund zu haben, wieder einmal nett essen zu gehen. Auch einen weiteren Kollegen von Frau Köster habe er eingeladen, Herrn Schulte, doch der habe, warum auch immer, einen dienstlichen Termin in Aurich. Beigelegt war eine Kinderzeichnung. Grafenberg erinnerte sich. Sie war von Julius, dem Sohn von Detlev Dierkes.

Da schien sich ein vorübergehender Ausweg aus der finanziellen Enge aufzutun. Er legte Brief und Zeichnung auf den Küchentisch, bestätigte Rodehutskors telefonisch, dass er am Abend dabei sei und begann anschließend aufzuräumen. Die Einbrecher hatten doch ein erhebliches Chaos hinterlassen.

Es wurde schon dunkel, als er von Maren Köster angerufen wurde. Auch sie hatte Lust, an dem Essen, zu dem Rodehutzskors eingeladen hatte, teilzunehmen. Sie kannte die Abende mit dem genussorientierten Zeitungsmann und Hobbyhistoriker. Es gab immer etwas Gutes, und meist waren sie auch noch äußerst amüsant. Zwar hatte sie noch den einen oder anderen blauen Flecken von der Prügelei im Gesicht, aber sie hatte keine Schmerzen mehr und wozu gab es die moderne Kosmetik? Mit Hilfe dieser ließ sich einiges regeln. Sie bot Grafenberg an, ihn abzuholen. Dieses Angebot wurde von ihm dankend angenommen.

Um kurz vor Sieben hielt ein quittengelber *Renault Megane* Cabrio vor seiner Haustür. Die Kommissarin brauchte nicht lange zu warten und wenige Minuten später fuhren die beiden los.

Das *Café Restaurant Windmühle Fissenknick* war eine wirklich geschmackvolle Anlage. Grafenberg versetzte sich schon einmal gedanklich in die Situation, in der er im Sommer in dem schön angelegten Biergarten saß und es sich gut gehen ließ. Doch jetzt Anfang April gingen sie in den gemütlich eingerichteten Gastraum. Rodehutskors und Dr. Dierkes saßen schon an einem Tisch und tranken ihr erstes Bier. Grafenberg begrüßte die beiden Männer und Maren Köster stellte sich dem Tierarzt selbst vor. Grafenberg hatte den Eindruck, dass Dierkes die Frau eine Sekunde zu lange ansah. Sie schien ihm zu gefallen.

„Ich habe schon von Ihnen gehört, Frau Köster. Sie müssen nämlich wissen, dass Ihr Kollege Schulte mein Sandkastenkumpel ist.“

Maren Köster wäre durchaus an Dierkes Kenntnisstand interessiert gewesen, doch sie wartete erst einmal ab.

Eine Kellnerin brachte die Karte und nahm die Getränkebestellung auf. Danach nahm Rodehutskors das Gespräch wieder auf.

„Um noch einmal auf die Sennepferde zu sprechen zu kommen. Das waren sehr ausdauernde, zähe Tiere. Es wird sogar berichtet, dass Napoleon auf einem Sennepferd nach Russland geritten sei. Napoleon selbst ist aber anscheinend nie in Lippe gewesen. Also von daher ist das mit dem Sennepferd wohl eine Anekdote. Hier in der Windmühle Fissenknick stand übrigens auch mal ein schöner Spruch, wonach Napoleon hier schon durchs Fenster geschaut haben soll. Der ist aber wohl beim Renovieren übergestrichen worden. Ist aber auch eine Geschichte. Meines Wissens ist diese Windmühle erst 1847 von dem ortsansässigen Bauern Jochen Bernd Dickewied erbaut worden. Die Windmühle brannte später im Jahre 1901 vollständig ab. 1925 erwarben Mitglieder des Kur- und Verkehrsvereins Bad Meinberg die Ruine, restaurierten sie und richteten einen Aussichtsturm sowie ein Restaurant ein.

Na, lassen wir das mit dem Hobbyhistorikern. Erzählen Sie uns lieber die Geschichte, wie es mit der Schriftrolle weiterging. Es gibt zwei Menschen in Lippe, denen traue ich nicht, der eine heißt Treuland, der andere ist unser Bussmann. Aber, dass dieser Mitglied in so einer geheimen Vereinigung war, das hätte ich nicht gedacht."

Maren Köster erzählte die ganze Geschichte und Rodehutskors bestellte die nächste Runde.

Als die Kommissarin geendet hatte, staunte er nicht schlecht.

Die Bedienung brachte dampfende Kartoffelsuppe und die Truppe aß schweigend. Das Essen war gut. Später saß man bei einem Schnaps und Rodehutskors rauchte eine Zigarre. Grafenberg konnte sich nicht richtig auf das Gespräch konzentrieren. Er musste immer wieder in Richtung Maren Köster sehen. Als Dierkes ihn ansprach, fühlte er sich ertappt und bekam einen roten Kopf.

„Ich soll sie von meinem Sohn fragen, ob sie den Schatz schon gefunden haben?"

Grafenberg erinnerte sich an die Kinderzeichnung.

„Nee, leider nicht", entgegnete er.

„Was für einen Schatz?", schaltete sich Maren Köster ein. Die Männer erzählten von der Schrift und dem Geheimcode, aus dem sich der Satz ergab: *COTHMANNS GUT LIEGT UNTER DER GLUT.*

„Oh, ist das spannend!", staunte Maren Köster, „Und Sie haben noch nicht nachgesehen, Herr Grafenberg? Wenn das mein Haus wäre, ich hätte schon alle Dielen herausgerissen."

„Kann ich mir nicht leisten", entgegnete Grafenberg. „Ich habe mir jedes Tröpfchen Farbe, mit der ich den Fußboden gestrichen habe, sprichwörtlich vom Munde abgespart."

„Dann würde ich aber wenigstens mal den Boden abklopfen!"

Rodehutskors bestellte eine weitere Runde.

„Für mich nichts mehr", entgegnete Maren Köster. „Ich muss noch fahren!"

„Ich werde von meiner Frau abgeholt", erzählte Rodehutskors.

„Die bringt sie sicher noch kurz nach Lemgo. Aber ich rufe sie lieber noch mal an!"

Nachdem das geklärt war, wurde noch munter gezecht und gelacht und als Frau Rodehutskors um Mitternacht kam, hatte eigentlich noch keiner aus der Runde Lust aufzuhören. Doch die Ehefrau des Journalisten kannte kein Erbarmen.

„Hermann, zahl die Zeche und dann geht's auf den Heimweg!", sagte sie konsequent.

„Morgen wirst du mir dankbar dafür sein, dass ich eure Tafel jetzt aufhebe".

Rodehutskors widersprach mit keinem Wort und so hielt sein Passat um kurz vor halb Eins vor dem Hause Grafenbergs.

„Na, dann wollen wir mal auf Schatzsuche gehen!“, kicherte Maren Köster. „Haben Sie noch was zu trinken?“

„Rotwein?“

„Warum nicht“, entgegnete sie und trat in die Küche. Auf dem Tisch lag die Kinderzeichnung.

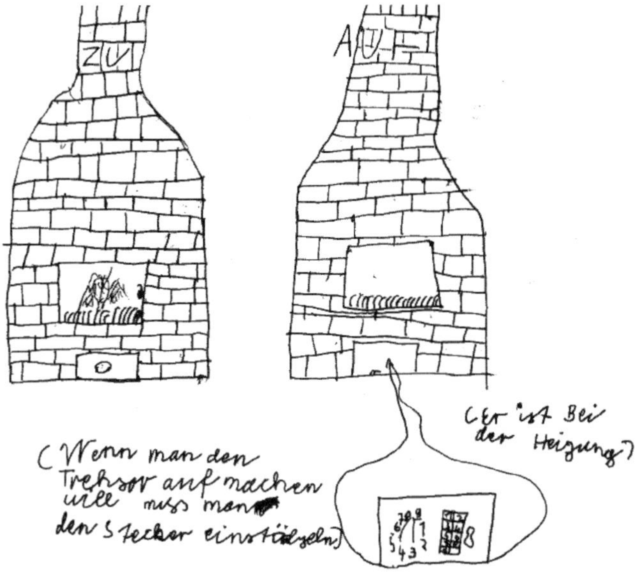

„Darf ich?“, fragte sie.

Grafenberg nickte und suchte nach der Flasche.

Maren Köster sah sich das Bild interessiert an.

Grafenberg kam mit zwei Gläsern. Sie prosteten sich zu.

„Wo haben Sie die Schriftrolle gefunden?“

Grafenberg zeigte der Kommissarin die Stelle. Sie klopfte die Wand ab.

„Ist doch alles hohl! Haben Sie mal einen Hammer?"

Grafenberg fürchtete um seine Wand. Traute sich aber nicht, dieser Frau einen Wunsch abzulehnen.

Als er ihr das Werkzeug gab, sagte er:

„Den ehemaligen Kamin habe ich schon ausgeleuchtet."

Maren Köster kniete sich auf den Boden. Dabei bot sie in ihrem engen Kleid einen überaus erotischen Anblick. Sie klopfte den Boden ab.

„Hier ist was!", stellte sie fest. „Haben Sie ein Nageleisen?"

Grafenberg trat Schweiß auf die Stirn. Nun bekam er Angst um seinen Fußboden. Doch er holte das Werkzeug widerspruchslos.

Vorsichtig bog die Kommissarin ohne weitere Absprachen mit dem Hausbesitzer drei Dielen hoch. Dann löste sie eine heraus und fühlte hinein.

„Hier ist was, eine Tuch oder so etwas Ähnliches. Es hängt fest. Ich muss noch ein paar Dielen lösen."

Jetzt wurde auch Grafenberg von der Schatzsucherstimmung erfasst.

Sollte da wirklich etwas sein? Maren Köster baute noch vier weitere Dielen ab. Wieder griff sie nach dem Stoffpaket. Jetzt konnte sie es herausziehen.

Auf dem Küchentisch rollten sie es aus. Der Inhalt bestand aus mehreren kleineren Silberleuchtern, Ketten, Armreifen und ungefähr hundert Münzen.

„Wir haben wahrhaftig einen Schatz gefunden!", jubelte Maren Köster und warf sich Grafenberg um den Hals. Der umarmte sie ebenfalls, dann sahen sie sich in die Augen und küssten sich.

Eng umschlungen saßen sie, von den eigenen Emotionen überrascht, auf einem Küchenstuhl, tranken Wein und sahen sich den Schatz an.

„Was meinst du denn, was das alles wert ist?", fragte sie irgendwann.

Grafenberg schmunzelte.

„Keine Ahnung! Werde morgen mal Rodehutskors fragen. Viel wird es wohl nicht sein, aber vielleicht reicht der Gegenwert in Geld für ein paar Eimer Farbe und ein paar Flaschen richtig guten Wein. Aber dieser Schatz ist mir im Augenblick ziemlich gleichgültig. Ich möchte mich jetzt viel lieber mit einem ganz anderen Schatz befassen. Der ist zwar bei weitem nicht so alt wie der auf dem Küchentisch, fühlt sich aber wesentlich besser an!“

Maren Köster errötete leicht, stellte ihr Weinglas auf dem Tisch ab und streifte sich die Schuhe von den Füßen.